MIRA®

Der Preis dieses Bandes versteht sich einschließlich
der gesetzlichen Mehrwertsteuer.

Umwelthinweis:
Dieses Buch wurde auf chlor- und säurefreiem Papier gedruckt.

Die Herrin von Fionnaway

Es waren die Selkies, wundersame schottische Sagengestalten, mit denen die MacLeods vor vielen Jahren einen Pakt schlossen, der niemals zerstört werden darf. Doch gerade das macht die schöne Alanna MacLeod, als sie auf das leidenschaftliche Werben von Ian Fairchild eingeht. Dabei hasst sie Ians Vater, denn er hat ihr Fionnaway genommen, ihre Burg, ihr rechtmäßiges Erbe! Dennoch: Die Liebe zu Ian ist stärker als der Hass auf seinen Vater, und so wird sie Ians Frau - nicht ahnend, dass auch er für immer an die Selkies gebunden ist ...

Christina Dodd

Die Herrin von Fionnaway

Roman

Aus dem Amerikanischen von
Ute-Christine Geiler

MIRA®

MIRA® TASCHENBUCH
Band 25050
1. Auflage: Mai 2003

MIRA, TASCHENBÜCHER
erscheinen in der Cora Verlag GmbH & Co. KG,
Axel-Springer-Platz 1, 20350 Hamburg
Deutsche Taschenbucherstausgabe

Titel der nordamerikanischen Originalausgabe:
A Well Favored Gentleman

erschienen bei: Avon Books, New York

Konzeption/Reihengestaltung: fredeboldpartner.network, Köln
Umschlaggestaltung: pecher und soiron, Köln
Titelabbildung: © by Agentur Schlück, Garbsen, und Corbis, Düsseldorf
Autorenfoto: © by Paul & Peter Fritz AG
Satz: Berger Grafikpartner, Köln
Druck und Bindearbeiten: Ebner & Spiegel, Ulm
Printed in Germany
ISBN 3-89941-061-0

www.mira-taschenbuch.de

1. KAPITEL

Jemand hielt ihm ein Messer an die Kehle.

Ian Fairchild erwachte jäh aus tiefem Schlaf und lag ganz still; er ließ seine Augen geschlossen und atmete weiter gleichmäßig, so als ob er noch schliefe.

Jemand hielt ihm ein Messer an die Kehle, und es war nicht das erste Mal, dass ihm das passierte, aber diesmal hatte man ihn überrascht. Er hatte noch überhaupt keine Zeit gehabt, sich hier in Schottland Feinde zu machen; schließlich war er erst gestern angekommen und hatte seinen Vater, die einzige Person hier, die ihn frohen Herzens umbringen würde, zu krank, um sein Bett zu verlassen, angetroffen.

Wer also war mitten in der Nacht in sein Schlafzimmer eingedrungen?

Vorsichtig öffnete er seine Augen einen Spaltbreit – und starrte in das Gesicht eines Gespenstes.

Ein hübsches, weibliches, wild entschlossenes Gespenst, wenn man der Miene der Erscheinung Glauben schenken durfte.

Seine Augen weiteten sich. „Du bist ein Schwachkopf, Ian." Er sprach laut, da es ihm unbedenklich schien, den Spuk anzureden und er den Klang seiner Stimme in gewisser Weise als tröstlich empfand. „Es ist nur ein Traum." Er versuchte sich zu bewegen, um das zu beweisen.

Er konnte sich nicht rühren. Das Gespenst saß auf seiner Brust, der Traum hielt ihn gefangen, und er konnte sich, verdammt noch einmal, nicht das geringste bisschen bewegen.

Eine normale Entwicklung für einen Traum, sagte er sich. Wenn sich nur der Stahl, der gegen seine Luftröhre gedrückt wurde, nicht so kalt und so echt anfühlen würde. Wenn er sich nur nicht so ... seltsam fühlen würde. Nicht eigentlich schläfrig, sondern mehr träumerisch, widersinnigerweise entspannt trotz der tödlichen Bedrohung.

Er blinzelte und konzentrierte sich auf die Erscheinung. Vereinzelte Haarsträhnen hatten sich trotzig aus ihrer Frisur gelöst. Ihre Gesichtszüge waren stark ausgeprägt: ein festes Kinn, hohe Wangenknochen, ein großzügig geschnittener Mund. Ihre Augen waren leicht schräg, ihre Augenbrauen ebenso, und ihre Nase bog sich in sanftem Schwung nach oben. Ein fesselndes, lebhaftes Gesicht voller Charakter. Überhaupt nicht gespenstisch. „Ich weiß, wer Sie sind. Sie sind tot. Sie sind Lady Alanna."

Sie hielt das Messer mit beiden Händen. Er konnte sie aus dem Augenwinkel sehen, und sie zitterten bei dem Klang ihres Namens.

Furcht klärte seinen Verstand einen kurzen Moment lang. Die Messerspitze schien ihm sehr scharf. „Vorsichtig damit. Wir wollen doch keinen Unfall riskieren."

„Nein, keinen Unfall." Ihre Stimme war heiser, mit einem leicht schottischen Akzent, und klang ebenfalls ziemlich echt.

Das hier war der lebhafteste Traum, den er je gehabt hatte. „Lady Alanna. Ich hätte nie gedacht, dass ich Sie kennen lernen würde. Sie sind hübscher als auf Ihrem Porträt."

„Ein Kompliment von einem Fairchild." Das Traummesser kam seiner Kehle gefährlich nahe. „Ich würdige es so, wie es das verdient."

So scharfzüngig wie hübsch. Das Porträt zeigte sie als ein reizvolles junges Mädchen an der Schwelle zur Frau, das voller Freude den Tag erwartete, an dem es Fionnaway Manor erben würde. Aber Alanna MacLeod oder Lady Alanna, wie alle sie nannten, war am Vorabend ihres siebzehnten Geburtstages verschwunden und ward nie wieder gesehen.

In dem Zauber des Traumes schien sie ihm nun reifer, erwachsen. Die Nachtkerze am Kopfende beleuchtete ihre pikanten Züge und ihre großzügigen Kurven. Das Licht fand einen Widerschein in dem satten Rot ihrer Haare, und ihre Augen waren von der Farbe des Meeres vor einem herannahenden Sturm.

Dabei musterte sie ihn so argwöhnisch, wie man einen gefangenen Wolf betrachtet.

Und das mit Recht. Er konnte gefährlich sein, aber das wusste sie nicht. Ihr Argwohn stammte von ihrer Bekanntschaft mit seinem Vater und von dem wohlverdienten, berüchtigten Ruf der Fairchilds. Seine Familie war so berühmt wie die Borgias und das aus ähnlichen Gründen. Machthunger und das Verlangen nach Geld beherrschten sie; kein Verbrechen war zu ruchlos, solange es zum Wohle der Fairchild'schen Geldtruhen begangen wurde.

Jeder, den er heute getroffen hatte, hatte ihn beobachtet und darauf gewartet, dass seine freundliche Fassade zerbröckelte und er sich als ebenso widerwärtig wie sein Vater erwies. Wenigstens für den heutigen Tag war es ihm gelungen, sich der Tugenden zu erinnern, die seine Mutter ihm beigebracht hatte. Aber Lady Alanna und die Bewohner von Fionnaway taten recht daran, ihn mit Vorsicht zu behandeln; manchmal zeigte sich sein Fairchild-Erbe.

Zum Beispiel war im Augenblick die Versuchung, „Buh!" zu rufen, beinahe überwältigend. Nur der bebende, beidhändige Griff um das Messer hielt ihn davon ab. „Sie scheinen beunruhigt. Was ist los, liebliche Lady?"

„Sie sollten nicht wach sein."

„Ich habe einen leichten Schlaf."

„Ja, aber der Rauch sollte Sie eigentlich ..."

„Was?" Auf einmal arbeitete sein Verstand wieder mit der gewohnten Schärfe, und er bemerkte die Rauchschwaden, die ihre Gestalt umwehten. Er bemerkte außerdem einen Geruch, den er seit Indien nicht mehr gerochen hatte. Jemand hatte versucht, ihn zu betäuben.

Er beäugte die Frau, die auf seiner Brust kniete. *Sie* hatte versucht, ihn zu betäuben, und sie hatte ihre Sache gut gemacht. Er *war* betäubt.

Aber mit dem Teil seines Gehirnes, der noch klar und logisch denken konnte, fiel ihm Verschiedenes auf. Er wusste, wie lange die Wirkung dieser benebelnden Kräuter anhalten würde. Bald würde er die Gewalt über seine Glieder wiedererlangen. Noch davor würde er seine Fähigkeit, zwischen Fantasie und Wirklichkeit zu unterscheiden, wieder finden. Und während die Luft sich klärte, würde das sein Kopf auch. Wenn das Gespenst bliebe, würde es die verbliebenen Dämpfe einatmen und berauscht werden.

Eine Frage kam ihm, und er stellte sie: „Atmen Gespenster eigentlich?"

„Nein."

Aber ihre Brust hob und senkte sich. Also war sie kein Gespenst. Die Wiedererlangung seiner Fähigkeit zu logischem Denken erfreute ihn, aber zugleich kam ihm unausweichlich eine andere Einsicht. Wenn sie kein Gespenst war, dann war das Messer, das sie an seine Kehle hielt, echt. Mit aus der Sinnverwirrung geborener Überraschung sagte er: „Sie wollen mich töten."

Ihr Blick war kalt und fest. „Es scheint eine gute Idee zu sein."

„Wem? Mir nicht." Er versuchte zu gestikulieren, und stellte fest, dass die Taubheit aus seinen Fingerspitzen gewichen war. Was er für sich behielt.

Als er zu Bett gegangen war, hatte er, um die unvermeidliche Zugluft abzuhalten, die Decke bis zum Kinn hochgezogen und die Bettvorhänge fest geschlossen. Jetzt waren sie weit geöffnet, um das Licht und den Rauch vom Kamin hereinzulassen, und die Frau hielt durch ihr Gewicht die Decke fest an Ort und Stelle. Sie war zartgliedrig und leicht, so dass sie kein ebenbürtiger Gegner für ihn war – wenn seine Muskeln ihm wieder gehorchten. „Warum sollte die gute, liebliche Lady Alanna, deren Loblieder alle Diener singen, jemanden umbringen wollen?“

„*Sie* sind ein zerstörerischer, verschwenderischer Fairchild, der gekommen ist, Fionnaway an sich zu reißen. *Ich* bin die Herrin von Fionnaway, verantwortlich dafür, wie es behandelt wird, und ich kann Ihnen nicht erlauben, es zu entweihen.“

Er starrte sie an, und sie schrak zurück. Wie sie es tun sollte, denn, wenn sie seine Gedanken lesen könnte, dann wüsste sie um die Gefahr, in die sie sich mit dieser Äußerung gebracht hatte.

Ihren Zorn hatte er erwartet, aber er verabscheute Leute wie sie, die mit dem sicheren Wissen, wohin sie gehörten, aufgewachsen waren. In den vergangenen sieben Jahren hatte er die Welt auf der Suche nach einem Heim durchstreift, aber nie hatte er sich länger als für einen Monat oder zwei irgendwo niedergelassen, bevor die alte Unrast ihn wieder überkam und weitertrieb. Nach London, wenn die Geschäfte es verlangten. Nach Amerika, nach Indien – an immer exotischere Orte.

Und jetzt hatte sein Vater ihn hierher gerufen, auf das überhaupt nicht exotische Fionnaway, wo sich alte Burgmauern auf einer Klippe erhoben, die in einen Meeresarm des Atlantik hineinragte. Was einst die Burg gewesen war, in der die vornehmen MacLeods gewohnt hatten, war im Lauf der Jahre allmählich zu einem Herrenhaus geworden, das weder so elegant noch so bequem war wie Fairchild Manor in Sussex – und ganz bestimmt nicht so warm.

Von Fionnaway Manors Fenstern aus konnte man alles überblicken. Alle Felder, alle Wiesen, alles bis zum Saum des entfernten Waldes. Ian wusste das, denn er hatte hinausgesehen.

Ian hatte seinen Blick auch nach Westen gerichtet und den meilenweiten Sandstrand, hie und da von Granitfelsen unterbrochen, entdeckt. Dort brachen sich die Wellen in einem immer währenden

Rhythmus und schienen dabei seinen Namen zu rufen. *Ian, Ian ...* Er hatte die Stimme seiner Mutter in den Wellen widerhallen gehört.

Er hasste das Meer, doch trotz dessen überwältigender Nähe wusste er, dass seine lange Suche zu Ende war. Fionnaway war die Antwort auf das rastlose Sehnen seiner Seele, und bald würde es ihm gehören.

Nicht Lady Alanna, sei sie nun ein Gespenst oder eine lebendige, atmende Frau. Dieses Land würde *sein* werden. „Sie haben Fionnaway im Stich gelassen", höhnte er.

„Das ist nicht wahr!" Absichtlich verlagerte sie ihr Gewicht auf sein Brustbein.

Ihr Knie presste ihm die Luft aus den Lungen, aber er achtete nicht darauf. Die Droge war noch in seinem Blut, und sobald er wieder zu Atem kam, sprach er die Wahrheit, ohne an mögliche Folgen zu denken. „Sie waren schwach. Sie sind *gestorben*. Wenn Sie noch hier wären, könnten Sie Ihr Fionnaway haben, aber so trägt der Sieger den Preis davon." Er zeigte sein verwegenstes Fairchild-Lächeln. „Ich bin der Sieger."

„Niemals!" Sie beugte sich vor, bis ihr Gesicht ganz dicht vor seinem war, und die Klinge ritzte die Haut über seinem Adamsapfel. „Ich werde Fionnaway niemals Ihnen oder Ihresgleichen überlassen."

Als er den Schmerz spürte und Blut über seinen Hals lief, erkannte er, dass er besser geschwiegen hätte. Wenn ihre Wut noch höher aufloderte, würde er bald schon im Himmel mit den Engeln singen – oder vielleicht auch in den Feuern der Hölle schmoren.

Mit einem schwachen Stöhnen schloss er die Augen und konzentrierte sich darauf, sich zu entspannen. Irgendwie bezweifelte er, dass Lady Alanna – oder ihr Geist – den Mumm hätte, einen schlafenden Mann zu töten. Wenn er Glück hatte, hätte sie nicht genug

Mumm, überhaupt zu töten – obwohl, wenn er sie weiter so reizte, wie er es getan hatte, sie vielleicht eine Ausnahme machen würde.

Als er so reglos dalag, ließ der Druck der Klinge nach, und sie verlagerte unruhig ihr Gewicht, so dass die Last auf seiner Brust leichter wurde. „Was ist los?"

„Mein Kopf schmerzt."

Sie legte ihm eine Hand auf die Stirn. „Sie haben kein Fieber."

„Es ist der Rauch." Er hustete Mitleid erregend.

„Nehmen Sie morgen früh etwas Weiderindentee ..." Sie brach ab, da sie sich wohl wieder daran erinnerte, dass er am nächsten Morgen nicht mehr am Leben sein würde.

„Warum mich umbringen?" Das Gefühl war auch in seine Zehenspitzen zurückgekehrt. Er bewegte erst sie und dann heimlich seine Hände. „Mein Vater ist schon seit fünf Jahren hier. Warum nicht ihn töten?"

Mit überraschender Freimütigkeit fragte sie: „Warum einen Mord an einen sterbenden Mann verschwenden?"

„Sterbend." Ian erwog das Wort und fand es zutreffend. Leslies Aussehen hatte ihn erschreckt. Der alte Mann war kaum imstande gewesen, aufrecht zu sitzen. Wasser rasselte in seinen Lungen, und alles an ihm war so geschwollen, dass sich die Haut an seinen Fingerspitzen schälte. Nie hätte Ian es sich träumen lassen, einen der Furcht einflößenden Fairchilds in so einem erbärmlichen Zustand zu sehen – am allerwenigsten seinen Vater. Seinen allmächtigen Vater, dessen Grausamkeit Legende war.

Aber dass dieses Gespenst, diese Frau, das mit solcher Gewissheit sagte ... ah, das gab ihm Stoff zum Nachdenken. „Woher wissen Sie das?"

„Nur ein Gerücht unter den ... Engeln."

Sie klang so überzeugt. Er schlug die Augen auf und musterte sie eindringlich. Ihr Mund war zu groß für ihr Gesicht, er lud einen

Mann förmlich dazu ein, ihn mit seinen Lippen zu erkunden und herauszufinden, ob ihre scharfe Zunge durch Leidenschaft versüßt werden könnte. Ihr zerlumptes Kleid, aus dem sie längst herausgewachsen war, kniff an ihrer schmalen Taille und presste ihren schwellenden Busen gegen den Ausschnitt. Und aus ihren Augen loderte ihm Herausforderung entgegen.

Himmlisch? Nein. Lady Alanna war kein Engel. Ruhig, in dem Wissen, dass, wenn er Recht hatte, sie ihn gewiss töten würde, fragte er: „Haben Sie ihn vergiftet?"

Sie fuhr zurück. „Nein!"

Gut. Er glaubte ihr. Aber ... „Hat irgendjemand anders es für Sie getan?"

„Niemand hat Ihren Vater vergiftet. Er stirbt, weil ..."

Ihr Zögern erregte Ians Aufmerksamkeit. „Weil?"

„Mr. Fairchild besuchte diesen Teil Schottlands vor Jahren schon einmal." Sie schien das genau zu wissen.

„Vor fünfunddreißig Jahren." Fünfunddreißig Jahre seit Ian gezeugt worden war. „Sie wollen doch wohl nicht sagen, dass er sich damals mit der Krankheit angesteckt hat!"

„Ich muss Ihnen gar nichts sagen. *Ich* halte hier das Messer an Ihre Kehle."

Zweifelsohne. Aber sie wusste – oder vermutete – etwas über die Krankheit seines Vaters. Und unter seinem unnachgiebigen Blick begann sie schuldbewusst umherzurutschen.

„Ich muss Sie töten. Ich habe keine Wahl." Es hörte sich an, als diskutierte sie mit sich selbst. „Mr. Fairchild hat gesagt, Sie wären ein noch größerer Schurke als er."

Ian starrte sie fassungslos an, bevor er zu lachen begann, aus vollem Halse, unaufhaltsam zu lachen begann.

„Pst!" Sie schob die Unterlippe vor wie ein schmollendes Kind. „Was ist daran so komisch?"

„Es ist nur, dass ...“, er konnte vor Lachen kaum sprechen, holte tief Luft, und musste wieder lachen, „ich noch nie jemanden getroffen habe, der tatsächlich ein Wort von dem glaubt, was mein Vater sagt. Und jetzt muss es ausgerechnet jemand sein, der mich deswegen umbringen will.“

„Pst!“ Sie wurde über und über rot und warf einen besorgten Blick zur Tür. „Man wird uns hören!“

Sie mochte es nicht, ausgelacht zu werden, das konnte er erkennen, doch nichts konnte seine Belustigung zügeln. „Mein Vater ist der größte Lügner auf den ganzen Britischen Inseln“, höhnte er, „und Sie glauben ihm!“

„Seien Sie ruhig!“

Sein Lachen erstarb augenblicklich. „Für ein Gespenst machen Sie sich ziemlich viel Sorgen, ertappt zu werden.“ Das Gelächter hatte seine Lungen geklärt und ihn belebt, und mit einer raschen Bewegung warf er sie ab. „Wo Sie sich besser meinetwegen Sorgen machen sollten.“

Sie purzelte vom Bett, und ihr Messer flog durch die Luft. Die Decken zurückschlagend, kam er auf die Füße und stellte sich auf die Matratze.

„Sie sind ja nackt!“

Er sah auf sie hinab und fragte sich, wie er je hatte glauben können, dieser zierliche, zerzauste Wildfang wäre etwas anderes als aus Fleisch und Blut. Sie hörte sich auf jeden Fall so entsetzt an wie eine Jungfrau, ein Umstand, den er bei einer Frau mit Mord im Sinn nicht erwartet hätte. Und doch saß sie da mit hochgeschlagenen Röcken auf dem Boden, wobei zwei ganz reizend geformte Schenkel entblößt wurden, und starrte ihn – und das sichtbare Zeichen seiner Erregung – mit allen Anzeichen beleidigter Unschuld an.

„Ja, das bin ich.“

„Sie sind ... Sie sind ...“

„Erregt?“ Es machte ihm nichts aus, sich zur Schau zu stellen, aber fünf Fuß über dem Mädchen aufzuragen, schien ihm doch etwas übertrieben. Seine Muskeln vorsichtig testend, stieg er vom Bett. „Sie mögen behaupten, ein Gespenst zu sein, aber ich bin es nicht, und ich fröne jedem körperlichen Vergnügen, das die Menschheit kennt.“

Sie rutschte zurück. „Ich war bloß überrascht, dass ein Fairchild dazu *imstande* ist, sich körperlichem Vergnügen hinzugeben.“

Was meinte sie damit? Machte sie sich über ihn lustig?

Erbost warf er sich nach vorne, um sie zu packen – und entdeckte, dass er sich noch nicht wieder so weit erholt hatte, wie er gehofft hatte. Eines seiner Knie gab unter ihm nach, und er griff nach der Ecke der Nachtkonsole. Sie fiel mit ihm zusammen um, und lautes Gepolter durchbrach die Stille der Nacht.

Sie duckte sich und rollte weg, kam auf die Füße und rannte zur Tür.

„Schluss mit deinen Streichen, Kleine. Komm sofort her.“ Er bekam ihren Rock zu fassen und stellte fest, dass er zerfetzte Baumwolle in den Händen hielt. Guter Gott, trug das Mädchen Lumpen?

Er wollte sich wieder auf die junge Frau werfen, aber sie hob ihr Messer auf und fuhr zu ihm herum. „Wenn Sie mir zu nahe kommen, dann schwöre ich, werde ich Ihnen das hier ins Herz rammen.“

Sie hatte ihn nicht kaltblütig umbringen können, aber sie sah verängstigt und verzweifelt genug aus, ihn jetzt zu töten, und sie hielt das Messer wie jemand, der wusste, wie man damit umging.

„Na gut.“ Er hob die Hände, während sie rückwärts zur Tür ging. „Ich werde nichts tun.“

„Verdammt richtig.“ Sie tastete hinter ihrem Rücken nach der Türklinke, und drückte sie nach unten. „Sie bleiben genau da, wo

Sie sind." Bevor sie über die Schwelle trat, sah sie ihn noch einmal an. Ihr Blick glitt über seinen Körper, dann zu seinen Augen.

Wortlos schwor er sich: *Ich werde sie finden. Irgendwie werde ich sie finden.*

Sie erbebte und warf die Tür zu.

Mit einem Fluch schnappte er sich seinen Morgenmantel und rannte zur Tür, riss sie auf und blickte den Flur hinab.

Wie das Gespenst, das sie vorgegeben hatte zu sein, war sie verschwunden.

Er ging den Flur hinab und rief nach dem Verwalter und der Haushälterin. „Mr. Armstrong! Mrs. Armstrong!" Er betrat die obere Halle. Überall im Schloss flammten Kerzen auf, als die Diener aus ihren Betten kamen. Türen wurden geschlagen, Schritte erklangen. Ian wartete auf den Schrei, dass Lady Alanna zurückgekehrt war, aber es war nur verwundertes Geflüster zu hören. Verärgert rief er erneut: „Armstrong!"

Der Verwalter kam in die Halle, während er sich noch ein Hemd über den Kopf zog. „Mr. Fairchild, was ist los?"

„Ich habe Lady Alanna gesehen. Hat noch jemand sie gesehen?"

Mrs. Armstrong stand in Nachthemd und Häubchen hinter ihrem Ehemann, und hinter ihr erschienen immer mehr Diener in verschiedenen Stadien des Angezogenseins. Ian bemerkte, dass sie sich verwunderte Blicke zuwarfen.

„Sie war in meinem Schlafzimmer." Er bemühte sich um einen möglichst vernünftigen Tonfall.

Trotzdem vernahm er ungläubiges Gemurmel. „Betrunken", sagte jemand.

„Sir, Lady Alanna weilt nicht mehr unter uns", erklärte Armstrong in beschwichtigendem Ton. „Sie haben ihr Porträt heute gesehen, und vielleicht haben Sie von ihr geträumt ..."

„Ich sage Ihnen doch, sie war da." Ian hielt ihnen das zerfetzte

Stückchen Stoff entgegen, aber sie betrachteten es nur verständnislos.

„Dann wars eben ihr Geist“, sagte Mrs. Armstrong. „Ich habe mich schon gefragt, wann er zurückkehren wird.“

Armstrong fuhr zu seiner Frau herum. „Sei nicht einfältig, Weib. Hier gibt es kein Gespenst.“

„Und wenn es so wäre ...“, Ian berührte die Stelle an seinem Hals und hielt seine blutbefleckten Finger hoch, „dann hat das Gespenst seine Sache gut gemacht, als es mir die Kehle durchzuschneiden versuchte.“

Hinter ihm ertönte ein gurgelndes Keuchen, gefolgt von einem lauten Plumpsen. Als er sich umdrehte, sah er seinen Vater benommen auf dem Fußboden liegen. Bei ihm angekommen, hörte er ihn schnaufen. „Lass sie nicht zurückkommen, um mich zu holen. Bitte, um Himmels willen, lass sie mich nicht kriegen.“

Unaufhörlich, nimmermüde und kraftvoll schlagen die Wellen des Meeres an die Westküste Schottlands. Landzungen ragen in das Wasser, versuchen, nach der Ewigkeit zu fassen, und unterliegen doch dem beständigen Mahlen der Brandung. Der Wind peitscht das Salzwasser und trägt es in die Lüfte, hinauf auf die Klippen, wo Nebelschwaden hoch aufragende Steine umschmeicheln wie zarte Seidenstoffe elegant gekleidete Damen. Männer wie Frauen, fremd in den zerklüfteten Hügeln, haben sich schon in dem Nebel verlaufen, um nie wieder gesehen zu werden, und an den rauchenden Torffeuern erzählt man sich reihum Geschichten von Zauberwesen, die es lieben, unachtsame Reisende in die Irre zu führen. Feen leben im schottischen Hochland und Elfen.

Und, so sagt man, auch Hexen.

2. KAPITEL

„Sie ist eine Hexe, Mr. Ian."

Eine Böe salziger Luft von dem sonnenbeschienenen Meer unterhalb des Herrenhauses fuhr unter die Kragen von Ians Mantel, während er zu den Ställen ging. Sie zerzauste seine Frisur und zerrte an den Enden seines Krawattentuches.

„Ich bin kein Mann, der sich allerlei Unsinn einbildet, aber ich würde meine Pflichten vernachlässigen, wenn ich Ihnen nicht sagen würde, dass es Leute gibt, die behaupten, sie wäre eine *böse* Hexe." Armstrong musste sich anstrengen, um mit seinen kurzen Beinen mit Ian Schritt halten zu können. „Ihr Gesicht lässt die Gerste auf dem Feld verdorren, sie kann ebenso gut jemandem eine Warze herzaubern, wie sie sie verschwinden lassen kann, und was sie erst Kennie angetan hat!"

Ian warf Armstrong einen belustigten Blick zu. „Dem Schmied?"

„Aye. Er hat ein Stück Eisen nach ihr geworfen – Hexen verabscheuen Eisen – und sie hat ihn verflucht." Sie erreichten den Stallhof. „Und meine Frau schwört, Mrs. Kennie sagt, dass er seitdem kein richtiger Mann mehr gewesen ist."

Ian verstand augenblicklich. „Hat jetzt ein Hufeisen statt einer Rute, ja?"

Armstrong nickte betrübt. „Schlimm verbogen."

Als Ian lautes Rufen hörte und sich umsah, entdeckte er zwei Jungen, die sich verzweifelt bemühten, sein Pferd im Zaum zu halten. Rasch trat er zu ihnen, griff nach den Zügeln und sah Tocsin in die Augen.

„Wenn du auf einen Kampf aus bist, such dir jemanden, der dir gewachsen ist – ich, zum Beispiel, wäre nur zu froh, dir zu Diensten zu sein."

Das Pferd schnaubte und wurde ruhig; die beiden Jungen nutzten die Gelegenheit und brachten sich in Sicherheit.

Ian rieb Tocsin über die Nüstern. „Du bist eine wahre Schönheit“, murmelte er, und schwang sich mit einer geschmeidigen Bewegung auf seinen Rücken. „Armstrong, in meiner ersten Nacht nach meiner Ankunft auf Fionnaway sah ich ein Gespenst.“

Armstrong verzog das Gesicht, als er an Lady Alannas erinnerungswürdigen Auftritt dachte. „Aye, und die Mädchen trauen sich seitdem nicht mehr allein in den Keller.“

„Und ich habe das Böse jeden Tag am Werke erlebt, seit ich hier bei meinem Vater eingezogen bin. Ich weiß, wie ich mit einer bloßen Hexe fertig werde.“

„Ich will Ihre Worte nicht anzweifeln, aber wenn Sie sie schon aufsuchen müssen, Mr. Ian, dann versprechen Sie mir bitte, dass Sie vor Einbruch der Dunkelheit zurückkommen werden.“

„Was für einen Hexentrank braut sie nachts?“ Ian zog seine Handschuhe an, während er sein Pferd mit dem Druck seiner Schenkel an Ort und Stelle hielt.

„Nachts – da nimmt sie eine andere Gestalt an. Sie verwandelt sich von einem schrulligen alten Weib in eine liebliche junge Frau, die alle Männer in ihren Bann zieht, die ihrer ansichtig werden.“

„Dann sollte sie ihren bösen Blick besser nicht auf meinen empfindlichsten Körperteil richten, sonst wäre ich ihr als Sklave nur von geringem Nutzen“, erklärte Ian ungerührt. „Man hat mir gesagt, sie wäre die beste Heilkundige, die wir in Fionnaway haben, deshalb wird sie kommen, um die Schmerzen meines Vaters zu lindern.“

„Welcher Narr würde einen Engländer zu einer schottischen Hexe schicken?“ stieß Armstrong entrüstet aus.

„Ah, Armstrong ...“, Ian beugte sich aus dem Sattel zu ihm hinab, „das war Ihre eigene Frau.“

Er grinste über Armstrongs bestürzte Miene, bevor er auf

Tocsin in den Sommertag hinauspreschte. Die genaue Wegbeschreibung zum Haus der Hexe hatte er sich ins Gedächtnis eingeprägt, während er in seinem Herzen Erleichterung darüber verspürte, seinem Gefängnis entronnen zu sein.

Seit seiner Ankunft hatte der Mond zu- und wieder abgenommen, und in dieser Zeit hatte Leslie Fairchild ihn zu seinem Erben bestimmt, und Ian hatte jeden Zoll von Fionnaway inspiziert. Trotzdem träumte er von einem Augenblick fort von dem Herrenhaus, fort von den misstrauischen Blicken der Dienerschaft und vor allem fort von seinem Vater.

Für diesen Augenblick würde Ian alles tun – sogar eine Hexe aufsuchen.

Ihre strohgedeckte Hütte lag auf einer Lichtung tief im Wald. Im Garten blühten Unmengen bunter Blumen, und in einem Verschlag lagerte Brennholz neben soliden Kaninchenställen. Hühner pickten Körner aus dem Gras. Über einem Feuer im Freien hing ein Kessel, aus dem Ian ein köstlicher Geruch entgegenwehte. Der Brunnen war mit Steinen eingefasst – vielleicht ein Zauberbrunnen. Ian starrte verwundert auf das Bild, das sich seinen Augen bot, und fragte sich, ob er an der falschen Hütte im falschen Wald gelandet war.

Dann trat die Hexe aus der Tür.

Sie trug ein Gewand aus schmutziger brauner Wolle. Ein Bucke verunzierte eine Schulter, und ihr Busen hing bis über den Strick, der ihre breite Taille umspannte und an dem ein riesiger Löffel und eine verteufelt spitze Gabel befestigt waren, die klappernd gegeneinander schlugen, wann immer sie sich bewegte; in der Scheide daneben steckte ein Messer von beeindruckenden Ausmaßen, mit dem man mit Leichtigkeit einen Mann aufschlitzen könnte. Strähnen ihres langen grauen Haares klebten an der grünen Salbe auf ihrem Gesicht.

Ihr Gesicht. Guter Gott, es sah aus wie eine vertrocknete Wiese während einer Dürreperiode. Ihre Haut war auch grau, mit Furchen zwischen ihren schwarzen Brauen und neben ihrem Mund und über ihrer Oberlippe.

Der Anblick dieses Gesichts konnte tatsächlich die Männlichkeit eines jeden Mannes verdorren lassen, musste Ian einräumen.

Sie schien ihn nicht zu bemerken, als sie zum Kessel humpelte. Mit dem Löffel probierte sie von dem dampfenden Gebräu, schüttelte den Kopf und öffnete eines der Ledersäckchen an ihrer Hüfte. Sie nahm eine Hand voll von dem Inhalt heraus und streute ihn in den Topf.

Halb erwartete Ian, farbigen Rauch aufsteigen und Gestalt annehmen zu sehen. Stattdessen erfüllte der Duft von Majoran die Luft.

Eine böse, Schrecken verbreitende Hexe, fürwahr. Sie benutzte Kräuter für ihre Suppe. Er stieg ab und führte sein Pferd am Zügel zu einem schattigen Fleckchen. „Alte, ich benötige deine Dienste."

Seine Gegenwart verursachte ihr offensichtlich kein Unbehagen. Sie warf ihm einen flüchtigen Blick zu, dann nahm sie eine Holzschüssel von dem Hocker neben der Feuerstelle und füllte sie. Mit einem Kopfnicken lud sie ihn in ihr Haus ein und trat durch die Tür ins Innere, ohne sich umzusehen, ob er ihr folgte.

Was er natürlich tat, immer dem köstlichen Duft von Gemüsesuppe nachgehend. Als er sich in der niedrigen Tür bückte, sagte er: „Der Herr von Fionnaway bedarf deiner Hilfe."

„Ich kann mir niemanden vorstellen, der Hilfe weniger verdient", erwiderte die alte Frau mit krächzender Stimme.

Ian bedachte sie mit einem ernsten, herrischen Blick. Das alte Weiblein starrte unbeeindruckt zurück, weder kriecherisch noch schuldbewusst.

So war es also. Er konnte sie nicht einschüchtern. „Oder hat sie dringender nötig."

„Und warum sollte ich tun, wie Ian Fairchild befiehlt?" erkundigte sich die Hexe.

Sie wusste demnach, wer er war. „Zweifellos hast du Gerüchte über mich gehört", bemerkte Ian kühl. „Das ist ein guter Grund, mir zu gehorchen."

„Gerüchte." Sie schnaubte abfällig. „Gerüchte." Sie stellte die Schüssel auf einen stabilen, abgenutzten Tisch und befahl ihm: „Iss."

Er sollte das nicht tun. Aber er war hungrig, denn er hatte in der vergangenen Woche fast pausenlos Leslie versorgt und war nur selten dazu gekommen, einen Bissen zu essen. Jetzt knurrte ihm bei dem Duft, der von der Schüssel aufstieg, der Magen. Er streifte sich seine ledernen Reithandschuhe ab und legte sie auf den Tisch, setzte sich auf den Hocker und nahm den Löffel. Verstohlen untersuchte er das Gebräu.

Eintopf. Es sah wie Eintopf aus.

Die Hexe stand mit überkreuzten Armen in einer schattigen Ecke. „Iss! Iss und sei auf immer mein Sklave."

Mit einem Trick, den man ihm als Kind schon beigebracht hatte, sah er zu ihr und ließ ihr Bild vor seinen Augen verschwimmen. Er konnte deutlicher sehen, wenn er sich nicht von dem Äußeren ablenken ließ, und er erkannte, dass die Frau log. Mit jedem ihrer Atemzüge, mit jeder ihrer Bewegungen, log sie.

Aber am wichtigsten war, dass sie nicht vorhatte, ihn zu vergiften, wenigstens heute nicht.

„Wenn du nicht mein Sklave werden willst, dann iss zu deinem eigenen Wohl", sagte sie. „Du siehst ausgezehrt und hungrig aus, und es ist ungemütlich, mit einem hungrigen Wolf im selben Raum zu sein."

Er kostete von dem herrlich nach Kräutern und Knoblauch riechenden Eintopf. Er nahm einen weiteren Bissen, und der Geschmack überzeugte ihn von einem – die Hexe sollte die Aufsicht in der Küche von Fionnaway Manor führen, anstatt in einer Hütte im Wald ihr Dasein zu fristen. Fionnaways Küche ließ viel zu wünschen übrig. „Es ist gut."

Sie lächelte, und er fragte sich, mit welchem Zauberspruch es ihr gelungen war, all ihre Zähne zu behalten, weiße, feste, jung aussehende Zähne. „Es ist verzaubert", antwortete sie. Sie reckte sich, nahm ein in Stoff gewickeltes Päckchen aus dem Regal über sich und warf es ihm zu.

Ian öffnete es und fand einen flachen Brotlaib. Er brach ein Stück ab, tunkte es in die Soße und kaute nachdenklich. Ein feiner Nussgeschmack breitete sich auf seiner Zunge aus, und er musste ihr beipflichten. „Stimmt."

Die Hexe ging in die andere Ecke, nahm Mörser und Stößel von einem Regal voller Beutel, Gläser und loser Blätter. Den Mörser gegen ihren Bauch drückend, begann sie etwas zu zermahlen, während sie ihn seinem Essen überließ.

Als er seinen schlimmsten Hunger gestillt hatte, schob er die Schüssel fort und sah sich im Raum um. Kletterrosenranken nickten vor den Fenstern im Wind. Eine wunderschön geschnitzte Truhe stand in der Mitte der gegenüberliegenden Wand, und eine Bettstatt aus Seilen und Stöcken hing in einer Ecke, bedeckt mit weichen Pelzen. Sie gaben ein bequemes Lager für die riesige, gescheckte Katze ab, die auf einem sonnenbeschienenen Fleck vor sich hindöste, gelangweilt ein Auge öffnete und ihn verächtlich musterte, bevor sie sich reckte und dann weiterschlief.

Er wischte sich sorgfältig den Bart mit seinem Taschentuch ab und wünschte sich einmal mehr, sein Kammerdiener hätte ihn hierher begleitet, anstatt beleidigt zu kündigen, aber englische Dienstboten waren reichlich eigen, wenn es darum ging, nach Schottland zu reisen. „Du wirst mit mir nach Fionnaway kommen."

Behutsam stellte sie den Mörser auf das Regal und kam dann zu ihm gehumpelt, um die Schüssel vom Tisch abzuräumen. „Was soll ich wegen Mr. Fairchild tun?"

„Ich möchte, dass du ihm sein Leiden erleichterst."

„Sie erwarten nicht, dass ich ihn heile?" Sie fixierte ihn wie ein Greifvogel, ohne zu blinzeln.

„Wenn du das kannst, aber Gottes Hand liegt schwer auf seiner Schulter ..."

„Eher des Teufels Hand." Die Hexe hielt sich den Mund zu, als bereute sie ihren Ausbruch, aber dann ließ sie die Hand sinken. „Wissen Sie, was der heilige Petrus tun wird, wenn er Mr. Fairchild erblickt?"

Ian vermutete, dass er eine ziemlich gute Vorstellung davon hatte, konnte aber kaum glauben, dass die Hexe die Unverschämtheit besäße, es ihm zu sagen.

„Er öffnet eine Falltür und lässt ihn geradewegs in die Hölle fallen." Sie schlug sich mit der Faust gegen die Brust. „Ich erkenne Ihren Vater als einen von Beelzebubs Dämonen, weil ich selber von Grund auf böse bin."

„Ich bebe vor Furcht."

„Das sollten Sie auch." Dann wurde ihr klar, dass er sich über sie lustig gemacht hatte, und sie fragte in unheilschwangerem Ton: „Haben Sie nicht gehört, was ich dem Schmied angetan habe?"

„Kennie, dem Aal?"

Sie beugte sich vor und rieb sich die Hände. „Man nannte ihn früher Kennie, den Bock."

„Ich habe die Geschichte gehört." Er nahm eine gelangweilte Haltung an. „Ist das das Schlimmste, was du tun kannst?"

Sie starrte ihn indigniert an, bevor sie ihm entgegenschleuderte: „Ich kann Ihre Männlichkeit derart zusammenschrumpfen lassen, dass Sie einen roten Faden daran binden müssen, um sie wieder finden zu können!"

Er konnte sich nicht helfen, er musste lachen. „Du wirst eine willkommene Unterhaltung sein, wenn du ins Herrenhaus kommst.“ Diese böse Hexe war viel zu verwöhnt von Männern, die vor ihr aus Furcht um ihre Männlichkeit auf dem Boden krochen. Er würde es wagen, ihren Zauberkräften zu trotzen, und seinen Willen als Herr durchsetzen. „Du *wirst* kommen.“

Die Alte verschränkte ihre Hände in den langen Ärmeln ihres Kleides. Sie wollte ihm nicht gehorchen. Ebenso wenig wollte sie sich mit ihm anlegen. Hexe oder nicht, verdorrte Männlichkeit hin oder her, sie würde verlieren. „Aye“, sagte sie mürrisch. „Das werde ich. Aber warum erst jetzt Hilfe holen? Er ist seit Ihrer Ankunft hier krank und war es schon davor.“

„Ja, aber jetzt schreit er und sieht Sachen, die gar nicht da sind – und er fürchtet sich.“

Sie dachte angestrengt über seine Worte nach, und Ian erkannte, warum Mrs. Armstrong ihm vorgeschlagen hatte, hierher zu kommen. Vielleicht war die Hexe böse, aber ihre Besonnenheit beruhigte ihn. „Der Arzt aus Edinburgh, der ihn untersucht hat, erklärte, er habe noch nie zuvor einen Todeskampf wie den meines Vaters gesehen, und hat mir eine Flasche Laudanum dagelassen sowie die Anweisung gegeben, es ihm so angenehm wie möglich zu machen, bevor ihn ... sein Ende ereilt.“

Sie schlurfte zu den Bündeln getrockneter Kräuter, die von den niedrigen Balken hingen, griff nach einem und zog daran. Getrocknete Blätter rieselten auf sie herab. Sie nahm eines davon, zerrieb es in ihrer Hand und roch nachdenklich daran. „Sollte der alte Mr. Fairchild sterben, denken Sie, Sie wären der neue Laird.“

„Ich werde der neue Herr sein.“ Er bekämpfte das niedere Verlangen, aber es war zu tief in ihm verwurzelt, lag so dicht unter seiner Haut, dass er es sich immer wieder ungebeten in seine Gedanken drängte. Er wünschte sich den Tod seines Vaters. Er wünschte sich den Tag herbei, an dem er auf immer von dem Hohn, der Boshaftigkeit und den seelischen Grausamkeiten, die Leslie so gekonnt zuzufügen wusste, befreit wäre.

Und dann würde ... ah, dann würde Fionnaway ihm gehören.

Als hätte sie seine Gedanken gelesen, fragte die Hexe: „Was ist mit der lieblichen Lady Alanna?"

Schmerz schwang in ihrer Stimme mit, ein persönliches Interesse, das er nicht recht einordnen konnte. Es verschaffte ihm einen Vorteil, denn schließlich hatte ein Mann wie er seine Sinne an nichts außer dem bloßen Überleben geschärft. „Lady Alanna?" Er betrachtete seine Fingernägel. „Sie ist unerheblich."

„Ach ja?" Die seltsame Erregung der Hexe nahm zu. „Aber sprechen nicht die Bauern von ihr? Haben nicht die Fischer von ihr gesprochen? Haben die Diener Ihnen nicht Geschichten von ihr erzählt, und das mit Tränen in den Augen?"

Sie hatte Recht. Die Leute von Fionnaway sehnten sich nach ihrer Lady Alanna, hofften auf ihre Rückkehr. Es war fast, als hofften sie, dass das Erzählen ihrer Geschichten sie ihnen zurückbringen würde. Schlimmer noch, sie benahmen sich, als könnte *er* sie zurückbringen. Als könnte *er* das begangene Unrecht wieder gutmachen. Er, Ian, ein halber Fairchild und mit eben diesem Erbe befleckt.

„Haben Sie ihr Gespenst nicht gesehen?" flüsterte das alte Weib.

Langsam hob er seinen Blick, bis er ihr in die Augen sah. Ihr Gespenst. Nein, er hatte nicht ihr Gespenst gesehen. Er hatte sie gesehen. Er hatte die Narbe an seinem Hals, um das zu beweisen. Sie war in seinem Schlafzimmer gewesen, hatte ihn verspottet, bedroht, war bereit gewesen, ihn umzubringen ... und warum? Weil sie ihr Erbe zurückhaben wollte.

Ian wusste nicht, wo Lady Alanna sich versteckte. Er wusste

nur, dass sie eine Bedrohung für ihn darstellte und ihn dieses Stück Land kosten mochte, das die Einsamkeit seiner Seele stillte.

Die Hexe las seine Gedanken und sprach sie mit unheimlicher Treffsicherheit aus: „Sie lebt."

„Und wenn schon? Sie hat ihr Erbe im Stich gelassen."

„Nein, so war es nicht! Wenn Sie wüssten, warum sie verschwand ..."

„Dann sag es mir doch. Warum ist das Mädchen weggelaufen?"

Die Hexe kam näher, so dass ihr hässliches Gesicht dicht vor seinem war. Der Geruch von Minze umgab sie. „Wegen Ihres Vaters, Mr. Fairchild. Wegen Ihres Vaters."

„Nenn mich nicht Mr. Fairchild", erwiderte er. „Das ist der Name meines Vaters. Ich heiße Ian."

Sich in ihre dunkle Ecke zurückziehend, legte sie die Minze auf das Regal. „Lady Alanna wollte den Namen auch nicht tragen." Sie nahm wieder Mörser und Stößel und betrachtete erstaunt die zerstoßenen Blätter, so als ob sie sich nicht daran erinnern konnte, sie bearbeitet zu haben. „Ihr Vater verkündete, sie zu seiner Frau machen zu wollen."

Ian konnte seine Überraschung kaum verhehlen. „Leslie? Er wollte Lady Alanna heiraten?"

„Sie ist eine Erbin." Die Hexe leerte den Inhalt des Mörsers in ein Ledersäckchen, wobei sie etwas davon verschüttete. Ihre Hände bebten, und sie besah sie sich, als wären es nicht ihre eigenen. „Als ihr Gatte hätte er vollkommene Verfügungsgewalt über sie und ihr Vermögen."

„Er war – ist – ihr Vormund. Er *hat* doch schon Verfügungsgewalt über ihr Vermögen." Für einen Vormund war der Versuch, sein minderjähriges Mündel zu heiraten, das Niederträchtigste überhaupt – und nichts weniger, als Ian von seinem Vater erwartete.

„Aber sie brachte ihm keinerlei Achtung entgegen, und kindisch wie sie war, ließ sie es ihn spüren. Ihre Leute folgten ihrem Beispiel, und Mr. Fairchild spürte, wie ihm die Kontrolle entglitt. So dachte er, dass er, wenn er sie in sein Bett nähme ..."

Die Lage war wirklich bedenklich, wenn es sogar eine Frau, die so hässlich war wie die Hexe, bei dem Gedanken an Leslie vor Abscheu schüttelte, aber Ian verstand sie. Etwas an seinem Vater stieß andere ab, etwas, das im Laufe der Zeit immer widerlicher wurde. „Wie alt war sie?"

„Als ihr Vater starb, war sie gerade fünfzehn geworden. Leslie Fairchild traf an dem Abend ihres sechzehnten Geburtstages ein." Die Hexe rieb sich die Arme, während sie die Ereignisse leise mit einer Stimme erzählte, die frei von dem vorherigen Krächzen zu sein schien. „Er hätte sie an ihrem siebzehnten Geburtstag geheiratet."

Er beugte sich bedeutungsvoll vor. „Sie ist seit vier Jahren fort."

„Aye, vier Jahre."

Langsam lehnte er sich wieder zurück, die Ellbogen auf den Tisch stützend und eine lässige Haltung annehmend. „Vier Jahre." Und egal, wie lange er hin und her rechnete, vier und siebzehn ergab einundzwanzig.

„Lady Alanna erklärte, sie werde Mr. Fairchild am Altar das Jawort verweigern, so dass er glaubte, sich ihrer Zustimmung anders versichern zu müssen", fuhr die Hexe fort, ohne von der Richtung, die seine Gedanken nahmen, etwas zu bemerken.

Immer noch leicht benommen von der Erkenntnis, dass Lady Alanna bald ihre Volljährigkeit erreichen würde, bemühte er sich, die Bedeutung der Worte der Hexe zu erfassen. „Er vergewaltigte sie?"

„Nicht ... ganz." Die Hexe grinste hämisch. „Ihr Vater war nicht in der Lage, die Tat zu vollbringen."

Schon bald, darauf würde er wetten, würde Lady Alanna aus ihrem Versteck kommen, um die Fairchilds von ihrem Land zu vertreiben, und nichts, das er tun konnte, würde sie aufhalten. „War das auch dein Werk, alte Hexe?“ fragte er spöttisch, wütend über diese Entwicklung der Dinge.

Sie sah erschreckt aus, dann schenkte sie ihm ein ehrliches Lächeln. „Aye. Das war es tatsächlich.“

Sie log nicht; er schlug ein Bein über das andere.

„Das wird dir auch nicht helfen, Söhnchen, wenn die Hexe von Fionnaway beschließt, sich deine Männlichkeit vorzunehmen“, erklärte sie fröhlich.

In einem Augenblick war sie eine echte Bedrohung, im nächsten nur noch eine grässliche alte Frau. Eine grässliche alte Frau, die mehr wusste, als sie sagen würde. „Wo ist Lady Alanna jetzt?“ verlangte er zu wissen.

„Das weiß ich nicht.“

„Komm her!“ Sie gehorchte, genau so, wie er es erwartet hatte. Wenn er diesen Tonfall benutzte, gehorchte jedermann. Als er seine Hand ausstreckte, fing sich das Sonnenlicht in seinem Ring, und ihr Aufkeuchen erfüllte ihn mit tiefer Befriedigung. „Schön, nicht wahr?“

Er drehte ihn, so dass das Silbergeflecht die Sonnenstrahlen zurückwarf. Was der Stein nicht tat. Der Meeresopal strahlte sein eigenes Licht aus, von tief innen, und die Hexe betrachtete ihn gebannt, als verzauberte sein Schimmer sie.

„Berühr ihn“, befahl er.

Ihre dürren Finger streckten sich dem Stein entgegen.

„Du willst es“, sagte er leise. „Er ruft dich.“ Und wenn sie ihn berührte, dann würde er so viel über sie erfahren ...

Das Sonnenlicht fiel auf ihre aschebestäubte Hand. Sie blickte darauf und schien zu Sinnen zu kommen. Zurückzuckend krächzte sie: „Nee, nee, mein lieber Junge. Ich habe hier mein ganzes Leben zugebracht. Glauben Sie im Ernst, ich kenne die Sage von dem Meeresopal nicht? Obwohl ich mich frage, wie Sie davon erfahren haben. Was verleitet Sie zu der Annahme, Sie könnten seine Kräfte nutzen? Und wo haben Sie diesen Ring her?"

„Er gehörte meiner Mutter." Er beantwortete die letzte Frage, ohne vorzuhaben, die anderen zu beantworten. Sie hatte einen starken Willen, diese Hexe, und er konnte sich einzig auf seinen gesunden Menschenverstand verlassen, um das Geheimnis von Lady Alanna zu lüften – bevor er Fionnaway ganz verlor.

Lady Alanna und die Hexe steckten in Schwierigkeiten.

Und doch wirkte die alte Vettel kein bisschen eingeschüchtert. Während sie Blätter in den Mörser tat, trafen ihre Blicke sich. „Wie können Sie mit dem Wissen leben, dass sie Land und Vermögen des lieben Mädchens erben werden?"

Was er nicht würde, wenn er nicht vorsichtig war. „Ich bin den englischen Raubvögeln vorzuziehen."

„Sind sie denn kein englischer Raubvogel?" fragte sie, und ihr gälischer Zungenschlag war stärker als zuvor.

Er hasste es, die Wahrheit zu enthüllen, aber er hatte sich vor langer Zeit geschworen, sich seiner Herkunft nicht zu schämen. „Die Familie meiner Mutter lebt hier schon seit ewigen Zeiten."

Der Stößel rutschte knirschend in den Mörser, als er ihren Fingern entglitt, und Ian erschauerte bei dem unangenehmen Geräusch. Der Blick der Alten fiel auf seinen Ring.

Bevor sie nachfragen konnte, lenkte er sie ab. „Ich werde Land und Leute beschützen, Alte."

„Sie sagen, Sie werden sie beschützen?" Mit der Unverschämtheit des Alters schnaubte sie und lachte wiehernd. „So wie Leslie Fairchild es tut? Den Bauern die verdorbene Ernte besteuern? Verlangen, dass die Kinder die Höhlen am Strand nach kostbaren Steinen absuchen, wo keine sind? Die Strände und Ländereien aus einer Laune heraus zerstören?"

„Ist es das, was du erwartest?“

„Selbstverständlich“, stieß die Hexe aus und strich sich mit der Hand die grauen Haare aus dem Gesicht, die über ihr rechtes Auge hingen. „Mr. Fairchild hat nicht mehr Ehre im Leib als ein Ziegenbock. Nicht mehr als Sie, vermute ich.“

„Vermutlich.“ Er grinste über ihren Verdruss, aber bevor sie etwas erwidern konnte, ertönte ein leises Kratzen an der Außenwand der Hütte, und beide wandten sich um.

„Madam Hexe?“ rief eine furchtsame Stimme.

Ian kannte die Stimme.

„Madam Hexe? Entschuldigung, aber sind Sie da?“

Ian fuhr herum und starrte die Alte finster an. „Wilda?“ Die alte Frau an den Schultern packend und beiseite schiebend, trat er aus dem Haus. „Wilda, was tust du hier?“

Wilda, die goldhaarige, wunderschöne, unschuldig aussehende Wilda, erschrak und zuckte zurück, als wäre es seine Gewohnheit, sie zu schlagen. „Ian! Was machst *du* denn hier?“

„Ich habe zuerst gefragt.“

„Aber Ian, ich hätte nie gedacht, dich hier zu sehen. Ich meine, ich kann mir nicht vorstellen, dass du eine Hexe um Rat fragen gehst wegen Warzen an den Händen oder weil deine Stimme schrill ist oder so etwas. Nicht, dass sie es wäre. Schrill, meine ich. Es ist eine angenehme Stimme, wirklich, und ich mag es, wie du klingst, selbst dann noch, wenn du meinetwegen verärgert bist ...“, Wilda spähte unter der gebogenen Krempe ihres samtenen Reithutes hervor, „wie du es jetzt gerade bist.“

„Sehr verärgert.“ Er beherrschte seine eben gepriesene Stimme nur mühsam. Wenn man bei Wilda die Führung des Gespräches nicht entschlossen an sich riss, gingen die Pferde mit ihr durch – und Vernunft und Verstand kämpften auf verlorenem Posten. „Warum bist du hergekommen? Wer hat dir von diesem Ort erzählt?“

„Ich hörte meine Zofe mit Mrs. Armstrong über die Köchin reden. Du weißt doch, sie ist eine ausgezeichnete Zofe. Als du mich herbrachtest, hatte ich nicht damit gerechnet, eine gute Kammerzofe zu haben. Was ich meine, ist, sie servieren zum Frühstück *Haferschleim*, und es ist hier immer so kalt ..." Wilda zitterte in ihrem perfekt sitzenden Reitkostüm, das das Blau ihrer Augen vorteilhaft unterstrich, „und ein Land, das noch nicht einmal in der Lage ist, einen anständigen Sommer zu Stande zu bringen, lässt einiges zu wünschen übrig, aber die Diener sind ganz entzückend zu mir. Tatsächlich sind alle entzückend zu mir." Sie lächelte die Hexe an. „Finden Sie nicht auch die Leute hier entzückend?"

Die Hexe trug denselben verblüfften Ausdruck, wie Ian sah, als er sich zu ihr umdrehte, den die meisten Menschen zeigten, wenn sie zum ersten Mal mit Wildas Geplapper konfrontiert wurden. „Entzückend", murmelte sie.

Wilda nickte befriedigt. „Ich wollte mit Ihnen sprechen, aber das kann ich nicht, solange Ian hier ist. Es ist Mädchengeschwätz, und Sie wissen bestimmt, wie sehr Männer Mädchengeschwätz verabscheuen. Mama sagt, Männer machten sich Sorgen, dass Frauen klüger sein könnten als sie, aber das habe ich noch nicht festgestellt. Die meisten Männer, die ich kenne, scheinen sich vollkommen sicher zu sein, dass sie klüger sind als ich, was wirklich dumm ist, weil die meisten Männer so einfältig sind, dass sie nicht über den Busen einer Frau hinaus in ihr Gesicht schauen können, geschweige denn ihre Intelligenz beurteilen. Finden Sie nicht auch?"

Die dreckige, hässliche, schreckliche Hexe schaute belustigt von Ian zu Wilda.

Ian kannte diese Reaktion schon. Sie konnte nicht entscheiden, ob Wilda sich über sie lustig machte oder es ernst meinte, doch er war nicht in der Stimmung, sie aufzuklären. „Wilda", sagte er, „siehst du irgendwo mein Pferd?"

Wilda sah sich in dem Garten um, bis sie den Hengst friedlich grasend im Schatten der Bäume entdeckte. „Oh!“ Auf ihren Wangen erschienen Grübchen. „Da ist ja Tocsin. Bist du dann wohl auf ihm hergekommen?“

„Ja, genau, *ich* bin hergeritten.“ Er nahm ihren Arm. „Und wie bist *du* hergekommen?“

„Ich bin auch geritten.“ Wilda nickte bekräftigend, und die Feder an ihrem Hut wippte vor seiner Nase auf und ab.

„Wo ist dein Pferd?“

„Ich habe es genau da ...“ Sie zeigte an eine Stelle, dann ließ sie ihre Hand sinken. „Nun, ich dachte, ich hätte es da gelassen?“

„Hast du es angebunden?“

Sie schlug sich eine behandschuhte Hand vor den Mund.

„Du darfst nicht immer wieder vergessen, dein Pferd anzubinden“, erinnerte er sie freundlich, wie er es schon oft getan hatte.

„Ja, Ian.“

„Ich bringe dich nach Fionnaway zurück.“ Damit gab er ihr einen sanften Stoß in Richtung seines Pferdes und sagte: „Geh schon. Ich muss noch meine Geschäfte mit der Hexe zu Ende führen.“ Er wartete, bis Wilda außer Hörweite war, dann senkte er seine Stimme. „Alte, wenn du Wilda jemals Schaden zufügst, wirst du herausfinden, dass die Gerüchte wahr sind.“

Sie starrte ihn mit offenem Mund an. „Welche Gerüchte?“

„Diejenigen, die besagen, dass ich eine Macht bin, mit der man rechnen muss.“

Sie schloss den Mund augenblicklich. „Was werden *Sie* tun, wenn Sie herausfinden, dass die Gerüchte wahr sind?“

„Welche Gerüchte?“

„Die über die Rückkehr der rechtmäßigen Erbin.“

Sie waren zum Kern der Angelegenheit vorgestoßen. „Wenn du etwas weißt, das meinen Anspruch auf Fionnaway gefährdet, dann solltest du es mir mitteilen. Schließlich ist die Hexenverbrennung ein alter, ehrenhafter Brauch ... nur leider überaus schmerzhaft für die Hexe.“ Während er bedrohlich vor ihr aufragte, hörte man Donnergrollen, obwohl sich über ihnen ein wolkenloser blauer Himmel wölbte.

Nichts, was er ihr zuvor gesagt hatte, war in der Lage gewesen, sie einzuschüchtern, aber die Androhung des Scheiterhaufens war wirkungsvoll. Sie duckte sich, bis sie beinahe den Boden berührte, und wimmerte, und er fragte sich einen bitteren Augenblick lang, ob es sein Fairchild-Erbe war, das ihn so meisterhaft diese alte Frau in Angst und Schrecken versetzen ließ.

Aber sie verdiente es, verdammt noch mal, mit ihren Anspielungen auf die rechtmäßige Erbin. Wenn Wildas unpassende Unterbrechung nicht gewesen wäre, hätte er vielleicht schon jetzt alles herausgefunden. Stattdessen starrte er ihr drohend in die Hexenaugen ... Sie waren groß, und während er in sie schaute, versank er in ihren Tiefen – direkt in ihre einsame Seele.

Eine Hexe? Nein. Er glaubte nicht an Hexen. Böse? Sie war aufsässig, verängstigt und entschlossen – wenn einen das böse machte, dann musste man ihn auf denselben Scheiterhaufen binden.

Gefangen in einem unglückseligen Bann, starrten sie einander an, und Ian überkam das vage Gefühl, auf ein Rätsel gestoßen zu sein.

Da war etwas, etwas Seltsames, Vertrautes ... Er hätte schwören können, dass er ihr schon einmal in die Augen geschaut hatte.

Wenn er diese alte Frau nur so sehen könnte, wie sie wirklich war, ohne die Maske des Alters und der Bosheit, würde er die Wahrheit herausfinden. Er strengte sich an, kämpfte sich durch ihre Verstellung zu dem Kern ihres Seins.

Er war nah, so nah ...

„Ian“, rief Wilda. „Tocsin lässt mich nicht aufsteigen.“

Die Hexe blinzelte, es war ihm, als fiele ein Vorhang und verhüllte ihre Seele.

Ian trat zurück, aus dem Bann befreit, und wankte wie ein Mann nach einem dreitägigen Trinkgelage. Der Sinnestaumel war wundervoll gewesen, solange er angedauert hatte, doch jetzt war er verärgert und zornig.

Wilda schrie. „Ian!“

Als er zu ihr hinüberblickte, sah er, dass sie sich mit beiden Händen am Sattel festhielt, während sie, den einen Fuß im Steigbügel, neben dem Pferde hüpfte. Ohne einen weiteren Gedanken an die Alte und ihr Geheimnis zu verschwenden, wandte er sich seiner Cousine zu. „Wilda, du kannst doch nicht mit einem Hengst fertig werden!“ Er bekam Tocsin an den Zügeln zu fassen und brachte das entrüstete Tier zum Stehen. Wilda zur Seite stellend, schwang er sich selbst in den Sattel und hielt ihr dann eine Hand hin.

Vertrauensselig legte Wilda ihre Hand in seine. Das sorgfältig gegerbte Leder des Sattels knirschte leise, als sie sich im Damensitz vor ihm niederließ und ihre Röcke ordnete. Erst dann wandte sich Ians Aufmerksamkeit wieder der Alten vor der Hütte zu. Tocsin zu ihr lenkend, sagte er: „Ich schicke jemanden, der dich nach Fionnaway bringt.“

Sie zog ihren Kopf ein. „Ich komme allein.“

Er zögerte. Sollte er ihr glauben? Aber wo sonst konnte sie schon hingehen? „Verlauf dich bloß nicht.“

Seine Warnung hing noch in der Luft, während Wilda arglos „Leb wohl!“ rief.

Die Hexe erhob sich langsam aus ihrer ehrerbietigen Stellung, trat in den Juni-Sonnenschein und sah Ian und seiner befremdlichen Begleitung nach, wie sie fortritten.

Dann begann ihre Verwandlung. Ihr Rücken richtete sich auf, bis ihre Haltung jugendlich straff war. Sie schüttelte ihr Haar aus und hustete, als eine Wolke aus grauer Asche sie einhüllte. Sie zog die Polster aus ihrem Kleid und warf sie von sich, zog den Gürtel fest um ihre schmale Taille. Mit einem Schulterzucken streifte sie sich den wollenen Buckel ab und wischte sich mit einem Stoffzipfel den Schmutz aus dem Gesicht. Als wäre sie ein schöner Schmetterling, der aus der einfachen Puppe, in der er gefangen war, geschlüpft ist, reckte sie sich und drehte sich einmal um sich selbst.

Wie ein Gestaltwandler, als den der Verwalter sie bezeichnet hatte, hatte sie sich selbst in eine junge Frau verwandelt. Sie trug die grobe Wollkleidung der Dorfbewohner in den Highlands und ein Halsband mit eingravierten Runen; sie lebte alleine in einer Hütte im Wald, aber nur ein Narr würde sie nicht wieder erkennen – und auch wenn er ihre Verkleidung nicht durchschaut hatte, so war sie doch weit davon entfernt, Ian Fairchild für einen Narren zu halten.

Seine Abschiedsworte verstörten sie, und die Willensstärke, mit der er sein Ziel verfolgte, beunruhigte sie. Die Katze kam aus der Tür und schmiegte sich an ihre Beine. Ohne weiter nachzudenken, hob sie das Tier auf und kraulte ihm den Nacken. „Er ist klug, Whisky“, erklärte sie dem Kater. „Viel klüger als sein Vater. Und zuvorkommend.“ Sie hielt die Katze hoch und sah ihr in die goldenen Augen. „Viel zuvorkommender als sein Vater, aber das versteht sich von selbst. Und gut aussehend ... er ist der bestaussehende Mann, den ich je gesehen habe, und es ist offensichtlich, dass er Frauen anzieht – schöne, geschwätzige Frauen – wie der Nektar die Bienen.“ Whisky begann sich in ihrem Griff zu winden, und sie setzte ihn ab. „Was jetzt noch abzuwarten bleibt, ist, ob er genauso gewitzt ist wie die Hexe von Fionnaway? Ist er so gewitzt wie Lady Alanna?“

3. KAPITEL

„Puh, war die hässlich!“ Wilda schüttelte sich im Sattel vor Ian. „Ich weiß nicht, ob ich mit ihr reden kann, ohne sie anzustarren, und Mama sagt, es ist unhöflich, jemanden anzustarren, obwohl ich einige Leute einfach anstarren muss. Ich meine, meine Augen bleiben einfach an ihnen hängen, und wenn ich wegschaue, werde ich verlegen, dann sehe ich wieder hin und schon starre ich sie wieder an. Selbstverständlich sähe sie besser aus, wenn sie sich all die Salbe aus ihrem Gesicht abwischen würde.“

Gefangen in dem Strudel zusammenhangloser Gedanken, den Wilda mühelos erzeugen konnte, fragte Ian: „Deine Mutter?“

„Nein, die Hexe! Über die sprechen wir doch gerade, oder?“

„Natürlich.“ *Vor mehreren Minuten.*

Wilda seufzte aufgebracht. „Hexen sind Furcht erregend, nicht wahr? Ich meine, ich hatte schon immer schreckliche Angst vor ihnen, obwohl Mama immer gesagt hat, dass es sie gar nicht gibt, aber wenn eine Hexe auf den Fairchild-Ländereien lebte, würde sie doch bestimmt nicht Mama darüber aufklären, dass sie eine Hexe ist, oder? Es wäre vollkommen unsinnig, vorbeizukommen und zu sagen, ‚He, ich bin eine Hexe‘, denn Mama würde ihr sowieso nicht glauben, und selbst wenn sie es täte, würde sie der Hexe gar nicht erlauben, dort zu leben, und ich kann mir nicht vorstellen, dass eine Hexe Mama trotzen könnte, oder kannst du das?“

Er wusste nicht, ob er Wilda schütteln sollte, bis ihr Geschnatter verstummte, oder so weit fortlaufen, dass er sie nicht mehr hören müsste. Aber sie war seine Cousine, neunundzwanzig Jahre alt und immer noch unverheiratet. Er hatte sie in dieses gottverlassene Land mitgenommen, wo die Leute ein unverständliches Englisch sprachen und sich von einer Mischung aus Schafslungen, Herzen und

Leber zusammen mit dem allgegenwärtigen Haferschleim, alles in dem Magen des geschlachteten Tieres gekocht, ernährten. Sie nannten das Haggis. Er nannte es ekelhaft.

„Ian, hörst du zu?“ klagte sie.

Sich zu Geduld mahnend, lenkte er das Pferd den Hügel hinauf zum Herrenhaus. „Natürlich, Wilda. Ich höre dir immer zu.“

Sie drehte sich zu ihm um und sah ihn mit einem unschuldigen Ausdruck in den aufgerissenen blauen Augen an. Dann verwandelte ihr strahlendes Lächeln sie von einem dummen Gänschen in eine der schönsten Frauen der bekannten Welt, mit der angeborenen verführerischen Anmut einer Helena von Troja – oder einer Fairchild aus Sussex. Den Arm, der sie umschlang, tätschelnd, vertraute sie ihm an: „Das mag ich so an dir, Ian, du gibst mir nie das Gefühl, dumm zu sein.“

Er erwiderte den Blick dieser ungekünstelt freundlichen Frau. Sie liebte ihn, behandelte ihn, als wäre er nicht anders als alle anderen, und dafür würde er noch viel mehr für sie tun, als ihrem Geschnatter ein Ohr zu leihen. „Nur ein Narr würde dich für dumm halten, Wilda, und niemand würde mich einen Narren nennen.“

„Nun ja, außer deinem Vater, aber der nennt dich ja alle möglichen Sachen.“

Er versteifte sich, seine alten Wunden waren immer bereit, wieder zu bluten.

Sie kicherte. „Er versucht, sich selbst dadurch aufzuwerten, der Arme.“

Wieder nach vorne sehend, rieb sie mit ihrem Finger über die wellenförmig glatte Oberfläche des Edelsteines an seinem Ring, und er spürte die vertraute Wärme, die er immer mit Wilda in Verbindung brachte. Sie war *nicht* eigentlich dumm, nur ungebildet und trotz ihrer Herkunft und Erziehung beinahe lächerlich naiv. Wegen ihrer erstaunlichen Zuneigung für ihn würde er sie vor jeder Bedrohung beschützen. Und deswegen erkundigte er sich auch jetzt streng: „Was hattest du bei dem Hexenhaus zu suchen?“

„Ach, es war ein so wunderschöner Morgen, und ich dachte, ich mache einen kleinen Ausritt, weil es fast warm ist, auch wenn ich dir ehrlich sagen muss, Ian, dass meine Füße in den Reitstiefeln richtige Eisklumpen sind.“

„Wilda“, wiederholte er, „was wolltest du von der Hexe?“

„Das Pferd, das sie mir in den Ställen gaben, war ganz sanft, eine Stute, weshalb ich sehr erstaunt bin, dass sie einfach fortgelaufen ist. Was glaubst du, ihr wird doch nichts zugestoßen sein?“ Wilda versuchte ihm auszuweichen; das war ungewöhnlich, da sie normalerweise einfach drauflos schwätzte, ohne ein bestimmtes Ziel zu verfolgen.

Aber er antwortete geduldig: „Die Stute wurde extra für dich ausgesucht, weil sie immer wieder zu ihrem Stall zurückläuft.“ Er deutete auf die Stallungen, die man jetzt erkennen konnte. „Ich bin sicher, sie ist schon da.“ Es blieb ihm nur noch wenig Zeit, seine Befragung zu beenden, und bei Wilda war ein wenig Zeit selten ausreichend. „Nun – was wolltest du die Hexe fragen?“

Wilda sank in dem Sattel zusammen und fuhr mit einem Finger die Stickerei auf ihrem Rock nach. „Ich wollte etwas.“

„Von einer Hexe.“

„Nun, von wem sonst könnte ich das bekommen?“ Zu Tocsins Qual schwang ihr Fuß vor und zurück. „Ich brauche einen Zauberspruch.“

Ian beruhigte das Pferd mit einem Tätscheln an der Schulter. „Wofür?“

„Das kann ich dir nicht sagen! Es würde den Zauber zerstören!“

Er hoffte, die Hexe half seinem Vater genug, um den Ärger zu rechtfertigen, den sie verursachte. „Diese Hexe hat keine Zauberkräfte.“

„Das stimmt nicht!“ Wilda fuhr wieder zu ihm herum, um ihn anzusehen. „Hast du noch nicht von Kennie, dem Schmied, gehört?“

Er hob eine Hand und rieb sich über die Augen. „Unzählige Male.“

„Da hast du es!“ verkündete sie triumphierend.

„Wer hat dir davon erzählt?“

Ihr voller Mund verzog sich zu einem Schmollen. „Niemand.“

„Woher weißt du dann von der Hexe?“

„Meine Zofe und Mrs. Armstrong flüsterten miteinander über sie.“ Ihre Züge hellten sich auf. „Ich habe eine Silbermünze. Ich kann ihr ein Kreuz auf die Handfläche machen.“

„Der Hexe. Ja, das könntest du, aber ich glaube, das macht man nur bei Zigeunern, Liebes.“ Beim Klang von Tocsins Hufen auf dem Kies vor den Ställen steckte einer der Stalljungen den Kopf aus der Tür. Er grinste und enthüllte dabei eine große Zahnlücke. Ian nickt ihm zu.

Leise sagte er: „Wilda, hör zu. Es ist gefährlich, durch die Wälder zu streifen, und es ist noch gefährlicher, eine Hexe aufzusuchen. Sie mag zwar nicht zaubern können, aber sie ist eine gerissene alte Frau, die dir Schaden zufügen könnte. Du musst mir versprechen, nicht wieder zu ihr zu gehen.“

„Aber, Ian ...“

„Versprich es mir, Wilda.“

Als er Tocsin zum Stehen brachte, wimmerte sie.

„Oder ich schicke dich nach Fairchild-Manor zurück.“ Das war die schlimmste Drohung und grausam dazu, aber wie er nur zu gut wusste, würden die Schwierigkeiten Wilda ohnehin früher oder später finden. Wilda musste nicht nach ihnen Ausschau halten. „Cousine.“

Sie gab nach, so wie er es gewusst hatte. „Gut. Ich verspreche, ich werde sie nicht wieder aufsuchen. Aber du bist ganz schön niederträchtig, Ian." Bevor der Stalljunge die Zügel gefangen hatte und Tocsin sicher festhielt, glitt sie schon aus dem Sattel auf den Steigblock. „Und ich mag dich nicht mehr leiden."

Damit wirbelte sie davon.

Der Stallbursche sah ihr lächelnd nach. „Ach, sie ist die niedlichste Engländerin, die ich je gesehen hab."

„Ja." Ian schwang sich aus dem Sattel. „Niedlich."

„Sie sind zurückgekommen!" beglückwünschte der Bursche Ian. „'S gut, dass Sie den Fängen der Hexe entkommen sind."

„Da stimme ich dir zu, Shanley." Ian lockerte sein von dem Tag im Sattel in Unordnung geratenes Krawattentuch. „Du bist doch Shanley, oder?"

Shanley ließ den Hengst nicht aus den Augen. „Aye, Mr. Ian."

„Du bist einer von Armstrongs Sprösslingen, nicht wahr?"

Shanley nickte erneut. „Wieder richtig, Mr. Ian." Vorsichtig näherte er sich Tocsins Kopf.

„Wenn du deinen Vater siehst, sag ihm, dass all meine männlichen Körperteile noch intakt sind."

„Danach würd' er nie fragen!"

„Ich würde es hassen, wenn er sich deswegen Sorgen machte." Ian übergab ihm Tocsins Zügel. „Das Pferd hat einen ordentlichen Ritt hinter sich. Reib ihn ab, striegel ihn gründlich, und ich kann dir versprechen, er wird dir keine Schwierigkeiten machen." Tocsin warf eingeschnappt den Kopf hoch, aber Ian stellte sich vor ihn und sah ihm fest in die Augen. „Das wirst du doch nicht, alter Junge, oder?"

Die Nüstern des Hengstes blähten sich, doch Ian unterbrach den Blickkontakt nicht. Schließlich gab das Pferd mit einem unwilligen Kopfnicken nach, und Ian rieb ihm die Nase. „Du bist ein Schöner!" lobte er.

„Aye, Mr. Ian, das ist er.“ Shanley wagte es, Tocsin am Hals zu streicheln. „Hat Ihnen jemand schon mal gesagt, dass Sie gut mit Tieren umgehen können?“

„Ab und zu.“ Das Pferd wandte seinen Kopf Shanley zu, und Ian schaute zu, wie der Bursche das Pferd am Maul kraulte. Tocsin reckte seinen Hals. „Du kannst selber gut mit ihnen umgehen“, bemerkte Ian.

„Das liegt mir im Blut“, antwortete der Junge geistesabwesend.

„Wie meinst du das?“ fragte Ian erstaunt.

Shanley sah Ian fast ein bisschen schuldbewusst an. „Nichts. Das sagt man hier nur so.“

Tocsin wieherte, und es klang so, als kicherte er. Der Junge stellte sich auf die Zehenspitzen und flüsterte dem Hengst ins Ohr: „Straf mich jetzt nich’ Lügen, Großer.“ Mit einem Zungenschnalzen führte Shanley das Pferd zu seiner Box.

Stirnrunzelnd schaute Ian ihm nach. Viele Leute behaupteten, ein Gespür für Tiere zu haben, aber nur wenige hatten das wirklich. Seltsam, zwei davon am selben Ort zur selben Zeit zu finden.

Er schlug den Weg ein, den Wilda vorhin entlanggestürmt war, und ging über die ausgetretenen Steinstufen zum Herrenhaus. Ironischerweise war der Garten der Hexe besser gepflegt als der Schlosshof. Seit der Ankunft seines Vaters und vermutlich schon vorher war die Instandhaltung des Besitzes vernachlässigt worden. Das Dach der Molkerei senkte sich, die Äste der knorrigen Bäume hingen niedrig genug, einen Mann ins Gesicht zu schlagen. Eines der Fenster im Herrenhaus war zerbrochen und die Scheibe durch eine Holzschindel ersetzt worden.

Trotz alldem erfreute der Anblick des Hauses Ians Auge. Das solide Gebäude sah so aus, als fühlte es sich auf seinem erhöhten Platz über dem Meer, an den Wind, der beständig von der See herwehte, gewöhnt, ausgesprochen wohl, als wäre es stolz auf die Aussicht. Zwei Flügel waren im Laufe der Zeit in verschiedenen Stilrichtungen angebaut worden und verliehen dem Haus etwas Vogelähnliches. Die grauen Mauertürmchen waren altertümliche Überbleibsel einer längst vergangenen Zeit, und die breite Steintreppe vor den Eingangstüren lud Ian ein, hineinzugehen.

Was er tat. Er stand in einer geräumigen Halle, die mit vielen Türen gesäumt war. Eine führte zum Arbeitszimmer, eine zur Bibliothek, eine in einen Salon und eine zum Küchentrakt. Eine breite Treppe führte ins Obergeschoss, wo zwei Flure abzweigten, über die man zu den Schlafzimmern gelangte. In einem dieser Schlafzimmer ruhte sein Vater, und dorthin sollte er nun gehen.

Sollte. Ian fuhr geistesabwesend mit der Hand über einen kunstvoll geschnitzten Tisch.

Sollte. Pflicht.

Seit er in Schottland angekommen war, hatten diese Worte sein Leben bestimmt. Es bereitete ihm Freude, seine Verpflichtungen Fionnaway gegenüber zu erfüllen, aber der vernachlässigte Besitz verschlang täglich einen Großteil seiner Zeit und forderte noch mehr. Er verabscheute die Stunden, die er bei der Pflege seines Vaters verbrachte, wobei ihm stets bewusst war, dass nichts, was er tat, den Kranken besänftigen konnte. Jetzt musste er auch noch Zeit dafür opfern, auf Wilda aufzupassen, Zeit, die er nicht hatte.

„Sie sehen immer noch überarbeitet aus, Mr. Ian." Mrs. Armstrong, eine hoch gewachsene, kräftig gebaute Frau kam ihm entgegen, die Arme voll schmutziger Wäsche. „Hat der Ritt Sie nicht erfrischt?"

„Der Ritt, ja." Er reckte die Schultern. Er würde tun, was er tun musste, wie immer. Die Tage der Vergnügungen lagen lange hinter ihm. „Die Hexe ist auf dem Weg hierher, auch wenn Ihr Gatte nicht zu glücklich darüber sein wird."

„Das hat er mir gesagt.“ Mrs. Armstrong war eine zurückhaltende Frau, die ihr ganzes Leben auf Fionnaway verbracht hatte.

„Die Hexe hat mir gegenüber Lady Alanna erwähnt“, bemerkte Ian. „Sie scheint überzeugt, dass die junge Dame noch am Leben ist.“

Mrs. Armstrong verlagerte die Wäsche auf ihre Hüfte. „Wenn das stimmt, dann haben Sie gar kein Gespenst gesehen.“

„Daran habe ich sowieso nie gezweifelt. Ihr Knie hat blaue Flecke auf meiner Brust hinterlassen, und ihr Messer hat mir fast die Kehle aufgeschlitzt.“

„Wir waren zu überrascht, als Sie, etwas von einem Gespenst schreiend, aus ihrem Zimmer gerannt kamen. Jetzt nehmen wir Sie ernst.“

Das war vermutlich das einer Entschuldigung naheste, was er zu hören bekommen würde. Es war aber auch eine Anerkennung seines Charakters. Mrs. Armstrong, deren Urteil er schätzte, erklärte ihn damit für vertrauenswürdig.

Eine weitere Bestätigung dafür, dass er hierher gehörte. „Die Hexe sagte, sie würde Lady Alanna gut kennen.“

„Hat sie?“ Die Stimme der Haushälterin hob sich, als wäre sie erstaunt, das zu hören, und sie ließ ein Handtuch fallen.

Als sie sich bückte, um es aufzuheben, stellte Ian seinen Fuß darauf. „Was sagen Sie dazu?“

Zögernd richtete sie sich wieder auf und sah ihn an. „Ich kann mich nicht erinnern, dass diese Hexe jemals Lady Alanna getroffen hätte. Die alte, aye, aber nicht diese Hexe.“

„Ich verstehe nicht.“

„Wir haben immer eine Hexe hier auf Fionnaway, die in dieser Hütte im Wald lebt. Es gibt Leute, die behaupten, es wäre immer dieselbe Hexe, nur dass Sie immer älter und hässlicher wird, aber das ist blanker Unsinn. Die eine Hexe wird alt und eine neue kommt.“

Sie klang so sachlich, als spräche sie übers Wäschewaschen, und Ian zwang sich, daran zu denken, dass er nicht in England war. Die Hexenjagd war dort längst vorüber, und gebildete Menschen lachten über solchen Aberglauben. Hier jedoch befand er sich im schottischen Hochland, einer Gegend, die im Grunde genommen unzivilisiert war. Mrs. Armstrong, die so vernünftig schien, glaubte ganz offensichtlich an Hexen und an eine Art von magischem Übergang von einer Hexe zu der anderen. Er konnte jetzt keine spöttische Bemerkung machen, das würde sie kränken, deshalb erkundigte er sich höflich: „Woher kommt die neue Hexe?“

Mrs. Armstrong entzog Ians anmaßender Vermutung die Grundlage, indem sie sagte: „Es ist ja nicht so, dass sie wirklich eine Hexe wäre. Wenn dort tatsächlich Wesen mit übernatürlichen Kräften gehaust haben, müssen sie schon vor Jahren verschwunden sein.“ Sie lachte belustigt, lud ihn ein, einzustimmen.

Das konnte er nicht. Er konnte nur ein angestrengtes Lächeln zu Stande bringen.

„Die neue Hexe, die hier auftaucht, ist nur eine alte Frau, die von weniger barmherzigen Dorfbewohnern fortgejagt wurde. Die alte Hexe lehrt sie die Heilkunst, so dass, wenn eine stirbt, wir eine andere haben, die unsere Krankheiten behandelt. Nun, Lady Alanna *hat* viel Zeit mit der alten Hexe verbracht. Ihre Mutter starb so früh, wissen Sie, bei dem Versuch, einen Sohn zur Welt zu bringen, also brachte die Hexe Lady Alanna die Kunst des Heilens bei. Die Herrin eines großen Besitzes muss so etwas wissen.“

Langsam bückte Ian sich und hob das Handtuch auf. „Die Hexe, die ich heute getroffen habe, ist also die neue Hexe? Faszinierend. Sie haben mir viel Stoff zum Nachdenken gegeben.“ Ein Teil des Rätsels um Fionnaway. Das Handtuch zu der übrigen Schmutzwäsche steckend, blickte er Mrs. Armstrong fest in die Augen. „Sie sollten ein wenig vorsichtiger sein mit dem, was Sie sagen, wenn meine Cousine in der Nähe ist. Auch wenn es ihr an gesundem Menschenverstand mangelt, ist ihr Gehör doch ausgezeichnet."

Mrs. Armstrong zog fragend ihre Augenbrauen in die Höhe.

„Ich habe sie heute bei der Hexe getroffen."

Nach einem Leben als Haushälterin auf Fionnaway Manor und als Mutter von sieben Kindern konnte sie nichts so leicht aus der Ruhe bringen, aber sie stieß bei dieser Nachricht doch einen Laut der Besorgnis aus. Seinen Arm tätschelnd, sagte sie: „Ach, Mr. Ian, das hätte schrecklich ausgehen können! Sie muss mir und Agnes zugehört haben, als wir dachten, sie würde sich nur die Füße am Feuer wärmen. Gut, ich werde die anderen warnen."

Er blieb noch einen Augenblick stehen. Mrs. Armstrong hatte sich während seiner Abwesenheit um seinen Vater gekümmert, sie war die Einzige aus der Dienerschaft, die sich das traute. „Wie geht es ihm?"

Sie brauchte nicht zu fragen wer mit *ihm* gemeint war. Sie wusste es. „Mr. Fairchild hat Sie wieder geschmäht."

„Das ist ja nichts Neues."

Ein unheimliches Heulen, das keiner menschlichen Kehle zu entstammen schien, hallte im Korridor wider, und die unerschütterliche Mrs. Armstrong erbebte.

„Die Hexe sollte sich besser beeilen." Ian zog seine Jacke aus und rollte seine Ärmel hoch. „Er braucht Hilfe, und ich weiß nicht, was ich tun soll."

„Reiben Sie sich nur nicht auf, Mr. Ian. Da gibts nichts, womit man ihm noch helfen kann", erklärte Mrs. Armstrong. „Er leidet an der uralten Krankheit, und die hat er selbst über sich gebracht."

Sie klang so schicksalsergeben, beinahe gleichgültig, dass Ian sich erkundigte: „Was meinen Sie?"

„Der Sünder bekommt seine gerechte Strafe, und das unschuldige Lamm wird gesühnt." Sie nickte bekräftigend und hielt die Wäsche vor ihren Bauch. „Denken Sie immer daran, Mr. Ian, wenn er Ihnen seine lästerlichen Flüche hinterherschreit."

„Ja." Ian hatte keine Ahnung, wovon sie sprach, aber er hatte wenig mit Gott zu schaffen. Gott kannte kein Erbarmen mit Geschöpfen wie ihm, auch wenn er Mrs. Armstrong nicht mit solchen Gedanken beunruhigen wollte. Als sie sich abwandte, sagte er: „Eine Sache noch."

Sie blieb stehen. „Aye, Sir?"

„Wie alt wäre Lady Alanna jetzt?"

„Wie alt?" Mrs. Armstrong drehte sich um und sah ihn zweifelnd an. „Sind Sie doch ein wenig müder, als Sie zugeben wollen, Mr. Ian?"

„Wie alt?" wiederholte er.

„Zwanzig ... nein, beinahe einundzwanzig."

Also waren seine Berechnungen richtig. Und ... „Wissen Sie noch das Geburtsdatum von Lady Alanna?"

„Das werde ich wohl", erwiderte sie leicht gekränkt, „schließlich habe ich bei ihrer Geburt geholfen! Es war im Sommer, im Monat Juli. Der einundzwanzigste, denke ich." Mrs. Armstrongs Stirn legte sich in Falten, während sie darüber nachsann. „Aye, es war der einundzwanzigste, der Tag vor der Geburt meines Jamie."

„Danke, Mrs. Armstrong. Sie waren mir eine große Hilfe."

Während sie zur Waschküche weiterging, betrachtete er den Stein an seinem Ring. Der einundzwanzigste Juli. Lady Alannas Geburtstag war in nur vierzehn Tagen.

Es blieb ihm weniger Zeit, als er gedacht hatte.

Die alten Leute in Schottland lächeln nachsichtig, wenn die Jungen nach ihrem magischen Erbe fragen. Dafür habt ihr keine Zeit, ant-

worten sie. Die anstrengende Arbeit, dem kargen Boden das Notwendigste zum Überleben abzuringen oder es aus dem feindseligen Meer zu fischen, beansprucht all eure Zeit.

Manche von den jungen Leuten hören auf sie, beugen ihre Rücken und wenden sich der harten Arbeit zu, so wie sie es sollen.

Andere sehen nur das Wundervolle an der Zauberei. Sie hoffen, sich ihr Leben mit Hilfe von Magie zu erleichtern. Sie wollen Zaubertränke. Sie wollen Zaubersprüche. Sie suchen Hilfe bei Scharlatanen und alten Frauen, die von sich behaupten, über Zauberkräfte zu verfügen.

Sie sind die wahren Narren, denn schließlich wissen alle, dass es keine Hexen oder Zauberer gibt.

4. KAPITEL

Als Hexe verkleidet, öffnete Alanna die Tür von Fionnaway Manor. Hinter ihr lauerte die Nacht, und vor ihr lockte das Licht der Kerzen. Mit großer Sorgfalt schloss sie die Tür, stand dann reglos und lauschte in die Stille.

Niemand war wach. Niemand begrüßte sie, doch als sie ihr Zuhause betrat, überwältigte die Freude sie beinahe. Nur einmal, seit sie von hier geflohen war, hatte sie sich wieder zurückgetraut ... um einen Mord zu begehen.

Sie hatte es nicht tun können. Das hätte sie wissen müssen. Aber die Nachricht, dass Mr. Fairchilds Sohn angekommen war, hatte sie zutiefst erschüttert, und sie war außer sich vor Angst gewesen. Sie hatte ihre Kräuter genommen und ihr schärfstes Messer. Nachts war sie zum Herrenhaus gegangen und hatte sich in sein Schlafzimmer geschlichen.

Wann immer sie an den Schlamassel dachte, den sie daraus gemacht hatte, stöhnte sie innerlich auf. Seitdem hatte sie darauf geachtet, sich von Fionnaway fern zu halten.

Heute jedoch war er zu ihr gekommen. Entgegen ihrer Befürchtungen hatte er Lady Alanna nicht mit der Hexe in Verbindung gebracht, und sie war von dem Mann hierher bestellt worden, der sich für den neuen Herrn von Fionnaway hielt.

Sie war gehorsam erschienen und stand nun da und lauschte den Geräuschen des Hauses. Sie hatte das Knarren der Fensterläden im Wind vermisst. Den süßlichen Geruch des Holzes im Kamin. Das Gefühl von Stein unter ihren Fingerspitzen.

Und doch war sie nur widerwillig hergekommen. Sie wollte Mr. Fairchild nicht behandeln. Auch wenn er ihrer Meinung nach gar nicht schnell genug sterben konnte, so kannte sie sich selbst doch so gut, um zu wissen, dass sie ihm helfen würde, wenn es in ihrer Macht lag.

Aber noch wichtiger war, dass sie Ian Fairchild nicht treffen durfte, soweit sie es verhindern konnte.

Mr. Fairchild hatte natürlich über seinen Sohn gelogen. Der alte Widerling würde auch dann noch eine Lüge erzählen, wenn die Wahrheit genauso seinen Zwecken entsprechen würde, und sie hätte das selbst erkennen sollen. Ian war groß, besaß eine stolze Haltung, seine Schultern waren breit und muskulös, seine Beine lang und kräftig. Sein kurzes schwarzes Haar und sein Bart zeigten noch kein Grau, er trug kein Zeichen für sein Alter, ganz anders als sein Vater ihn beschrieben hatte.

Und Ians Augen – sie erbebte und schloss die Finger um ihr Runenhalsband. Ians *Augen* waren genauso, wie sein Vater sie beschrieben hatte. Groß und von dunklen Wimpern gesäumt, die Sorte Augen, unter deren Blicken einfältige junge Mädchen dahinschmolzen, obwohl sie nicht verstehen konnte, warum. Sie waren braun. Ein gewöhnliches Braun. Und doch ... seinen Blick konnte man ganz gewiss nicht gewöhnlich nennen. Durchdringend, ungeduldig, belustigt, als könnte er geradewegs durch ihre Verkleidung auf die einsame junge Frau darunter sehen.

Zum ersten Mal in zu langer Zeit hatte jemand sie angesehen, sie richtig angesehen.

Warum musste es nur ausgerechnet ein Fairchild sein?

Und warum ausgerechnet jetzt, wo sie ihrem Ziel so nahe war?

Eine frische Ascheschicht überzog ihr Gesicht und rieselte aus ihren Haaren, als sie weiterging. In Schatten getaucht, tat sich die große Halle vor ihr auf, aber sie hatte keine Zeit, stehen zu bleiben. Sie war ohnehin schon viel zu spät. Zielstrebig begab sie sich zum Schlafzimmer des Schlossherrn. Mr. Fairchild hatte es sofort nach seiner Ankunft mit Beschlag belegt, und nichts, was sie unternommen hatte, hatte ihn daraus vertrieben.

Mr. Fairchild hatte nur in seiner überheblichen Art höhnisch gegrinst und sich das Zimmer mit Samtvorhängen und protzigen Möbeln neu eingerichtet, nachdem er alles, was irgendwie mit der Geschichte der MacLeods zusammenhing, fortgeworfen hatte.

Die Diener hatten die Sachen vom Müll gerettet und zu ihr gebracht, und so hatte der Krieg begonnen.

Die Tür zum Schlafzimmer des Hausherrn stand offen, und Licht fiel daraus auf den Flur. Sie ging widerstrebend weiter, wobei sie sich verzweifelt wünschte, umdrehen zu können.

Aber sie beging nicht den Fehler, zu glauben, Ian würde es zulassen, dass sie ihre Pflicht nicht erfüllte. Er hatte sich in diesem Punkt deutlich verständlich gemacht, also umklammerte sie ihre Kräutertasche fester und trat ein.

Nichts bewegte sich außer der keuchenden Gestalt auf dem Bett. Mr. Fairchild atmete, seufzte und hielt inne, so dass sie selbst den Atem gespannt anhielt, bis er genug Kraft gesammelt hatte, erneut einzuatmen.

Sie kam von der Türschwelle weiter ins Zimmer und starrte ihn an. „Bei den Steinen", flüsterte sie, „wie soll ich ihm helfen können?"

Das Fett, das er damals in fischbeinerne Korsetts gezwängt hatte, war unter der Krankheit, die ihn langsam auszehrte, dahingeschmolzen. Stattdessen wölbte sich sein ungesund aufgeblähter Bauch unter den Decken. Seine protzigen Ringe waren ihm von den geschwollenen Finger geschnitten worden. Seine Perücke war verschwunden. Er hatte sich auf die Lippen gebissen, bis sie blutig waren, und die einst fein geschwungenen Linien waren nicht mehr erkennbar. „Armer Mr. Fairchild", sagte sie, „so ist doch zum Schluss alle Eitelkeit von Ihnen abgefallen."

„Du hast dir ganz schön Zeit gelassen."

Die Stimme von der Tür ließ sie zusammenzucken, und sie fuhr auf dem Absatz herum. „Ian." Sie verbeugte sich kurz, unwillig, sich bei dem Mann, der ihren Platz in Fionnaway einnehmen wollte, zu entschuldigen.

„Ich habe dich eigentlich schon heute Nachmittag erwartet." Damit näherte er sich dem Bett und ragte vor ihr auf.

Zu stolz, um zurückzuweichen, verspannte sich Alanna und erwiderte scharf: „Die Kräuter entfalten frisch ihre Wirkung am besten, und darum habe ich sie vor kurzem erst gepflückt." Sie griff in den Beutel, der an ihrem Gürtel hing, und hielt ihm eine Hand voll unter die Nase. „Fetthenne gegen Geschwüre und um die Schmerzen am Mund zu lindern, Kerbel für den geschwächten Magen, Odermennig für die Leber – und um ihn ihm unter das Kissen zu legen, damit er Schlaf findet, sowie schließlich Heilziest als Allheilmittel gegen alle Beschwerden."

„Puh!" Ian wedelte mit einer Hand unter seiner Nase und machte einen Schritt zurück, fort von dem Geruch, von dem Podest, auf dem das Bett stand, zu dem Kamin, in dem ein mächtiges Feuer brannte. „Heilziest? Sagt man nicht auch von Heilziest, dass es böse Geister vertreibt?“

Sie hob spöttisch die Augenbrauen. „Ein gebildeter Mann? Ich dachte immer, die beiden Wörter schließen einander aus.“

Ian schlug sie nicht, wie sie es verdient hätte, er höhnte nicht und schmähte sie nicht. Wie schon zuvor schenkte er ihrer Beleidigung keinerlei Beachtung, so als ob ihre Worte und sie vollkommen bedeutungslos wären.

Sie wusste nicht, was sie damit anfangen sollte, aber sie merkte, dass es ihr nicht gefiel.

„Kannst du ihm sein Leiden erleichtern?“ Ian wärmte sich den Rücken am Feuer. „Er erschreckt die Dienstboten, wenn er schreit, und sie wollen noch nicht einmal das Zimmer betreten, um ihre Haut zu retten.“

„Wer hat ihn gepflegt?“

„Ich, größtenteils.“

Der Glaube an Zauberei war in diesem Teil Schottlands lebendig. Sie hatte ihr Leben lang Geschichten über Elfen und Zwerge, Zauberer und Werwölfe gehört. Fionnaway überlebte dank Zauberei, und doch hatte Alanna noch nie ein Zauberwesen gesehen.

Bis auf Ian.

Gut aussehend war ein zu schwacher Ausdruck, um ihn zu beschreiben. Er bewegte sich wie ein Teil der Nacht, dunkel, geschmeidig, dahinbrausend wie ein Sturm, der von der See her aufzieht. Sein Körper war wie eine Naturgewalt, jede Bewegung wie der Wind, voller Anmut und Kraft. Er suchte seine Wildheit zu verbergen, aber selbst der strengste Haarschnitt und die nüchternste Kleidung vermochten das nicht zu vollbringen.

Seine Augen wurden schmal, während er beobachtete, wie sie ihn betrachtete, und er fragte scharf: „Wie heißt du?“

Nicht Alanna, ermahnte sie sich. Nicht für ihn. Wachsam erwiderte sie: „Auf Fionnaway haben wir unsere Hexen immer ‚Mab' genannt."

„Aha." Er rieb sich den Rücken, um die Wärme zu verteilen. „Dann warst du also nicht immer Mab?"

„Ich übernahm den Namen, als die alte Hexe starb."

Mit dem befriedigten Gehabe eines Mannes, der eine Schlussfolgerung macht, bemerkte er: „Du warst also gar nicht immer eine alte Hexe. Du warst vielleicht sogar eine Dame."

Vor Bestürzung stieß sie gegen das Bett, aber Mr. Fairchild rührte sich nicht. „Warum denken Sie das?" erkundigte sie sich rasch, zu rasch.

„Du sprichst ein sehr gutes Englisch für eine Dörflerin."

Um ihn abzulenken, stellte sie ihm ihrerseits nun eine Frage. „Wie alt sind Sie?"

„Vierunddreißig. Und vor wie vielen Jahren starb die alte Hexe?"

„Vor sechs Monaten. Haben Sie immer mit Ihrem Vater zusammengelebt?"

„Seit ich elf war. Wie lange lebst du hier schon als Hexe?"

„Seit vier Jahren. Wo ist Ihre Mutter?"

„Sie ließ mich im Stich. Bist du einsam?"

„Sie ließ Sie im Stich ...?" fing sie an. Dann drang seine Frage in ihr Bewusstsein, und sie begann zu stottern: „Einsam? Nun, ... äh, ja." In dem Versuch, den Gleichstand wiederherzustellen, fragte sie: „Sind Sie es?"

Er lachte, ein tiefes, erfreutes Lachen. Um seine Augen erschienen Lachfältchen, und seine Lippen verloren ihre Strenge. Dieser Mann, den sie für so gefährlich hielt, sprühte vor Charme förmlich über.

In diesem Punkt war er vielleicht sogar noch gefährlicher, als sie zunächst gedacht hatte.

„Was kann ich tun, um dir bei der Behandlung meines Vaters zu helfen?"

„Ich brauche ..." Sie holte tief Luft und bemühte sich, ihr rasendes Herz zu beruhigen. Er versuchte nicht, sie zu verführen. Natürlich nicht! Für ihn war sie bloß eine hässliche alte Schrulle. Alle Schwingungen, die sie empfing, waren Einbildungen, aus ihrer Verzweiflung geboren. „Ich brauche einen Kessel kochendes Wasser und ein paar Mägde, die mir helfen, den Kranken umzudrehen." Sie sah sein zweifelndes Gesicht. „Ich bin die Hexe. Sie werden kommen, wenn ich es ihnen sage."

„Wie lange werden sie benötigt?"

Alanna warf einen langen, nachdenklichen Blick auf Leslie Fairchilds reglose Gestalt. „Wie Ihr Arzt habe ich nie zuvor so etwas gesehen, obwohl ... nun gut. Das tut nichts zur Sache. Ich habe es noch nie gesehen. Wissen Sie, wie lange er schon so dahinsiecht?"

„Er will es nicht sagen, aber ich kann dir versichern, dass er überhaupt nur nach mir geschickt hat, weil er weiß, dass er im Sterben liegt. Also", Ian überlegte, „mindestens zwei Monate."

Sie wandte sich wieder dem ausgezehrten Rest Mensch auf dem Bett zu und versuchte, ihren aufwallenden Hass und ihre Schuldgefühle zu bezähmen, die Leslie Fairchild in ihr weckte. Hass, weil er sie dazu gebracht hatte, von zu Hause fortzulaufen, sie gezwungen hatte, erwachsen zu werden und auf eigenen Füßen zu stehen, wenn sie viel lieber die verwöhnte Herrin von Fionnaway geblieben wäre. Und Schuldgefühle, weil sie einen Mann hasste, der zum Sterben verurteilt war, und das elendiglich und unter größten Schmerzen, wenn man der Sage Glauben schenken durfte. „Die Gerüchte über seine Krankheit haben schon früher die Runde gemacht."

„Wie ich es mir gedacht habe." Ian musterte sie, sein Blick glitt mit wachsendem Interesse über ihre Gestalt. Dann nickte er und ging zur Tür.

Ihre Neugier war stärker als ihr gesunder Menschenverstand. „Darf ich Ihnen noch eine Frage stellen?"

Er fuhr herum und hob eine Augenbraue. „Du hast doch vorhin auch nicht um Erlaubnis gefragt."

„Warum haben Sie meine Fragen überhaupt beantwortet? Warum haben Sie mich nicht einfach für meine Unverschämtheit geschlagen und mir aufgetragen, mich um meine Kräuter zu kümmern?"

„Weil du eine kluge Frau bist." Er grinste und entblößte dabei scharfe weiße Zähne, die teuflisch in seinem schwarzen Bart aufblitzten. „Eine kluge Frau. Ich dachte immer, die beiden Worte schlössen einander aus."

5. KAPITEL

„Madam Hexe?"

Wildas gedämpfte Stimme ließ Alanna herumfahren. Sie starrte zur geschlossenen Tür des Schlafzimmers des Hausherren.

„Madam Hexe? Sind Sie beschäftigt?"

Alanna sah von Leslie Fairchilds schlafender Gestalt zu Mrs. Armstrong.

Beschäftigt? Seit drei Tagen kümmerte sie sich um ihn, war Zeuge rasender Wutanfälle, gefolgt von einem todesähnlichen Dämmerzustand geworden, und sie war der Meinung, dass man das beschäftigt nennen konnte.

Die Tür öffnete sich knarrend, und Wilda steckte ihren Kopf herein. „Ist das nicht eine dumme Frage? ‚Sind Sie beschäftigt?' Natürlich sind Sie beschäftigt. Sogar ich weiß das. Aber Onkel Leslie brüllt gerade nicht, deshalb dachte ich, dass Sie vielleicht gerne spazieren gehen würden. Würden Sie gerne mit mir einen Spaziergang machen?"

Alanna betrachtete Wilda wortlos, und alles, was sie denken konnte, war: Wie schön sie ist. Keine Frau hatte das Recht, Haare zu haben, die im Sonnenlicht oder bei Kerzenschein wie gesponnenes Gold glänzten. Es war einfach nicht gerecht, wenn gleichzeitig ihr eigenes Haar und Gesicht mit Asche bedeckt waren und ihre Gestalt unter vielen Lagen rauer Wolle verschwand, dass dieses Geschöpf dann eine pfirsichweiche Haut besaß und in ein Kleid aus Amaranthbaumwolle gehüllt war, das ihre zierliche, doch kurvenreiche Figur aufs Vorteilhafteste betonte.

Und was Alanna am meisten hasste – wirklich, ehrlich hasste – war, dass die sonst so besonnene Mrs. Armstrong Wilda voller Zuneigung anstrahlte. Wenn sie sich schon mit der Anwesenheit einer schönen Frau in ihrem Haus abfinden musste, dann könnte diese Frau wenigstens den Anstand besitzen, unhöflich gegenüber alten Frauen und gemein zu den Dienstboten zu sein.

„Ein Spaziergang?" fragte Alanna nicht gerade besonders geduldig. „Die Sonne ist untergegangen."

„Nicht wirklich. Nicht ganz." Wilda lächelte gewinnend und spielte mit den Knöpfen an ihrer Wollpelisse. „Ich dachte sowieso, Sie mögen die Dunkelheit."

Alanna war müde. Ihr Verstand arbeitete nur noch träge, deshalb entschlüpfte ihr die Frage: „Warum?"

„Nun, weil Sie eine Hexe sind. Hexen mögen die Dunkelheit. Ich dachte immer, weil sie dann Böses anstellen wollten, aber Sie sind so freundlich zu Onkel Leslie, dass das nicht stimmen kann. Ich meine, jeder, der nett zu Onkel Leslie ist, muss entweder verrückt oder wirklich gut sein, und auch wenn ich eine Fairchild bin und so abscheulich wie der Rest der Familie, so erkenne ich doch Güte, wenn ich sie sehe."

„Eine Fairchild?“ Zum ersten Mal begriff Alanna etwas von dem, was Wilda sagte. „Sie sind eine Fairchild?“

Wilda zwinkerte überrascht, wobei ihre dunklen Wimpern flatterten. „Wussten Sie das nicht?“

„Nein, woher denn?“ erkundigte sich Alanna unwirsch.

„Madam Hexe.“ Mrs. Armstrong benutzte den Spitznamen, den Wilda ihr verpasst hatte, nur in ermahnendem Tonfall.

Alanna warf ihrer lieben alten Dienerin einen schiefen Blick zu. Mrs. Armstrong war ihr gegenüber zuerst misstrauisch gewesen, hatte sie argwöhnisch, welches teuflische Verhalten die Hexe zeigen würde, nicht aus den Augen gelassen.

Bis sie Alannas Halsband gesehen hatte. Ihre Mutter hatte Alanna die silberne Kette selbst umgelegt, an dem Tag, an dem sie drei wurde, und an jedem ihrer Geburtstage danach hatte sie einen weiteren rechteckigen Stein aus dem Beutel nehmen dürfen, der ihr hingehalten wurde. Ihre Mutter hatte den Stein dann auf die Kette gefädelt, und Alanna trug die Kette den ganzen Tag. Dann wurde ihr das Halsband vorsichtig abgenommen und bis zum nächsten Jahr sorgfältig verwahrt.

Zuerst hatte sie das Ritual nicht verstanden. In die rechteckigen bernsteinfarbenen Steine waren unentzifferbare Kratzer geritzt, die für sie bedeutungslos waren. Aber die Diener hatten immer mit angehaltenem Atem gewartet, während Mr. Lewis ihre Wahl eingehend untersuchte, und Alanna war allmählich klar geworden, dass sie glaubten, ihr Wohlergehen hinge davon ab. Es war ein dummer Brauch, wirklich, und in ihrer Jugend hatte sie voller Zorn daran gedacht.

Und doch, als sie verschwand, hatte sie das Halsband mitgenommen, es unter ihrer Kleidung getragen und seitdem nicht wieder abgelegt. Jedes Jahr war sie zu Mr. Lewis gegangen und hatte einen weiteren Stein aus dem Beutel gezogen. Und als Mrs. Armstrong sie erst einmal hatte reden hören und das leise Klirren der Steine gehört hatte, wusste ein weiterer Mensch um Alannas Geheimnis. Aber Mrs. Armstrong war niemand, der damit hausieren ging.

Unglücklicherweise hatte Mrs. Armstrong aber auch feste Vorstellungen davon, wie die Herrin von Fionnaway sich zu betragen hatte. Die Herrin von Fionnaway sollte liebenswürdig, fleißig und gastfreundlich sein.

Alanna wollte das nicht, doch Mrs. Armstrong beanspruchte für sich die Vorrechte von jemandem, der geholfen hatte, sie auf die Welt zu bringen, und sie zögerte nicht, ihre Meinung zu verkünden.

Sich zu einem herzlichen Tonfall zwingend, erklärte Alanna: „Mir war nicht klar, dass Sie eine Fairchild sind."

Wildas Augen wurden vor Erstaunen groß. „Wir sehen doch alle gleich aus."

Alanna sah auf Mr. Fairchild hinab, dessen Gesicht im Licht der Kerzen neben dem Bett und der letzten Strahlen der untergehenden Sonne deutlich erkennbar waren. Dort konnte sie zu ihrer Verblüffung tatsächlich in den verwüsteten Zügen eine gewisse Ähnlichkeit mit der schönen Wilda erkennen.

Erleichterung überschwemmte sie. Erleichterung, die sie kein Recht hatte zu empfinden.

Ian war der Cousin dieser Frau, nicht ihr Liebhaber, und das erklärte seine Fürsorglichkeit ihr gegenüber.

Aber ... „Ian sieht Ihnen gar nicht ähnlich."

„Nein, der arme Mann. Er wurde erbarmungslos damit aufgezogen, während er auf Fairchild Manor lebte, obwohl ich denke, es wäre einfacher, ein Fairchild zu sein und dabei so auszusehen wie Ian, als ein Fairchild zu sein und so auszusehen wie wir anderen alle, weil die gute Gesellschaft eindeutig zurückschreckt, wenn man uns kommen sieht." Wilda tippte sich sinnend mit ihrem Zeigefinger auf das Grübchen an ihrem Kinn. „Mit Ausnahme der Männer natürlich."

„Natürlich", murmelte Alanna.

„Ganz im Gegenteil sogar. Aber ich habe schon immer gedacht, dass Sabbern an einem Herrn nicht gerade anziehend wirkt, oder?"

Wilda schien es ernst zu meinen, und unerwartet stieg in Alanna unbändiges Gelächter auf. Sie wandelte es hastig in das keckernde Lachen einer alten Frau ab, und als sie sich wieder beherrschen konnte, stieß sie hervor: „Ich weiß nicht."

„Warum nicht? Sie waren doch früher hübsch."

Alanna erschrak.

Wilda trat näher und musterte Alanna. „Sehr hübsch sogar. Tatsächlich könnten Sie auch jetzt viel besser aussehen. Vielleicht kann ich Ihnen bei Ihrem Aussehen helfen, und Sie helfen mir bei meinem Problem."

Alanna starrte sie entsetzt an.

Vor dem konzentriertem Blick einen Schritt zurückweichend, schlug Wilda leicht gegen das Retikül, das von ihrem Arm hing. „Vielleicht wäre es Ihnen lieber, wenn ich Ihre Hand mit einer Silbermünze bestreiche?"

„Das wäre besser." Alanna trat aus dem Schein der Kerzen zu Wilda, während sie bereits im Geiste einen Weg durch die düsteren Flure plante. „Lassen Sie uns gehen, während Sie der guten alten Hexe anvertrauen, was sie für Sie tun kann, Miss Fairchild."

Sie verließen das Schlafzimmer und gingen den Flur hinunter, wobei sich Alanna möglichst dicht an der Wand hielt. Wilda schwieg.

„Miss Fairchild?" drängte Alanna sanft.

„Oh! Ich vermute, Sie halten mich für einfältig, nicht wahr? Ich habe gewartet und gewartet und immer dabei versucht, sicherzugehen, dass Ian mich nicht sieht, und jetzt fällt mir einfach nicht ein, was ich sagen soll. Das liegt daran, weil Ian so böse war, als ich zu Ihnen gegangen bin. Er zwang mich, ihm zu versprechen, dass ich Sie nicht noch einmal aufsuchen würde."

„Ach ja?"

„Er sagte, Sie wären eine gerissene alte Frau."

„Da hat er wenigstens teilweise Recht", erwiderte Alanna mit einem Anflug von Belustigung.

„Aber ich habe Sie ja nicht aufgesucht, da Sie ja schon hier sind, also habe ich mein Versprechen nicht gebrochen, und ... oh! Madam Hexe ...", Wilda umfing Alannas Hand in ihren beiden Händen, „ich habe es mir schon so lange und so von Herzen gewünscht, und ich weiß nicht, wen ich sonst fragen könnte."

Wildas Griff war überraschend warm und herzlich. Dieses Mädchen – nein, diese Frau, denn sie war nicht so jung, wie sie zunächst schien – berührte die alte Hexe ohne Zögern, ohne Furcht. Es erinnerte Alanna seltsamerweise irgendwie an ihre Mutter, wie sie einem über die Wange streichen oder den Arm um die Schulter legen würde, um wortlos Zuneigung zu zeigen. „Sie können mich alles fragen."

Alanna konnte kaum glauben, dass dieser Satz tatsächlich von ihr stammte. Sie hatte vorgehabt, Wilda mit ein paar dramatisch klingenden Worten abzuspeisen, anstatt sich zu irgendetwas zu verpflichten.

Schließlich durfte man nicht vergessen, dass Wilda echte Hexerei erwartete.

„Danke!"

Wildas blaue Augen schimmerten wie Saphire. „Ich wusste, dass Ian bei Ihnen falsch lag. Als Sie hierher kamen, fürchtete ich erst, dass er Tag und Nacht in Ihrer Nähe bliebe, so dass ich Sie nie alleine erwischen könnte."

„Stattdessen scheint es, als hätte er es gar nicht abwarten können, die Pflicht, seinen Vater zu versorgen, auf jemand anderen abzuwälzen", bemerkte Alanna scharf.

„Oh nein." Wilda ließ Alannas Hand los. „Nicht Ian."

Für eine Frau, die gewöhnlicherweise ohne Unterbrechung dahinplapperte, begnügte sie sich dieses Mal damit, bloß diese vier Worte zu sagen.

Zögernd räumte Alanna ein, dass Wilda Recht hatte. Zuerst hatte Ian häufig überprüft, wie seine Hexe arbeitete und welche Fortschritte sie machte, aber als er zu der Überzeugung gekommen war, dass sie in seinem Sinne handelte, hatte er die Gelegenheit ergriffen, sich seinen Pflichten Fionnaway gegenüber zu widmen. Sie hasste es, mit ansehen zu müssen, wenn die Dienstboten mit Fragen zu ihm kamen, hasste es, mit anhören zu müssen, wenn er die Anfragen der Dorfbewohner und Pächter klug beantwortete, und doch war sie zur gleichen Zeit froh und erleichtert, wenn er das Haus verließ, um auf Tocsins Rücken den Besitz abzureiten. Wenn er in ihrer Nähe war, dann musste sie immer wieder an ihre wahre Identität denken, und sein scharfer Blick weckte in ihr das Gefühl, als durchdränge er ihre Verkleidung mühelos.

Jetzt war er die ganze Zeit fort, und dafür war sie dankbar. Der Besitz bedurfte dringend der Aufmerksamkeit des Herrn, und Ian strahlte so viel Kompetenz aus, dass die Diener ihm unwillkürlich Vertrauen entgegenbrachten und, was noch viel wichtiger war, sie selbst auch.

Alanna scheute sich davor, sich auszumalen, was er tun würde, wenn sie an ihrem einundzwanzigsten Geburtstag erschien und die Rückgabe von Fionnaway verlangte. Genauso vermied sie es, darüber nachzudenken, dass sie ihm etwas für die Verwaltung von Fionnaway schuldete, denn sie wusste, dass die Geldkassetten leer waren – oder sein mussten.

Sie tröstete sich damit, dass sie ihn irgendwie entschädigen würde. Ihr würde etwas einfallen. Und sie stellte keine weiteren Mutmaßungen darüber an, wie sein Ärger sich äußern würde, wenn er ihr Täuschungsmanöver entdeckte. Wenn er all ihre Täuschungsmanöver entdeckte.

Nur noch ein Schritt und sie hätten die hell erleuchtete Eingangshalle erreicht, und das wollte Alanna keinesfalls. Sie blieb abrupt stehen und drehte sich zu Wilda um. „Und jetzt erzählen Sie mir mal schön, was Ihr Herzenswunsch ist."

„Versprechen Sie erst, nicht zu lachen." Wildas Stimme bebte.

„Ich werde nicht lachen."

„Ich wünsche mir – oh, ich habe vergessen, Ihnen mit einer Silbermünze über die Hand zu streichen!" Wilda begann an dem Band an ihrem Beutel herumzufingern. „Wie viel kostet ein Zauberspruch?"

Gebannt betrachtete Alanna Wildas bebende Finger. „Das hängt von dem Zauberspruch ab."

„Ich fürchte, es wird ein starker sein müssen." Wilda zog eine Münze heraus, nur um sie gleich darauf fallen zu lassen. „Ach du liebes bisschen!" Sie kniete sich hin und kroch der davonrollenden Münze hinterher, wobei sie eine Spur aus neuen Münzen hinter sich ließ. „Nun, nicht einen ganz starken, nicht so wie jemandem das Auge auf die Stirn zaubern, oder eine Plage von diesen schrecklichen Insekten mit den komischen Wackeldingern auf dem Kopf auszusenden, aber schon stärker, als einen Frosch in einen Prinzen zu verwandeln."

„Das mache ich eher andersherum." Alanna folgte Wilda, wobei sie sich immer wieder bückte, um Münzen aufzuheben. „Ich verwandle gewöhnlich Prinzen in Frösche."

Wilda setzte sich auf ihre Fersen. „Wirklich?"

„Nein." Alanna gab Wilda die fallen gelassenen Münzen und lachte über ihre sichtliche Enttäuschung. Sie entschied sich, Wildas

Befürchtungen zu zerstreuen. „Miss Fairchild, lassen Sie mich sagen, was Sie sich wünschen."

In die Hände klatschend fragte Wilda: „Das *wissen* Sie?"

Natürlich wusste Alanna das mitnichten, aber je länger sie Wilda ansah, desto klarer wurde ihr, dass sie keine sehr junge Frau mehr war. Sie musste sich den Dreißig nähern, trug keinen Ring und lebte bei ihrem Cousin. Sie dachte, sie hätte gut geraten, als sie sagte: „Sie möchten einen Liebestrank."

Auf Wildas Zügen malte sich solche Enttäuschung, dass Alanna sich fast schuldig zu fühlen begann, falsch gelegen zu haben.

„Nein! Warten Sie. Eigentlich brauche ich meinen Kristall, um in Ihr Herz sehen zu können." Alanna rieb sich die Stirn. Sie war sich so sicher gewesen, dass sie vermutet hatte. „Geld", dachte sie laut, ohne Wilda aus den Augen zu lassen.

Wildas Enttäuschung wuchs.

Liebe. Geld. Was sonst konnte sich Wilda wünschen? „Einen Platz, der nur Ihnen gehört?"

Wilda schüttelte den Kopf, und weiche Strähnen goldblonden Haares umtanzten ihr herzförmiges Gesicht.

Die Hände fallen lassend, zwinkerte Alanna, als erwachte sie aus Trance. „Miss Fairchild, Ihr Verstand ist sehr vielschichtig und faszinierend."

Wildas Miene hellte sich auf.

„Ich habe Schwierigkeiten, Ihre Gedanken zu lesen. Vielleicht sollten Sie mir doch sagen, was für einen Zauberspruch Sie haben möchten."

Die Münzen in ihren Geldbeutel zurücksteckend, stand Wilda vor Alanna und sah sie ernst an. „Sie sind so gutherzig. Ich wünsche mir ..."

Ein Windstoß fuhr in die Halle, und die Eingangstür schlug krachend gegen die Wand. Das Krachen hallte im ganzen Haus wider, und Ians Stimme ertönte. „Ich esse zu Abend, und dann gehe ich in die Ställe. Eine der Stuten fohlt, und Shanley macht sich Sorgen wegen ihres Zustands.“

Die beiden Frauen sahen einander an, und ohne ein Wort zu verlieren, drehten sie sich um und stoben in entgegengesetzter Richtung auseinander.

„Hinterlistige Schlange.“ Alanna versorgte ihr rasch anschwellendes Auge und starrte auf den sich nahezu besinnungslos in rasender Wut windenden Leslie Fairchild. „Elender Wurm.“

„Ich weiß gar nicht, wo er die Kraft für einen solchen Schlag hernimmt.“ Mrs. Armstrong nahm einen Kerzenleuchter. „Lassen Sie mich mal sehen.“

„Nein“, erwiderte Alanna heftig, zu heftig und bereute es sogleich. „Nein.“

„Es wird wehtun, wenn wir nicht ein kaltes Tuch darauf tun“, beharrte Mrs. Armstrong, überhaupt nicht beeindruckt von Alannas Verärgerung.

„Hexen haben keine Schmerzen.“ Alanna betupfte das rote Rinnsal, das ihre Wange zierte, und wünschte, das würde stimmen. Ihr Körper schmerzte vor Müdigkeit von den langen Stunden am Bett des Kranken. Ihre Seele wand sich unter der Bosheit der zusammenhanglosen Bemerkungen, die Mr. Fairchild selbst noch im Fieberwahn von sich gab.

„Noch bluten sie“, erwiderte Mrs. Armstrong. „Aber wenn Sie halsstarrig sein wollen, dann bitte. Laufen Sie bloß nicht mit dem zugeschwollenen Auge gegen irgendwelche Wände!“

Alanna musterte die beiden Frauen, die sie wegen ihrer Besonnenheit gewählt hatte, ihr zur Hand zu gehen, aus zusammengekniffenen Augen. Nachdem sie geholfen hatten, Mr. Fairchild zu überwältigen und ihm seine Dosis Heilziest gegeben hatten, standen sie sich jetzt, die Hände in die Hüften gestemmt, das Bett zwischen sich, gegenüber. Mrs. Armstrong, die am Fußende stand, vervollständigte das misstrauische Dreieck, das sie bildeten.

„Danke für die Hilfe. Sie sind mir bessere Freundinnen gewesen als irgendjemand sonst seit die alte Mab letzten Winter gestorben ist. Mir ist erst jetzt klar geworden, dass ich ... einsam war." Sie lächelte zögernd und versuchte wenigstens Dankbarkeit zu zeigen, wenn sie schon nicht mehr geben konnte. „Ich weiß nicht, was ich ohne Sie in den letzten Tagen hätte anfangen sollen." Sie trat beiseite und drängte sie sanft zur Tür. „Es ist mitten in der Nacht, und Sie brauchen Ihren Schlaf. Ich werde mich jetzt um ihn kümmern."

Unter Protest verließen die Frauen schließlich das Zimmer. Sie würden zu den Dienstbotenquartieren gehen, sich in ihre Decken wickeln und schlafen, bis sie sie wieder rief. Als mit ihnen ihre Herzlichkeit und Wärme gegangen waren, kehrte das Gefühl der Einsamkeit zurück und überwältigte Alanna fast. Mit zitternden Fingern tauchte sie ein Tuch in die Keramikschüssel mit Wasser auf dem Nachttischchen und betupfte damit den blutenden Kratzer. Als sie den Stoff von der Wange nahm, sah sie, dass er mit Asche und Blut beschmiert war, und sie begann stärker zu zittern. Sie tauchte den Lappen wieder ins Wasser und wrang ihn dann aus, bevor sie die Wunde weiter auswusch – und dabei leise zu sich sagte: „Ach, jetzt ist es mir egal."

Sie nahm die Schüssel und ging damit zu dem großen Wandspiegel, stellte sie auf dem Boden ab und setzte sich daneben. Mit entschlossenen Bewegungen begann sie die Ascheschicht zu entfernen. Ganz sorgfältig wusch sie den Kratzer aus und wischte die Asche von ihren Augenlidern.

Während sich das Wasser immer schwärzer färbte, zeigten ihre Bemühungen immer weniger Wirkung, und sie blinzelte die aufsteigenden Tränen fort, um ihr Spiegelbild klarer erkennen zu können.

Was sie sah, ließ sie erneut aufschluchzen. Ihr Auge schwoll zu und nahm dabei ein dunkles Violett an. Weinen ließ ihre Augen immer verquollen aussehen und ihre Nase rot werden. Und immer noch waren trotz ihrer Sorgfalt Spuren von Asche und Kohle in ihrem Gesicht.

Aber wer würde das schon sehen und sich daran stören? Bestimmt nicht der Mann im Bett. Sie stand auf und ging zu ihm hinüber. Es war gut möglich, dass Mr. Fairchild nie wieder aufwachte.

Vier Jahre lang hatte sie davon geträumt heimzukehren. Jetzt war sie es, nur um vieles verändert zu finden. Die neueren Dienstboten waren verstockt und alles andere als hilfsbereit. Am Herrenhaus waren keine Verbesserungen oder Reparaturen vorgenommen worden. Mr. Fairchild hatte ihr Zuhause mit seiner Gegenwart befleckt, und sie hatte keine Ahnung, ob sie es jemals wieder reinwaschen können würde.

Das hier war Fionnaway. Und es gehörte ihr! Sie konnte es Fremden und dazu noch Engländern nicht länger erlauben, über die Ländereien herzufallen wie ein Hund über einen Fuchs.

Sie hatte mit angesehen, wie ihre Mutter alles versucht hatte, den stets schlecht gelaunten, verantwortungslosen Mann, den sie geheiratet hatte, zufrieden zu stellen. Sie hatte mit angesehen, wie sie hier in diesem Zimmer gestorben war, als sie versuchte, ihm einen Sohn zu schenken, und Alanna hatte sich geschworen, keinem Mann je so viel Macht über ihr Leben zu geben. An ihrem einundzwanzigsten Geburtstag würde sie ihre rechtmäßige Stellung als Herrin von Fionnaway einnehmen. Sie würde sich einen Ehemann suchen, gewiss, aber erst später. Erst nachdem sie ihre Stellung als unangefochtene Herrin über *ihre* Ländereien und *ihr* Vermögen gesichert hatte. Sie würde alle in Frage kommenden Kandidaten prüfen und dann jemanden wählen, der sanftmütig und fügsam war. Er würde seinen Platz kennen; während ihrer Jahre im Exil hatte sie sich ausgemalt, wie sie Fionnaway wieder zu altem Glanz verhelfen würde.

Aber wenn Mr. Fairchild jetzt starb, dann blieb immer noch sein Sohn. Sie beging nicht den Fehler, zu glauben, er würde die Herrschaft einfach so abgeben.

Die Verantwortung für ganz Fionnaway lastete auf ihren Schultern. Wie die Herrinnen des Besitzes es zahllose Jahre lang getan hatten, so hütete auch sie Fionnaways Geheimnisse. Und nun, nur wegen Ian, verspürte sie den Drang, hinauszuschwimmen und sich die Gültigkeit des Bundes bestätigen zu lassen. Sie hätte sich am liebsten in ihr altes Schlafzimmer geschlichen, um sich davon zu überzeugen, dass die Steine immer noch in ihrer Kiste lagen, warm und unversehrt.

Zu viele Geheimnisse. Zu viel Verantwortung. Zu viele Gefahren.

Ein Keuchen vom Himmelbett ließ ihren Kopf hochfahren. Mr. Fairchild, zum ersten Mal seit drei Tagen bei Bewusstsein, starrte sie wild an. Sie wich einen Schritt zurück, aber seine Züge verzerrten sich, als er sie erkannte und flüsterte: „Alanna!“

Sie machte einen weiteren Schritt nach hinten und erwiderte beschwörend: „Nein. Schsch!“

Seine Stimme wurde lauter. „Alanna!“ Und dann ein Brüllen. „Alanna! Sie ist es – Alanna.“

Er kämpfte sich in eine aufrechte Position, und Alanna eilte zu ihm. „Nein! Still liegen bleiben!“ Mit einem Knie auf dem Bett rang sie mit dem Rasenden.

Er fasste ihre Handgelenke und hielt sie fest. Sein Schrei hallte noch lauter durch die Nacht. „Es ist Alanna! Haltet sie!“

„Ruhig!“ Es gelang ihr, sich seinem Griff zu entwinden – nur um von den Armen eines anderen umschlungen zu werden.

Sie wurde vom Bett gerissen, an den Schultern gepackt und herumgewirbelt. Zu ihrem sprachlosen Entsetzen starrte sie in Ians fassungsloses Gesicht. Die wenigen Zauberkräfte, über die sie verfügte, zu Hilfe rufend, versuchte sie unsichtbar zu werden.

Vergeblich.

Stattdessen keuchte er auf und ließ sie so plötzlich los, als hätte er sich die Hände verbrannt.

Vom Bett erklang die atemlose Forderung: „Wächter. Fang die kleine Schlampe." Dann lauter: „Hol sie, du dummer Bastard!"

Sie an den Armen fassend, schüttelte Ian sie. „Hexe! Wenn du deine Gestalt verändern kannst, wie alle behaupten, dann verwandelst du dich besser wieder in jemanden, der diesem alten Mann das Sterben erleichtert – oder ich bringe dich vor ein englisches Gericht wegen Hexerei und werde persönlich das erste Scheit unter deinen Füßen anzünden."

Alanna riss sich los und rannte fort, als wären ihr die englischen Richter auf den Fersen, und Ian sah ihr nach, bevor er sich dem Bett zuwandte, auf dem der kranke Mann mit seinen Wahnvorstellungen kämpfte.

Sogar die Steine entlang der Küste der Highlands strahlen einen Zauber aus. Der einsame Wanderer kann ihn hören, wie eine alte Melodie aus längst vergangenen Zeiten liegt er in der Luft, kann man ihn im würzigen Geruch der Heide riechen oder im Nebel einen flüchtigen Blick darauf erhaschen. Der Zauber dringt mit jedem Wechsel des Mondes und mit Ebbe und Flut unaufhaltsam in die Tiefen der Seele.

Denn die Selkies bestimmen, dass es so sei.

Wenn man sie unbehelligt lässt, leben die Selkies ein ruhiges Leben. Sie fangen im Meer Fische, ziehen ihren Nachwuchs auf und schwimmen mit der Anmut und Leichtigkeit der Seerobben. Denn das scheinen sie zu sein. Menschen, die sie vom Ufer aus beobachten, bemerken mit Erstaunen ihr menschenähnliches Gebaren und halten sich selbstgefällig für diesen Wesen überlegen. Doch Selkies besitzen Gaben, von denen Menschen kaum zu träumen wagen. Sie können Gefühle sehen. Sie haben Gewalt über Stürme.

Und sie können eine andere Gestalt annehmen.

6. KAPITEL

Ian hatte sich geschworen, nie wieder das Meer anzusehen. Denn wenn er das tat, überwältigte ihn die Erinnerung an ungeheure Wellen, und würgende Angst drohte ihn zu ersticken. Und doch zog ihn das Rauschen der Brandung unwiderstehlich an, und an diesem Morgen war er zu müde, der Versuchung zu widerstehen.

Die Stirn an den Rahmen des nach Westen gehenden Fensters lehnend, starrte er hinaus. Felsige Buchten und schmale Strände trotzten den landhungrigen Wogen. Die Wellen rollten unablässig und nimmermüde heran, zerstoben, zogen sich zurück, nur um es erneut zu versuchen. Der Wind trug den Salzgeruch zu ihm. Über ihm in der Luft schrien Lachmöwen, und Tölpel krächzten ihr kehliges Lied. Dennoch konnte die Aussicht ihn nicht von seinen Grübeleien ablenken.

Verdammt, die alte Vettel hatte keine Zauberkräfte.

Nachdem er die Fruchtlosigkeit seines Strebens nach Ansehen eingesehen und es aufgegeben hatte, hatte er die Welt bereist und war in die Dienste Sebastian Durants, seines Zeichens erfolgreicher Geschäftsmann und Marquess of Whitfield, getreten und hatte mehr Geld verdient, als er je für möglich gehalten hätte. Niemals und nirgendwo –, und er war stolz, das sagen zu können – war ihm ein Gespenst begegnet. Genauso wenig wie eine Fee oder eine Elfe, und ganz gewiss war ihm nie eine Hexe untergekommen.

Warum also jetzt? Warum musste er ausgerechnet hier, wo die See sein Wiegenlied sang, auf jemanden treffen, der seine Gestalt ändern konnte? Er hatte von Anfang an, als er sie das erste Mal sah, gewusst, dass sie ein Geheimnis verbarg. Aber er wusste auch – wusste ganz sicher, verdammt noch mal! – sie war so menschlich wie ... nun, so menschlich wie sonst jeder, den er hier getroffen hatte.

Unten in der Dünung weckte eine Bewegung seine Aufmerksamkeit. Die See war von dem hellen Türkis, das sie nur an den seltenen sonnigen Morgen annahm, mit weißen Schaumkronen und zarten elfenbeinfarbenen ... Ian hielt ein vorbeihuschendes Dienstmädchen am Arm fest. „Was ist das?" Er kniff die Augen zusammen, um besser erkennen zu können, was da in den Wellen herumtollte.

Agnes folgte mit den Augen Ians ausgestrecktem Zeigefinger zu dem Wesen. Dann senkte sie den Blick. „Nun, Mr. Ian, es könnte eine Robbe sein."

Ian wurde plötzlich eiskalt, doch er beachtete es nicht. „Aber das ... das Ding da hat Arme. Du hast dein ganzes Leben hier verbracht. Was *ist* das?"

„Ein Stück Treibholz?" schlug sie hoffnungsvoll vor, während sie ihre Schuhspitze in den wollenen Webteppich bohrte.

„Ein hellhäutiges Stück Treibholz mit einem Kopf voller kupferfarbener Haare?" Ian schnaubte. „Was ist mit dir los? Kannst du nicht sehen ..."

„Meine Augen sind nicht mehr so gut, wie sie mal waren, Sir", erwiderte sie.

Die Händen in den Hüften musterte Ian Wildas Zofe mit den hartnäckig versiegelten Lippen. Aber er konnte auch hartnäckig sein. „Wer könnte mir sagen, was das ist?"

„Armstrong."

„Dann schick Armstrong zu mir."

Obwohl Ians Stimme weder sonderlich laut noch sonderlich barsch klang, schrak Agnes zurück. Ian hatte diese Wirkung auf manche Menschen. Manche Menschen verabscheuten die Wildheit, die dicht unter der Oberfläche lauerte. Andere Menschen, so wie Wilda, sahen nur Freundlichkeit.

Ian hatte nie das Herz gehabt, seiner Cousine die Augen zu öffnen.

Agnes war in weniger als einer Minute wieder da. „Armstrong ist gerade erst aus dem Dorf zurück, Mr. Ian. Er bittet Sie zu warten, bis er sich hergerichtet hat."

Ian nickte; er hatte diese besondere Mischung aus Fisch und Torfrauch schon zuvor an dem Mann gerochen und war nur zu gerne bereit, abzuwarten, bis Armstrong sich gewaschen hatte.

Zu seiner Verwunderung blieb Agnes stehen und starrte nach draußen, als ob das Gebaren des Geschöpfes sie in Bann schlug. Wie zu sich selbst bemerkte sie: „Denken Sie, ein Unwetter zieht herauf?"

Ian dachte nicht darüber nach. Das brauchte er nicht. Er wusste es. Mit ein bisschen Konzentration würde er es an die Küste bringen können oder von ihr fern halten. Es war eine Gabe, die er besaß, auch wenn er sie nicht nutzte. „Der Dunststreifen da am Horizont kündigt eine raue Nacht an."

„Ich frage mich, wo sie an einem solchen Abend Zuflucht findet."

„Sie?" forschte Ian nach.

Agnes warf ihm aus den Augenwinkeln einen erschreckten Blick zu, dann knickste sie und hastete hinaus in die Halle.

Ian wollte Fionnaway vor allem wegen dieser Halle besitzen. Sie war einmal, vor vielen, vielen Jahren der Hauptraum der Burg gewesen, und obwohl sie im Lauf der Zeit verändert worden war, so bestanden ihre Wände immer noch aus den grob behauenen Steinen aus Fionnaways mittelalterlicher Vergangenheit. Große Wandteppiche hingen in vornehmer Pracht, und in den beiden gewaltigen Kaminen loderten riesige Feuer, in dem verzweifelten Versuch, den Raum zu heizen. Grob behauene Balken trugen die Decke, geschwärzt vom Ruß längst erloschener Flammen. Die Mauern dieses Raumes atmeten Geschichte, und wenn es Ian gelang, sich Fionnaway zu sichern, dann wäre *er* Teil dieser Geschichte. Er hätte dann einen Namen für sich allein – er wäre der Herr von Fionnaway.

Armstrong kam auf stämmigen Beinen zu ihm. „Sir? Wie kann ich Ihnen behilflich sein?“

Ian schob seine Gedanken beiseite und sah suchend auf die Wellen. Als er das lebendige Ding, das in unregelmäßigen Abständen verschwand und wieder auftauchte, erspäht hatte, verlangte er: „Da. Können Sie das da sehen?“

„Ach. Sie ist zurück, nicht wahr?“ Armstrong schmunzelte, dann versteifte er sich. „Aye, ich kann es sehen. Was kann ich für Sie tun?“

„Was ist das?“

„Es könnte eine Seerobbe ...“

Ian ging ein wenig in die Knie und brachte sein Gesicht dicht vor Armstrongs. „Ich habe diese Unterhaltung schon mit Agnes geführt, und ich erwarte nicht, sie noch einmal mit meinem Verwalter zu führen. Sie sagten ‚sie‘. Nun, wer zum Teufel ist ‚sie‘?“

Armstrong musterte Ian zweifelnd. „Es ist ein Aberglaube, Mr. Ian.“

„So wie bei der Hexe?“

„Nein, nein. Die Hexe habe ich mit meinen eigenen Augen gesehen. Nein, das Ding im Wasser ... ein paar von den ungebildeteren

Leuten hier flüstern, sie wäre ...", Armstrong senkte seine Stimme, „ein Selkie."

Entsetzen, Leugnen, Wut durchfuhren Ian, und sein Puls pochte im Rhythmus der Wellen. Er war nur zögernd nach Schottland gekommen und hatte eine Zuflucht gefunden. Jetzt musste er entdecken, dass seine düstere Vorahnung sich bestätigte. Und nicht zum ersten Mal fragte er sich – wie konnte er der Sache, die er fürchtete, zu entkommen hoffen, wenn er eben diese Sache in sich trug?

Trotzdem bewahrte er seine Fassung, und sein Tonfall blieb gleichmäßig. „Ein Selkie."

Armstrong deutete Ians Bemerkung offensichtlich als Verwirrung. „Es ist nur eine alte schottische Sage, Mr. Ian, von einem zauberkräftigen Geschöpf des Meeres."

Nur einen Augenblick lang verlor Ian die Beherrschung. „Ich weiß, was ein verfluchter Selkie ist!"

Erschreckt straffte Armstrong sich und erklärte im Ton verletzter Würde: „Die meisten unserer englischen Besucher tun das nicht."

„Ich bin aber nicht die meisten Ihrer englischen Besucher. Ich bin ein verdammter ..." Ian zwang sich, innezuhalten. Er stand kurz davor, eine Dummheit zu begehen.

Mit einer heftigen Bewegung riss er das Fenster auf. Ein frischer Luftzug fuhr in den Raum und vertrieb alle Spinnweben aus seinem Kopf.

Als er spürte, dass er seine Beherrschung zurückgewonnen hatte, drehte er sich wieder zu Armstrong um. „Entschuldigung, dass ich Sie angefahren habe. Es ist nur ... ein Gespenst? Eine Hexe? Und jetzt ein Selkie?"

„Sie müssen es ja nicht glauben, Sir", bemerkte Armstrong würdevoll.

„Sie ist doch da!"

„Aye, aber daran ist Lady Alanna schuld."

„Natürlich. Alles fällt auf Lady Alanna zurück." Die Frau verfolgte ihn schlimmer als jeder bloße Geist.

„Lady Alanna liebte das Meer, genauso wie alle MacLeods das seit ewigen Zeiten getan haben. Sie schwamm in dem Wellen, ohne sich um Strömung oder Kälte zu scheren, und als sie verschwand, da fürchteten wir alle, die See hätte sie mit sich genommen. Manche von den Alten, die das Meer beobachten ... sie sagen, der Selkie besäße Lady Alannas Züge."

„Ihre Züge?" Ian starrte seinen Verwalter an.

„Aye. Sie sagen, der Selkie hätte denselben langen Zopf und dieselbe helle Haut. Dummes Geschwätz, ich weiß." Armstrong machte ein langes Gesicht. „Aber Sie haben mich gebeten, es Ihnen zu sagen."

Die Aufschläge seines schwarzen Rockes hochschlagend, lehnte sich Ian aus dem Fenster und strengte sich an, die unter ihm in den Wellen tanzende Gestalt auszumachen. Während der Wind seinen Verstand klärte, wiederholte er: „Ein Gespenst, eine Hexe und ein Selkie." Er starrte auf die ab und zu zwischen den Schaumkronen aufblitzende bloße Haut, und eine erschreckende Vermutung nahm in seinem Kopf Gestalt an. Er zog sich wieder in das Zimmer zurück. „Mrs. Armstrong sagte, in Fionnaway gab es gewöhnlich zwei Hexen."

„Mrs. Armstrong redet zu viel." Armstrong seufzte leidgeprüft. „Aber, ja, das stimmt. Ich habe die junge Hexe zum ersten Mal im Frühling am Tag des Heiligen Johannes gesehen – es war der Tag, an dem der junge Alistair vom Heuboden in eine Mistgabel gefallen ist. Die Hexen haben ihn wieder zusammengeflickt, und die alte Mab hat der jungen Mab gesagt, was sie tun sollte. Das war vor ungefähr fünf Jahren."

„Was für ein Zufall." Ian grinste, als sich die Rätselteile zu einem

Ganzen zusammenfügten. „Wann haben die guten Leute hier entschieden, dass die neue Hexe eine andere Gestalt annehmen kann?"

„Ein paar von den Dorfbewohnern waren nachts im Wald ... äh, um zu trinken ..."

Oder zu wildern, dachte Ian.

„Und sie sahen eine Frau, die sich an der Quelle wusch. Sie wollten sie fangen, doch sie floh ... Nun, an der Quelle fand man die Kleider der Hexe, und ihnen wurde klar, dass sie sich in eine Hindin verwandelt hatte. Wie sonst könnte ein junges Ding drei kräftigen Männern entkommen?"

Ian hörte den Anflug von Spott in Armstrongs Stimme und wagte noch eine Frage. „Im Zeitraum eines Jahres rennt also Lady Alanna von hier fort, ein Selkie mit ihren Zügen erscheint in der Brandung, und eine Hexe, die sich in eine junge Frau verwandelt, taucht auf Fionnaway auf. Sagen Sie, guter Mann, hatte diese fliehende junge Frau vielleicht auch noch Haare von der Farbe frischen Kupfers?"

Armstrongs Mund arbeitete. „Das hat man mir nicht ... Nein, das könnte nicht sein." Er ging ein paar Schritte, blieb dann stehen, fuhr auf dem Absatz herum und kam dann zurück. „Es ist doch nicht möglich, dass eine hochgeborene junge Frau ..."

„Noch nicht einmal bei einem Vormund wie meinem Vater?"

Weiter auf und ab gehend, erwog Armstrong diesen Punkt. „Nun, mit einem Vormund wie *ihm*!" Er blieb erschreckt stehen. „Entschuldigen Sie, Mr. Ian. Ich wollte Sie nicht beleidigen."

Ian winkte ab. „Das haben Sie nicht."

Armstrong nahm seine Wanderung wieder auf. „Aber das junge Ding kann doch gar nicht so lange durchgehalten haben, ohne dass jemand sie verraten hat."

„Zweifellos gibt es auch dafür eine Erklärung. Gewiss die Frauen, die mir zu Hilfe geeilt kamen, in der Nacht, als er *Alanna* schreiend aufwachte ...“ Ian bezwang den erregten Mann mit der Macht seines Blickes. „Die Frauen beruhigten Leslie, ohne sich wegen des seltsamen Aussehens der Hexe Sorgen zu machen.“

„Sie behaupten also, dass meine eigene Frau um diese niederträchtige Scharade weiß.“

Ian musste ein Lachen angesichts der offensichtlichen Entrüstung des Mannes unterdrücken.

Armstrong bekam Ians Ärmel zwischen seinen Finger zu fassen und zerrte daran. „Aber Mr. Fairchild geht es besser! Mab – oder wer sonst auch immer sie ist – hat seine Schmerzen gelindert!“

Ian ließ sich mit dem Rücken gegen die Wand sinken und erinnerte sich an das seltsame Gefühl, das er gehabt hatte, als er der Hexe tief in die Augen sah. Kein Wunder, dass er eine Verbindung gespürt hatte, eine Übereinstimmung von Gefühlen und Wünschen. Sie wollten beide dasselbe. Sie wollten beide Fionnaway. „Sie würde nie meinem Vater oder irgendeinem anderen Lebewesen etwas Böses antun.“

Armstrong nickte. „Gleichgültig, wie sehr es ihr nützen würde.“

„Nein. Es besteht keine Notwendigkeit für einen Mord.“ Ian entsann sich, was sie in der Nacht gesagt hatte, als sie ihm das Messer an die Kehle gehalten hatte. *Warum einen Mord an einen Sterbenden verschwenden?*

In der Tat schien es Ian so, als wären Leslies Tage auf Erden gezählt und näherten sich unaufhaltsam dem Moment, an dem er von seinem Schicksal eingeholt werden würde, und nichts konnte das verhindern.

Eine Bewegung an der Tür ließ Ian aufsehen, und er unterzog den Neuankömmling, einer gründlichen Musterung. Der Mann trug einen einreihigen Überrock aus feinstem Wildleder. Sein schneeweißes Halstuch, in einem betont lässigen Knoten geschlungen, lenkte alle Aufmerksamkeit auf die erbsengrüne Weste. Seine Reithosen steckten in schwarzen, schenkelhohen Stiefeln. Der junge Dandy sah sich besitzergreifend um, bevor er seinem Blick erlaubte, abfällig über Ians Erscheinung zu schweifen.

Das störte Ian nicht sonderlich, aber seine Nackenhaare stellten sich auf, wie bei einem Jagdhund, der einen Bären in seinem Revier wildern sieht. „Wer ist das?“ erkundigte er sich leise bei Armstrong.

„Brice MacLeod.“ Armstrong behielt eine so ausdruckslose Miene bei, wie es nur ein wirklich gut ausgebildeter Bediensteter vermag.

Brice zog seine ledernen Reithandschuhe aus, legte dann seinen Biberhut ab, und Ian sah zum ersten Mal die Fülle kupferfarbener Haare.

„Er ist Lady Alannas Cousin“, fuhr Armstrong fort, „und der derzeitige Erbe von Fionnaway.“

Jawohl, Selkies können Menschengestalt annehmen.

Als die Welt noch jung war, fügten sich Selkies und ihre Zauberkräfte in diese wundersame Landschaft. In jenen Tagen waren die Menschen für die Sonne dankbar und kauerten sich furchtsam aneinander, wenn sich der Mond verdunkelte. Sie betrachteten die Wunder der Natur voller Ehrfurcht und begrüßten froh jeden Selkie, der seine Haut abstreifte und unter ihnen wandelte.

7. KAPITEL

Ian stieß sich von der Wand ab. „Es gibt einen Erben?“

„Ja, und in den vergangenen beiden Jahren hat er bei Gericht immer wieder versucht, Lady Alanna für tot erklären zu lassen.“

Das Gefühl, verraten worden zu sein, erfasste Ian wie eine gewaltige Woge. „Ich bin mehr als einen Monat hier. Warum hat niemand es für nötig befunden, diese Tatsache mir gegenüber zu erwähnen?“

„Sie muss erst sieben Jahre verschwunden sein, bevor man sie für tot erklären kann, und wir hatten die Hoffnung nicht aufgegeben“, entgegnete Armstrong scharf.

Dem hatte Ian nichts entgegenzusetzen. Er hatte sich eingebildet, er würde diesen Besitz erhalten, wenn sein Vater starb. Er hatte gedacht, die Bediensteten mochten ihn. Doch er war nur seit verhältnismäßig kurzer Zeit hier, verglichen mit dem Clan der MacLeod; schlimmer noch, er war ein Eindringling, ein Engländer. Sie würden nie die Hoffnung auf ihre Lady Alanna aufgeben, bevor sie ihre Leiche sahen, und dann würden sie sich diesem Brice zuwenden.

Ian hatte Alannas Heimkehr bisher immer als ein Hindernis für seine Erbschaft angesehen, aber jetzt war klar, dass sie nur eine in einer Reihe von Hürden war. Hürden, die er überwinden würde, denn alle Hindernisse bestärkten ihn nur in seinem Entschluss, Fionnaway zu besitzen. Es gehörte ihm, daran bestand kein Zweifel, und er würde darum kämpfen.

„Wir beide wissen nun, wie unwahrscheinlich es ist, dass sie für tot erklärt wird. Von dieser besonderen Tatsache unterrichten wir diesen MacLeod allerdings besser nicht. Ich trau ihm nicht“, fuhr Armstrong leise fort.

Ein weiterer Gentleman kam herein, jünger als der andere, aber seine Haare waren von demselben Rot und seine Haut war übersät mit Sommersprossen. Er war nicht annähernd so elegant oder hochmütig, doch Ian fluchte dennoch leise.

„Mr. Brice’ Bruder“, erklärte Armstrong, bevor Ian fragen konnte. „Mr. Edwin steht ganz unter der Fuchtel seines älteren Bruders, ist in jeder Beziehung von ihm abhängig. Da er jedoch ein wenig einfältig ist und von liebenswürdigem Wesen, stört ihn das nicht sonderlich."

„Was für eine glückliche Fügung für mich. Ist das hier eine MacLeod-Invasion?"

„Mehr gibt es da nicht. Und, Mr. Ian ..."

Ian drehte sich zu Armstrong um.

„Vergessen Sie nicht, glücklich ist, wer im Besitz ist, sagt man hier. Und Sie sind im Besitz."

Ian atmete auf. Er hatte wenigstens bei einer Annahme falsch gelegen. Armstrong mochte zwar niemals die Hoffnung für Alanna aufgegeben haben, aber er würde Fionnaway nicht frohen Herzens an Brice übergehen sehen. Ian hatte sich während seines kurzen Gastspieles hier immerhin so viel Loyalität verdienen können.

Nach einem kurzen Nicken zum Verwalter schlenderte Ian vom Fenster in den Raum, um Alannas Cousins, die Eindringlinge, zu begrüßen. Seine Hand Brice entgegenstreckend, sagte er mit seinem besten Oberschicht-Näseln: „Ian Fairchild, Sir. Willkommen auf Fionnaway. Schön, dass wir Besucher haben."

„Brice MacLeod." Er nahm Ians Hand und schüttelte sie herzlich. „Gut, den alten Steinhaufen mal wieder zu sehen! Hat sich kaum verändert seit meiner Kindheit."

Die Eröffnungssalven waren abgefeuert. Ian hatte seine Stellung als derjenige im Besitz Fionnaways behauptet. Brice hatte seine Verflechtung mit Fionnaways Vergangenheit herausgestellt. Bisher steht es unentschieden, würde Ian sagen. Und während er Brice prüfend musterte, vermutete er, sie wären ungefähr gleich alt, gleich groß und auch gleich schwer. Aber dieser MacLeod würde gegen ihn genauso gewiss verlieren wie Alanna. Dafür würde Ian höchstpersönlich sorgen.

Der jüngere Bruder räusperte sich wichtigtuerisch. „Edwin MacLeod, zu Ihren Diensten." Er machte eine höfliche Verbeugung.

Ian erwiderte sie und bemerkte, dass Edwins Sommersprossen eindeutig feurig schimmerten, wenn man so dicht vor ihm stand. Es passte zu dem feurigen Blick, mit dem Edwin ihn bedachte.

„Möchten Sie den Tee mit mir einnehmen?“ erkundigte Ian sich gastfreundlich. „Armstrong, fragen Sie doch Mrs. Bridie, ob sie diese köstlichen Teekuchen gemacht hat.“

Armstrong spielte seine Rolle als ergebener Bediensteter hingebungsvoll. „Aye, Master Ian. Sie wissen sicher, dass Mrs. Bridie sie jeden Tag macht, seit Sie gesagt haben, wie sehr Sie sie mögen.“

Ein Punkt für mich, dachte Ian, als er und Brice sich neben dem Kamin niederließen. Edwin hatte sich entschieden, ruhelos zwischen den Stühlen und Tischen auf und ab zu gehen. Er blieb von Zeit zu Zeit stehen und klopfte gegen die Holztäfelung, eine der unangenehmsten Angewohnheiten, die Ian je untergekommen war. Ian schätzte sein Alter auf nicht mehr als fünfundzwanzig, und ihm fehlte jede Finesse; ein Feind der seine Gefühle deutlich zeigte.

Brice, auf der anderen Seite, ließ sich nicht mehr als einen Hauch von Wachsamkeit anmerken.

„Ich kam, sobald ich hörte, dass Mr. Fairchilds Sohn eingetroffen ist. Als Laird der Fionnaway MacLeod ist es meine Pflicht, Sie offiziell willkommen zu heißen.“ Brice streckte seine Füße näher ans Feuer, so dass Ian nicht umhin konnte, den schimmernden Glanz seiner Stiefel und ihren fantastischen Sitz zu bemerken.

Ian ließ seinen Blick kritisch über Brice’ restliche Erscheinung wandern. Der Bursche musste erst kürzlich seinem Londoner Schneider einen Besuch abgestattet haben, denn alles, was er trug, war von tadelloser Eleganz.

„Laird des Clans? Sind Sie das wirklich?“ Ian gelang es, genau die richtige Menge Erstaunen in seinen Tonfall einfließen zu lassen. „Ich dachte, Lady Alanna wäre der Laird.“

Brice versuchte zu lächeln, aber seine Lippen verzogen sich eher missvergnügt als belustigt. „Der Titel geht auf den männlichen Nachfahren über.“ Sein Lächeln wurde boshaft. „Sehr zum Verdruss Ihres Vaters. Ich hörte, er sei krank. Ich hoffe, es ist nichts Ernstes.“

Er stirbt, aber ich will verdammt sein, wenn ich ihn gehen lasse, bevor ich meine Stellung hier irgendwie gesichert habe. „Keineswegs.“

„Werden wir mit ihm das Dinner einnehmen?“

Wer hat dich denn eingeladen? „Er erholt sich noch von dem letzten Besuch des Arztes.“ Ian beugte sich vor und stützte seine Ellbogen auf die Knie. So ernsthaft wie er nur konnte, erklärte er: „Es ist mir peinlich, zuzugeben, dass ich die schottischen Gesetze nicht verstehe. Wenn Sie es mir auseinander setzen könnten? Sie haben den Titel des Laird der Fionnaway MacLeod?“

Edwin unterbrach seine Wanderung und erwiderte ungestüm: „Ein ebenso angesehener Titel wie der jedes beliebigen englischen Lords.“

„Aber gewiss doch, gewiss doch.“ Ian nickte zustimmend. „Und doch erbte Lady Alanna Fionnaway.“

„Der Titel muss an einen Mann fallen, aber nur ein direkter Nachfahre des ersten MacLeod kann den Besitz erben.“ Brice gestattete sich ein knappes, triumphierendes Lächeln. „Oder wenigstens so lange, bis kein direkter Nachfahre mehr da ist, oder dieser eine der Bedingungen bricht, die mit der Erbschaft verknüpft sind.“

„Bedingungen?“ Diesmal musste Ian seine Verwirrung nicht spielen. „Sie meinen nicht Gesetze?“

„Nein, Fionnaway ist etwas Besonderes. Es ist mit einem Vertrag gebunden, der festlegt ...“, warf Edwin eifrig ein.

„Was er zu sagen versucht“, unterbrach ihn Brice glatt, „ist, dass Fionnaway so alt ist, dass hier Gesetze nicht so wichtig sind wie Traditionen.“

Ian blickte Edwin an. „Oh, das wollten Sie sagen?“

Edwins Wangen färbten sich tiefrot. „Aye. Das war es."

Edwin log, und er machte seine Sache schlecht. Dann trat er an den Kamin und begann mit seinem Finger auf den Kaminsims zu klopfen.

„Also ..." Ian lenkte seine ganze Aufmerksamkeit auf Edwin. „Wenn Lady Alanna einen Sohn bekäme, dann wäre er der Erbe von Fionnaway?"

Brice antwortete anstelle seines Bruders. „Der Zweig der Familie hat nur Töchter." Ein selbstzufriedenes Lächeln trat auf seine Lippen. „Meiner Seite der Familie ist es stets gelungen, Söhne hervorzubringen."

Ich könnte mit Alanna einen Sohn bekommen. Der Gedanke überraschte Ian in seiner Klarheit.

„Und sowieso", fuhr Brice fort, „weilt Alanna nicht länger unter uns."

„Sie scheinen sich mit Ihrem Verlust recht gut abgefunden zu haben", bemerkte Ian.

Die Armlehnen seines Stuhles fest umklammernd, lehnte Brice sich vor. „Nach Tante Kevens Tod kam meine Familie hierher oft zu Besuch."

„Tante Keven ist Alannas Mutter", schlussfolgerte Ian.

„Aye. Eine liebreizende Lady, aber wenig weise bei der Wahl ihres Gatten." Brice starrte ihn an, als wäre Ian dafür verantwortlich, und sagte in unheilschwangerem Tonfall: „Sie heiratete einen Engländer."

„Und lebte, es zu bedauern", verkündete Edwin voller Schadenfreude.

„Wir alle bedauerten es", betonte Brice kurz angebunden. „Alanna am allermeisten. Ich weiß. Wir spielten oft zusammen. Redeten miteinander. Bekämpften uns gegenseitig. Als sie verschwand, flehte ich um ihre sichere Wiederkehr. Aber das war offensichtlich ein fruchtloses Unterfangen, und jemand musste sich um Fionnaway kümmern, bevor ..." Sein unbedachter Wortfluss brach ab.

„Bevor Ihr Vater es zu Grunde richtet“, beendete Edwin wütend seinen Satz.

Brice warf seinem Bruder einen finsteren Blick zu.

Edwin fiel in sich zusammen. „Entschuldigung.“ Er zuckte mit den Schultern und grinste Brice zerknirscht an.

Brice' Miene verriet seine Verärgerung, doch er lehnte sich in seinem Stuhl zurück, Gelassenheit vortäuschend. „Edwin fehlt es an diplomatischem Geschick. Ich hoffe, Sie werden ihm verzeihen.“

„Selbstverständlich“, murmelte Ian.

Während er seinen Fuß vor und zurückschwingen ließ, bemerkte Brice: „Was für einen interessanten Ring Sie da tragen.“

Ian sah auf den Mittelfinger seiner linken Hand. „Interessanter, als Sie glauben.“

„Darf ich ihn mir ansehen?“ fragte Brice.

Ian streckte seine Hand ohne zu zögern aus und gestattete Brice, den Ring anzufassen und vorsichtig zu drehen.

„Wunderschön.“ Brice' Stimme verriet Neid und Bewunderung. „Wo haben Sie den her?“

„Ich habe ihn schon immer.“ Das stimmte. Ian konnte sich nicht erinnern, dass der Ring jemals nicht an seinem Finger gesteckt hatte.

„Ein Familienerbstück also.“

„Das kann man so sagen. Reiben Sie den Stein.“ Ian erinnerte sich an die Weigerung der Hexe, das zu tun, und wunderte sich, ob Brice ebenso gut informiert wäre.

Offensichtlich nicht, denn er rieb seinen Finger über die sanft geraute Oberfläche des Steines und rief entzückt: „Er verändert seine Farbe! Schau nur, Edwin.“

Edwin eilte zu Brice, während Ian darum kämpfte, das plötzlich auf ihn eindringende Gefühl dunklen Abscheus zu bezwingen. Eine düstere Vorahnung überkam ihn, und er konnte sich gerade noch beherrschen, Brice seine Hand nicht angewidert zu entreißen.

Dann fasste Edwin nach seiner Hand, und Brice rieb wieder den Stein. „Der Stein veränderte seine Farbe von Blau zu Grün. Und sieh mal – sie ändert sich wieder."

„Wie ungewöhnlich." Edwin schob Brice' Hand fort und rieb den Stein selbst. „Er wird schwarz."

Ian kämpfte darum, die Gedanken der beiden Brüder zu lesen, bemühte sich, das drohende Gefühl von Unheil zu erfassen.

„Edwin, ähnelt dieser Stein denen, die Onkel Darnell dir gezeigt hat?" erkundigte sich Brice.

Sein Bruder runzelte die Stirn. „Er hat mir gar nichts gezeigt."

„Aber du hast doch gesagt ..."

„Ich habe überhaupt nichts gesagt."

Ian entzog ihnen seine Hand. Beide Brüder taumelten, richteten sich auf und starrten mit offenem Mund auf etwas hinter ihm.

Wilda schwebte auf sie zu.

Gut. Die Männer würden beschäftigt sein.

Der Gedanke beherrschte Ians Verstand. Dann spürte er nichts. Nichts, außer der entsetzlichen, übernatürlichen Marter seiner dunklen Gabe. Eiseskälte breitete sich von dem Stein her aus, durchdrang sein Fleisch bis auf die Knochen, scharf wie das Messer eines Chirurgen. Eine so überwältigende Kälte, dass er fast in die Knie ging.

Er kämpfte dagegen an; er schloss die Augen, biss die Zähne zusammen, ballte seine Linke zur Faust, den Ring darin umschließend, und hielt sie sich mit seiner rechten Hand.

Einen kurzen Augenblick lang nahm er nichts anderes mehr wahr, das Zimmer und Fionnaway Manor verblassten, und ihm war, als schwebte er über einem Abgrund, so tief und bodenlos, dass er, wenn er fiele, zerschmettern würde. Sein Herzschlag setzte aus. Der

Tod griff nach ihm, und alle Engel flohen vor der Missgeburt, die er war. Er begann hinabzugleiten zur ...

„Ian, wer sind diese gut aussehenden Gentlemen?"

Wilda. Wilda sprach mit ihm.

„Ja, Sir, wollen Sie uns nicht vorstellen?"

Und der Junge. Wie war noch gleich sein Name? Edwin. Edwin MacLeod. Er wollte Wilda vorgestellt werden. Langsam öffnete Ian die Augen.

Das Zimmer war noch so wie zuvor. Das Feuer strahlte immer noch Wärme aus. Licht fiel wie immer durch die Fenster. Die Männer standen vor Wilda mit einem liebeskranken Gesichtsausdruck, der irgendwie an ein von einem Waldbrand hypnotisiertes Reh erinnerte. Niemand hatte seine Notlage bemerkt. Ian brauchte keine Erklärungen abzugeben.

Er wünschte nur, er könnte es sich selbst erklären. Er hatte seinen Ring jahrelang benutzt, um das wahre Wesen eines Menschen zu erkunden, und jedes Mal zuvor hatte der Ring seine Farbe lediglich zu einem kühlen Grün oder feurigen Rot oder zarten Pfirsichton verändert. Niemals war er schwarz geworden. Nie hatte er solche Gefühle gespürt. Er konnte sie kaum bestimmen, so stark waren sie. Er wusste nur, sein Inneres zog sich dabei schmerzhaft zusammen, und sie brachten ihn beinahe um seinen Verstand.

Und den Verstand zu verlieren, war schließlich eine beständige Gefahr für eine Kreatur wie ihn.

„Ian?" drängte Wilda sanft, während ihr Blick von Edwin zu Brice glitt.

Ian stellte sie einander vor, ohne wirklich zu wissen, was er sagte, aber es musste richtig gewesen sein, denn Wilda hielt jedem der beiden MacLeods artig ihre Hand hin, und jeder der beiden MacLeods hob diese an die Lippen, als wäre sie etwas Kostbares.

„Werden Sie bleiben?" fragte sie.

„Ja", antworteten sie wie aus einem Mund.

Sie hatten sich aufs heftigste in sie verliebt. Ian wusste das, da er es schon hundert Mal beobachtet hatte. Jeder Mann, dessen Blick auf eine Frau der Fairchilds fiel, entbrannte augenblicklich in Liebe zu ihr.

Sich abwendend, rieb er sich die Schläfen. Er hatte heute viel Neues erfahren. Sein Vater starb, aber Alanna lebte. Sie war am Leben! Und bereit, als Herrin von Fionnaway zurückzukehren. Ihm wurde kalt. Sie könnte zurückkehren, und er wäre wieder das, was er immer schon gewesen war – ein Mann ohne Namen, ohne Heim.

Und doch konnte er etwas dagegen unternehmen. Einen Weg gab es, Fionnaway zu bekommen und zu behalten.

Er betrachtete noch einmal prüfend die MacLeods, wie sie Wilda zu Füßen lagen. Diesen Abend wenigstens würden Brice und Edwin von jedem von Wildas Worten geblendet und überwältigt sein. Sie würden miteinander um ihre Aufmerksamkeit wetteifern.

Und gewiss würden sie es nicht bemerken, wenn er sich fortschlich, um eine Hexe namens Alanna zu verführen.

Die Sage geht, dass die Selkies und die MacLeod ihren Pakt zum ersten Mal während eines von Fionnaways härtesten Wintern schlossen. An Land starben die Menschen an Hunger und Kälte, und die MacLeod mussten es hilflos mit ansehen. Sie besaßen nichts, das sie bei ihren wohlhabenderen Nachbarn für Heizmaterial oder Lebensmittel eintauschen konnten. Die Selkies konnten das Weinen der Kinder nicht mehr ertragen, deshalb brachten sie Steine aus der Tiefe des Meeres nach oben – kostbare Steine, die ihre Farbe änderten und Zauberkräfte besaßen. Die Menschen nahmen sie und brachten sie nach Süden, wo die Sonne wärmer schien, und zu ihrem Erstaunen stellten sie fest, dass von dem Erlös ihre Kinder satt wurden. Aber als die MacLeod, die sie waren, bestanden sie auf einer Gegenleistung.

Die MacLeod, so sagen die Selkies, lassen sich nichts schenken.

Die Selkies wussten aber auch, dass sie, obwohl Geschöpfe des Meeres, Luft zum Atmen brauchten. Sie mussten an Land kommen können, um sich fortzupflanzen. So also war vor vielen, vielen Jahren der Laird der MacLeod mit den Selkies übereingekommen. Sie schrieben ihre Übereinkunft nieder, und der Pakt ward besiegelt.

8. KAPITEL

Der Wind wurde kälter, als die Sonne hinter den Wolken verschwand. Alanna tauchte ein weiteres Mal in die eisigen Wellen, dann schwamm sie zum Ufer. Die Strömung war kräftig, und sie war zu lange im Wasser geblieben. Sie fror und war müde, aber wie hatte der Anblick des Paktes ihre Stimmung gehoben!

Wasser tretend überflog sie mit den Augen den schmalen Strand und die ihn umgebenden Klippen. Keine ungewöhnliche Bewegung beunruhigte sie, lediglich die Küstenpflanzen wiegten sich in der steifen Brise.

Wie sie es sich gedacht hatte. Kein Dorfbewohner hatte es je gewagt, in der Abenddämmerung hierher ans Meer zu kommen, wenn die Selkie von Fionnaway sich in den Wogen vergnügte. Sie sah hinter sich in das offene Wasser des Minch. Kein Selkie war jemals gekommen, noch nicht einmal in ihrer Kindheit, als sie noch darum gefleht hatte, dass sie sich ihr wenigstens für einen flüchtigen Blick zeigen mochten. Trotzdem glaubte sie fest daran, dass es sie gab; schließlich hatte sie eben selbst den Beweis dafür gesehen.

Auf Zehenspitzen erklomm sie den Strand, schnappte sich ihr raues Leinenhandtuch und trocknete sich damit kräftig ab. Dann schlang sie das Tuch um ihr nasses Haar und warf sich ihr Cape über. In der niedersinkenden Dämmerung war ihre Verkleidung gut genug, dass sie sicher sein konnte, nicht von einem zufällig vorbeikommenden Fischer erkannt zu werden.

Es machte sie immer unruhig, erst die flachen Klippen hinaufzuklettern und sich dann auf die offene kleine Ebene zu begeben, die das Meer geschaffen hatte. Da gab es keine Deckung für eine Selkie, die ihre Glieder verbergen wollte; der stetig wehende Wind verhinderte, dass dort etwas anderes als kümmerliches Gestrüpp gedieh.

Und an diesem Abend, als sie zu den kleinen Erhebungen am Rande des ungeschützten Geländes strebte, dachte sie, sie hörte den Wind ihren Namen ächzen.

„Alanna. Alanna."

Sie fuhr herum, konnte jedoch niemanden entdecken. Diese Bucht lag ein gutes Stück von Fionnaway entfernt. Das Dorf befand sich auf der anderen Seite, und niemand konnte sie von da gerufen haben. Wenn jemand aber unter dem Rand der Klippen kauerte und nach ihr rief, dann könnte der Wind es zu ihr getragen haben ...

Oder die Geschöpfe des wilden atlantischen Ozeans, die Selkies der Sage, sehnten sich nach ihrer Gesellschaft.

Vielleicht wollte sie die im Grunde genommen gar nicht sehen.

Das Handtuch enger um ihren Kopf schlingend, hastete sie zu dem schmalen Weg, der zu ihrer Hütte führte, ohne dem Flüstern des Windes Beachtung zu schenken, der „Alanna. Alanna" seufzte.

Eigentlich konnte sie nichts wirklich verstehen.

In dem schützenden Schatten der Bäume blieb sie stehen. Da war nichts, sagte sie sich. Nur der Wind, der mit dem aufkommenden Sturm an Kraft gewann. Die sinkende Sonne tauchte den Wald in ein gespenstisches Licht. Ihre Strahlen brachen sich in den Wolken und schufen eine Welt aus Luftschlössern und gespannter Stille darunter. Es schmerzte ihre Augen, wie das goldene Licht jede Einzelheit der Äste klar hervortreten ließ und die in der Luft wirbelnden Staubteilchen anstrahlte.

„Alanna. Alanna."

War jemand hinter ihr? Sie wirbelte herum, doch da war niemand.

Geh schnell, ermahnte sie sich, aber mit Würde.

Ein Zweig knackte. Stoff riss. Schritte knirschten auf dem Pfad.

Sie ließ jeden Gedanken an Würde fahren und begann zu laufen.

Schau nicht zurück, schau nicht zurück – aber sie tat es, und genau in dem Augenblick ballten sich die aufziehenden Wolken über ihr zusammen und stürzten die Welt vom Zwielicht in die Nacht. Fast so, als hätte ein Zauberer den Wandel befohlen.

Sie atmete in tiefen Zügen ein und beruhigte sich. Dann eilte sie weiter. Ohne Mondschein oder das schwache Licht der Sterne war die Dunkelheit so undurchdringlich, dass sie ihre Augen anstrengen musste, um etwas erkennen zu können. Der Weg zu ihrer Hütte war ihr wohlvertraut, doch heute Abend sah alles ganz anders aus. Geschichten von Elfen, die die Wege verschoben und ahnungslose Sterbliche in die Irre führten, kamen ihr in den Sinn.

Nicht diese Elfen fürchtete sie. Es waren die anderen Geschichten, die ihr beinahe den Verstand raubten. Geschichten von Trollen, die Jagd auf unschuldige Frauen machten, an ihren Kleidern zerrten und ihnen die knochigen Finger in die Rippen stießen. Geschichten von Geistern, jenen körperlosen, in Lumpenfetzen gehüllten Wesen, die die Lebenden voller Neid und Missgunst verfolgten.

Am schlimmsten aber für ihren Seelenfrieden waren Geschichten von großen Hexenmeistern. Hexenmeister, die den Sterblichen jede Herausforderung verübelten, die Horden von bösen Geistern befehligten und das Meer und die Lüfte. Hexenmeister, die sich vielleicht an der Einsiedlerin rächen wollten, die es wagte, sich als Hexe auszugeben. Hexenmeister, Wettermacher, die aus Wind und Regen ein gewaltiges Unwetter zusammenbrauen konnten, das auf die Vermessene niederprasselte.

Das Wüten und Brausen des Sturmes ließ Alanna nach Hause rennen, als wäre eine Hand in ihrem Rücken, die sie vorwärts stieß. Die Blitze blendeten sie, und der Donner machte sie taub. Es roch nach Schwefel, verkohltem Holz, schwach nach Feuer und Pech. Sie spürte, dass sie beobachtet wurde; Augen, verborgen im Dunkel, verfolgten genüsslich ihre verzweifelte Flucht. Ihre Schritte wurden zu einem würdelosen Stolpern über aufragende Wurzeln und durch überhängende Zweige, in denen ihr Umhang sich verfing.

Die Bäume lebten, hielten sie fest, zerkratzten ihre Haut. Sie verlor ihr Handtuch, als es an dem hölzernen Fingernagel einer übel wollenden Baumnymphe hängen blieb. Der Regen prasselte hernieder und ließ den grasbewachsenen Weg unter ihren Füßen schlüpfrig werden. Die Sintflut spülte das Salz aus ihren Haaren, so wie sie Kälte in ihre Knochen dringen ließ.

Ihr Umhang öffnete sich während des Laufens, und das Wasser lief ihr in Strömen über den Körper. Die Augen in ihrem Rücken konnte sie fast fühlen. Mit einem letzten Aufbäumen ihres Mutes wirbelte sie herum und spähte in den Wald – und entdeckte hinter sich auf dem Pfad ein Monster mit Fledermausflügeln, das sich aufbäumte.

Ein Blitz zerriss den Himmel. In dem Augenblick, bevor der Donner die Erde erschütterte, sah Alanna seine entsetzlichen Züge. Seine Augen waren schwarze Höhlen, seine Zähne glühten. Es breitete seine Flügel aus, wurde größer und größer, bis ...

Sie drehte sich um und jagte davon.

Sie verließ den Pfad, der sich zu ihrer Lichtung wand, und nahm den schnellen, steilen Weg durch das Unterholz des Waldes zu ihrer Hütte. Sie sprang über Wurzeln und wich Bäumen aus. Dann rutschte sie im Schlamm aus und schlitterte weiter, bis sie an dem

Zaun landete, der die Grenze zu ihrem Garten bildete. Sie kämpfte sich auf die Füße und kletterte darüber, dann eilte sie zur Tür.

Einen endlosen Moment zerrte sie an dem Türriegel, ohne ihn zurückschieben zu können.

Plötzlich gab er nach. Sie riss die Tür auf, floh ins Innere der Hütte und schlug die Tür hinter sich zu. In Sicherheit.

Der letzte Blitz des Unwetters, der gewaltigste, beleuchtete den Raum, während der Donner über ihr explodierte. Von ihrem eigenen Tisch erhob sich eine Miniaturversion der Spukgestalt. Es erhob sich, wurde größer und größer, das Maul weit aufgerissen, die Fangzähne entblößt, mit glitzernden Augen.

Mit einem markerschütternden Jaulen sprang es durch den Raum auf sie zu.

Alanna entrang sich ein Schrei, ein ohrenbetäubender, spitzer Schrei, in dem sich all ihre Furcht von ihrer Flucht durch den Wald und vor der geisterhaften Erscheinung entlud.

Das Monster blieb vor ihr stehen, wühlte sich unter ihren Umhang und miaute Mitleid erregend.

„Oh." Sie lehnte sich einen Augenblick lang Halt suchend an die Tür, dann griff sie unter ihre Röcke. „Du dummer Kater." Ihre zitternden Finger strichen beruhigend über sein gesträubtes Fell. Der Schlag, den sie bei der Berührung bekam, erschreckte sie beide, und sie hob ihn auf, wobei sie ihn ermahnte. „Jetzt spiel dich nicht so auf. Der Sturm ist fast vorüber."

Tatsächlich – aber bestimmt nicht wegen ihrer Worte – ließ das Wüten der Elemente draußen nach. Es blitzte nicht mehr, und der Donner grollte nur noch leise, wie zum Abschied. Die Wolkendecke riss auf, und durch die Löcher fielen Mondstrahlen wie flüssige Meeresopale. Durch die Ritzen zwischen den Fensterläden malte das fahle Licht glänzende Streifen auf die Pelze, die das Bett bedeckten.

Alanna fuhr sich mit der Hand über die Stirn und fühlte Schmutz unter ihren Fingern. Seltsam erstaunt hielt sie sich die Hand dicht vor die Augen und starrte darauf. Die dunklen Flecken waren nur Schlamm, und doch ...

Sie setzte die Katze auf den Boden und stieß die Fensterläden auf, hielt ihre Hände in das Wasser, das von der Dachtraufe lief, und rieb sie aneinander. Dabei zuckte sie vor Schmerz zusammen und betrachtete ihre nun sauberen Handflächen genauer. Dunkle Punkte waren noch da. Sie wurden größer, als sie wieder zu bluten begannen. Besorgt sah sie im hellen Licht des Mondes an sich herab.

Nasse Erde bedeckte sie von Kopf bis Fuß. Blätter und Stücke von abgerissenen Zweigen klebten an dem Lehm, und zu ihren Füßen hatte sich eine Schlammpfütze gebildet. „Ach, Alanna, was hast du nur getan?" murmelte sie missmutig. Sie streifte sich ihren Umhang ab, warf ihn in eine Ecke und nahm den Eimer von seinem Platz neben dem Tisch. Ihre Füße trugen sie zur Tür, ihre Finger schlossen sich um den Riegel – und verspätet befiel sie Besorgnis. Schließlich hatte sie das geflügelte Ding hinter sich gesehen ... oder doch nicht?

Vorsichtig öffnete sie die Tür und spähte hinaus auf das Stück Garten, das sie durch den Spalt sehen konnte. Er lag still im Mondlicht. Sie vergrößerte den Spalt und lehnte sich aus der Tür.

Nichts. Die Sterne funkelten strahlend. Der zu Dreiviertel volle Mond stand an dem frisch gewaschenen nachtschwarzen Himmel. Wasser sammelte sich in flachen Pfützen. Die Luft roch frisch und kräftig. Von ihren Kräutern tropfte die Nässe, und sie verströmten schon wieder ihren würzigen Duft.

Die Waldlichtung um ihre Hütte schien nicht anders als sonst; so verdächtig normal, machte sie sich über ihre Beunruhigung lustig. *Du bist mir eine schöne Hexe. Fürchtest dich vor einem Sturm.* Sie trat über die Türschwelle, nur mit ihrem Eimer bewaffnet, und ging mit großen Schritten zu ihrer Regentonne. Sie schöpfte daraus Wasser, um sich zu waschen – aber ihren Rücken hielt sie vorsorglich zur Hütte gewandt und ließ den Waldsaum nicht aus den Augen.

In seinen Umhang gehüllt, stand Ian mit Alannas Handtuch in der Hand im Schatten der Bäume und beobachtete, wie sie ein Bad nahm. In gewagter Nacktheit übergoss sie sich mit dem eiskalten Regenwasser. Ihr Körper wies, wie er befriedigt zur Kenntnis nahm, keinerlei Ähnlichkeit mit dem der Hexe, die sie zu sein vorgab, auf. Ihre zarten Brüste waren hoch angesetzt und fest, und bei ihrem Anblick schoss ihm das Blut heiß und stolz in die Lenden. Ihre Hüften waren sanft gerundet und ihre Beine ... Normalerweise hätte er sich schon glücklich geschätzt, wenn er nur einen Blick auf ihre Fesseln hätte erhaschen können, und jetzt konnte er ihre Beine in ihrer ganzen verführerischen Länge nach Belieben betrachten. Ohne ihre Verkleidung sah sie mehr nach einer Nymphe als einer Hexe aus. Sie sah wie auf ihrem Porträt aus und wie das Gespenst, das versucht hatte, ihm in jener noch nicht so lang zurückliegenden Nacht die Kehle aufzuschlitzen.

Sie löste ihren langen Zopf und tauchte ihren Kopf in den Eimer, so dass alle Haare nass wurden. Er konnte sie bis zu dem Baumstamm, an dem er lehnte, leise vor sich hin schimpfen hören. Grinsend bemühte er sich, zu verstehen, was sie sagte – die Dame war nicht mit sich zufrieden.

Als er hinter ihr auf dem Weg aufgetaucht war und seinen Umhang geöffnet hatte, hatte er ihr einen furchtbaren Schrecken eingejagt. Auch jetzt noch fiel es ihm schwer, angesichts ihrer entsetzten Miene ein selbstgefälliges Lächeln zu unterdrücken. Sie schuldete ihm das, die kleine Hexe, für die Streiche, die sie ihm gespielt hatte.

Aber er hatte nie vorgehabt, sie so zu erschrecken, dass sie sich verletzte.

Als sie sich schließlich von der Regentonne abstieß, gab ihr Bein unter ihr nach, und sie fiel auf die Knie. Er setzte sich in Bewegung, doch sie griff nach dem Rand der Tonne und zog sich daran hoch. Er blieb stehen. Den verletzten Fuß hoch haltend, drehte sie ihn vorsichtig erst zu einer Seite, dann zur anderen. „Er ist geschwollen", hörte er sie ehrlich erstaunt sagen. Wieder machte sie sich auf den Weg, vorsichtiger diesmal, und er beobachtete sie besorgt. Trotzdem war er vor Sorge nicht blind für die Reize ihres schlanken Rückens oder die stolze Haltung, mit der sie in ihre Hütte zurückhumpelte.

Kein Licht erhellte das Dunkel in der Hütte, und er strengte seine Augen an, um etwas erkennen zu können, wenn sie am offenen Fenster vorüberging. Sie war ein paar Mal zu sehen, bevor sie stehen blieb, sich – immer noch herrlich nackt – aus dem Fenster lehnte und die Fensterläden schloss.

Ian ließ sich auf einem Baumstamm nieder und erwog seinen nächsten Schritt.

Wäre er ein echter englischer Gentleman, würde er fortgehen, und sie würde nie erfahren, was er gesehen hatte. Aber er war nun einmal kein echter Gentleman; das war ihm nur allzu oft zur Genüge von verschiedenen Seiten klar gemacht worden. Zum einen war er nur zur Hälfte Engländer. Die andere Hälfte war ... nun gut, er sprach nicht häufig von der anderen Hälfte. Und dann war da noch die kleine Angelegenheit mit der Heiratslizenz, die seine Eltern sich nicht die Mühe gemacht hatten zu besorgen.

Er glaubte nicht, dass seine Unehelichkeit ihn anders machte als andere Männer, aber offenbar tat sie es doch. Er war den Frauen zwar gut genug für ein Bettabenteuer – ihnen schien das sogar ziemlich gut zu gefallen – doch nicht gut genug für eine Heirat. Keiner. Nicht seiner Cousine Mary, die sich auf den ersten Blick in Sebastian Durant verliebt hatte, bevor Ian überhaupt nur eine Chance bekam. Nicht der Tochter eines verarmten Viscounts, die das Geld verzweifelt brauchte, zu dem er als Kaufmann gekommen war. Noch nicht einmal Nell ...

Sein Herz zog sich bei der Erinnerung an Nell schmerzhaft zusammen. Nell war eine Quäkerin gewesen, sanft und ohne Vorurteile. Sie hatte seine Küsse so süß erwidert, dass er glaubte im Himmel zu sein. Er hatte geglaubt ... er hatte geglaubt, sie liebte ihn. Sie waren verlobt, aber langsam, ganz allmählich, hatte ihre Zuneigung sich in Vorsicht verwandelt. Dann in Furcht. Als er ihr ängstliches Zittern, die Schauder des Widerwillens, die sie bei seiner Berührung durchliefen, nicht länger ertrug, hatte er sich betrunken und ihr die Wahrheit über seine Mutter gestanden.

Das war das Ende gewesen. Nell hatte ihm einen tränenbenetzten Brief geschickt, in dem sie ihn um Verzeihung bat, aber sie konnte ein Geschöpf wie ihn nicht heiraten.

Eine Eule rief und schwang sich über den Bäumen in die Lüfte, um ihr Abendmahl zu erjagen. Auf der Jagd, die Krallen gezückt, auf der Suche nach ahnungsloser Beute, so wie er.

Ian lenkte seine Aufmerksamkeit wieder auf die Hütte. Die Frau darin war die Erbin eines Besitzes. Nicht des größten Besitzes auf den britischen Inseln. Auch nicht des reichsten Besitzes. Aber es war ein Ort, an den er gehörte. Ein Ort, der ihn rief und lockte wie der Gesang der Sirenen.

Leslie hatte versagt; ihm war es nicht gelungen, Alanna für sich zu gewinnen. Seine Schlechtigkeit hatte sich gegen ihn gewandt. Jetzt lebte sie in den Wäldern und wartete darauf, ihr Land an ihrem einundzwanzigsten Geburtstag zurückzufordern, und sollte irgendein unglückseliger Umstand das verhindern, kam immer noch Brice MacLeod in der Nachfolge hinter ihr, und nach ihm Edwin und nach ihm ... Wer wusste schon, wie viel MacLeods im Hintergrund warteten.

Vielleicht tat Ian ihr sogar einen Gefallen. Ein Schauder überlief ihn bei der Erinnerung an die Kälte, die von dem Ring ausgegangen war. Wenn Brice erführe, dass Alanna noch am Leben war, wie weit würde er gehen, seinen Anspruch auf Fionnaway zu sichern?

Ja, er konnte nur eines tun – einen Weg einschlagen, der seinem Fairchild-Erbe entsprach. Er würde in die Hütte dort unten gehen und Alannas Bett einen Besuch abstatten.

Alannas Hände zitterten, während sie die Kräuter für den heißen Trank abmaß und hineingab. Gemahlene Weidenrinde gegen die Schmerzen, Kamille zur Entspannung, Braunelle für ihren verstauchten Knöchel und Zimt für einen besseren Geschmack. Mab, die alte Hexe, hatte sie gelehrt, sich selbst ihre Medizin nur sparsam zu verordnen, aber Alanna setzte dem Gebräu einen großzügigen Schuss Laudanum zu, damit sie besser einschlafen konnte. Wenn sie das nicht tat, das wusste sie genau, dann würden ihre Schmerzen und ihre Besorgnis wegen Mr. Fairchilds gut aussehendem Sohn sie wach halten.

Sie rührte den Trank um und nahm einen Schluck. Es schmeckt recht gut, wirklich. Sie setzte sich auf die Bank und trank noch einen Schluck. Wirklich gut.

Es war nicht Ians attraktives Gesicht, das sie nicht mehr losließ. Es waren seine *Augen*, die sie verfolgten. Sie waren so groß und braun, ihr Blick so durchdringend und abschätzend. Fast schon hypnotisierend in ihrer Eindringlichkeit.

Nachdem sie den Trank erneut umgerührt hatte, um die zerstoßenen Kräuter nach oben zu bringen, nahm sie wieder einen kräftigen Schluck und ignorierte das sandige Gefühl auf ihren Zähnen.

Sie spürte, dass sie in seinem Blick versinken konnte und nie wieder herausfinden würde. Stürme dräuten in seinen Augen. Seine Züge verrieten Einfühlungsvermögen. Und ein Zauber, so fürchtete sie, lag in seiner Berührung.

Natürlich würde sie das nie herausfinden, denn wen verlangte es schon nach einer Hexe?

Wenn es doch nur einen Weg für Ian gäbe, die Ländereien in seinen Besitz zu bringen, ohne Alanna zu belästigen ...

Es gab keinen.

Wenn es doch nur einen anderen Ort gäbe, an dem er leben könnte ...

Es gab keinen.

Also würde er Alanna zu der Seinen machen und ihr Land für sich fordern auf genau die uralte Art und Weise, die so viele Männer vor ihm schon eingesetzt hatten, um ihr Ziel zu erreichen. Schließlich war das hier Schottland, ein rauer Ort, und Ian fand sich in der Lage wieder, die ihn sein Leben lang begleitet hatte: allein und mit niemandem, auf den er sich verlassen konnte. Für die Achtung, die Fionnaway ihm einbringen würde, für das Recht, Kinder zu zeugen und für Alannas Sicherheit musste er sie haben. Und nicht zuletzt – Rache war süß, und noch süßer war es, zu dem Land und der Frau zu gehören.

Er erbebte. Feuchtigkeit kroch durch die Wolle seines Umhanges, stieg von seinen durchweichten Schuhen an seinen Beinen nach oben, und der schneidende Wind drang ihm bis auf die Knochen. Aus dem Schatten des Waldes tretend, betrachtete er den Horizont. Eine neuerliche Wolkenwand zog vom Meer heran. Bald würde es wieder stürmen. Mit einem Achselzucken ging er geräuschlos zur Hütte der Hexe. So wurden die großen Dinge im Leben entschieden: nicht durch Logik, sondern wegen der Kälte eines nassen Umhanges.

Die Hütte lag ruhig da. Er hoffte, Alanna läge schon im Bett, in tiefem Schlaf. Das würde die Durchführung seines Planes erleichtern.

Er legte eine Hand flach gegen das Holz der Tür und schob. Die Tür schwang in ihren Lederangeln auf, und er schlüpfte in den Raum. Er hörte ihr schweres Atmen. Das schwache Geräusch war ein Ausdruck ihrer Erschöpfung, und jetzt wollte er diese Erschöpfung noch steigern.

Tiefer in den Raum tretend, breitete er das Handtuch neben dem silbernen Trinkbecher und der schmalen, hohen Flasche auf dem Tisch zum Trocknen aus. Beides, der Becher und die Flasche, wirkten viel zu elegant für ihre einfache Umgebung. Er ging zum Fenster und stieß die Läden weit auf. Mondlicht strömte herein, malte ein silbrighelles Rechteck auf den Fußboden und überzog alles in der Hütte mit seinem matten Glanz.

Er sah wachsam zum Bett, aber Alanna lag auf dem Rücken, einen Arm von sich gestreckt, den anderen auf ihrer Hüfte. Ihr offenes Haar umrahmte ihren Kopf wie eine kupferne Wolke, ließ jedoch eine der hellen Schultern, ihren zarten Hals, den eine Kette zierte, auf die Steine gefädelt waren, frei. Die Pelze bedeckten ihren Bauch; er zuckte zusammen, als er die Kratzer, die ihre Brust verunzierten, entdeckte – und zuckte zusammen bei dem Verlangen, das jäh in ihm aufstieg, als er ihre blassen Brüste betrachtete, die sie unbewusst seinen Blicken darbot. Der schwach zu sehende Bluterguss an ihrem Auge bewies ihre Identität und besiegelte ihr Schicksal. Die kleine Hexe. *Seine* Hexe.

Er müsste sich eigentlich schämen, seinen Besitz auf diese Art und Weise zu sichern. Stattdessen musste er seine Vorfreude im Zaum halten. Alanna war nicht wie andere Frauen, die er kennen gelernt hatte. Sie hatte keine Hemmungen, wenn nötig den Stier bei den Hörnern zu packen. Sie fürchtete ihn nicht. Und er wusste, er konnte dafür sorgen, dass sie ihn liebte.

Ein kräftiges Reiben an seinem Knöchel erschreckte ihn, doch dann ertönte Miauen, als dessen Urheber er augenblicklich Alannas

Haustier erkannte. Den Kater unter dem Bauch fassend, hob er ihn hoch und hielt ihn in Augenhöhe vor sich. Das Katzentier streckte den Kopf vor und schnupperte vorsichtig, dann schmiegte es seine Nase an Ians. Er nahm das als Zeichen, akzeptiert worden zu sein, und setzte das kräftige Tier auf dem Fenstersims ab. Es sprang ins Gras und machte sich auf leisen Pfoten davon.

Die Spange öffnend, die seinen Umhang zusammenhielt, streifte Ian ihn ab und legte ihn neben dem Handtuch auf den Tisch. Dann löste er das Band an seinem Hosenbund und zog sich sein Hemd über den Kopf. Durst ließ ihn nach der Flasche greifen und vorsichtig daran riechen. Er nahm den Becher – zweifellos ein Überbleibsel aus ihrer Zeit im Schloss – füllte ihn schwungvoll bis zum Rand und prostete der schlafenden Gestalt auf dem Bett zu. „Wir teilen den Hochzeitskelch, meine Süße", murmelte er, „auch wenn du das nicht weißt."

Er stürzte den würzigen Trank in einem Zug die Kehle hinab. Die Kräuter schmeckten bitter auf seiner Zunge, und es schüttelte ihn, als er sie hinunterschluckte. Gekräftigt streifte er seine Hosen ab. Mit entblößter Brust beugte er sich über das Bett und rief leise: „Alanna."

Sie rührte sich nicht, kein Flattern der Augenlider, kein Seufzen. Mit den Fingern fuhr er sanft die Linien ihres Gesichtes nach, die zarten dunklen Brauen und die betonten Wangenknochen. Ihr schönes, nicht von einer Ascheschicht verunziertes Gesicht zog ihn unwiderstehlich in seinen Bann.

Welches Interesse hatte er schon an hübschen kleinen Jungfrauen von edler Abstammung? Er hatte stets eine Vorliebe für die Starken, Andersartigen, mit einem klaren Verstand und eigenem Willen gehabt, und er wusste, all diese Züge besaß Alanna.

Er begann mit den kleinen Steinen, die um ihren Hals hingen, zu spielen und drehte sie hin und her, um die eingeritzten Zeichen zu erkennen. Im klaren Licht des Mondes trat jeder Umriss scharf hervor, doch er konnte sie nicht entziffern, auch wenn er wusste, dass er sie schon zuvor gesehen hatte. Es waren Runensteine, die von Kundigen benutzt wurden, die Zukunft vorauszusagen.

Er war keiner dieser Kundigen, und es war ihm eigentlich auch im Moment gleichgültig, warum sie sie trug. Er ertappte sich bei einem liebevollen Lächeln. „Wir werden ausgezeichnet miteinander auskommen, wenn du erst einmal begriffen hast, wer dein Herr und Meister ist."

Er zwinkerte. Der Klang seiner Stimme überraschte ihn. Sie tönte lauter, härter in seinen Ohren, als er erwartet hätte. „Starker Trunk?" riet er, und fasste sie an den Schultern. „So zu tun, als ob du schläfst, wird dir auch nichts nützen."

Er schüttelte sie sanft, und ihr Kopf fiel zurück. Er musterte sie genauer. „Keine schlechte Vorstellung." Ian ließ sie zurück in die Kissen gleiten, dann setzte er sich auf das Bett. Die Seile am Bettrahmen ächzten, als er neben ihr auf der Federmatratze schwankte. Er kämpfte sich aus seinen Stiefeln, und als er aufstand, um seine Strümpfe abzustreifen, wankte der Boden unter ihm.

Verwirrt auf seine Füße starrend, wiederholte er: „Keine schlechte Vorstellung. So fest kannst du nicht schlafen. Hast du ..." Er hob den Kopf und betrachtete die Schlafende finster. „Hast du etwa einen Schlaftrunk wegen der Schmerzen genommen?" Sein Blick fiel auf den silbernen Becher. Er deutete mit dem Finger darauf und fuhr fort: „In dem Becher da?"

Ein tiefer Seufzer war ihre einzige Antwort, während sie sich auf die Seite drehte.

Er fuhr sich mit der Hand durch die Haare und zerzauste sie. Mit der unsicheren Würde eines Betrunkenen sagte er besonders deutlich. „Hexe, so leicht legst du mich nicht herein, hörst du? Ich beanspruche dich ...", er schwankte wieder, stärker diesmal, „jetzt

.... ich schwöre ... jetzt ....“ Er streifte die Strümpfe ab und ließ seine Unterhose zu Boden fallen, kroch neben Alanna ins Bett und fiel augenblicklich in einen tiefen Schlaf.

Wolken schoben sich vor den Mond, so dass sein fahles Licht nicht länger auf die beiden miteinander verflochtenen Körper auf dem schmalen Bett fiel. Gewitterwolken türmten sich höher und höher über den Hügeln; dann, mit einem Mal, zogen sie über die Lichtung und entluden sich. Gezackte Blitze tauchten alles in ihr grelles Licht. Das Grollen himmlischer Trommeln erschütterte die kleine Hütte. Wind fuhr zum offenen Fenster herein und brachte einen kalten Regenschauer mit. Regentropfen weckten Ian aus seiner Betäubung.

„Was zum Teufel?“ Er erhob sich, trat in den hereinströmenden Regen, und bemühte sich, die Fensterläden zu schließen. Um klarer im Kopf zu werden, schüttelte er sich und sah zu der schwach auszumachenden Gestalt, die hinter ihm ruhte. Sein Körper war noch warm von ihrem, sehnte sich danach, ihn zu erkunden, und der Schlaftrunk verlor seine Wirkung. Ein kleines Lachen stieg in seiner Kehle auf, er zog die Läden zu und schob den Riegel vor, bevor er sich umdrehte und zum Bett zurückging.

Zu seiner Hexe.

9. KAPITEL

Hände. Hände strichen ihr zärtlich das Haar aus dem Gesicht, während Donner grollte und Blitze so gleißend zuckten, dass es sie noch hinter ihren Augenlidern blendete. Eine Hand legte sich schützend über ihr Ohr, als sie bei dem Getöse draußen zusammenzuckte. Mit ihrem anderen Ohr lauschte sie dem gleichmäßigen Schlag eines starken Herzens, furchtlos gegenüber dem gewaltigen Naturschauspiel.

Hände liebkosten ihre Lippen, als sie leise aufwimmerte, weil die durchlebten Schrecken wegen des Waldmonsters in ihren Träumen nachhallten. Hände hielten ihr Kinn, als sanfte Küsse auf ihren Mund regneten, und verstärkten ihren Druck, als ein *Ding* – ein warmes, feuchtes Ding – gegen ihre Zähne stieß, vor und wieder zurück glitt, wie eine Feder im aufkommenden Wind.

Diese warmen Hände beruhigten sie mit ihrem Streicheln. Diese Hände linderten, trösteten und besänftigten sie, als sie vor den intimen Zärtlichkeiten zurückscheute. Sie lehrten sie gleichzeitig, ihre bösen Erinnerungen zu vergessen, ersetzten sie durch neue Erwiderungen und ungeahnte Lust. Sie plünderten nicht, sie verzauberten. Eine zarte Berührung an ihren Schulterblättern, an ihrer Brust, ein sanfter Druck an ihrer Taille, als sie deren Umfang maßen. Hände schoben ihr Halsband beiseite. Hände wanderten zögernd von einer Stelle ihres Körpers zu einer anderen, bis sie sich unter ihnen zu bewegen begann, um sie zu weiteren Kühnheiten zu ermutigen.

Dann war alles anders.

Hände glitten über ihren Hals in ihr Haar, hielten ihren Kopf, den sie unruhig hin und her warf, still für einen Kuss – einen forschenden, fragenden Kuss, der sich die Antwort auf seine Frage gleich selbst gab. Hände verschränkten die Finger mit ihren und hielten sie fest, während ein Mann sie mit seinem Gewicht auf ihr vertraut machte, mit der aufregenden Abfolge von Muskeln und Haaren und samtiger Härte, wie es keine zweite gab.

Kleine Seufzer entrangen sich ihrer Kehle unter der Meisterschaft dieser Hände. Sie erbebte und versuchte ihnen zu entkommen, doch die Hände brachten sie zurück, wieder und wieder, immer bereitwilliger, neue Geheimnisse zu enthüllen.

Sie war einsam gewesen, so lange von jedem menschlichen Kontakt ausgeschlossen, dass jede Berührung einen lang unterdrückten Hunger stillte.

Hände tasteten sich die Innenseiten ihrer Schenkel empor, und als sie sich wehrte, streichelten sie sie voller Verehrung. Sie gab nach und gestattete ihnen alles, wonach sie suchten.

Hände ruhten auf ihrem Bauch; Hände glitten zu der Stelle, wo sich feuchte Wärme auszubreiten begann. Hände schenkten ihr Wollust, schufen Leidenschaft, entlockten ihr Erwiderungen, während sie sie intim liebkosten, und sie biss sich auf die Lippen, um ihre Schreie zurückzuhalten.

Der gesichtslose Mann über ihr murmelte etwas Ermutigendes, unterbrochen von stärkenden Küssen, mit denen er ihren Körper übersäte. Er überredete und neckte und reizte sie, bis ihre Zehen kribbelten, ihre Hände sich zu Fäusten ballten und sie die Schreie nicht länger unterdrücken konnte.

Dann war sie eins mit dem Wind, der sie in die Lüfte hob, und dem gewaltigen Donner, der die Erde erschütterte, und den gleißenden Blitzen, die alles in ihr grelles Licht tauchten. Ein scharfer Schmerz, als sie durch die Wolken brach, und dann war sie eins mit dem Sturm und eins mit Ian ...

Sie fuhr hoch.

Die Sonne schien durch die Schlitze der Fensterläden an der Ostseite ihrer Hütte und malte Lichtstreifen auf ihre Beine. Alanna blinzelte, von den merkwürdigsten Gefühlen überwältigt. War sie allein?

Ihr Blick überflog suchend den Raum, wobei sie sich gleichzeitig davor fürchtete, was sie entdecken würde. Wen sie entdecken würde ...

Niemand war da. Der Raum sah so aus wie immer. Es gab keinen Grund, warum ihr Herz in ihrer Brust hämmern sollte. Es gab keinen Grund, warum ihr in der frischen Morgenluft der Schweiß auf der Stirn stehen sollte, und ganz bestimmt gab es keinen Grund, warum sie verlegen sein sollte wegen ihrer Bekleidung – oder eher dem Nichtvorhandensein davon. Sie war nackt, die Decke lag in einem unordentlichen Haufen am Fußende, dorthin getreten in einem leidenschaftlichen Traum. Sie griff nach den Pelzen und zog sie bis zu ihren Schultern hoch, bedeckte sich mit ihnen wie mit einem Schild gegen ihre ... Albträume.

Denn das mussten sie gewesen sein. Sie hatte geträumt ... von einem Mann. Einem gesichtslosen Mann, der ihr nahe war, der sie berührte, unaussprechliche Dinge mit ihr anstellte, sie in seinen Bann schlug.

Sie prüfte ihr Gedächtnis vorsichtig, besorgt, dass sie etwas entdecken würde, irgendein Gefühl, das sie widerlegte. Doch nein, sie schien sich auf eine neue Art lebendig zu fühlen, schien vor Neugier und Vorfreude zu kribbeln. Zum ersten Mal in ihrem Leben war sie beinahe überzeugt, dass Gott kein Narr gewesen war, Frauen so verletzlich zu erschaffen. Ein umfassendes Wohlgefühl floss noch durch ihre Adern, das sie mit Staunen und Mattigkeit und Verlegenheit erfüllte.

Ein Traum. Bei den Steinen, es musste ein Traum gewesen sein. Sie war es nur so leid, immer allein zu sein. Diese selbst auferlegte Verbannung durchzuhalten fiel ihr von Tag zu Tag schwerer, und sie wünschte sich, sie könnte ihre Verkleidung ablegen und wieder Lady Alanna werden.

Sie ließ die Pelzdecke fallen und sah an sich herab – und keuchte auf. Ihre Brust, Arme und Beine waren mit Kratzern übersät, unzählige Striemen verunzierten ihre blasse Haut. Vorsichtig betastete sie einen Bluterguss auf der Innenseite ihrer Schenkel, und die Vernunft kehrte zurück.

Zu der Katze, die auf dem Vorleger schlief, gewandt, sagte sie:

„Wie konnte ich das nur vergessen? So, wie ich letzte Nacht durch den Wald nach Hause gerannt bin, kann ich froh sein, wenn ich mir keine Knochen gebrochen habe."

Whisky antwortete nicht. Hob noch nicht einmal seinen Kopf.

„Eines Mannes Berührung kann sich nicht so wie ... Seide anfühlen. Ein Mann kann nicht mit einem Kuss besänftigen und gleichzeitig solche ... Hitze erzeugen." Was für ein Gedanke! Küsse, die auf ihre Lippen gedrückt wurden. Auf ihre Brüste. Auf ihren Bauch und tiefer. Was für eine abwegige Vorstellung, dass ein einzelner Kuss gleichzeitig besänftigen und entflammen konnte.

Und doch kam es ihr so wirklich vor, dass ihr Körper sogar jetzt noch pulsierte. Sie presste ihre Beine zusammen und versuchte die Erinnerung an raue Hände, die ihre Hüften zärtlich umfassten, zu verdrängen.

Seine Hände. Ihre Rauheit, die Schwielen. Solche Details!

Die meisten Träume waren vage, widersprüchlich und körperlos. An ihren Traum von letzter Nacht erinnerte sie sich in jeder Einzelheit. Braune Augen im Licht eines jäh aufzuckenden Blitzes. Die Stimme eines Mannes, die sie beruhigte, verlockte, zärtlich murmelnd ihre Schönheit pries. Das leise Klacken ihrer Runensteine, als er ihre Kette betastete und dann sanft beiseite schob. Die Gänsehaut, wenn er an ihr saugte, nicht wie ein Kind, das nahm, sondern wie ein Mann, der gab ... der Lust schenkte. Seine Finger, die ihre Arme streichelten, ihre Hüften, in sie glitten und dort feuchte Wärme erzeugten. Seine Hände, die ihre Schenkel spreizten, so dass sie seinen Körper aufnehmen konnte. Seine Hände, die sie festhielten, als sie in einem letzten Auflehnen versuchte, ihre Jungfräulichkeit zu verteidigen. Seine Hände, die ihr zart das Haar aus dem Gesicht strichen, während er in sie eindrang.

Alanna holte tief Luft, als sie sich erinnerte, wie verwirrt sie gewesen war. All ihre Sinne waren zu neuem Leben erweckt, aufgewühlt und befriedigt worden. Es hatte weh getan – ein wenig. Sie hatte Lust erlebt – sehr viel. Sie hatte den Drang verspürt, sich zu bewegen, laut aufzuschreien, um wieder zu dem Mädchen zu werden, das sie zuvor gewesen war.

Aber der Mann hatte nichts davon wissen wollen. Sie hatte sich bewegt und aufgeschrien und sich wie eine Frau aufgeführt, die ihrer Lust ausgeliefert war. Wie jede ihrer Vorfahrinnen hatte sie alles gegeben.

Wie ihre Mutter hatte sie ihr Verhängnis willkommen geheißen.

Wütend warf sie die Decke von sich. „Närrin." Sie sprang auf und stolperte, als ihr Bein unter ihr nachgab, und musste sich am Bettpfosten festhalten. Ihr Knöchel pochte schmerzhaft, und bunte Lichtflecken begannen vor ihren Augen zu tanzen, aber sie blieb ruhig, wartete einen Moment und humpelte dann vorsichtig zu ihrem Kräuterregal. Sie nahm den Beutel mit den bitteren Kräutern, die sie für Schlaftränke brauchte, schleppte sich zum Fenster, stieß die Läden auf und schüttete die Kräuter schwungvoll ins Gras. Als sie sich wieder umdrehte, fiel ihr Blick auf den Silberbecher. Erst flog nur der Bodensatz aus zerstoßenen Kräutern hinterher, dann folgte der Becher selbst. Es schlug klirrend gegen die Bank, aber das machte sie auch nicht glücklich.

„Keine Zaubertränke mehr", ermahnte sie sich. „Keine Sinnestäuschungen, die dich verführen. Du bist wund und blutest, weil du gefallen bist. Du träumst so etwas, weil du weißt, dass du Fionnaway bald zurückbekommen wirst. Dann musst du dir einen Ehemann nehmen, aber keinen wie Ian. Such dir lieber einen fügsamen Mann, einen, der weiß, wo sein Platz ist." Sie drehte dem Fenster den Rücken zu, lehnte sich schwer gegen die Fensterbank und hob ihr Kinn. „Einer, der dich nicht zum Träumen verleitet."

Ihr Blick wanderte vom Bett zur Bank, von da zum Tisch und zur Truhe – und wieder zurück zum Tisch. Ein Stirnrunzeln erschien zwischen ihren Brauen. Ihre Hand glitt zitternd nach oben, um ihre Haare zu betasten. „Ich könnte schwören, dass ich mein Handtuch verloren habe ..." Ihre Stimme brach. „Im Wald verloren ..."

Sie schloss die Augen und öffnete sie dann wieder. Es lag immer noch da.

Sie hinkte zu dem Handtuch, nahm es hoch und ließ es durch ihre Hände gleiten. Es war trocken. Es musste irgendwann in der Nacht auf dem Tisch ausgebreitet worden sein.

Sie konnte es nicht glauben. Sie *konnte* es einfach nicht glauben. „Ich war so erschreckt letzte Nacht, dass ich gar nicht mehr wusste, was ich tat. Ich habe es überhaupt nicht verloren. Falls diesem Handtuch nicht plötzlich Beine gewachsen sind und es hergelaufen ist, und wenn es auch eine so merkwürdige Nacht war, bezweifle ich ..." Sie wog das Handtuch in ihrer Hand, dann schüttelte sie den Kopf über ihre Leichtgläubigkeit. „Du bist zu lange allein gewesen, Mädchen. Du wirst langsam verrückt. Du spricht mit der Katze, du führst Selbstgespräche, und du hast einen Liebhaber, den es nur in deiner Einbildung gibt ..."

Die Sonnenlichtstreifen erloschen mit einem Mal. Als sie sich zum Fenster umwandte, sah sie, dass ein Sturm von der See her aufzog.

Eine sich verdunkelnde Wolke. Eine Regenwand. Blitze, die den Himmel in Flammen setzten, Donner, der die Erde erzittern ließ. Sie wusste, was das bedeutete, und machte sich augenblicklich an die Arbeit.

Sie hastete zu der Truhe, legte mit fliegenden Händen ihre Verkleidung an, stopfte den strohgefüllten Buckel auf ihren Rücken, rieb sich Asche ins Gesicht, schüttete sie auf ihre Haare und musste husten, als sie den feinen Staub einatmete. „Es ist nicht er. Er kann es nicht sein. Kein Mann kann über Unwetter gebieten und eines herbeirufen", wiederholte sie immer wieder beschwörerisch, als könnten Worte ihn aufhalten.

Hufgeklapper erklang, und sie eilte zur Tür, öffnete sie und sah geradewegs in die braunen Augen ihrer Nemesis.

Ian. Er war hier, in eleganter schwarzer Reitkleidung aus exquisitem Wolltuch stand er da. Er schien wirklich Stürme zu bringen – und letzte Nacht hatte es gestürmt. Aber daran dachte sie jetzt besser nicht. Am besten wäre es, wenn sie überhaupt nie mehr daran dachte.

Sie wusste, wie sie aussah, mit dem wirren grauen Haar, das ihr ins Gesicht hing. Sie wusste, dass ihr Gesicht mit Asche bedeckt war, und doch war sie leicht beunruhigt, weil sie keine Zeit mehr gehabt hatte, sich mit Holzkohle schwarze Linien um Nase und Mund und unter die Augen zu malen. Für den flüchtigen Blick war sie die Hexe – aber sie würde nie den Fehler begehen, Ians Blick für flüchtig zu halten.

Ian musterte sie enttäuscht von Kopf bis Fuß. „Nun, nun. Da haben wir ja wieder die Hexe von Fionnaway in ihrem schönsten Staat."

„Der Eindringling von Fionnaway in all seiner Pracht. Was für eine Überraschung. Kommen Sie doch herein, die Wettergeister sind wieder sehr beschäftigt." Wie um ihre Worte zu unterstreichen, grollte ferner Donner, und ein Blitz erleuchtete den sich rasch verdunkelnden Himmel. „Bringen Sie Ihr Pferd herein – es ist ein zu schönes Tier, um draußen gelassen zu werden", fügte sie hinzu.

Nach einem prüfenden Blick zum Himmel, pflichtete Ian ihr bei. „Er ist ein zu schönes Tier, um draußen gelassen zu werden, aber ich kann ihn in deinem Schuppen anbinden. Der Regen wird noch ein paar Minuten auf sich warten lassen."

Wie um *seine* Worte zu unterstreichen, ließ der Wind nach und das Unwetter schien etwas langsamer näher zu kommen. Missmutig sah Alanna von der Türschwelle aus zu, wie Ian seinen Hengst versorgte. Sie hatte eigentlich gehofft, das Pferd würde in ihr Haus kommen müssen und Ians Aufmerksamkeit auf sich ziehen. Jede Ablenkung wäre ihr recht, solange sie ihr nur Zeit verschaffte, ihre Fassung wieder zu finden und die Forderungen *ihres* Körpers unter Kontrolle zu bringen.

Wie Ian so auf sie zukam, schien er eins mit den Naturgewalten zu sein. Sein nicht zugeknöpfter Rock blähte sich im auffrischenden Wind, der sein kunstvoll geschlungenes Krawattentuch in Unordnung brachte. Seine Beinmuskeln zeichneten sich unter den engen Hosen ab, während er sich gegen den Wind lehnte, und er schritt sicheren Fußes über den mit flachen Pfützen übersäten Boden. Sein Ring schimmerte. Sein Haar wippte im Rhythmus seiner Schritte, und er entblößte seine Zähne in einem übermütigen Grinsen, als er sich zu ihr vorkämpfte. Er sah aus, bemerkte sie zu ihrem Verdruss, wie ein einsamer, hungriger Wolf, der sich einem Zwölf-Gänge-Bankett gegenübersieht.

In einem Anfall von furchtloser Kühnheit erwog sie einen Augenblick lang, ihm den Weg zu verstellen und den Zutritt zu ihrem Haus zu verweigern, aber ihre Vernunft kehrte rechtzeitig zurück. Sie schlurfte zur Seite, ihre gebückte Haltung ausgeprägter als sonst, ihr Humpeln schmerzhaft echt.

Sie drehte sich um und bemerkte, dass Ian, der ihr dicht auf den Fersen folgte, sie mit beunruhigender Eindringlichkeit betrachtete. Seine große Hand schoss unerwartet vor, packte sie an der ungepolsterten Schulter – fest – und als sie zusammenzuckte, zog er mit einem Fuß die Bank herbei. Dieselbe Hand stieß sie grob darauf nieder. Er schwang sein Bein über die Bank, setzte sich rittlings neben sie und beugte sich in einer Mischung aus Mitteilsamkeit und Angriffslust vor.

„Nun gut." Er spähte ihr unter den unordentlichen grauen

Strähnen direkt in die Augen. „Wie fühlst du dich an diesem wunderschönen Morgen?"

Röte stieg ihr unter der Asche ins Gesicht. Die Spitzen ihrer Ohren und ihrer Nase und die Haut auf ihrer Brust brannten. Sie wusste, er konnte das nicht sehen, da die dräuenden Wolken das Dämmerlicht in der Hütte verstärkten, aber auf seinen Zügen breitete sich ein so selbstzufriedenes Grinsen aus, als wäre er über etwas sehr erfreut.

„Wunderschöner Morgen?" krächzte sie und musste das Zittern ihrer Stimme nicht vortäuschen. „Sommergewitter sind nicht wunderschön."

„Ich denke doch. Ich wurde während eines Gewitters geboren. Gewitter ziehen mich immer schon an – oder ich sie." Die Wolken über der Hütte rumpelten zustimmend, und er sah nach oben, als hätte er verstanden, was sie sagten.

„Zu viel Regen im Sommer verdirbt die Ernte."

„Es wird mittags aufhören", versicherte er ihr.

Durch seine Gewissheit etwas aus der Fassung gebracht, lehnte sie sich zurück, fort von ihm, wich seinem Blick aus und schaute auf ihre Hände. In ihrer Hast vorhin hatte sie ihre Hände bei der Verkleidung vergessen. Sie hatte sich Haut und Nagelbett nicht mit Asche und Erde eingerieben, so dass sie jetzt aussahen wie das, was sie waren: die sauber glänzenden Hände einer jungen Frau. Rasch verbarg sie sie in ihren weiten Ärmeln.

„Ich wollte mit dir reden. Ich fühle mich dir verbunden ...", fuhr er fort.

Erschreckt hob sie den Kopf, und ihre Blicke trafen sich.

„... auf eine Art und Weise, wie niemand sonst auf Fionnaway es von sich behaupten kann."

Ein Schauder nahenden Unheils lief ihr über den Rücken. Was meinte er? Konnte dieser Mann auch Träume befehlen?

„Was hörst du von Alanna?“ erkundigte er sich.

„Alanna?“ würgte sie hervor. „Es heißt ... sie sei tot. Es heißt, die Selkies ...“

„Die Selkies haben sie geholt, die Selkies können sie auch zurückbringen“, entgegnete er leichthin. „Lady Alanna lebt, das weißt du, und sie wird zurückkommen, sobald Leslie gestorben ist. Sie wird ihren Besitz zurückfordern, und ich werde mit leeren Händen dastehen.“

Sein plötzlicher Angriff traf sie unvorbereitet; sie musste sich ihre Antwort sorgfältig überlegen. „Fionnaway ist in Ihrem Gewahrsam; wie sollte Lady Alanna es zurückbekommen?“

„Sie ist die Erbin. Wenn sie sich entscheidet, vor Gericht zu gehen, würde man mich fortjagen ohne einen Penny.“

Zorn erfasste sie. „Im Gegenzug für einen großzügigen Anteil ihres Erbes.“

„Sind die Gerichte hier in Schottland so bestechlich?“ fragte er gespielt unschuldig.

„Gerichte sind immer bestechlich“, erwiderte sie bitter. „Die Gerichte haben mich gezwungen ...“ Sie konnte sich gerade noch rechtzeitig bremsen. Die Gerichte hatten sie gezwungen, Leslie Fairchild als ihren Vormund anzuerkennen, weil ihr Vater, der leichtgläubigste Narr, der je auf Erden gelebt hatte, Fairchild für einen verteufelt guten Freund gehalten und ihn zu seinem Testamentsvollstrecker ernannt hatte. Die Gerichte hatten dazu nichts gesagt, nur, dass ihr Vater das Recht hätte, wen auch immer er wollte, als Vormund seiner minderjährigen Tochter einzusetzen. Als sie mit der Begründung Einspruch erhoben hatte, dass sie seit dem Tod ihrer Mutter den Besitz geführt hatte, hatten die Richter nachsichtig gelächelt und ihre Hand für die Erbschaftssteuer aufgehalten.

Jetzt sagte sie: „In den Gerichten sitzen Männer, und Männer geben immer Männern Recht.“

„Gewiss besteht für sie kein Anlass zur Sorge", antwortete er kühl. „Sie wird ihre Volljährigkeit an ihrem einundzwanzigsten Geburtstag feiern, am einundzwanzigsten Juli."

„Es ist nicht mehr lange bis dahin", erklärte sie schwach. Woher wusste er ihren Geburtstag? Und woher kannte er ihren Plan?

„An dem Tag wird Fionnaway rechtmäßig in ihren Besitz übergehen. Aber wie du schon sagtest, in den Gerichten sitzen Männer. Und Männer glauben nicht so einfach, dass Frauen es fertig bringen, einen so großen Besitz wie Fionnaway alleine zu führen."

Er sprach ihre geheime Befürchtung laut aus, eine der Befürchtungen, die sie noch nicht einmal vor sich selbst zuzugeben wagte.

„Erst gestern sind Verwandte von Lady Alanna auf Fionnaway eingetroffen, hergelockt von der Nachricht, dass Leslie Fairchild im Sterben liegt", bemerkte er. „Der Älteste gab mir zu verstehen, dass er Lady Alannas Erbe wäre."

„Brice." Der Name war ein lautloses Zischen. Brice, der ewig lächelte, der stets auf der Höhe der Mode war, immer bereit, sie in den Genuss seiner Ratschläge kommen zu lassen. Sie mochte ihn nicht, aber das lag wahrscheinlich daran, wie Leslie ihr immer wieder mitgeteilt hatte, dass sie sich nicht gerne etwas sagen ließ. Männer schienen Brice für einen netten Kerl und Sportsmann zu halten, und Frauen fanden ihn gut aussehend.

„Ja, ich glaube, sein Name ist Brice MacLeod. Er behauptet, das Clanoberhaupt zu sein."

„Das behauptet er nicht nur. Er *ist* der Laird."

„Nun gut." Ian spreizte die Hände. „Da hast du es. Ich war davon ausgegangen, dass nach dem Tod meines Vaters Fionnaway auf mich übergeht, und war froh darüber. Ich habe mir immer schon Haus und Hof gewünscht. Nimmt man den Zustand der Ställe und Felder sowie die Schwierigkeiten einiger Pächter zum Maßstab, dann wird hier die starke Hand eines Mannes benötigt."

„Auf Fionnaway liegt nichts im Argen!"

„Nichts, was man mit ein wenig Aufwand nicht wieder in Ordnung bringen könnte." Er schlug sich leicht auf die Brust. „Doch Fionnaways Schicksal steht und fällt mit Lady Alanna. Wenn sie nicht zurückkommt, wird Brice mich gewaltsam vor die Tür setzen lassen. Wenn sie zurückkehrt und mir Fionnaway streitig macht, dann werde ich mich wehren."

„Wie könnten Sie das tun?"

„Ich würde nachforschen, wo sie die vergangenen Jahre verbracht hat. Ich würde andeuten, dass eine junge Frau, die auf sich alleine gestellt überlebt hat, ihren Lebensunterhalt vermutlich auf unehrenhafte Weise verdient hat. Ich würde sagen, so eine Frau wäre keine passende Erbin für Fionnaway, da man auch an ihrem Verstand zweifeln müsste, und würde allermindestens alles daran setzen, dass *ich* zum Vormund der geistesschwachen Frau bestimmt werde."

Das würde er wirklich. Er war skrupellos genug, ohne mit der Wimper zu zucken, ihren Ruf zu zerstören. Sie rieb sich die Stirn, doch dann fiel ihr ein, dass ihre Hand ja viel zu jugendlich aussah, und sie steckte sie rasch wieder in ihren Ärmel. „Das könnte Brice auch tun."

„Ja, das könnte er, aber dann würden er und ich unseren Streit über die Vormundschaft für Lady Alanna vor Gericht austragen, und wir wissen ja beide, wie langsam die Gerichte arbeiten. Fionnaway würde darunter leiden, denn bis das Gerichtsurteil gefallen ist, wäre der Besitz ohne Verantwortlichen."

Sie zögerte, voller Angst, die Frage zu stellen, die zwischen ihnen hing, bis ein Blitz ihr den nötigen Antrieb gab. „Welche andere Wahl hat Lady Alanna denn? Sie sagen, wenn sie nicht zurückkommt, wird Fionnaway zu einem Schlachtfeld, wenn sie aber heimkehrt, werden Sie ihr den Besitz streitig machen."

„Nein, ich sage nur, ich würde mich zur Wehr setzen, wenn Sie mich von Fionnaway vertreiben will. Es gibt noch eine andere Möglichkeit." Er suchte ihre Augen. „Sie kann heimkehren und ihren Platz einnehmen ... an meiner Seite."

„Eine Ehe? Mit einem Fairchild?" Entsetzen durchfuhr sie. Entsetzen, Grauen und ... oh, nein ... es konnte nicht Vorfreude sein. „Mit Ihnen?"

Er nickte. „Es ist eine schreckliche Vorstellung, ich weiß, aber sie war schon mit meinem Vater verlobt, und ich schmeichle mir, die bessere Wahl zu sein."

Besser? Wie besser? Bei Leslie war ihr allein schon der bloße Gedanke zuwider gewesen, aber wenigstens hatte sie dabei davon ausgehen können, dass die Diener weiter auf sie hören würden und sie sich selbst treu bliebe. Bei Ian war sie sich da nicht so sicher. Sie umklammerte die Bank, bis ihre Knöchel knackten. „Da schmeicheln Sie sich allerdings wirklich."

Seine Stimme senkte sich zu einem heiseren Schnurren. „Ach ja? Ich versichere dir, dass Lady Alanna nach unserer Hochzeitsnacht nicht mehr behaupten würde, ich hätte zu viel versprochen."

Die Haut um ihre Lippen prickelte, als ob die Küsse, von denen sie vergangene Nacht geträumt hatte, von einem Mann mit Bart gegeben worden waren. Einem schwarzen Bart, weich und doch kurz gestutzt. Oh, warum mussten ihre Träume von letzter Nacht ausgerechnet diesen Moment wählen, sie zu verfolgen. Sie fühlte sich unangenehm erhitzt, wider Willen nachgiebig und unfreiwillig befangen.

„Die Leute im Dorf, die Fischer und sogar die Bediensteten haben mir von Alannas Stolz auf Fionnaway erzählt, und ich glaube ihnen. Um mich loszuwerden, hat sie sich mit einem Messer in mein Schlafzimmer geschlichen und versucht, mir die Kehle durchzuschneiden." Seine Stimme klang verlockend. „Was für eine Frau! Sie wird meine Frau sein. Ich werde sie anbeten, sie in Samt und Seide kleiden und ..."

„Schlagen, wenn das Dinner angebrannt ist", warf sie ein, um den Bann, den er mit seinen Worten wob, zu brechen.

„Nicht aus einem so armseligen Anlass." Sein Lächeln war zurückgekehrt, aber anders, weicher. „Ich würde sie nur dann schlagen, wenn sich herausstellt, dass sie mir nicht so treu ist wie ich ihr."

„Und ist es *ihr* erlaubt, *Sie* zu schlagen, wenn Sie ihr untreu werden?"

„Meine Treue wird unbeirrbar sein." Er legte ihr seine Hand auf den Arm und sah ihr in die Augen. „Eine Ehe bindet mich für immer."

„Schöne Worte", spottete sie.

„Du hast keinen Grund, meine Ehre in Zweifel zu ziehen. Du darfst nicht alle Männer mit deinem – mit Leslie Fairchild über einen Kamm scheren."

„Vielleicht nicht. Trotzdem frage ich mich ... warum erzählen Sie mir, was Sie mit Lady Alanna vorhaben?"

„Bist du denn nicht die Hexe hier? Schick ihr meine Botschaft." Er sah sich in der Hütte um, die so viele Jahre ihr Heim gewesen war. „Du musst hier doch irgendwo eine Kristallkugel haben."

Er klang so unverschämt, dass es ihr in den Fingern juckte, ihm eine Ohrfeige zu geben. „Sie haben mir noch nicht gesagt, ob Sie in der Lage sein werden, ihre Ländereien zu halten."

„Eine gute Frage." Er schien sie zu billigen. „Ich bin froh, dass du sie stellst. Seit meinem elften Lebensjahr wuchs ich auf Fairchild Manor auf und wurde natürlich genauso verdorben, wie man es vom Rest der Familie kennt. Wie auch immer, vor sieben Jahren wurde ich bekehrt – durch eine junge Frau."

„Eine junge Frau?" Das missfiel ihr.

„Eigentlich war es der Bruder der jungen Frau, der dafür sorgte, dass ich zu Sinnen kam. Das gelang ihm ...", sein Blick verriet seine Belustigung, „mit Hilfe mehrerer gezielter Hiebe auf meinen Kopf. Seitdem habe ich als Kaufmann die ganze Welt bereist. Dabei habe ich mir Wissen um die menschliche Natur erworben, und dieses Wissen genutzt. Ich möchte ja nicht prahlen ...", er beugte sich vor und fuhr flüsternd fort: „aber ich kann immer sagen, wann jemand lügt."

Sie versuchte ihre aufsteigende Sorge zu verdrängen. „Wirklich?"

„Wirklich. Und ich verfüge über das nötige Geldvermögen, Fionnaway wieder in dem Glanz erstrahlen zu lassen, den es verdient." Sein Gesicht wurde plötzlich ernst. „Ich bin es leid, Mab. Ich bin es leid, altertümliche Pracht zu sehen, Menschen zu treffen, die mir immer fremd bleiben werden, in Häusern zu leben, die kein Zuhause sind. Ich habe mir ein Vermögen erworben, ja, doch Geld ist wertlos, wenn man keinen Ort hat, an dem man sich zu Hause fühlt. Nirgendwo sonst auf der Welt habe ich so das Gefühl, nach Hause gekommen zu sein wie hier; Fionnaway ist meine einzige Zuflucht, und ich würde sterben, wenn ich hier nicht leben könnte."

Sie versuchte sich zu überzeugen, dass er übertrieb. Er sprach mit Nachdruck, und als ein Blitz seine Gestalt erhellte, ähnelte er mit einem Mal den Felsenschnitzereien in den Hügeln. Der Eindruck verwischte sich mit dem nächsten Blitz, und sie schüttelte ihre Beklommenheit ab. Sie war zu nüchtern, um abergläubisch zu sein.

Oder etwa nicht?

Dann dachte sie noch einmal über alles nach. Sie war dazu erzogen worden, den täglichen Verpflichtungen des Lebens im Herrenhaus nachzukommen. Das war nicht mehr als die üblichen Rechte und Pflichten eines jeden adeligen jungen Mädchens. Aber die ehelichen Forderungen des Mannes vor ihr waren es, die ihr Sorge machten. Er war stark, er war jung, und er war maskulin. Er lenkte sein Pferd allein mit der Kraft seiner Schenkel, und er lenkte die Menschen mit der Kraft seines Geistes – und sie fürchtete sich. Es schien ihr, als ob, wenn sie ihn anschaute, sie an nichts anderes mehr denken konnte als an zwei miteinander ringende Körper auf einem Bett, so lange, bis die Frau alles gab, ihre Süße, ihre Leidenschaft und ihren Schrei. Die Frau würde alles aufgeben, denn der Mann wäre nie mit weniger zufrieden.

Mit vor Furcht ausdruckslosen Augen nickte sie. „Ich werde Ihre Nachricht überbringen, sollte Lady Alanna sich bei mir melden."

Er betrachtete sie so eindringlich, als könnte er jeden ihrer Gedanken lesen, und als er erkannte, dass sie ihn und seinen verlockenden Vorschlag ehrlich abgewiesen hatte, sagte er: „Du wirst *sie* rufen, das verspreche ich dir."

In der Hütte wurde es plötzlich sehr warm und sehr eng, und es fiel Alanna schwer, zu atmen.

„Du kennst doch alle Leute, die im Dorf und auf dem Schloss arbeiten", fuhr er fort. „Wer ist es wert, gehalten zu werden?"

Sie verstand nicht. „Wert, gehalten zu werden?"

„Wer im Dorf sollte seine Felder behalten dürfen? Wer auf dem Schloss sollte seine Stellung behalten dürfen?"

„Die Bauern erben ihr Land, und die Leute im Schloss behalten ihre Stellungen gemäß ihren Fähigkeiten und Bedürfnissen."

„Ihre Fähigkeiten, sicher", pflichtete er ihr bei. „Aber ihre Bedürfnisse? Ihre Bedürfnisse sind völlig unerheblich. Meine Bedürfnisse sind es, die zählen. Die alte Mary ist für nichts anderes mehr zu gebrauchen, als in der Ecke zu sitzen und zu spinnen. Sie ist mir im Weg."

„Was schlagen Sie vor mit ihr zu tun?" erkundigte sich Alanna, erst ungläubig, dann zornig.

Er zuckte die Schultern. „Ich bin nicht für sie verantwortlich. Sie kann gehen, wohin immer sie will."

„Gehen ...?" Sie hatte Schwierigkeiten, zu sprechen. „Gehen, wohin immer sie will? Sie will auf Fionnaway bleiben. Sie hat dort ihr ganzes Leben verbracht. Wenn sie fortgeschickt wird, stirbt sie."

„Sterben wird sie ohnehin bald. Himmel, das verhutzelte Weiblein muss mindestens achtzig sein. Und Robbie – zu seinem Land gehören die fruchtbarsten Äckern am Ort, aber er ist ein Krüppel und hat keine Söhne. Das Land würde mehr Ertrag bringen, wenn jemand anders es bebaut."

„Er wurde in Lady Alannas Diensten verkrüppelt!"

„Aber nicht in meinen."

„Wenn Sie das Land übernehmen wollen, müssen sie auch die Verpflichtungen übernehmen."

Er hielt seine gespreizten Hände hoch. „Aber ich weiß nicht, welche Verpflichtungen wichtig sind. Ich weiß nicht, ob die Diener mich nicht übervorteilen. Wenn ich nur jemanden hätte, der mir zur Seite steht ..."

Ihre Finger umspannten seine Handgelenke mit festem Griff. Sie lehnte sich vor und musterte ihn eindringlich im Dämmerlicht. „Ich werde Ihnen zur Seite stehen ..."

Er entwand seine Handgelenke ihrer Umklammerung, um seinerseits ihre Hände zu umschließen. „*Du?* Was versteht schon eine alte Hexe davon, ein Gut zu führen? Wenn nur ..."

„Wenn nur ?" wiederholte sie.

„Wenn nur Lady Alanna zurückkommen würde." Zuckende Blitze beleuchteten seine scharfen Züge, während er mit seinem Daumen kleine Kreise auf ihre Handfläche malte.

Verwirrt von der Wärme und dem Wohlgefühl seines Griffes, stieß Alanna ihren angehaltenen Atem aus und starrte auf ihre verschränkten Hände. Heilige Mutter Gottes! Ihre Hände! In einem verzweifelten Versuch, ihren Fehler zu vertuschen, erklärte sie trotzig: „Wenn Lady Alanna zurückkehren und Sie heiraten sollte, wäre Ihr Leben keinen Pfifferling mehr wert."

„Du meinst, Brice würde mich töten? Nur zu, soll er es versuchen."

„Nein, ich meine Lady Alanna wird Sie umbringen!"

Seine Zähne leuchteten weiß auf, als er lächelte. „Sollte Lady Alanna heimkehren und mich heiraten, dann werde ich mit ihr schon fertig werden."

Sie versuchte ihm ihre Handgelenke zu entreißen, aber Ian festigte seinen Griff. Er hob ihre hellen Hände an die Lippen und küsste sie, eine nach der anderen, dann legte er sie auf ihren Schoß. Er stand auf und streckte sich, wobei er die Deckenbalken mühelos berühren konnte.

Fassungslos – übrigens eine übliche Nebenerscheinung ihrer Zusammentreffen mit Ian – starrte sie ihn an, wie gebannt von seinem Treueversprechen, von seinem Versprechen von Leidenschaft.

Mit wenigen Schritten war er an der Tür und öffnete sie, um den Blick auf einen frisch gewaschenen Tag freizugeben.

An seiner breiten Gestalt vorbei konnte sie Pfützen glitzern sehen, und Sonnenschein, so grell und klar, dass es ihren Augen fast wehtat. Er trat hinaus und fing einen Regentropfen in seiner Hand. Von ferne konnte man die Kirchturmglocke zwölf Mal schlagen hören.

Lachend drehte er sich zu ihr herum. „Siehst du? Das Gewitter zog vorüber, während wir sprachen. Ich sagte dir doch, es wäre mittags zu Ende."

Der Bund wurde besiegelt in der ältesten Art von Mensch und Tier, mit einer Verbindung der beiden Familien.

So kam das Blut aus der Linie der Selkies zu den MacLeod. Wäh-

rend die Jahre vergingen, kam es zu anderen Verbindungen zwischen den Menschen und Selkies von Fionnaway. Die Selkies wurden unterdessen gewahr, dass die meisten Nachkommen solcher Vereinigungen ganz Mensch waren und nur wenige geringe übernatürliche Gaben besaßen, die mit den folgenden Generationen immer weiter verblassten. Da erkannten sie, dass die Menschen die Erde beherrschen würden.

10. KAPITEL

Man brauchte keine übersinnlichen Fähigkeiten zu besitzen, um zu wissen, dass etwas nicht in Ordnung war. Sobald Ian seinen Fuß über die Türschwelle des Schlosses setzte, fiel ihm die ungewöhnliche, bedrückende Stille auf. Die Dienstboten huschten über die Flure, statt zu gehen. Sie mieden seinen Blick. Und je näher er dem Rittersaal kam, desto Unheil verkündender wurde die Stille.

Tot? überlegte er. War sein Vater gestorben? Er hatte noch gelebt, wenn auch nur knapp, als Ian seinen Zustand am Morgen überprüft hatte. Er hatte ihn gezwungen, ein paar Löffel seiner Arznei zu schlucken, dann hatte er ihn Mrs. Armstrongs Pflege überlassen. Aber wenn Leslies Zeit gekommen war, seinem Schöpfer gegenüberzutreten, dann hätte Armstrong Ian gewiss an der Tür mit den Neuigkeiten empfangen.

Nein, etwas anderes war nicht in Ordnung. Etwas war ganz und gar nicht in Ordnung. Ians Schritte beschleunigten sich, während er über den Flur ging, und er stürzte in das sonnendurchflutete Zimmer wie jemand, der rennt, sein Liebstes zu retten. Und blieb abrupt stehen.

„Was soll das, hier hereinzuplatzen wie ein Bauerntölpel? Eigentlich solltest du es inzwischen besser wissen und Manieren gelernt haben." Leslie saß in einem Lehnstuhl am Feuer und wandte sich verschwörerisch an seine mit großen Augen dastehende, peinlich berührte Zuhörerschaft. „Seine niedere Abstammung wird immer ein Schandfleck auf dem Namen der Fairchilds sein."

„Ein Schandfleck, für den du verantwortlich bist, Vater", entgegnete Ian wie gewohnt, aber er war bestürzt. Aus dem Augenwinkel bemerkte er die anderen im Raum. Wilda saß zu Leslies Rechter, und wie immer war es ihm gelungen, sie in ein zitterndes Kind zu verwandeln. Brice hatte neben Wilda Platz genommen, und Ian sah, wie er kurz Wildas Knie tätschelte und die Hand dann rasch zurückriss, als hätte er sich etwas herausgenommen, das seine kühnsten Träume überstieg. Edwin befand sich zu Leslies Linker, in gespielt entspannter Pose in seinem Stuhl zurückgelehnt.

Und in der Mitte des Netzes saß grinsend der große, aufgedunsene König der Spinnen. „Du bist ... aufgewacht", sagte Ian.

„Am Leben, meinst du." Leslie schnaubte. „Es braucht mehr als eine kleine Unpässlichkeit, mich umzubringen, wie wenig dir das auch gefallen mag."

Aber es ging ihm nicht gut. Seine Wangen waren bläulich angelaufen, sein Atem ging pfeifend, seine Knie zitterten unter seiner prächtigen Samtrobe. Der Hauch des Todes umhüllte ihn wie eine Wolke, und Ian fragte sich, wie viel Willenskraft es Leslie kosten mochte, aufrecht zu sitzen.

„Und wie froh wir sind, das zu hören, Sir." Edwin füllte die entstandene Pause und schien es ernst zu meinen. „Gerüchte machten die Runde, und trotz der anders lautenden Versicherungen Ihres Sohnes fürchteten wir das Schlimmste, als wir hier eintrafen."

Leslies grinste höhnisch, mit der ganzen Bosheit von jemandem, der gewohnt war, Hohn wie eine Waffe einzusetzen. „Nein, junger Mann, du wirst Fionnaway nicht in deine Finger bekommen."

Der beißende Sarkasmus wischte die höfliche Maske aus Edwins Gesicht und ersetzte sie durch Furcht. Eilends zog er seinen Bruder ins Kampfgetümmel. „Ich bin es nicht, der Fionnaway erben wird. Brice ist der Erbe.“

„Das stimmt.“ Leslie sah zu dem zusammengekauert dasitzenden Brice, dann wieder zu Edwin. „Aber er wird fortgehen, nach London, nicht wahr, und du wirst die Ländereien hier für ihn verwalten, deshalb sehnt ihr beide meinen Tod herbei. Steh doch nicht an der Tür, Ian, komm herein!“

Ian wollte nicht weiter ins Zimmer treten. Gerade hatten sich seine schlimmsten Befürchtungen bestätigt. Sein Vater hatte gewusst, noch bevor er nach ihm geschickt hatte, dass er, Ian, Fionnaway nicht erben konnte. Leslie hatte die ganze Zeit gewusst, dass es nach Alanna noch weitere Erben gab, und hatte ihm etwas versprochen, von dem er wusste, dass er es ihm nicht geben konnte.

Und warum? Ach, bei Leslie gab es da eine einfache Antwort. Er tat es aus Niedertracht, weil er der Schlimmste aus der ganzen verderbten Sippe der Fairchilds war und sich in dieser Tatsache sonnte.

Doch er – Ian öffnete mit großer Willensanstrengung seine zu Fäusten geballten Hände – hatte getan, was nur wenige vor ihm getan hatten. Er hatte die Grausamkeit seines Vaters vorausgesehen und Maßnahmen ergriffen. Er hielt Alanna in seiner Hand.

„Sie sind der Pfarrer, Mr. Lewis. Sagen Sie mir, was ich tun soll.“

„Ich *bin* der Pfarrer, aber ich kann Ihnen nicht sagen, was Sie tun sollen, Lady Alanna. Schauen Sie in Ihr Herz. Dann wissen Sie, was richtig und was falsch ist.“

„Aber wenn ich zurückgehe, wird Fionnaway ohne Hexe sein.“

Mr. Lewis rutschte unruhig auf seiner Bank zur Seite, damit er seinen Rücken gegen eine andere Stelle der Kirchenmauer lehnen konnte und sich in einem anderen Fleck des Sonnenlichts wärmen konnte. Wie immer trug er seinen Kilt, die wollenen Strümpfe bis über die dünnen Knie hochgezogen, einen Hut, eine Jacke mit langen Ärmeln, die fest bis unten zugeknöpft waren, um seine ausgetrocknete Haut vor der Sonne zu schützen. Nichts schien zu helfen. Seine Wangen waren mit Leberflecken übersät, und seine rissigen Lippen sprangen auf, als er sprach. „Das stimmt allerdings. Wir waren noch nie ohne Hexe."

„Ich stehe den Leuten bei. Ich mische Kräuter und helfe die Kinder auf die Welt zu holen, aber ich zaubere nicht. Die Leute glauben an die Zaubersprüche und heilen sich dadurch selbst." Sie saß am anderen Ende der Bank, in ihre Hexenlumpen gehüllt, und streichelte ihren riesigen Kater, der sich auf ihrem Schoß niedergelassen hatte. Unter ihnen, am Rand des Kliffs, schlug die See als Folge des Unwetters tosend gegen die Felsen. Alanna betrachtete wie Mr. Lewis mit Dankbarkeit, Furcht und Freude das Naturschauspiel. Dankbarkeit, denn das Meer verhalf den Menschen auf Fionnaway zu ihrem Unterhalt. Furcht, denn wenn die gewaltigen Stürme heraufzogen, zerstörten sie mit erbarmungsloser Kraft. Und Freude, weil sie das Meer liebte. Sie liebte es mit all seinen Launen, alle Geschöpfe, die darin lebten, und weil es sie zu der machte, die sie war. Eine MacLeod von Fionnaway.

Die Kirchenbank stand all jenen zur Verfügung, die verwirrt waren, voller Zorn oder von Sorgen bedrückt. Dorthin kamen die Bauern und die Fischer, um sich Rat zu holen bei ihrem alt gewordenen Pfarrer, der mit beiden Füßen fest auf dem manchmal schlammigen Boden des alltäglichen Lebens stand, aus dessen Augen aber das Licht des Allmächtigen leuchtete.

„Es ist nur recht und billig, eine MacLeod in Fionnaway zu haben."

„Nichts Schlimmes ist geschehen, seit ich gegangen bin." Sie hasste es, dass sie sich so entschuldigend anhörte, aber sie konnte es nicht ändern. Was sie getan hatte, war zu ihrem eigenen Schutz gewesen, doch sie war anders erzogen worden. Sie war erzogen worden, stets zuerst an Fionnaway zu denken, und sie bekam Gewissensbisse, wann immer sie an ihre voreilige Flucht und ihren gemeinen Betrug dachte.

Whisky wehrte sich gegen ihren fester gewordenen Griff mit einem Knabbern an ihrem Finger.

„Aye, und darüber sind wir alle glücklich. Wenn Mr. Fairchild etwas unternommen hätte, den Pakt zu brechen ..."

Das Braun in Mr. Lewis' Augen veränderte sich zu einem durchsichtigen Grau, und zum ersten Mal fragte sich Alanna, aus welcher Familie er stammen mochte. Er besaß keine Angehörigen, soweit sie wusste; von wem hatte er nur diese ausgetrocknete, rissige Haut und diesen seltsamen Blick geerbt? „Wenn Mr. Fairchild so etwas vorgehabt hätte, wäre ich sofort nach Fionnaway zurückgekehrt."

„Man sagt, Mr. Fairchild läge im Sterben."

„Ich habe ihn gesehen. Er mag zwar im Sterben liegen, aber er jagt mir immer noch ... Angst ein." Als er von dem Bett hinter ihr hergekommen war, hatte sie einen Augenblick lang gedacht, er wäre der Teufel persönlich, unbesiegbar in seiner Bösartigkeit und nicht zu töten.

„Sicherlich kann er Ihnen jetzt nicht wehtun."

Sie berührte viel sagend den verblassenden blauen Fleck unter ihrem Auge.

„Ist es das, was Sie fürchten?"

Mr. Lewis sah zu viel. Er wusste zu viel. Eigentlich kannte jeder auf Fionnaway die Geschichte, wie Mr. Fairchild in ihr Schlafzimmer gedrungen war und versucht hatte, sich ihr aufzuzwingen. Und auch wenn inzwischen viel Zeit vergangen war, blieb der Abscheu doch unvergessen.

Natürlich blieb er unvergessen. Der Vorfall hatte den Punkt gekennzeichnet, an dem sie erwachsen geworden war. Seit dem Tod ihrer Mutter war sie die Herrin von Fionnaway gewesen, freimütig, eigensinnig, auf hochmütige Weise zuversichtlich. Sie hatte gewusst – gewusst – dass sie unantastbar war. Sie hatte gesagt und getan, was sie wollte.

Als dann ihr Vater gestorben war, hatte sie wie eine pflichtbewusste Tochter Trauerkleidung angelegt, aber sich nicht selbst belogen. Sie verspürte Erleichterung. Sogar als Leslie Fairchild aufgetaucht war und die Gerichte ihm das Recht, sich ihr Vormund zu nennen, bestätigt hatten, hatte sie sich immer noch für unverwundbar gehalten. Sie hatte ihn ausgelacht, ihn geschmäht und in ihrem Hause lächerlich gemacht. Sie hatte nicht begriffen, dass ein siebzehnjähriges Mädchen seiner Boshaftigkeit nicht gewachsen war.

„Hat er Sie so verletzt?“ fragte Mr. Lewis.

„Ein paar blaue Flecken. Sein winziges, faltiges Stückchen Männlichkeit wäre sogar komisch gewesen, wenn nicht ...“ Sie zögerte, ihre frühere Einfältigkeit zuzugeben. „Er ließ mich begreifen, dass ich verletzlich bin.“

„So wie alle Frauen verletzlich sind.“

„Er ist ein alter Mann, und doch hat er mir die Hand über den Mund gehalten und mich aufs Bett gedrückt. Er hat an meiner Kleidung gezerrt.“ Ihre Hände bebten, während sie die schrecklichen Momente noch einmal erlebte. „Er *schlug* mich.“ Und das war der Zeitpunkt gewesen, an dem sie eingesehen hatte, dass, egal wie sehr sie sich wehrte, sie ihn nicht von seinem Vorhaben würde abhalten können.

Mit nachdenklichem Gesicht sagte Mr. Lewis: „Aye. Ich denke manchmal, dass wir Sie, als Sie noch klein waren, zu sehr behütet haben. Jemand hätte Sie warnen sollen, dass es solche Männer gibt.“

„Ich wusste, dass es sie gibt.“ Sie kraulte Whisky unter seinem

Kinn und empfand sein Schnurren als tröstend. „Ich dachte nur, sie könnten *mir* nichts anhaben.“

„Man könnte sagen, dass Sie so eine Lektion gelernt haben, die viel schmerzvoller hätte sein können.“

„Ich weiß. Ich bin jetzt um einiges klüger und froh darum. Ich kann mir nicht länger vorstellen, meine Stellung als Herrin von Fionnaway als Entschuldigung zu benutzen für ...“

„Wutanfälle?“ schlug er vor, als sie zögerte.

Sie schwieg.

„Für Sarkasmus und Spott?“

Sie sah beschämt zu Boden.

„Dafür, zu sagen, was immer Sie wollten, ohne Rücksicht auf die Folgen?“

Ihr Gesicht brannte, aber sie konnte die Wahrheit hinter seinen Anklagen nicht leugnen.

„Sie haben immer getan, was gut und richtig ist. Jetzt sind Sie ein wenig reifer, und ich kann nicht sagen, dass das schlecht wäre.“ Er musterte sie aus halb geschlossenen Augen. „Haben Sie Mr. Fairchilds Sohn schon kennen gelernt?“

Sie fuhr auf. Hatte Mr. Lewis ihre Gedanken gelesen? „Aye.“

„Er ist seit seiner Ankunft schon mehrmals zur Kirche gekommen.“ Der Pfarrer ließ sie nicht aus den Augen. „Wenn ich eine Frau wäre, würde ich sagen, er ist schneidig.“

Kühn und stolz, ja. „Aber nicht nett.“

„Nett?“ Mr. Lewis fegte das mit einer Handbewegung beiseite. „Sie meinen, er wird sich von Ihnen nicht einfach über den Haufen reiten lassen? Andererseits wird er Ihnen nicht wehtun. Er machte auf mich den Eindruck eines ehrenhaften Mannes, und ich glaube, er wird sie beschützen.“

„Ehrenhaft?“ Sie erinnerte sich an seine Drohungen vom Morgen. „Ehrenhaft ist nicht ganz das Wort, das ich für Ian Fairchild benutzen würde. Er will Lady Alanna heiraten, damit er Fionnaway in seinen Besitz bringen kann."

Mr. Lewis sah nicht entsetzt oder angewidert aus, wie sie gehofft hatte. Stattdessen nickte er. „Aha. Wenn Sie zurückkehren, heiraten Sie also den jungen Ian." Der Geistliche strich sich mit der Fingerspitze über seine buschigen Brauen und musterte sie nachdenklich. „Wäre das so schlimm?"

„Wäre das so ...?" Wie eine Feder, die zu stark gedehnt und dann plötzlich losgelassen wurde, sprang Alanna auf die Füße. Whisky fiel auf den Boden und beschwerte sich mit einem kehligen Miauen. „Das wäre schrecklich. Er ist kein Stück besser als sein Vater."

„Nein?" Mr. Lewis beobachtete, wie sie vor ihm auf und ab schritt. „Ich mochte ihn ganz gern. Kein bisschen hochmütig. Und außergewöhnlich scharfsinnig."

„Vielleicht." *Vermutlich.* „Er denkt, ich könnte Lady Alanna eine Nachricht übersenden."

„*Überaus* scharfsinnig."

Wenn Ian mit ihr sprach, wenn er sie ansah, musste sie stets das Gefühl bekämpfen, er wüsste die Wahrheit und würde nur mit ihr spielen wie eine Katze mit einer Maus. Aber das tat er nicht. Oh, bitte, das durfte er nicht, denn sonst hätte sie sich vollkommen zum Narren gemacht. „Ich kann nicht glauben, dass Sie auf seiner Seite stehen", sagte sie zu Mr. Lewis.

Wie eine Seemöwe schob er seinen Kopf vor und zurück. „Nun, Sie müssen heiraten. Sie sind eine MacLeod, die Letzte, und die Linie wird durch Sie fortgeführt. Sie wollen doch nicht, dass Fionnaway an den anderen Zweig der Familie übergeht?"

„Nein ..." Sie malte mit ihrer Zehe ein Muster in den Staub. „Aber Ian Fairchild gehört nicht zu der Sorte Mann, die ich heiraten möchte."

„Sie fürchten ihn also."

„Unsinn! Ich und ihn fürchten." Sie fürchtete die Träume, die er ihr sandte, ja. Sie fürchtete die Sanftheit, die sie weich werden ließ, wenn sie sah, wie er einherging wie ein Eroberer, der sich seine Frauen nur auszuwählen brauchte. Sie fürchtete sich vor ihrem Wunsch, von *ihm* ausgewählt zu werden. Aber sie fürchtete nicht *ihn*.

„Das ist gut", erklärte Mr. Lewis geheimnisvoll lächelnd. „Ich wette, in Ian Fairchild schlummert ein guter Kern. Man muss nur tief genug graben."

„Er hat damit gedroht, die alte Mary hinauszuwerfen und Robbie seine Felder wegzunehmen."

„Ich möchte mich fast fragen, ob er damit ein höheres Ziel verfolgte." Bevor sie darauf antworten konnte, hob er seine Hand. „Aber wie es auch kommt, keines von beidem ist das Ende der Welt. Sie gehen zurück nach Fionnaway, sehen sich den jungen Ian an, und wenn er Ihnen gefällt, dann heiraten Sie ihn. Wenn nicht, dann beanspruchen Sie Fionnaway an Ihrem Geburtstag für sich."

„Er hat angedeutet, dass es nicht so einfach sein wird. Er sagte, er würde vor Gericht gehen und behaupten, ich hätte als gefallene Frau gelebt, um die vier Jahre zu überstehen, und sei nicht ganz bei Trost. Er sagte, Brice würde dasselbe tun, und sie würden um die Kuratel über *mein* Land streiten."

„Er ist sehr entschlossen, nicht wahr? Er hat Ihnen keinen anderen Ausweg offen gelassen, als heimzukehren und ihn zu heiraten", erwiderte Mr. Lewis. „Aber auch wenn ich mich irren sollte, Mädchen, denke ich nicht, dass er wie sein Vater ist. Er würde Sie nicht zwingen."

„Nein?"

„Darin liegt der eigentliche Jammer an dem unglückseligen Zwischenfall." Mr. Lewis seufzte. „Sie trauen keinem Mann mehr, nicht wahr?"

„Ihnen."

„Und ich bin nur ein halber Mann."

Sie sah ihn erstaunt an.

„So alt wie ich bin, kann man sich nicht davon ausgehen, dass ich eine Frau beglücken könnte."

„Als ob das einen wahren Mann ausmacht. Mein Vater hat Dutzende Frauen beglückt, aber es mangelte ihm an Durchhaltevermögen. Meine Cousins behaupten von sich, echte Schwerenöter zu sein, und doch sind beide Schwächlinge."

„Ein Pech, dass Sie bislang nur schlechte Erfahrungen gemacht haben", erwiderte Mr. Lewis. „Es ist zu schade, denn Sie werden nicht lieben können, wo sie nicht vertrauen."

Sie richtete sich auf und verkündete: „Ich kann ohne Liebe leben."

Er lachte und nahm die Katze hoch, die sich an seinen Beinen rieb. „Kein Geschöpf auf Gottes weiter Welt kann ohne Liebe leben. Es ist der Grund für viele Dummheiten, diese Suche nach Liebe."

Er klang so vernünftig, so geduldig, dass sie sich mit einem Mal melodramatisch vorkam und ein bisschen wie der Seiltänzer, den sie einmal auf einem Hochseil gesehen hatte – in der Mitte stehend, schwankend, und das nur, damit die Bauern unter ihm sich über ihn lustig machen konnten. Trotzdem blieb sie fest. „Es ist noch kein Mann von einer Frau geboren worden, der mich verleiten könnte, dieses Wagnis einzugehen."

„Das glaube ich sogar." Whisky unter seinen Arm klemmend, stand Mr. Lewis auf und nahm ihre Hand. „Warum fragen Sie mich eigentlich um Rat? Sie sind ein kluges Kind. Tun Sie einfach, wozu Ihr Herz Sie drängt, und beachten Sie die Einwände Ihres Verstandes nicht. Ian ist ein Mann, und wenn Sie diese scheußlichen Lumpen ablegen und ihm Ihr wahres, strahlendes Aussehen, gekleidet wie eine Dame, zeigen, wird er genauso handeln, wie es sich für einen echten Mann gehört."

Sie verschwendete keine Zeit damit, sich zu wundern, wie er ihren Plan hatte erraten können. Sie lächelte bloß. Mr. Lewis sah sie durch die Augen alter Zuneigung. Sie bezweifelte, dass Ian dem Charme ihrer Sommersprossen und ihres Karottenschopfes erliegen würde, wäre sie arm. Aber sie musste ohnehin heiraten. Sie würde heimkehren, ihre Leute vor Ians angedrohten Ungerechtigkeiten retten und ihn genau beobachten. Wenn er sich als ehrenwert erwies ... Sie wischte sich die Hände an ihrem Rock ab. Wenn er sich als ehrenwert erwies, würde sie ihn dann heiraten? Würde sie einem Mann eine Chance geben, der die Macht besaß, sie um seine Liebe weinen zu machen? Alles zu versuchen, ihn zu erobern? Sie zu einer Frau zu machen, die vor Sorgen verging, so wie ihre Mutter es gewesen war?

Denn es waren nicht nur die Männer, denen sie nicht traute. Jetzt, da sie Ian getroffen hatte, traute sie sich selbst nicht mehr.

„Ich habe mich um eine Mitfahrgelegenheit für Sie gekümmert", sagte der Geistliche. „Der Holzfäller und sein Ochsengespann warten auf Sie."

Ein letztes Mal nahm sie Mr. Lewis' Hand und umschloss sie fest.

„Sie werden sich um Whisky kümmern?"

„Das wissen Sie doch."

Sie ließ ihn los. Sie ließ ihr Leben in Freiheit hinter sich und nahm eines voller Verpflichtungen und Einschränkungen auf sich. Die Kapuze ihres schäbigen Umhanges über ihre frisch gewaschenen Haare ziehend und festbindend, humpelte sie zu dem mit Holzstämmen beladenen Karren.

Mr. Lewis rief ihr nach: „Wissen Sie, dass Ihre Cousins zu Besuch sind?"

Sie blieb stehen und drehte sich zu ihm um. „Das habe ich gehört."

„Das macht mir Sorge." Mr. Lewis klang streng und unerbittlich. „Sie scheren sich nicht um den Pakt. Sie glauben noch nicht einmal daran."

„Brice sagt, er sei ein moderner Mann im Sumpf des Aberglaubens." Alanna lächelte, als sie die Worte ihres Cousins wiederholte. „Edwin ist nichts als Brice' Anhängsel. Machen Sie sich keine Sorgen. Mit denen werde ich schon fertig."

„All unsere Hoffnungen ruhen auf Ihnen, Mylady."

Mr. Lewis nannte sie nicht oft bei diesem Titel, und sie verstand, wie groß seine Sorge war und wie sehr er von ihr abhängig war. „Ich begreife besser als jeder andere, was geschehen wird, wenn Fionnaway in falsche Hände fällt. Ich werde dafür Sorge tragen, dass das nicht eintritt."

Alanna ging zu dem Ochsenkarren, kletterte hinauf und setzte sich auf die schmale freie Stelle an der Seite.

Der Holzfäller starrte sie an und brummte „Hexe." Dann schnalzte er mit der Zunge, und die Ochsen setzten sich in Bewegung.

Alanna hielt sich fest, als der Wagen plötzlich anfuhr. Splitter bohrten sich in ihre Seite und stachen sie in den Rücken, während sie über den Weg rumpelten. Sie wünschte, sie hätte zum Schloss gehen können, aber ihr Knöchel war noch immer geschwollen, und wenn sie noch einen Tag wartete, würde der Mut sie vielleicht verlassen. Sie wünschte mit aller Macht, sie könnte in die andere Richtung gehen, die Anhöhen hinaufsteigen oder den feuchten Duft der Wälder einatmen. Sie brach das Versprechen, das sie sich einst selbst gegeben hatte. Sie kehrte zurück, bevor Mr. Fairchild gestorben war, und sie wusste in ihrem Herzen, er würde einen Weg finden, sie zu zerstören.

Sie musste daran denken, wie Brice sie anstarren würde, wie Edwin sich durch seine entsetzte Miene verraten würde, welche Vermutungen er anstellen würde. Sie wusste, in der ganzen Gegend würde man sich den Mund darüber zerreißen, wo sie gewesen sein mochte und mit wem. Aber sie versuchte, nicht daran zu denken. Schließlich hatte sie genug zu tun und musste sich bestimmt nicht noch deswegen Sorgen machen, was andere Leute tun oder sagen würden.

Wie Ian Fairchild.

Wie ob Ian Fairchild damit zufrieden wäre, wenn sie ihm eine Stellung als Verwalter anböte.

Und wie, ob es je in der Hölle schneien würde.

Die Zeit verging, und die Welt wurde ein unbequemer Ort für mystische Wesen wie die Selkies. Der Pakt wurde wichtiger; seine Geheimhaltung war von höchster Bedeutung. Fionnaways Menschen, durch raue Felsen und tosende See von der übrigen Welt getrennt, sprachen nur wenig mit den seltenen Fremden, die sich zu ihnen verirrten. Sie erwarben sich den Ruf, gastfreundlich, aber zurückhaltend zu sein. Es kümmerte sie nicht. Sie hatten die Steine, um ihnen durch schwere Zeiten zu helfen, und sie beließen ihre Küsten, wie sie waren, für ihre Selkie-Gefährten.

11. KAPITEL

Als der Holzfällerkarren auf dem Hof von Fionnaway Manor zum Stehen kam, glitt Alanna herunter. Ihr Herz klopfte wild, während sie über ihren nächsten Schritt nachdachte; den Schritt, der sie von einer Hexe in eine so lieblich wie nur irgend möglich aussehende Lady Alanna verwandeln würde. Es musste getan werden. Sie wusste das, aber wenn sie erst einmal angefangen hatte, gab es kein Zurück mehr.

„Komm, komm, was treibst du so lange?“ schimpfte der Holzfäller. „Du kannst da nich’ einfach im Hof von Mr. Fairchilds Schloss rumstehen. Er wird schon dafür sorgen, dass du dich weiterscherst!“

Sie warf ihm einen finsteren Blick zu. Wenn sie einen Anstoß gebraucht hatte, dann hatte er ihn ihr eben gegeben. Mr. Fairchilds Schloss, also wirklich!

Die Arme ausbreitend, rief sie: „Gute Leute, schaut her, ich zeige euch ein Wunder!“

Die Frauen, die im Schlossgarten arbeiteten, richteten sich auf. Die Mägde in der Molkerei kamen an die Tür. Die Männer, die neue Steine in den alten, gepflasterten Weg einfügten, starrten sie an. Kennie trat aus seiner Schmiede und bedachte sie mit finsteren Blicken.

„Ich bin in Fionnaway als Hexe, die eine andere Gestalt annehmen kann, wohl bekannt, und jetzt werde ich euch mein Geheimnis enthüllen!“ Sie deutete auf die Kinder, die am Teich spielten, und sie kamen vorsichtig näher.

Einer der Pflasterleger schnaubte abfällig und nahm seine Arbeit wieder auf, doch da erklang auf einmal eine gebieterische Stimme von der breiten Marmortreppe, die zu Fionnaways Eingangstür hinaufführte.

„Bleibt stehen und hört gut zu. Ihr werdet etwas Wichtiges erfahren.“

Alanna sah auf, genau in Ians Augen. Er blickte sie an, als ob auch er sich danach sehnte, die Wahrheit über sie zu erfahren; sie verspürte den kleinlichen Wunsch, die Wahrheit würde ihn so erschrecken, dass seine braunen Augen grün würden, ihre Farbe änderten wie sein Ring.

Aber die Bediensteten umringten sie neugierig, der Holzfäller wartete und Kennie, der Schmied, hielt drohend einen Hammer in seiner Faust.

„Manchmal ist es nicht schwierig, eine andere Gestalt anzunehmen.“ Sie löste das Band an ihrer Kapuze und schob sie zurück.

Alle wichen bei dem Anblick ihres glänzenden roten Haares einen Schritt zurück. Die Frauen drückten ihre Kinder schützend an ihre Röcke.

Dann hörte sie jemanden flüstern: „Das ist der MacLeod-Schopf.“

„Aye, das ist er.“ Sie belohnte den Flüsterer mit einem Lächeln. „Der MacLeod-Schopf. Eine Haarfarbe, mit der ihr genauso vertraut seit wie mit eurer eigenen.“ Sie zog ein Stück Lumpen aus ihrer Tasche und humpelte zum Brunnen.

„Lasst sie nicht dahin!“ schrie Kennie. „Sie ist eine Hexe. Sie wird den Brunnen verfluchen, so wie sie mich verflucht hat.“

„Sei nicht so dumm, Mann.“ Mrs. Armstrong stand am Rand der Menge. „Kannst du denn nicht sehen, wer sie in Wirklichkeit ist?“

Ein Murmeln erhob sich, als Alanna ihr Tuch in den vollen Eimer tauchte, und wurde lauter, als sie sich ihr Gesicht zu waschen begann. Sie beugte sich vor und versuchte im Wasser ihr Spiegelbild zu sehen, aber Mrs. Armstrong sprach neben ihr. „Sie haben eine Stelle am Kinn vergessen, Mylady.“

„Mylady“, wiederholte eines der Milchmädchen. „Grace hat *Mylady* zu ihr gesagt.“

„Das Wunder ist noch nicht zu Ende“, verkündete Alanna und band den Strick um ihre Taille auf. Sie schlüpfte aus ihrem Umhang, löste ihr Haar, so dass es ihr auf die Schultern fiel, und schüttelte die Falten aus ihrem Kleid. Das betrüblich altmodische Oberteil saß viel zu eng an ihrem Busen, aber das Kleid, das ihr besser passte, hatte

Ian in der Nacht zerrissen, als sie versucht hatte, ihm die Kehle durchzuschneiden. „Jetzt ist die Hexe Lady Alanna!"

„Die Hexe", erklärte Ian nicht ohne Spott, „ist immer schon Lady Alanna gewesen."

Sie drehte sich zu ihm um. Er stand am Rand der Menge, die sich um sie versammelt hatte. Ihn hatte sie nicht überrascht. Die Drohungen in der Hexenhütte waren mit dem Ziel ausgesprochen worden, sie nach Fionnaway zurückzubringen. In seine Hände. Und sie hatte sich tatsächlich zum Narren gemacht wie selten. „Sie haben es die ganze Zeit gewusst, oder?"

Er antwortete nicht.

Die Kunde von ihrer Heimkehr verbreitete sich wie ein Lauffeuer. Diener strömten aus dem Haus und Dorfbewohner kamen den Hügel hinaufgelaufen. Irgendwie wussten alle Bescheid, und eine der Mägde rief: „He, Kennie, erzähl uns noch mal, wie die Hexe deine Rute hat verdorren lassen."

In der Woge anschwellenden Gelächters wurde Kennie röter als das Feuer in seiner Esse. Er setzte zu einer wütenden Antwort an, aber seine zierliche Frau stand vor ihm, die Hände in die Hüften gestemmt, den Kopf vorgeneigt und starrte ihn aus schmalen Augen drohend an. „Aye, Kennie, erzähl uns, wie die Hexe deine Rute hat verdorren lassen. Oder ist es ein Liebchen, das du nebenbei hast, das dich davon abhält, deinen ehelichen Pflichten nachzukommen?"

Sie machte einen Schritt auf ihn zu. Er trat zurück, erst langsam, dann immer schneller, ließ seinen Hammer fallen und rannte zum Tor hinaus und den Hügel hinab, verfolgt von seiner erbosten Frau.

Ian betrachtete sie; wie sie dort im Sonnenschein stand und zu ihren Leuten sprach, war er froh, einen Augenblick Zeit zu haben, seine Fassung wieder zu finden. Was ihm im Mondschein schon schön erschienen war, blendete ihn fast im Tageslicht.

Alannas Haar schimmerte wie ein rotgoldener Heiligenschein um ihren Kopf, als wollte sie mit ihrer Mähne ihre Unabhängigkeit und Einzigartigkeit unterstreichen. Die zuvor verdeckten Gesichtszüge und ihre Grübchen strahlten förmlich, und das Lächeln, das sie ihren Dienstboten schenkte, weckte ein Sehnen in ihm.

Sie war zauberhaft.

Sie war die Selkie und die Hexe.

Sie war sein.

Dann sah er sie zusammenzucken und sich auf Mrs. Armstrongs Arm stützen. Er bahnte sich seinen Weg durch die Menge, die sie umringte. „Lady Alanna, wie geht es Ihrem Fuß?"

Ihre erschreckt aufgerissenen grünen Augen und ihr überraschter Aufschrei waren die einzige Antwort, die er erhielt, als er sie auf seine Arme hob.

Es war das erste Mal, dass er sie seit der vergangenen Nacht berührte. Seit er sie aus ihrem berauschten Schlaf wachgeküsst, mit zärtlichen Händen geweckt hatte. Seine Entscheidung, sie für sich zu fordern und sich dadurch ihre Ländereien zu sichern, hatte er mit kühlem Kopf getroffen. Das erklärte jedoch nicht die überwältigende Lust, die ihn erfasst hatte, als er ihrem nachgiebigen Körper ein lustvolles Wimmern nach dem anderen entlockte, erklärte nicht seine freudige Genugtuung, als er sie zu der Seinen machte. Wenn sie vor ihm ein Dutzend Männer gehabt hätte, dann hätte er sie trotzdem behalten, aber sie war sein. Sein allein.

Jetzt presste er sie an sich, hielt sie fest, als sie sich gegen seine Umarmung wehrte, und erinnerte sie mit dem Druck seines Körpers an letzte Nacht.

Sie entspannte sich in seinen Armen und musterte ihn aus schmalen Augen. Er sah, wie sie versuchte die Erinnerungen zu ordnen. Er sah, wie sie sie leugnete, entschlossen zurückdrängte. Er lächelte nachsichtig. „Feigling", murmelte er.

„Ich bin kein Feigling. Schließlich bin ich hier."

Er ging zur Treppe. „Stimmt."

Die Diener klatschten Beifall, als er sie durch die Tür ins Schloss trug. Sie erkannten ihn an und hießen deshalb auch sein Werben um ihre Lady Alanna gut.

Das fiel auch Alanna auf. Er merkte es an der zarten Röte hinter ihren Ohren, den fest zusammengepressten Lippen, daran, wie sie sich unter seiner Berührung versteifte.

Wie brachte so ein kleines Ding es nur fertig, so viel Hochmut auszustrahlen? Und warum glaubte sie, er würde sich darum scheren? Er brachte sie in ein Vorzimmer und setzte sie auf einer gepolsterten Bank ab. „Heb deine Röcke", befahl er.

Ihre Lippen formten ein perfektes O.

Von der Tür aus rief er nach heißem Wasser. Als er sich wieder ihr zuwandte, hatte sie ihr Kinn halsstarrig vorgeschoben. Ohne weiter darauf zu achten, ließ er sich vor ihr auf ein Knie und schob ihren Rocksaum bis über ihr Knie nach oben.

Alle Halsstarrigkeit wich aus ihr, und sie beeilte sich, ihre Beine wieder zu bedecken. „Ian. Die Diener werden es sehen!"

„Die Diener sind unwichtig. Wichtig ist allein dein Fuß. Ich möchte nicht, dass meine Braut Schmerzen leidet."

„Ich habe noch nicht zugestimmt, Ihre Braut zu werden."

„Du wärst eine Närrin, nicht zuzustimmen. Ich bin jung und kräftig und habe noch alle meine Zähne." Er öffnete seinen Mund, damit sie sich selbst davon überzeugen konnte, geradeso, als wollte er sich wie ein Pferd auf dem Markt zum Kauf anbieten. „Siehst du? Ich kann gut singen und bin jeder gesellschaftlichen Herausforderung bestens gewachsen. Tatsächlich ...", er warf ihre Lederslipper über seine Schulter, „kann ich sogar Referenzen beschaffen. Lady Valéry, die im schottischen Tiefland lebt, wenn sie nicht gerade die Londoner Gesellschaft in Angst und Schrecken versetzt, betet mich an. Und hast du schon einmal von Sebastian Durant, Marquess of Whitfield, gehört?“

Sie starrte ihn fassungslos an, als hätte er seinen Verstand verloren, und schüttelte den Kopf.

„Er ist ein bedeutender Mann, mein Geschäftspartner, und du wirst mit ihm durch unsere Hochzeit verwandt werden.“ Er blickte hoch, um zu sehen, ob sie ihn diesmal wieder herausfordern würde, aber sie schien von seinen großspurigen Behauptungen überwältigt. Genauso wie er gehofft hatte. „Lord Whitfield würde mir auch eine Empfehlung schreiben. Vermutlich keine gesellschaftliche – nicht, dass ich Sebastian nicht bewunderte, aber eine gesellschaftliche Empfehlung von einem Piraten ist die Tinte nicht wert, mit der sie geschrieben ist.“

„Er ... er ist ein Pirat?“ stammelte sie.

„Wenn es nach denen geht, die versucht haben, ihn übers Ohr zu hauen, ist er das.“ Er nahm von Mrs. Armstrong die Schüssel mit dampfenden Wasser entgegen und prüfte die Temperatur mit seinen Fingerknöcheln. Es hatte sich ausreichend auf seinem Weg von der Küche in dieses Zimmer abgekühlt, und er stellte die Schüssel vor Alanna auf den Boden. Dann tauchte er Alannas Fuß hinein.

Sie zuckte vor der plötzlichen Wärme zurück, entspannte sich aber gleich darauf wieder. „Welche Empfehlung kann er Ihnen denn dann ausstellen?“

„Eine finanzielle. Du wirst keinen armen Schlucker heiraten. Geldmäßig gesehen machst du eine gute Partie.“ Vorsichtig zog er ihren Rock wieder herunter, wobei er darauf achtete, dass der Saum das Wasser nicht berührte. „Eine sehr gute Partie.“

Die Farbe kehrte in ihre Wangen zurück, und mit ihr ihre Lebhaftigkeit. „Wenn Sie gesellschaftlich und wegen Ihres Geldes so ein Fang sind, warum sind Sie dann noch nicht verheiratet?“

„Ich hätte wissen müssen, dass dir das auffallen würde.“ Er

lehnte sich zurück, so dass er auf seinen Fersen hockte. „Die Familie meines Vaters sind die Fairchilds, und ich gebe zu, dass deine zukünftige Schwiegerfamilie eine echte Prüfung ist. Aber ...", er hob seinen Zeigefinger, „ich habe deine Cousins kennen gelernt und könnte von deiner Familie dasselbe behaupten."

Sie fragte sich, wie die Umstände ihrer Rückkehr so vollkommen ihrer Kontrolle hatten entgleiten können. Dabei hatte sie alles genau geplant. Sie würde sich als Lady Alanna zeigen, und alle wären begeistert. Sie würde ihren wieselgleichen Cousins klar machen, dass sie Fionnaway nicht erben würden, sie würde einen Blick auf den sterbenden Mr. Fairchild werfen und höflich ihr Mitgefühl für seine schlechte Verfassung ausdrücken und bedauern, dass sie ihm nicht mehr hatte helfen können ... Sie würde, verflixt noch mal, Ian, dem Eindringling, zeigen, wer in Fionnaway das Sagen hatte.

Stattdessen saß sie hier fast allein mit ihm in einem Vorzimmer, ihr Fuß in einer Schüssel mit warmen Wasser.

Und schuld war allein er. Seit dem Augenblick, als sie ihn zum ersten Mal gesehen hatte, hatte er alles daran gesetzt, ihre wohl überlegten Pläne über den Haufen zu werfen. Indem sie sich von seinem gut aussehenden Gesicht mit der Wissen ausdrückenden Miene abwandte, versuchte sie, etwas von ihrer Würde zurückzugewinnen. „Brice ist ein Geck, und Edwin ist ... nun, er ist nicht gerade scharfsinnig."

„Nicht gerade scharfsinnig? Du drückst dich nie so zurückhaltend aus, wenn es um mich geht."

Darauf konnte sie keine angemessene Antwort geben, nicht in Mrs. Armstrongs Anwesenheit.

Als hätte er sie wortlos verstanden, trug Ian der Haushälterin auf: „Bringen Sie uns ein paar Leinenstreifen zum Verbinden, Mrs. Armstrong." Nachdem sie geknickst hatte und gegangen war, sagte er: „Im Namen der Leute von Fionnaway – willkommen zu Hause, Lady Alanna."

Er war anmaßend. Er hatte kein Recht, im Namen der Leute von Fionnaway zu sprechen. Aber er klang gar nicht hochmütig. Eher überredend, besänftigend, so als hätte er Verständnis für ihren Wunsch, die Verantwortung zu tragen.

„Die Köchin bereitet ein wahres Festmahl zur Feier deiner Heimkehr. Mrs. Armstrong hat die Mägde die Böden blitzblank schrubben und dein Zimmer herrichten lassen."

Natürlich wollte er, dass sie die Herrschaft übernahm. Er wollte sie heiraten. Und wenn dieses folgenschwere Ereignis eintrat, würde er die Herrschaft erlangen über diejenige, die die Herrschaft besaß. Wie vorteilhaft für ihn.

„Heute Morgen habe ich Mr. Lewis aufgesucht. Wir sind übereingekommen, dass an diesem Abend alle feiern sollen."

Sie lachte kurz und bitter auf. Ihre ganze lange Unterhaltung mit Mr. Lewis, ob sie zurückkehren sollte oder nicht – und dabei hatte er schon eine Feier zu Ehren ihrer Rückkehr geplant. „Danke."

Sie holte tief Luft und sah auf. Ian betrachtete ihr Gesicht genau, als wollte er an ihrer Miene ablesen, was sie empfand.

„Ich habe angeordnet, dass ein Fass feinsten Weines geöffnet wird."

Die Hauptsorge ihres Vaters hatte darin bestanden, dass sie seine Verpflichtungen übernahm, so dass er nicht gezwungen war, sich selbst damit zu befassen. Die Hauptsorge Mr. Fairchilds waren ihre Ländereien und ihr Vermögen gewesen. Die Hauptsorge Mr. Lewis' war, dass sie den Pakt wahrte. Doch dieser Mann, dieser Ian, gab sich den Anschein, seine Hauptsorge gälte *ihr*.

„Vielleicht könnten wir einen weiteren Anlass für dieses Fest geben, indem wir unsere Hochzeit feiern", bemerkte er.

Besorgt ihretwegen? Nein, es war doch nur gewöhnliches Verlangen nach Land. Sich einfältig vorkommend, holte sie aus, um ihm eine Ohrfeige zu versetzen.

Er duckte sich und wich zurück. „Nicht? Dann eben später. Hier kommt Mrs. Armstrong mit dem Verbandszeug."

Die Haushälterin reichte es ihm, knickste und eilte aus dem Zimmer, als ob sie es gar nicht abwarten konnte, sie alleine zu lassen.

„Wäre es Eurer Ladyschaft genehm, wenn ich Euch jetzt den Knöchel verbinde?"

Sie starrte auf den über ihren Fuß gebeugten Kopf, fühlte die Wärme seiner kundigen Hände und bekämpfte die plötzlich aufsteigenden, dummen Tränen. Wäre sie die Tochter eines einfachen Mannes und er ein junger Mann, gekommen, um um sie zu werben, wäre alles viel einfacher ...

Er sah auf, und ihre Umwelt versank in einer grauen Wolke. Die Stürme des Meeres, das sie liebte, tosten in diesen Augen; frischer Seewind, turmhohe Wolken und Wellen jagten ungestüm dahin. Ein tiefer Atemzug füllte ihre Lungen mit Seeluft. Eine Böe erfasste sie und trug sie in die Höhe. Sie schwebte, nicht körperlos, sondern schwerelos, frei von irdischen Beschränkungen. Sie fühlte die Gischt, hörte das Brausen der Tiefe, roch das Salzwasser und entdeckte in seinen Augen süße Leidenschaft.

Er bewegte seine Hände langsam auf sie zu, gab ihr die Möglichkeit, zurückzuweichen, ihn zu ohrfeigen. Sie tat keines von beidem. Sie saß da und beobachtete gebannt, wie er ihre Brüste umfasste.

Ihre Brüste. Bei den heiligen Steinen, er nahm nicht respektvoll ihre Hand oder streifte ihre Lippen in einem zärtlichen Kuss. Nein, er berührte kühn ihre *Brüste* – und sie ließ ihn gewähren. Mehr als das. Sie seufzte, als hätte sie sich nach seiner Berührung gesehnt, sie erwartet. Ergötzte sich an der Nacktheit der von dem eng sitzenden Ausschnitt entblößten Haut. Schloss die Augen, um das Gefühl seiner Daumen, die ihre vor Lust harten Brustspitzen rieben, besser genießen zu können.

„Alanna." Seine Stimme klang wie aus einem bekannten Traum, fast spürbar in der Tiefe des Gefühlsaufruhres, den er auslöste. Sein Körper drückte sich gegen ihre Knie. Sein Atem strich über die Haut ihrer Brust. Seine Lippen fanden die empfindsame Stelle, wo Hals und Schulter aufeinander trafen.

Sie erbebte unter seiner Hitze, bebte von der Art und Weise, wie er sie kostete, während die ganze Zeit seine Finger ihre Brüste liebkosten. Sie presste die Knie zusammen, als wollte sie die Schwäche, die ihren Körper von innen her erfasste, aufhalten, aber er wusste es. Er musste es gewusst haben, denn er drängte sich vor, spreizte ihre Beine, so dass sie ihn mit ihren Schenkeln umschloss.

Während sie ihm die Hände flach auf die Brust legte, dachte sie: Ich sollte ihn aufhalten. Sie würde ihn aufhalten. Später.

Mit seinem Mund wanderte er zu der empfindsamen Stelle hinter ihrem Ohr, und sie spürte, wie er murmelte: „Alanna." Er ließ eine seiner Hände zu ihrem Gesäß gleiten und zog sie näher an sich, fast bis an den Rand des Sitzes. Sie war offen für ihn, schutzlos, ihre vollen Röcke hochgeschlagen.

Er drängte seine Hüften gegen sie. Sie wimmerte leise auf und biss sich auf die Lippe, um weitere Laute zu unterdrücken.

„Nein." Er küsste sie auf den Mund, leckte zärtlich die Stelle, auf die sie gebissen hatte. „Lass es mich hören. Ich liebe es, dich zu hören, Alanna."

Ihre Lippen. Ihr Busen. Ihre Hüften. Ihre Glieder. Er war überall, verschmolz mit ihr, wie Honig auf frischen Küchlein. Sie bewegte ihre Hüften, versuchte noch mehr von den verführerischen Empfindungen zu spüren. Wenn sie das hier richtig machte, wenn er so weitermachte, würde sie fliegen, hoch über den Wolken, die Wellen streifen, die Freiheit schmecken ... mit ihm zusammen.

Sie hob die Hände und fasste seine Ärmel, hielt sich daran fest. Sein Körper strahlte Hitze aus wie ein Ofen, und ihr war wärmer als je zuvor in ihrem Leben. Gleichzeitig zogen sich die Spitzen ihrer Brüste immer mehr zusammen, in freudiger Erwartung ... voller Vorfreude.

Er ließ sie so plötzlich los, dass sie die Augen aufschlug und beinahe widersprochen hätte.

Beinahe ... bis sie seinen angespannten Gesichtsausdruck sah.

Dann endete ihr Höhenflug abrupt. Heiße Röte stieg ihr von den Fußspitzen bis in Stirn, aber Ian zog unbeteiligt ihren Ausschnitt zurecht. Er wich zurück, ließ den Abdruck seines Körpers auf ihrem zurück, ließ sie kalt und voller Verlangen zurück, um sich wieder ihrem halb bandagierten Knöchel zuzuwenden. Er tat so, als hätte es die Augenblicke voller Hitze und Leidenschaft nicht gegeben, beugte sich vor und begann ihren Fuß weiter zu verbinden.

Sie wollte ihre Hände zu Fäusten ballen und auf ihn einschlagen oder ihn so verführen wie er sie eben, und sich dann genauso gleichgültig von ihm abwenden. Aber ein Geräusch von der Türschwelle unterbrach ihre wütenden Gedanken. Sie blickte hoch und starrte ungläubig auf die Erscheinung dort.

Das verhasste, heisere Flüstern Mr. Fairchilds traf sie wie ein Schlag ins Gesicht. „Ah. Mein geliebtes Mündel kehrt also schließlich doch noch zurück."

Nach und nach schwand das Wissen um den Pakt, wurde eine Geschichte, dann zur Sage; schließlich glaubten nur noch ein paar wenige Fischer und Dorfbewohner wirklich daran oder dass es Selkies gab. Die MacLeod wurden die einzigen Bewahrer des Paktes, erstickten aufkommende Gerüchte und belächelten die alten Geschichten, während sie die ganze Zeit um die Wahrheit und deren Bedeutung wussten.

Von den MacLeod bestimmt, hütete ein Wächter die Steine und ihren verborgenen Aufbewahrungsort, und wenn die Zeit kam, brachte er die kostbaren Steine zum Verkauf in den Süden. Dann kehrte er lautlos wie ein Schatten nach Fionnaway zurück und trug Sorge dafür, dass niemand erfuhr, woher die Steine stammten.

Die MacLeod kannten den menschlichen Wächter.

Niemand jedoch kannte den Wächter der Selkies.

12. KAPITEL

„Mein teures, teures Mündel, wo bist du nur gewesen?“ fragte Leslie. „Ich habe in all den Jahren, in denen du deinen Vergnügen nachgegangen bist, nie die Hoffnung aufgegeben. Diese alten Knie sind von Rheuma steif geworden, während ich auf dem kalten Steinfußboden in der Kapelle um deine sichere Heimkehr gefleht habe. Dieses alte Herz ist fast gestorben, da ihm deine wohltuende Zuneigung fehlte.“

Was für ein widerlicher Lügner, dachte Ian. Niemand konnte seinen Vater im Umgang mit Worten übertreffen. Mit ein paar kurzen Sätzen war es ihm gelungen, es so darzustellen, als wäre ihr Verschwinden allein Alannas Schuld, als wäre sie verzogen und hinterlistig, undankbar und kleinlich und sittlich verdorben.

Irgendwann während der Rede seines Vaters hatte sie sich an ihn geklammert. Jetzt ließ sie ihn los und starrte über seine Schulter, so blass, als hätte sie einen Geist gesehen. „Die Kräuter“, flüsterte sie.

Mit ihr durchlebte Ian noch einmal das Entsetzen, das ihn gepackt hatte, als er seinen sterbenden Vater zu seinem von gehässiger Rachsucht beherrschten Selbst zurückkehren gesehen hatte. Waren es die Kräuter, die Leslie wieder auf die Beine gebracht hatten? Vielleicht, aber wesentlich wahrscheinlicher hatte der Teufel ihn von seinem Sterbebett wieder auferstehen lassen, damit er noch einmal sein zerstörerisches Werk tun konnte.

Ian rieb ihre kalten Hände, bis Alanna ihre vor Schreck weit aufgerissenen Augen auf ihn richtete. Dann lächelte er, als könnte man Leslie mit einem Schulterzucken abtun.

Sie war vor Scham rot geworden, als er sich von ihr gelöst hatte. Jetzt färbte sich ihre Haut bei der Erinnerung daran wieder rot, und Ian hätte am liebsten laut geflucht. Er litt Qualen des Verlangens, auch wenn er gedacht hatte, dass die Anwesenheit seines Vaters auf ihn wie ein Guss kalten Wassers wirken würde.

Das war aber nicht so. Nicht, wenn ihre Wangen gerötet waren und ihre Haare von seinen Fingern zerwühlt. Er musste sich glücklich schätzen, wenn er je wieder würde stehen können.

Sie schien aus seiner Nähe Stärke zu beziehen, denn sie sagte fest: „Ich bin nicht weit fort gewesen, Mr. Fairchild. Sie hätten mich finden können, wenn Sie gesucht hätten."

Ian drehte sich zu seinem Vater um. Der alte Mann wurde von zwei zitternden Dienern gestützt, und er musterte die beiden im Zimmer so eindringlich, als versuchte er in ihren Mienen das abzulesen, was während einiger weniger seliger Minuten zwischen ihnen vorgefallen war. „Du bist zurückgekehrt, bereit, unsere Verlobung anzuerkennen."

Ihre Hand zuckte unter Ians Fingern. „Niemals."

„Nein." Ian widersprach ihm noch bestimmter als Alanna, aber seine Stimme klang dabei freundlich. „Sie ist mein, Vater."

Einer der beiden Diener, die Leslie stützten, keuchte auf, und Alanna versuchte ihre Hand seinem Griff zu entziehen. Ian hielt Leslies Blick und ließ sie nicht los.

„Dein?" bellte Leslie. „Mit welchem Recht ist sie dein?"

„Ich nehme mir mein Recht, das weißt du doch."

„Nimmst dir ...“ Leslies Gesichtsfarbe veränderte sich beängstigend. „Du meinst ... willst sagen, du hast sie *gehabt*?“

„Nein!“ Alanna kämpfte darum, ihre Hand zu befreien.

Ian gönnte ihr noch nicht einmal diesen kleinen Sieg. Er drängte sich dichter an sie und sagte zu seinem Vater: „In jeder nur denkbaren Art und Weise.“

„Wie konntest du das?“ wollte Leslie wissen.

„Das stimmt nicht.“ Alanna versuchte, Ian mit ihren Fingernägeln zu kratzen.

Er zwang ihre Hände zu Fäusten und umfing sie. „Ich war ein Schurke, durch und durch. Sie hatte keine Wahl.“

„Er hat nichts getan“, beharrte Alanna.

Ian begriff, dass der Schlaftrunk ihre Erinnerungen an die vergangene Nacht verwischt hatte. Die berauschende Wirkung der Kräuter und ihr Wunsch, alles abzuleugnen – als ob Leugnen dessen, was geschehen war, die Wahrheit ändern konnte. Aber er hatte sie genommen und würde sie für sich fordern. Ihre Blicke trafen sich, und er zwang sie, sich zu erinnern. „Nun, *habe ich* nichts getan?“

Ihre Augenlider senkten sich, ihre Lippen öffneten sich; sie sah einen Augenblick lang aus wie eine Frau, die im Geiste Ekstase durchlebte.

„Verdammt!“

Leslies Fluch riss sie in die Gegenwart zurück, und sie starrte Ian an. „Ich erinnere mich an nichts.“

„Was für eine rührende Geschichte“, entfuhr es Leslie. „Du bist ein wohlhabendes Stückchen Besitz, aber ich werde keine von meinem Sohn zuvor benutzte Ware nehmen.“

Alanna schob Ian zur Seite und sprang auf die Füße, als ob ihr Zorn ihren Knöchel geheilt hätte. „Ich bin kein Stück Besitz. Ich bin die Herrin von Fionnaway, eine direkte Nachfahrin der ersten MacLeod. Ich werde mir den Mann, den ich heiraten will, selbst aussuchen, und bis ich ihn ausgesucht habe, könnt ihr beide mir gestohlen bleiben."

Von der Tür her klatschte jemand Beifall. „Bravo, Cousine!" Brice kam ins Zimmer geschlendert, Edwin auf den Fersen. „Gut gesprochen! Edwin und ich sind hier, dir zur Seite zu stehen, solange du uns brauchst."

Brice grinste zufrieden wie ein Kater mit einem nicht mehr ganz frischen Fisch. Er verlangte nicht zu wissen, wo sie gewesen war; das war nicht halb so wichtig für ihn wie die Tatsache, was ihre Rückkehr für ihn und sein Vermögen bedeuten würde.

„Mit Beistand wie diesem ..." begann sie hitzig. Dann machte sie einen Schritt und trat aus Versehen gegen die Schüssel. Warmes Wasser spritzte heraus.

Ian beobachtete gefesselt, wie sie tief Luft holte. Die zornige Röte wich aus ihren Wangen, und ihre Fäuste öffneten sich. Sie sah kurz zu ihm, als erinnerte sie sich seiner Warnung vor Brice und seinen Absichten – war es wirklich erst heute Morgen gewesen, dass er mit ihr darüber gesprochen hatte? Sie setzte ein höfliches Lächeln auf und nahm sich zusammen, wie Ian beifällig bemerkte. Ihr Temperament bewies ihre Leidenschaftlichkeit bei allem, was Fionnaway anging, Leidenschaft, für die er bessere Verwendung hatte.

Aber Brice trat näher und packte ihre Arme so fest, dass sie blaue Flecke davontragen würde. „Wo bist du gewesen, Cousine?" fragte er leise. „Hast du den Namen MacLeod entehrt?"

„Nein!" Sie versuchte sich aus seinem Griff zu befreien, doch er hielt sie fest und starrte sie finster an. „Ich habe nichts Unanständiges getan." Sie musterte ihn und seine nach neuester Londoner Mode gefertigten Kleider verächtlich. „Kannst du von dir das Gleiche behaupten, *Cousin*?"

„Was ich tue, geht keine Frau etwas an", erwiderte er. „Was dagegen die Herrin von Fionnaway tut, geht uns alle an."

„Du hast dich kein bisschen geändert, Brice", entgegnete sie. „Du bist immer noch ein aufgeblasener Esel."

„Das mag schon sein, aber abgerechnet wird später ...", verkündete er unheilvoll.

Bei diesem Beweis für die Berechtigung seiner Warnung sah Alanna zu Ian, wandte dann aber den Blick ab. Sie befreite sich aus Brice' Griff und nickte dem am wenigsten gefährlichen männlichen Wesen im Raum zu. „Cousin Edwin! Wie schön, dich zu sehen. Würdest du mir vielleicht deinen Arm leihen? Ich habe mir meinen Knöchel verstaucht."

Edwin strahlte, während er zu ihr stürzte, um ihr seinen Arm anzubieten. „Natürlich, Cousine. Ich bin erfreut, dir behilflich zu sein."

„Ich bin froh, dass sich wenigstens *einer* darüber freut, mich zu sehen." Sie warf Brice einen bösen Blick zu, dann stützte sie sich schwer auf Edwins Arm. „Du bist immer schon hilfsbereit gewesen. Erinnerst du dich noch daran, als wir noch Kinder waren? Wenn wir miteinander gestritten haben, hat Brice uns stets geschlagen."

Sie versucht, mich auszuschließen, wurde Ian klar. Sie nahm ihren Platz im Kreis ihrer Familie ein, so dass kein Zweifel daran bestand, er und Leslie waren Außenseiter.

Edwins Hand tätschelnd, bemühte sich Alanna ein Lächeln zu unterdrücken, und wandte sich zur Tür – um mitten im Schritt zu verharren.

Wilda stand im Türrahmen, ihr Haar kunstvoll frisiert, ihr Kleid frisch gebügelt, gegen die Kälte in einen Kaschmirschal gehüllt und Handschuhe an den Fingern.

Neben sich hörte Alanna, wie von zwei Personen gleichzeitig scharf die Luft eingesogen wurde. Sie schaute zu Edwin. Sein Mund stand offen wie bei einem halb toten Dorsch. Sie schaute zu Brice. Seine Miene verriet Besitzgier und Verlangen.

Dann öffnete die Erscheinung in der Tür den Mund. „Ich hab mich gefragt, wohin die Herren gegangen sind. Ich meine, es ist ziemlich beunruhigend, sich plötzlich ganz allein mit den Dienstboten zu finden, wo ich doch solche Probleme habe, auch nur ein Wort von dem zu verstehen, was sie sagen, auch wenn sie sich alle so viel Mühe geben, mir zu helfen. Sie sind alle so freundlich, aber meine Mutter sagt immer, mein Verstand wäre alles andere als brillant, und ich vermute, sie hat Recht, obwohl ich nicht verstehe, warum sie immer wieder sagt, ich verstünde das nicht, es sei denn, sie denkt, ich hätte es beim ersten Mal nicht verstanden, was dumm ist, weil, wenn ich auch nicht klug sein mag, mein Gehör doch sehr gut ist." Sie lächelte Alanna an. „Wie ist Ihr Gehör?"

Wie immer von der Wortflut benommen, erwiderte Alanna schwach: „Ausgezeichnet."

„Oh, gut. Ich denke es ist so wichtig, dass sämtliche Körperteile richtig arbeiten, obwohl ich nie unhöflich zu jenen wäre, die weniger glücklich sind. Ich meine, wenn ich ein Hund wäre, würde ich ja auch nicht wollen, dass man mit den Füßen nach mir tritt, bloß weil ich kein Englisch spreche. Oder vielleicht tun sie es sogar. Ich meine, ich habe noch nie einen sprechen hören, aber das muss ja nicht heißen, dass sie es nicht tun, wenn sie unter sich sind."

Ian schmunzelte belustigt, und Alanna warf ihm einen finsteren Blick zu, als er seiner Cousine ein Lächeln schenkte.

In ihrem ganzen Leben hatte niemand sie je als schön bezeichnet. Bevor sie Wilda kennen gelernt hatte, war Alanna immer davon ausgegangen, dass sie eher praktisch veranlagt war, ohne einen Hang zu übertriebener Eitelkeit. Es war ihr gleichgültig gewesen, ob andere ihre Reize bemerkten. Doch wenn Wilda einmal achtzig wäre, würden die Männer ihr immer noch zu Füßen liegen, und sogar jetzt lächelte Ian sie voller Zuneigung an, und Alanna verspürte mit einem Mal den überwältigenden Wunsch, schön zu sein.

Nur ein Ungeheuer konnte auf eine so süße Frau eifersüchtig sein. In ihrer Verzweiflung streckte Alanna ihr einfach ihre Hand hin. „Ich bin Alanna MacLeod, die Herrin von Fionnaway."

Wilda umschloss Alannas Finger mit offensichtlicher Freude und ohne irgendein Zeichen des Wiedererkennens. „Erfreut, Sie kennen zu lernen. Ich bin Wilda Fairchild. Ich bin zwar keine Herrin von irgendwas, aber adeliger Abstammung, denn mein Vater ist ein Viscount. Aber wir brauchen nicht förmlich zu sein, denn ich bin sicher, dass wir bald schon gute Freundinnen werden."

„Wilda." Leslie klang überaus verärgert. „Sei still!"

Wilda erbleichte und ließ Alannas Hand los. „Ja, Onkel."

Leslies Stimme wurde lauter. „Du bist die allerlästigste ..."

„Zu behaupten, Wilda sei lästig, wenn sie redet, ist das Gleiche, als wenn man behauptet, der Ozean würde während eines Sturmes lärmen." Ian schlenderte zu ihnen, fing Wildas herumwedelnde Hand und hob sie an seine Lippen. „Es ist ein Frevel an der Musik der Natur."

Alanna versuchte zu entscheiden, ob Wilda damit beleidigt oder ihre Ehre gerettet wurde, aber Wilda hatte ganz klar keine spöttischen Untertöne bemerkt. Sie lehnte sich zu Ian und lächelte, wobei sie zwei Reihen vollkommener weißer Zähne und ein reizendes Grübchen an genau der richtigen Stelle zeigte. „Du bist so lieb zu mir. Du bist immer so lieb zu mir." Und an Alanna gewandt: „Er ist so lieb, nicht wahr?"

Ian grinste Alanna an, während sie nach einer passenden Antwort suchte. Was er mit ihr in eben diesem Zimmer angestellt hatte, war nicht lieb gewesen; es war großartig gewesen. Sie konnte ihm kaum in die Augen sehen, als sie wieder daran denken musste.

„Natürlich bist du auch der Meinung, dass er nett ist", erklärte Wilda ungerührt. „Alle Frauen denken, er sei nett."

Brice war ganz offensichtlich zu dem Entschluss gekommen,

dass die göttliche Erscheinung ihn zu lange nicht beachtet hatte, denn er eilte an Wildas Seite. „Ich bin auch lieb!“

„Ich auch!“ Edwin ließ Alannas Hand los und schob Ian beiseite, damit er Wilda seelenvolle Blicke zuwerfen konnte.

Und Alanna fand sich plötzlich, auf einem Fuß balancierend, dem Mitgefühl eines immer noch grinsenden Ian ausgeliefert, der seine Cousine nur zu gerne ihrem Schicksal überließ, um an Alannas Seite zu eilen.

„Vielleicht würden Sie es mir, meine Dame, erlauben, Sie zur Großen Halle zu begleiten?“ Er bot ihr seinen Arm.

Sie sah zweifelnd darauf.

„Meinen Arm zu nehmen wird dich nicht kompromittieren“, sagte er schmeichelnd.

„Wohl kaum, aber das haben Sie ja schon besorgt.“ Mit seinen Worten. Mehr noch, er hatte ihre Brüste liebkost, genau in diesem Zimmer hier. Er hatte sie angefasst, gerade so, als besäße er das Recht dazu, als hätte er sie schon einmal berührt, als wäre er zuversichtlich, dass sie es genießen würde. Bei den Steinen, war sie am Ende so leichtfertig, wie ihr Cousin es befürchtete?

„Ich habe dich kompromittiert, um dich vor meinem Vater zu retten.“

„Sie haben mich kompromittiert, um Anspruch auf Fionnaway erheben zu können.“

„Gewiss bin ich das kleinere von zwei Übeln.“ Ian lächelte nicht mehr.

Er wies ihre Anschuldigung nicht von sich. Er wollte ihr Land, und fatalerweise konnte sie das sogar verstehen. Wer wollte Fionnaway nicht? Allein über die Schwelle von Fionnaway Manor zu treten, linderte den Schmerz in ihrer Seele.

Ein Blick zu Leslie zeigte ihr, dass er sie forschend ansah. Langsam legte sie ihre Hand in Ians.

„Sie benimmt sich nicht wie eine Frau, die Lust empfunden hat", sagte Leslie scharf.

Ians Antwort war unerbittlich. „Sie ist mein."

Alanna versuchte, ihm ihre Hand wieder zu entreißen, aber er hielt sie fest zwischen seinen kräftigen Händen. Er wärmte ihre kalten Finger, dann hob er sie lächelnd an seinen Mund. Die Berührung seiner Lippen, der Ausdruck in seinen Augen, als er sie musterte, erinnerte sie an einen gewissen Traum, und zu ihrer Verlegenheit merkte sie, wie ihr die Röte ins Gesicht stieg.

Ian entging ihr Erröten nicht, und sein Lächeln kehrte zurück. „Mein", sagte er leise, nur für ihre Ohren bestimmt.

Leslie beobachtete, wie Alanna schwer auf Ians Arm gestützt aus dem Raum humpelte. Er beobachtete, wie Wilda Edwin anlächelte, wie ihr Lächeln sich vertiefte, als sie Brice ansah. Er bemerkte Edwins Miene, als ihm klar wurde, dass sein älterer Bruder wieder einmal alles gewann. Leslie rief: „Edwin!"

Der junge Mann war zu höflich, ihn zu ignorieren. „Sir?"

„Diese Diener sind so ungeschickt." Leslie entließ sie mit einem ungeduldigen Händeklatschen. „Wären Sie so liebenswürdig, mir in mein Bett zurückzuhelfen? Ich befürchte, ich habe mich heute überanstrengt."

„Natürlich, Sir", erwiderte Edwin, aber er konnte seinen Blick nicht von Wilda lösen, als sie ihre zarte Hand anmutig auf Brice' Arm legte. Sie senkte bescheiden ihren Blick , sah aber bei einer Bemerkung von Brice wieder auf und brach in glucksendes Gelächter aus. Zusammen verließen sie das Vorzimmer, und Edwins Gesichtsausdruck hätte einem Mörder alle Ehre gemacht – oder einem Fairchild.

„Ihr Bruder und Wilda geben ein schönes Paar ab, was, Edwin?" Leslie lächelte und taumelte absichtlich.

Edwin sprang vor, einen Arm ausgestreckt.

Leslie nahm ihn und stützte sich schwer darauf. „Besitzen Sie ein Haus für sich allein?“

Edwin versteifte sich. „Nein, Sir. Warum fragen Sie?“

„Offensichtlich werden Sie es nicht ertragen können, mit ihnen zusammenzuleben, wenn sie erst einmal verheiratet sind.“ Leslie wandte seinen Kopf und lächelte Edwin zu, aber dessen Schreck war so groß, dass er nicht zurücklächeln konnte. Leslies Lächeln wurde breiter. „Wir müssen unbedingt miteinander reden, Sie und ich. Wir haben viel gemeinsam.“

Alanna saß in ihrem Schlafzimmer, die Rechnungsbücher auf ihrem Schoß, ihr Fuß auf einem weichen Polsterschemel.

Armstrong stand wartend vor ihr und drehte seine Mütze in den Händen, während sie mit ihrem Finger die Reihe von Soll und Haben der letzten drei Jahre entlangfuhr.

„Ich weiß nicht, warum es mich überraschen sollte, dass mehr Geld ausgegeben als eingenommen wurde.“ Ihr Blick fiel auf eine besonders unverschämte Mahnung eines Schneiders aus London. „Diese Rechnung ist fast zwei Jahre alt.“

„Sie stammt von Mr. Fairchilds letztem Besuch in England.“ Armstrong blickte ebenso erbittert drein, wie sie sich fühlte. „Seitdem hat er sich nicht mehr wohl genug für die weite Reise gefühlt, und dafür sollten wir dankbar sein, Mylady.“

„Wie kann es jemand wagen, auf einen so blühenden Besitz wie Fionnaway zu kommen und alle Rücklagen in so kurzer Zeit so rücksichtslos aufzubrauchen, dass es sich kaum noch davon erholen kann?“ Sie nahm das Bündel Rechnungen und schüttelte es grimmig, als wäre es Mr. Fairchilds Hals. „Er hat Tausende von Pfund auf jeden nur vorstellbaren Luxus verschwendet und nicht einen Penny wieder in das Land gesteckt.“ Sie zog eine besonders beleidigend hohe Rechnung aus dem Stapel. „Vierhundert

Pfund für Schuhe vom letzten Jahr, wo er doch kaum noch gehen kann?"

„Ich weiß, Mylady, aber was konnte ich tun? Ich konnte einen Mann wie ihn nicht davon abhalten."

Ihre Wut bewirkte nur, dass Armstrong sich schuldig fühlte, und das hatte sie nicht gewollt. „Selbstverständlich nicht. Er hätte Sie entlassen oder Schlimmeres. Nein, Armstrong, ich wusste schon, bevor ich fortging, dass Sie, solange Sie der Verwalter hier sind, Ihr Bestes für Fionnaway geben würden."

„Ich habe es versucht. Es tut mir sehr Leid, aber es gibt eine Reihe Sachen, die unbedingt getan werden müssen. Der Pferdestall hat im letzten Wintersturm einen großen Teil seines Daches eingebüßt. Es muss erneuert werden, bevor der nächste Winter kommt, oder wir laufen Gefahr, ein paar erstklassige Pferde zu verlieren."

Sie erinnerte sich an Ians Bemerkung, dass die Ställe einiger Reparaturen bedurften. Es schien, dass er Recht gehabt hatte – und das missfiel ihr sehr. Er hatte noch mehr gesagt, deshalb fragte sie: „Ich habe gehört, es hat Schwierigkeiten mit einigen der Pächter gegeben."

Armstrong sah sie überrascht an. „Sie haben gut auf Fionnaway Acht gegeben, Mylady."

„So gut wie möglich", murmelte sie, verlegen, weil sie ihr Wissen von Ian bezogen hatte, ohne das zu erwähnen.

„Aye, derselbe Sturm hat auf den Bauernhöfen große Schäden angerichtet, die in den Bergen liegen, wo es verdammt wenig Schutz gibt. Sie haben kaum genug zum Überleben, und keinen Penny übrig, ihre Dächer neu zu decken. Und erinnern Sie sich an die terrassenförmigen Bodenabstufungen, die ich mit Ihnen vor Ihrem Weggang besprochen hatte?"

Das tat sie; Armstrong hatte gehofft, ausprobieren zu können, ob eine Terrassierung einiger der Berghänge zu einer Vergrößerung der urbaren Ackerflächen führen würde. „Dafür war früher Geld da. Aber sagen Sie jetzt nicht – es wurde ausgegeben für Schuhe."

Ihr Blick fiel wieder auf die Bücher. Nichts konnte die bittere Wahrheit ändern. Sie hatte sich eingeredet, dass es nichts ausmachen würden, wenn sie fortginge. Sie hatte sich eingeredet, dass es Fionnaway genauso gut ergehen würde, wie wenn sie den Besitz weitergeführt hätte. Aber sie hatte sich belogen, die Augen vor der Wahrheit verschlossen, um ihr schlechtes Gewissen zu beschwichtigen. Wenn sie geblieben wäre, hätte sie zwar Mr. Fairchild heiraten müssen, sicher, aber Fionnaway und ihre Leute wären nicht so vernachlässigt worden.

„Fionnaway braucht Kapitalzufluss", stieß sie aus. „Wie viel werden wir brauchen?"

„Im Wert von vier Steinen", antwortete er und fügte hinzu: „Und keine kleinen Edelsteine."

Sie stand auf, hinkte zum Kamin und begann die Steine der Einfassung abzuzählen. Zwölf nach unten. Vier auf der anderen Seite. Mit Hilfe des Feuerhakens löste sie einen rau beschlagenen Stein aus der Kamineinfassung.

Armstrong beobachtete sie wie gewöhnlich; er war der Wächter der MacLeod, einer aus einer langen Reihe von Dienern oder Dienerinnen, die um das Geheimnis wussten.

Mit einer stoffumwickelten Hand griff sie hinein und holte das Kästchen heraus. Aus einfachem grauen Stein gehauen, war es so alt wie der Pakt selbst, ein Überbleibsel jener Tage, als Ungeheuer noch die Welt besiedelten und der Mensch nur ein unsicheres Fleckchen im Wald besaß. Sie trug das Kästchen zum Tisch und stellte es ab.

Armstrong stellte sich so, dass niemand, der ungebeten eintrat, sie oder das Kästchen sehen konnte. „Ich habe das Feuer hier Tag und Nacht brennen lassen. Sie sollten warm genug sein."

Alanna befeuchtete ihre Fingerspitze und berührte den Deckel.

„Es kühlt aus." Während sie warteten, sagte sie ausdruckslos: „Ich weiß, was zu tun ist. Bringen Sie die Steine nach Edinburgh. Wenn er schwört, es geheim zu halten, verkaufen Sie sie dem Juwelier, der sie letztes Mal genommen hat. Sonst suchen Sie sich jemand anderen. Und sehen Sie sich auf ihrem Rückweg vor. Man hat Ihnen schon zuvor zu folgen versucht."

„Darum bin ich ja der Wächter, Mylady. Niemand vermag mir zu folgen, wenn ich es nicht möchte." Er setzte noch einmal an, etwas zu sagen, zögerte dann aber.

„Ja?" ermutigte sie ihn.

„Grace und ich haben sieben Kinder, Mylady, und ich werde langsam alt."

Sie musterte ihn erstaunt. Armstrong? Alt werden? Er war doch immer ihre Stütze gewesen: stark, entschlossen, er kannte seine Pflichten und half ihr bei ihren.

„Noch liege ich nicht auf dem Sterbebett, Sie brauchen mich also nicht so anzusehen." Er nickte ihr zu. „Aber es ist Zeit, einen Nachfolger anzulernen. Da ich auserwählt wurde, die überlieferten Bräuche des Paktes weiterzuführen, sollte den MacLeod etwas zustoßen, muss es jemanden geben, der meine Stelle einnehmen kann."

Sie bemerkte die grauen Haare, die Falten um seine Augen und begriff, dass er die Wahrheit sprach. Er stand jetzt an der Schwelle zum Alter. In zehn Jahre wäre er ein alter Mann, und der Pakt war viel zu wichtig, um ihn durch Gefühlsduselei zu gefährden. „Haben Sie eines Ihrer Kinder auserwählt, Ihren Platz einzunehmen?"

„Ellie. Sie ist zwar erst acht, aber sie ist aufrichtig, und man kann ihr vertrauen, dass sie ihr Wort hält." Seine Brust schwoll vor Stolz. „Und, Mylady, es hat nie ein Kind gegeben, das einen Mann so unauffällig beschatten kann wie sie. Sie treibt ihre Mutter noch zur Verzweiflung, aber sie ist perfekt für die Aufgabe."

„Dann nehmen Sie sie mit nach Edinburgh." Sie öffnete das

Kästchen mit angehaltenem Atem. „Wenn Sie zurückkommen, und wenn Ellie es will, werden wir Mr. Lewis sie die ersten ihrer Schwüre lehren lassen." Als sie hineinspähte, seufzte sie erleichtert auf. Die Steine waren da, sie waren warm, sie waren schön und würden Fionnaway retten, so wie sie es schon so viele Male zuvor getan hatten.

Angespannt wie immer, wenn sie es tat, nahm sie vier große, verschieden geformte Steine heraus. „Damit bleiben nur noch zwei übrig", sagte sie.

„Heben Sie sie für den Notfall auf."

Die gewellte, aber dennoch glatte Oberfläche der Steine schimmerte, als sie sie ins Licht hielt, und sogar während des kurzen Augenblickes, die sie sie in der Hand hatte, begannen sie ihre Farbe zu ändern. Ihr zartes Meergrün hellte sich auf zu Blau, bevor das Feuer glühend in ihnen aufflammte. Armstrong hielt den Beutel aus grober Wolle, der innen mit Seide gefüttert war, auf, und sie legte sorgsam drei der vier Steine hinein. Den letzten behielt sie in ihrer Hand und stellte die Frage, die sie sich nie zu fragen geschworen hatte. „Wissen Sie etwas über den Ring, den Mr. Ian trägt?"

„Nein, Mylady. Der Stein ist einer von unseren, ganz bestimmt, aber ich erkenne ihn nicht wieder."

Jeder Stein war anders, also musste Ians Edelstein aus einer früheren Generation stammen. „Er sagte, er habe seiner Mutter gehört."

„Ach ja?"

Armstrong sagte weiter nichts dazu, also übergab sie ihm den Beutel, und er barg ihn unter seiner Kleidung.

Sich verbeugend, ging er rückwärts zur Tür. „Ich kenne meine Schwüre genau. Ich werde niemandem preisgeben, woher die Steine stammen."

Dann hob er den Kopf wie ein Wolf, der Gefahr wittert. Er fuhr auf seinem Absatz herum, schlich auf leisen Sohlen zur Tür. Er riss sie auf, sprang in den Flur und rannte ihn hinab.

Alanna hinkte eilends zur Tür, aber noch bevor sie sie erreicht hatte, kam er zurück.

Sie konnte vor Anspannung kaum sprechen. „Was war los?“

„Jemand hat uns belauscht. Ich habe ihn nicht erwischt, aber er war da, ohne jeden Zweifel.“

Alanna schluckte. „Wie viel hat er gehört?“

„Nichts. Die Tür ist zu dick, um etwas verstehen zu können, doch das ist gleichgültig, oder?“ Armstrong sah grimmig aus. „Wenn jemand gelauscht hat, dann heißt das, dass jemand weiß, dass wir ein Geheimnis haben. Seien Sie vorsichtig, Mylady, wenn ich fort bin. Passen Sie gut auf sich auf. Verrat liegt in der Luft.“

13. KAPITEL

Ian war verärgert.

„Wo sind die anderen?“ Alanna sah zur Tür, während draußen das Tageslicht schwand.

„Wir sollten mit dem Essen einfach anfangen“, wiederholte Ian. Die Tafel im Speisezimmer war fast so lang wie der Raum. Poliertes Silber glänzte, und die Tischdecke schimmerte strahlend weiß. Alles war vorbereitet für das Festessen zur Feier von Alannas Heimkehr, doch sie wartete noch, da es ihren Cousins und Leslie an der Höflichkeit gebrach, pünktlich zu erscheinen.

Die Frauen saßen im Alkoven beim Kamin, wohingegen Ian auf der anderen Seite an der Anrichte mit den gehaltvolleren Getränken stand und zwei Gläser Ratafia für die Damen einschenkte. Eines reichte er Wilda, die dem wärmespendenden Feuer am nächsten saß.

„Stell es bitte auf den Tisch, Lieber.“ Dabei zog sie einen Stickfaden aus einem verhedderten Knäuel und fädelte ihn in eine Nadel. „Ich nehme es mir dann gleich. Du weißt sicher, dass Lady Alanna Recht hat. Wir können nicht einfach mit dem Supper anfangen, bevor wir nicht wissen, ob es Onkel Leslie gut geht. Schließlich lag er gestern noch auf dem Sterbebett."

Alanna gab sich zwar ungerührt, aber als er ihr das andere Glas gab, bemerkte Ian ihre Anspannung.

„Danke", murmelte sie, ohne ihm in die Augen zu sehen.

Sie konnte das gut, seinen Augen ausweichen. In gewisser Weise machte das es ihm leichter, ihre Erscheinung in sich aufzunehmen. Sie hatte mit Wildas Hilfe ein lindgrünes Kleid im griechischen Stil angelegt. Es war unter ihrem Busen gerafft, und Wilda hatte die Röcke so gefällig drapiert, dass sie die Kurven ihrer Figur betonten. Nicht, dass er Wildas Bemühungen nicht begrüßte. Nichts bereitete ihm mehr Freude als der Anblick einer schönen Frau, die ihre Reize vorteilhaft zur Schau stellte.

Doch dies hier war Alanna, und er sah sie nicht an; er verschlang sie mit den Augen.

Ein Fichu in ihrem Ausschnitt bedeckte den Ansatz ihres Busens. Allerdings war das Tuch beinahe durchsichtig. Fast konnte er den Spalt zwischen ihren Brüsten sehen.

„Vielleicht hat er sich heute zu viel zugemutet und tut gerade jetzt seinen letzten Atemzug", verkündete Wilda in süßlichem Ton.

Ian schrak zusammen. „Wer?"

„Onkel Leslie."

Ian ging zur Anrichte zurück und goss sich ein Glas Wein ein, während er dachte, dass er wohl kaum so viel Glück erwarten dürfte. Er konnte nicht zulassen, dass sein Vater all seine Bemühungen zunichte machte. Nicht bei Alanna, die dort vor dem Feuer stand in dem durchschimmernden Rock, der alles zeigte.

Gut, nicht alles. Eigentlich nicht genug. Tatsächlich war er sich fast sicher, dass sie darunter mindestens einen Unterrock trug, wahrscheinlich sogar zwei. Aber in der vom Feuer ausströmenden Hitze schmiegte sich der Stoff um ihre Beine.

Letzte Nacht noch hatte er ihre Schenkel geküsst. Und heute Nacht wollte er sie wieder liebkosen. Jetzt, um genau zu sein, und das Blut schoss ihm verlangend in die Lenden.

Seinen Blick auf Wilda richtend, sagte er: „Ich kann mir vorstellen, deine Sorge gilt mehr den Gebrüdern MacLeod als meinem Vater."

Nicht im Geringsten seiner heiklen Stimmung gewahr, lächelte Wilda, und ein Grübchen erschien auf ihrer sahnig-rosigen Wange. „Sie sind so reizend." Dann verschwand ihr zögerndes Lächeln plötzlich. „Selbstverständlich bin ich mehr wegen Onkel Leslie besorgt. Ich meine, er ist zwar nicht besonders nett, aber er ist doch mein Onkel, und meine Mutter sagt immer ‚Blut ist dicker als Wasser', obwohl mir scheint, dass das selbstverständlich ist. Ich meine, als Daisy das Glas zerbrochen hat, es einfach an die Wand geworfen hat damals, als Cousine Mary den Marquess of Whitfield geheiratet hat, bin ich von einer Scherbe am Hals getroffen worden. Mein Schultertuch war voller Blutflecken, die wir einfach nicht herausbekommen konnten. Das ist nicht so, wenn Wassertropfen auf mein Kleid fallen, auch wenn es auf Seide schreckliche Flecken hinterlässt. Nicht wahr, Lady Alanna?"

Alanna sah zu Ian, und er hätte schwören können, in ihren Augen Mitgefühl entdeckt zu haben. „Bitte nennen Sie mich doch Alanna."

In die Hände klatschend, rief Wilda: „Oh, danke! Sie sind so freundlich, und auch wenn meine Mutter immer sagt, zu große Ungezwungenheit führt zum Verfall der guten Sitten, werde ich von nun an Alanna sagen, schließlich werden wir miteinander verwandt sein, oder? Sie müssen Ian von ganzem Herzen lieben."

Ian konnte aus nächster Nähe beobachten, wie sich Alannas klarer Teint rot färbte und sie die Lehne ihres Stuhles umklammerte, bis ihre Knöchel weiß wurden. „Haben Sie ihr das gesagt?“ stieß sie hervor.

Er konnte nicht anders; ihre Erregung gefiel ihm. Doch er erwiderte beschwichtigend: „Wilda zieht ihre eigenen Schlüsse.“

„Der Mann ist noch nicht geboren, der mich dazu bringen könnte, dieses Wagnis einzugehen“, antwortete Alanna Wilda.

Wilda lächelte und schwieg ausnahmsweise.

Mehrere Diener betraten hintereinander das Speisezimmer und brachten Leuchter mit Bienenwachskerzen. Einer wurde auf dem Tischchen zwischen Alanna und Wilda abgestellt, einer auf der Anrichte und die beiden anderen auf dem Tisch, auf dem sechs Gedecke standen. Alanna, Wilda und Ian warteten. Während die Zeit verstrich, wurden Wildas Bemerkungen immer unverständlicher, und sogar Alanna begann mit den Fingern auf die hölzerne Stuhllehne zu klopfen.

Dann hörte Ian weiter den Flur hinab Männerlachen und Unterhaltungsfetzen. Drei Männer erschienen in der Tür. Edwin und Brice standen rechts und links von einem strahlenden Leslie, ihre Arme unter seine gehakt, um ihn zu stützen.

„Essenszeit, eh?“ Leslie klang fast jovial. „Bringt mich herein, Jungs, ich bin hungrig.“

Die beiden jungen Männer drehten sich zur Seite und halfen ihm durch die Türöffnung, während Ian sie entgeistert anstarrte. Er hatte seinen Vater erst ein paar Mal gut gelaunt gesehen, und jedes Mal war darauf Unheil von ungeheuren Ausmaßen gefolgt.

Leslie steuerte auf den hochlehnigen Stuhl am Kopf der Tafel zu. „Steh nicht herum und halt Maulaffen feil, Ian – zieh mir den Stuhl heraus!“ fuhr er seinen Sohn an.

Das war Aufgabe des Lakaien, aber Ian wusste es besser, als sich zu beklagen. Er konnte sich eine Anspielung seines Vaters auf seine niedere Abstammung vor so vielen Leuten nicht leisten. Nicht vor Alanna.

Schweigend zog er den Stuhl heraus und hielt ihn fest, während Leslie sich darauf niederließ.

„Du bist hier zwar die Hausherrin, aber es macht dir doch sicher nichts aus, deinen Platz deinem alten, kranken Vormund zu überlassen", wandte sich Leslie herausfordernd an Alanna.

Brennende Verlegenheit erfasste Ian. Er hatte solche Demütigungen seit seiner Jugend auf Fairchild Manor nicht mehr gekannt, als jeder seiner Fehler – und deren waren es nicht wenige – der Startschuss für boshafte Spötteleien gewesen war. Dieses Mal hatte er sich ganz allein die Schuld zuzuschreiben; Mann, der er war, hatte er nicht einen Gedanken daran verschwendet, dass der Platz am Kopf der Tafel von Rechts wegen Alanna zustand.

Ihre kühle Stimme unterbrach seine Selbstvorwürfe. „Es ist der einzige Stuhl mit Armlehnen, Mr. Fairchild, und Sie können gewiss ohne sie nicht aufrecht sitzen."

Leslie warf ihr einen giften Blick zu.

Sie erwiderte ihn ausdruckslos, bevor sie fragte: „Würden Sie meinen Stuhl ebenfalls halten, Ian?"

Er trat zu ihr, hob ihre Hand an seine Lippen und küsste sie. „Ich lebe, Ihnen zu Diensten zu sein." Und mit einem tiefen Blick in ihre Augen, bei dem ihre Finger in seiner Hand bebten, fügte er leise, nur für ihre Ohren bestimmt, hinzu: „Und Sie zu bedienen."

Sie entriss ihm ihre Hand, und er ließ sie gewähren.

„Wo hast du diesen Ring her?" fragte Leslie in nörgelndem Ton. „Ihr Ring. Was tust du mit ihrem Ring?"

Er starrte auf Ians Hand.

„Diesen Ring?" Ian hielt seine Hand hoch und berührte den schimmernden Stein. „Er gehört mir."

„Er gehört ihr", knurrte Leslie und versuchte Ian zu packen.

Ian wich ohne Schwierigkeiten aus seiner Reichweite. „Ihrer? Alannas? Er gehört mir. Ich habe ihn immer schon getragen. Erinnerst du dich nicht?"

„Alannas? Nein, du Dummkopf, doch nicht ..." Leslie sah zu Alanna, dann zu den anderen neugierigen Gesichtern, die ihm zugewandt waren. „Nichts." Er winkte mit seiner dick geschwollenen Hand. „Setzt euch alle."

Geistesgegenwart und Erinnerung schienen zurückgekehrt.

Ian begleitete Alanna zum anderen Ende des Tisches und hielt ihr den Stuhl. Zwischen den einzelnen Sitzplätzen war viel Platz, doch er setzte sich auf den Stuhl zu ihrer Rechten.

Edwin eilte zu Wilda und hielt ihr den Stuhl gegenüber von Ian. Sie bedankte sich leise, setzte sich, und Brice ließ sich rasch neben ihr nieder.

„Halt, warte! Das ist nicht fair", protestierte Edwin.

„Hör auf zu jammern", entgegnete sein Bruder ungerührt.

„Sie dürfen das nächste Mal neben mir sitzen." Wilda schenkte Edwin ein Lächeln. „Sie sind immer so unterhaltsam."

Edwin erwiderte das Lächeln, seine Lippen zu einer schmalen Linie zusammengepresst. Dann umrundete er den Tisch und ging zum letzten freien Stuhl.

Der Butler wartete geduldig, bis Alanna sagte: „Sie können anfangen."

Merton gab seinen Untergebenen mit einem Fingerschnipsen ein Zeichen, und der erste Gang aus zwei Suppen und den dazugehörigen Beilagen wurde hereingetragen und ihr zur Billigung unterbreitet.

Wilda begann heldenmütig eine höfliche Konversation, an der sich Brice und Edwin nach Kräften beteiligten. Aber keine wie auch immer geartete Bemühung von Bediensteten oder Gästen konnte die Spannung lindern, die Leslies Anwesenheit bei Tisch herbeiführte. Ian aß sich durch Gänge aus Wild und eingelegtem Aal, gebratener Seezunge mit grünen Erbsen, Rebhuhn, Wachteln sowie Aprikosencrêpe mit Vanillesoße. Die ganze Zeit wartete er innerlich darauf, dass das Verhängnis seinen Lauf nahm.

Doch als Käse und Brot zum Abschluss des Mahles aufgetragen wurden, sah Ian zu seinem Vater, dessen Haut von der Anstrengung, gesund zu erscheinen, grau war. Vielleicht würde ihm heute Abend eine Szene erspart bleiben.

Der Butler reichte Alanna schwungvoll den duftenden Brotlaib. „Wenn Sie anschneiden wollen, Mylady."

Und vor Ian stellte er den runden Käse ab. „Und Sie, Mr. Ian, würden Sie die Ehre übernehmen?"

Es war ein Zeichen des Personals, dass alle hinter ihm standen. Ian begriff das. Was er dagegen nicht begriff, war, wie der Mann unter Leslie gearbeitet und immer noch nicht verstanden hatte, dass der ihn dafür würde büßen lassen – sie alle würde büßen lassen.

Er nahm das scharfe Messer, stand auf und schnitt durch die Wachsrinde, den Blick auf seine Hände gerichtet. Scheibe um Scheibe des würzigen gelben Käses fielen auf das Brett und verströmten ihren säuerlichen Duft.

Dann sagte ihm das zu ihm herüberziehende reiche Aroma, dass Alanna das Brot gebrochen hatte, und unwiderstehlich wurde sein Blick von ihren Händen angezogen. Ihre Handteller waren nicht zu klein, ihre Finger lang – Hände, die zupacken. Obwohl er es nicht wollte, glitt sein Blick höher und fiel wieder auf ihren Busen ... Oh Gott, sie fror. Er würde sie wärmen, überall. So wie er es letzte Nacht getan hatte.

Er sah ihr ins Gesicht. Sie sah ihn an.

Noch einmal nahm die Brise vom Meer ihn mit sich fort. Er konnte das Salz schmecken, die frische Luft riechen. Sie war sein.

und wenn sie sich berührten, würden sie tief in die Wogen hinabtauchen, auf den Wellen reiten und das Wüten des Sturmes genießen. Zusammen konnten sie alles vollbringen.

Ein rasselndes Geräusch brach ihre geistige Vereinigung, und Ian wandte sich um.

Am Kopf der Tafel saß Leslie und holte so angestrengt Luft, als könnte jeder Atemzug sein letzter sein.

Alanna sagte leise: „Es klingt, als wären seine Lungen voll Wasser."

Ein kalter Schauer rann Ian über den Rücken. Es stimmte. Leslie sah mit seinem aufgedunsenen Gesicht und seiner bleichen Haut auch fast wie eine Wasserleiche aus. Ian konnte ihn beinahe vor sich im Sand liegen sehen, Seetang in den Haaren und zwischen seinen Fingern ... und atmete mit einem Mal genauso mühsam wie sein Vater.

„Ian?" Alanna legte ihre Hand auf seine.

Das grässliche Bild abschüttelnd, versuchte er zu lächeln. Es wäre gar nicht gut, sie zu beunruhigen. Er konnte es sich nicht leisten, noch eine Braut vor der Hochzeit zu verlieren.

Leslie hustete, holte Luft, und diesmal klang das Rasseln noch lauter. Seine Augen waren geschlossen, eine Hand lag auf seiner Brust; Ian schob seinen Stuhl zurück.

Bei dem Scharren von Holz auf Holz flogen Leslies Augen auf. Er hustete in seine Serviette und ließ sie neben sich auf den Boden fallen. „Reicht mir das Brot", sagte er heiser. „Ich bin immer noch hungrig."

Ian ließ sich in seinen Stuhl zurücksinken, und schweigend wurden Brot und Käseteller herumgereicht.

„Meine liebe Alanna." Leslies Stimme hörte sich etwas kräftiger an. „Ich möchte wetten, du hast meinem Sohn nichts von *unserer* Nacht der Leidenschaft erzählt."

Gespanntes Schweigen senkte sich über die Runde.

Alanna starrte so gebannt auf ihren fast leeren Teller, als wäre er eine Kristallkugel.

Wilda begann zu zittern. Brice beugte sich vor und tätschelte ihr die Hand.

Entschlossen, Alanna zu verteidigen, sprang Ian in die Bresche. „Ganz im Gegenteil, Vater. Sie hat mir alles darüber berichtet. Es war eben jenes Ereignis, das sie davon überzeugte, dass ich der bessere Bewerber um ihre Hand wäre."

Leslie machte eine wegwerfende Handbewegung, fast, als wolle er eine lästige Fliege verscheuchen. „Was versteht ein junger Spund wie du schon davon?"

„Von dem, was ich gehört habe ... wesentlich mehr als du."

Einer der Lakaien bekam einen Hustenanfall und wollte gerade den Raum verlassen, als er von der geöffneten Tür zurücksprang und sich mit schreckgeweiteten Augen gegen die Wand presste.

Vom Korridor her drang Scheppern von Metall und Kratzen von Krallen auf dem Holzfußboden in den Raum. Alle Köpfe fuhren herum, als der größte Hund, den Ian je gesehen hatte, um die Ecke bog. Das Tier blieb stehen und betrachtete mit dem Gehabe eines Wesens, das um seine Überlegenheit weiß, prüfend die Versammelten.

Sein Blick fiel auf Leslie und mit einem unpassenden, welpengleichen Japsen sprang es zu seinem Herrn.

Alanna versteifte sich in offensichtlicher Sorge. Wilda quietschte auf. Brice schob seinen Stuhl fort, und Edwin stieß sich die Knie am Tisch, als er seine Füße hochzog.

Der Hund lehnte sich gegen Leslie, der seinen gewaltigen Kopf zu kraulen begann.

„Was tut er hier drinnen?" verlangte Alanna von dem Butler zu wissen.

Merton verneigte sich leicht und erklärte, wobei er die beiden Teufel am Kopf der Tafel nicht aus den Augen ließ: „Niemand wagt es, ihn davon abzuhalten zu gehen, wohin er will."

An Leslie gewandt, erhob Alanna ihre Stimme: „Mr. Fairchild, das ist ein bösartiges Tier. Frisst er immer noch Katzen zum Spaß?"

„Richtig." Leslie lächelte mit falscher Herzlichkeit. „Einmal hat er eines deiner Schoßtiere gefressen."

Ian bemerkten den Schatten, der sich kurz über ihre Züge legte, als sie geistesabwesend den Brotrest auf ihrem Teller zerkrümelte.

„Aye, er frisst immer noch Katzen und alles andere, was dumm genug ist, ihm in den Weg zu geraten. Er wiegt mehr als ein kräftiger Mann. Die Bauern hier in der Gegend passen auf, dass ihre Bälger meinem Damon hier ...", der Hund winselte bei der Nennung seines Namens, „nicht zu nahe kommen, und die Diener gehorchen schneller, wenn er an meiner Seite ist."

„Er gehört an die Kette", verkündete Alanna.

„Da war er", erwiderte Leslie scharf. „Ich habe angeordnet, ihn loszumachen, sobald der Zauber der Hexe seine Wirkung tat."

„Hexe?" Alanna blickte Leslie geradewegs in die Augen.

„Aye, ich lag im Sterben, was immer dich das auch schert, aber die Hexe ..." Seine Worte verloren sich, während er Alannas Gesicht forschend betrachtete. „Die Hexe sah aus wie ..."

„Ja?" Sie beobachtete ihn immer noch genau.

„Ich habe geträumt ..." Er wurde blass, und seine Stimme erstarb. Mit einem Flüstern, das die unheimliche Stille des Zimmers durchdrang, fuhr er fort: „Ich habe geträumt, du wärest einmal nachts hier gewesen, aber du sahst aus wie ..." Seine Hand zitterte, während er mit Gesten zu beschreiben versuchte, was er nicht in Worte zu fassen vermochte. Dann sank er plötzlich in sich zusammen.

Ian und Alanna sprangen auf und eilten zu ihm.

Als Damon knurrte, hob Leslie den Kopf. „Lasst mich in Ruhe", sagte er.

Ian blieb wie erstarrt stehen.

Anders Alanna, sie beugte sich über ihn und fühlte seine Wange. „Ihre Haut ist feucht und kalt."

„Mir geht es gut!" Ein Schweißtropfen rann in seine Augenbraue. Er hob seine Hand, um ihn mit dem Handrücken fortzuwischen, ließ seinen Arm aber gleich wieder fallen, als wäre er zu schwer.

Der Hund knurrte erneut.

Alanna trat einen Schritt zurück, und noch einen, als Leslie sie ansah.

Die Hölle loderte ihr aus diesen rotgeäderten Augen entgegen. „Wo bist du gewesen, Alanna von Fionnaway?" fragte Leslie. „Erzähl uns, wo du dich all die Jahre aufgehalten hast."

„Aye, Alanna, erzähl uns das", sagte Edwin sanft. „Du hast dich verändert, und wir alle möchten gerne wissen, warum."

Sie hob stolz ihr Kinn. „Ich habe Fionnaway nie verlassen."

„Sie haben von der Szene heute Morgen am Brunnen gehört." Ian hätte am liebsten über Edwins ungläubige Miene und Brice' Verwirrung gelacht. „Sie hat sich als Hexe verkleidet, doch die Wahrheit war für alle leicht zu entdecken, die mit etwas anderem im Sinn hierher kamen, als Fionnaways Reichtümer zu zählen."

Brice erhob sich und schob seinen Stuhl nach hinten. „Wie wagen Sie es, so zu mir zu sprechen? Sie, ein Fairchild, ein Mitglied einer Familie, die sich wie die Geier auf der halben Welt ausbreitet!"

Sich auf seine Fingerknöchel stützend, lehnte sich Ian bedrohlich vor. „Mein auf Geierart erworbenes Geld wird Fionnaway retten können. Was können Sie für den Besitz anderes tun, als ihn weiter auszuquetschen?"

Wilda entschlüpfte ein Wimmern, und Alanna hatte Mitleid mit ihr. „Meine Herren, das hier ist keine passende Tischkonversation."

Ian und Brice hätten vermutlich nicht weiter auf sie geachtet, aber Damon knurrte, und Leslie lachte auf. Die beiden hässlichen Geräusche zusammen ließen alle anderen im Zimmer verstummen.

„Mr. Fairchild, wir sollten Sie ins Bett bringen." In Alannas Stimme schwang die Autorität der Burgherrin und der Heilkundigen mit, die sie einige Jahre gewesen war. „Sie überanstrengen sich."

„Nicht annähernd genug." Leslies Blick unter schweren Lidern war auf Alanna gerichtet, bevor er sich Ian zuwandte. „Hast du es ihr schon gesagt?"

Ians Herz schlug langsamer, schwerer in seiner Brust. „Was meinst du?" Es gab so viele Sachen, die er ihr am liebsten verheimlicht hätte. So viele dunkle Geheimnisse, die sein Vater ihr nur zu gerne enthüllen würde.

„Die Wahrheit. Hast du deiner Braut schon die Wahrheit über dich gesagt?"

„Was für eine Wahrheit?" erkundigte sich Brice. „Sollten wir nicht alle diese Wahrheit hören?"

Ian schaute über den Tisch zu Alanna und wünschte, er stünde neben ihr. Dann könnte er ihr einfach die Ohren zuhalten, sie hochheben und mit ihr fortlaufen, sie aus dieser Runde entfernen, die sie beide mit Tatsachen zu vergiften drohte.

„Es ist ein altes Geheimnis." Leslie verzog sein Gesicht zu einer hässlichen Grimasse. „Eines, das mir keine Ehre macht, fürchte ich. Aber eine Braut sollte alles über die Herkunft ihres Bräutigams wissen."

Ian wusste, was jetzt kam, und schloss gepeinigt die Augen.

„Er ist mein Sohn, das leugne ich nicht", verkündete Leslie, „aber der Rest – er ist zur Hälfte ein Selkie."

Trotz aller Warnungen der Ältesten unter den Selkies, trotz aller Härten ihrer rauen Umgebung verließen viele noch unerfahrene Selkies das Meer, in der Hoffnung, einen menschlichen Gatten zu finden.

Denn es gibt eine alte Gemeinsamkeit zwischen Selkies und Menschen; wenn der richtige Mensch und der richtige Selkie aufeinander treffen und ihre Körper vereinen, dann erschaffen sie eine Leidenschaft, die ihresgleichen sucht. Sie entflammen, sie brennen, sie lieben sich immer wieder, bis nichts mehr zählt, als dass sie zusammen sind. Es ist eine Liebe, die zu Tränen rührt.

Wovon dagegen niemand spricht, ist, dass, wenn der falsche Mensch und der falsche Selkie sich treffen und zusammenkommen, die Folgen entsetzlich und ohne Ende sein werden. Die Tränen, die dann vergossen werden, sind nicht Tränen der Freude sondern der Reue, der Furcht – und auch der Rache.

14. KAPITEL

Nach Leslie Enthüllung herrschte einen Augenblick lang verblüfftes Schweigen.

Vor Ians Augen verschwamm das Speisezimmer, füllte sich mit Auren, in denen die Gefühle durcheinander wirbelten. Ungläubigkeit, Verwunderung, kühle Berechnung: Ian sah das alles wie aus der Ferne. Sein Körper blieb an Ort und Stelle, aber er war von ihm losgelöst, schwebte in jener anderen Welt, die außerhalb seiner Sichtweite nur auf ihn wartete. Er verweilte so schwerelos, dass er von der Luft getragen wurde, und wartete voller Sorge, was Alanna auf die Verkündung seines Vaters erwidern würde.

Anstatt ihrer Stimme erklang männliches Gelächter. „Sie ziehen uns auf, Sir."

Der Raum veränderte sich, nahm wieder Gestalt an.

„In der Tat“, rief ein anderer Mann. „Selkies! Eine dumme Sage.“

Edwin. Und Brice.

„Genug damit!“ Leslie schlug mit der flachen Hand auf den Tisch. „Ich kann es beschwören, ich habe schließlich mit einer ein Kind gezeugt.“

Ians Sicht wurde klarer. Er war in einer verzauberten Welt verloren gewesen ... und hatte wieder zurückgefunden. Wieder. Er war wieder zurückgekommen, und niemand hatte seine Abwesenheit überhaupt bemerkt.

Edwin sah verlegen aus. Brice war damit beschäftigt, seine Belustigung im Zaum zu halten.

Sogar Wilda entrang sich ein missbilligendes „Onkel Leslie!“

Aber Alanna hatte noch nichts gesagt, und Ian blickte zögernd zu ihr.

Sie musterte ihn eindringlich. Hatte sie gesehen, was mit ihm geschehen war?

Nein. Sie machte keinen ängstlichen Eindruck. Sie wirkte nur ernst und nachdenklich, als ob sie im Geiste die Möglichkeit erwog, dass er wirklich eine Missgeburt war.

Brice legte Wilda seine Hand auf den Arm und sagte leise: „Beunruhigen Sie sich nicht, meine Liebe. Auch wir hier in Schottland haben unsere Einfaltspinsel. Wir sind voller Verständnis.“

Ian konnte sehen, wie Leslies Zorn mit jedem keuchenden Atemzug, den er tat, wuchs, und dieses eine Mal aus gutem Grund. Er war als Lügner und Betrüger bekannt. Nichts hasste er mehr, als wie ein bedeutungsloser alter Mann behandelt zu werden, nicht weiter der Beachtung wert und lächerlich. „Ich habe es selbst gesehen. Ich weiß es“, beharrte er.

„Seien Sie ruhig, alter Mann“, zischte Edwin. „Sie werden noch alles zerstören mit ihrer dummen Rache." Er stand auf, umrundete den Tisch und trat zu Wilda. Er kniete sich neben sie. „Nun, nun meine Liebe. Kein Grund zur Sorge. Beachten Sie ihn nicht weiter."

Leslie begann zu wüten: „Wie können Sie es wagen, in meinem Haus mein Wort in Zweifel zu ziehen? Wie wagen Sie es ..."

Voller Bitterkeit bemerkte Ian: „Bist du jetzt zufrieden Vater?"

„Das Mädchen sollte die Wahrheit kennen." Die Worte waren aufrichtig, der Tonfall war es nicht.

„Du würdest die Wahrheit ja noch nicht einmal erkennen, wenn sie dich anspränge."

Leslie versuchte, etwas darauf zu erwidern. Vergeblich ... er setzte ein zweites Mal an.

Ian lehnte sich vor, unsicher, ob sein Vater nur so tat, als fehlten ihm die Worte, um den dramatischen Effekt zu erhöhen, oder ob er tatsächlich nicht sprechen konnte.

Leslie holte mit einem dieser gurgelnden, tiefen Atemzüge Luft. Ein Zittern durchlief ihn. „Es ist Zeit für mich, schlafen zu gehen", erklärte er schließlich heiser. Der Kopf sank ihm auf die Brust, seine Augen fielen ihm zu.

Alanna trat vor. Auf Leslies anderer Seite knurrte der Hund tief in seiner Kehle. Sie blieb stehen, aber Ian sagte beruhigend: „Er wird dich nicht anfallen. Beweg dich nur ganz langsam."

Sie warf ihm einen erstaunten Blick zu, weil er sich so sicher zu sein schien, doch sie glaubte ihm und legte behutsam ihre Finger an Leslies Hals. Damon sprang sie zwar nicht an, fletschte jedoch seine Zähne. „Sein Herz schlägt noch", verkündete sie.

Ein rasselndes Schnarchen entrang sich Leslies geöffneten Lippen.

„Offensichtlich." Damon nicht aus den Augen lassend, machte Ian den Lakaien ein Zeichen. „Hebt den Stuhl hoch. Tragt Mr. Fairchild auf sein Schlafzimmer. Und um Gottes willen, vermeiden Sie plötzliche, ruckartige Bewegungen. Wenn Sie vorsichtig sind, wird der Hund nicht angreifen."

„Aye, aber was ist mit dem Mann?" fragte einer der Angesprochenen, zitternd und mit bleichem Gesicht.

Ian lachte nicht. Der Lakai wusste anscheinend, wo die wahre Gefahr lag. „Er schläft."

Die Männer kamen langsam näher, hin und hergerissen zwischen der Furcht vor dem alten Mann und vor seinem Hund. Ian beobachtete den Hund genau, der sich erhoben hatte und den Stuhl seines Herren umrundete, wartend, dass einer es wagte, näher zu kommen, und als einer der beiden Lakai auf den Stuhl zusprang, sprang auch Damon. Die Lakaien rannten schreiend fort, dann herrschte Chaos in dem Zimmer.

Damon fuhr herum auf der Suche nach Beute. Und mit einem gewaltigen, von den Wänden widerhallenden Bellen, stürzte sich der vierbeinige Teufelsdiener auf Alanna.

Ian konnte sich später nicht mehr daran erinnern, sich bewegt zu haben, aber mit einem Mal war er auf der anderen Seite des Stuhles und versetzte dem Hund mit aller Kraft einen Tritt an den Kopf.

Der fiel zu Boden, erhob sich dann jedoch knurrend wieder.

„Ein Messer", flüsterte Alanna. „Nimm ein Messer vom Tisch."

Ian ignorierte sie, stand vollkommen still. Der Mastiff verlagerte sein Gewicht, bereit, ihn anzuspringen. Gespanntes Schweigen senkte sich über den Raum, während Damon seine ganze Aufmerksamkeit auf Ian richtete.

Auf seine Augen.

Damon erstarrte, stand steifbeinig mit gesträubtem Fell.

Ian hielt seinen Blick. Leise und sanft lockte er ihn: „Platz. Mach Platz."

Immer noch knurrend entspannte der Hund sich, seine Angriffshaltung wurde zu einem widerwilligen Sitzen.

„So ist gut. Du kannst mir vertrauen. Mach Platz."

Damon ließ seine Ohren hängen und schloss sein Maul, so dass die schwarzen Lefzen wieder das Gebiss bedeckten, das er eben noch so drohend gebleckt hatte.

„Ich werde nicht zulassen, dass er dir wieder wehtut." Ian ging neben dem Tier in die Hocke, damit er auf gleicher Augenhöhe mit ihm war.

„Du bist jetzt mein Hund."

Leicht benommen legte Damon sich friedlich auf den Boden. Zusammengekauert betrachtete er Ian aus traurigen Augen.

Ian legte ihm seine Hand auf den riesigen Kopf. „Guter Junge."

Der Hund erhob sich und ging sanft wie ein Lamm zum Kamin, vor dem er sich niederließ.

Alle verharrten gebannt, sahen von dem Tier zu Ian. Unbehaglich richtete er sich auf und fragte sich, was zum Teufel sie von ihm erwartet hatten. Alanna von Damon zerfleischen zu lassen?

Leslie schnarchte schnaubend.

„Mein Gott", stieß Brice aus. „Wie haben Sie das gemacht?"

„Ist das nicht wundervoll? Ian hat schon immer gut mit Tieren umgehen können", sagte Wilda. „Himmel, ich erinnere mich an einmal, als da dieses Pferd in den Fairchild-Stallungen war ..."

Edwin unterbrach sie rücksichtslos. „Vielleicht ist dieser Kerl da wirklich ein halber Selkie." Er lachte kurz auf. „Wie widerlich", murmelte er.

Niemand sonst lachte. Es lachte nie jemand, wenn Ian bewies, dass er anders war. Deshalb sah er sich gewöhnlich vor, seine Fähigkeiten nicht zu zeigen. Und wenn er es doch tat, sogar jetzt, sogar, wo er Alanna dadurch das Leben gerettet hatte, wusste er, dass man ihn dafür strafen würde – mit Kälte, Furcht, Verachtung.

Die Lakaien achteten darauf, ihm nicht zu nahe zu kommen; auf der Türschwelle stand ein Dienstmädchen, das große Augen machte, sich dann umdrehte und forteilte, die Geschichte im Haushalt zu verbreiten.

Und wie immer umgab sich Ian mit Unnahbarkeit wie mit einem Schild, entschlossen, weder auf Fragen, Abscheu oder Verwunderung einzugehen. Er würde alles wie eine Welle über sich hinwegspülen lassen, ohne sich etwas anmerken zu lassen, mit gereckten Schultern und undurchdringlicher Miene.

Gleichgültigkeit. Das war der einzige Weg zu überleben.

Dann zupfte jemand an seinem Ellbogen. Alanna. Er erwartete ihre Ablehnung.

„Ian, Sie haben mir das Leben gerettet." Sie raffte ihre Röcke in einer Hand, hielt ihre andere anmutig in die Luft und versank in einem tiefen Knicks, wie eine dankbare Untertanin vor ihrem König. „Vielen Dank."

Er konnte es nicht glauben. Hatte sie ... hatte sie ihn bewusst davor bewahrt, von den anderen geschnitten zu werden? Ihre Dienstboten beobachteten sie genau, begriffen, was ihr Lächeln bedeutete. Ihre Cousins warfen ihr unsichere Blicke zu, als wäre es ihnen unangenehm, dass eine Frau mehr Mut bewies als sie.

Und ausnahmsweise war Ian ratlos. Er wusste, wie er Grobheiten begegnen musste. Er wusste mit Gehässigkeiten umzugehen. Aber wie dankte ein Mann einer Frau dafür, dass sie ihn behandelte, als wäre er ein Mensch?

Sie schien keine Antwort zu erwarten, sondern wandte sich einfach zu den Lakaien um. „Tut, was Mr. Ian euch aufgetragen hat. Bringt Mr. Fairchild auf sein Schlafzimmer."

Ohne den ruhenden Hund aus den Augen zu lassen, kamen die Männer herbei. Jeder ergriff eine Armlehne, dann hoben sie den Stuhl in die Höhe und trugen Leslies schwankende Gestalt fort.

Alanna und Ian folgten ihnen durch die dämmrigen Flure.

Ian wusste nicht, was er sagen sollte. Sollte er lügen? Sollte er versuchen, sie zu beruhigen? Oder sollte er von ihr verlangen, dass sie sich an das erinnerte, was zwischen ihnen vorgefallen war, von ihr das Zugeständnis verlangen, dass er ein Mann war, wenigstens in jener Beziehung, auf die es ankam. Die gefühllose Gesellschaft hatte ihn schon mit vielen Bezeichnungen belegt: Bastard, Teufel, Missgeburt. Aber er war mehr als das, und sie wusste es. Wenn sie sich nur daran erinnern würde, dass sie es wusste.

Vor der Tür legte sie ihm ihre Hand auf den Arm und hielt ihn zurück. „Ihr Vater ist ein kranker Mann. Ich bin klug genug, die Wahrheit über Sie zu erkennen."

Sie klang nicht abgestoßen. Ihre Hand lag auf seinem Arm. Sie berührte ihn ohne Furcht. Sie betrachtete ihn feierlich aus großen, ernsten Augen.

Aber es stimmt! Nur einmal wünschte er sich, die Wahrheit auszusprechen. *Es stimmt! Meine Mutter war eine Selkie. Nimm mich so, wie ich bin.*

Die Schatten und das Kerzenlicht ließen ihr scharfsinniges Gesicht weicher erscheinen. Er wollte sie. Verlangte nach ihr, und erinnerte sich an das Quäker-Mädchen mit ihren Ängsten und dem Abscheu, den sie kaum verhehlen konnte.

Er sollte Alanna die Wahrheit sagen. Er sollte sie dazu bringen, sie zu glauben. Es war nicht richtig, dass sie ein Wesen, halb Mensch, halb Selkie, heiratete. Eine Missgeburt. Doch es war zu spät für sie. Sie war *sein*. Er hatte sie zu der Seinen gemacht.

Auch wenn sie sich darüber jetzt nicht zu klar zu sein schien. Sie schien zu glauben, dass sie die Wahl hätte.

Er legte ihr die Hände um die Taille und zog sie an sich.

Sie hob ihre Hände und stemmte sie gegen seine Brust. „Zwischen uns steht zu viel", wandte sie ein. „Mein Land, meine Vergangenheit, Ihre Habgier, Ihr Vater."

„Dein Land will ich, das gebe ich gerne zu, und wenn mich das habgierig macht, dann sei es so. Aber deine Vergangenheit ... Ich schere mich nicht um deine Vergangenheit. Und ich warne dich jetzt", er sprach so leise, dass sie sich vorbeugte, um ihn verstehen zu können, „ich werde es nicht zulassen, dass das, was mein Vater vor Jahren versucht hat, dir anzutun, den heutigen Tag verdirbt."

„Sie verlangen, dass ich vergesse, wie hilflos ich mich gefühlt habe?"

„Wenn ich dich halte, bist du allmächtig." Er umfasste ihre Arme und legte ihre Hände um seine. „Spürst du es? Spüre, wie viel Macht du über mich besitzt."

Sie versuchte sich von ihm loszureißen. Sie verstand nicht, was er damit meinte. Oder, was wahrscheinlicher war, sie fürchtete solche Macht – und fürchtete ihn.

„Alanna." Ihr Name entrang sich seiner Kehle, als Zeichen für all das, was er ihr sagen wollte, aber nicht konnte. Er wollte ihr dafür danken, dass sie ihm vor allen anderen offen ihre Dankbarkeit, dass er ihr Leben gerettet hatte, gezeigt hatte. Er wollte ihr dafür danken, dass sie ihren Abscheu, den sie vor seiner Abstammung empfunden haben mochte, nicht gezeigt hatte. Doch das berauschende Gefühl ihres Körper so dicht an seinem vertrieb jeden Gedanken an gesittetes Benehmen, und er drängte sie an die Wand. Schließlich erwartete sie es nicht anders von ihm. Er war ein Ungeheuer, oder? Und ein Bastard. Gott, das musste er ihr eigentlich auch sagen. Aber nicht jetzt ...

Sie wandte ihr Gesicht ab. Er befreite eine Hand und umfing ihren Hals, seine Finger umspannten ihre Wange, so dass er sie küssen konnte.

Allein die Berührung ihres Mundes tat gut. Sogar ihre fest zusammengepressten Lippen bezauberten ihn. Doch vor allem ärgerte ihr Widerstand ihn. „Mach ihn auf", murmelte er.

Sie tat es – um ihn zu beißen. Ihre Zähne knabberten an seiner Unterlippe – fast.

„Wenn du das tust, wirst du es bereuen", drohte er leise, bevor er mit seiner Zunge eindrang.

Er schmeckte Überraschung, Verärgerung. Dann schmeckte er *sie*. Wenn man ihm die Augen verband und hundert Frauen zum Küssen gab, er würde jederzeit Alanna herausfinden können. Herb, verängstigt und widerwillig erregt.

Er hielt sie fest, aber sein Kuss war sanft, verlockend.

Bis sie ihn zu erwidern begann. Dann rauschte das Blut in seinen Adern, schwoll an wie die Flut nach der Ebbe. Gott, war sie süß. Klein und süß, und unter ihrem Äußeren verbarg sich Leidenschaft. Er hatte das letzte Nacht bewiesen und heute erneut. Der Trunk hatte ihm geholfen, hatte ihren Widerstand gelähmt, ihre Ängste besänftigt, so dass sie ihrem Verlangen nachgegeben hatte und das mit so viel Verwirrung wie Freude, dass er sich hatte Mühe geben müssen, seine Selbstbeherrschung nicht zu verlieren.

Selbstbeherrschung. Ihr Atem ging stockend, und sie stöhnte, ein leises Geräusch, das er mit seinem Mund auffing. Er lehnte sich gegen sie, drückte sie fester gegen die Wand, benutzte sein Gewicht, sie zu bezwingen. Mit einer Hand streichelte er ihren bloßen Hals, mit der anderen erforschte er ihre Rundungen, strich über ihre Hüften zu den Rippen und wieder zurück.

Er hob den Kopf und sah auf sie hinab. Ihre Augenlider flatterten, ihr Mund war feucht, geschwollen, und die Haut um ihn gerötet. Sie fuhr sich mit der Zungenspitze über die Unterlippe, und er senkte seinen Mund auf ihren.

Als er dieses Mal seinen Kopf hob, sah sie ihn an, benommen, in demselben Gefühlsaufruhr, der auch ihn gefangen hielt.

„Lass deine Tür heute Nacht unversperrt."

Ihre grünen Augen wurden groß, und sie versuchte sich ihm zu entziehen, indem sie sich noch fester gegen die Wand presste. Als ob er sich nicht einfach ein bisschen fester an sie drücken könnte.

„Du kannst nicht ohne Heirat mit mir zusammenkommen!" flüsterte sie.

„Ich bin zur Hälfte Selkie, erinnerst du dich?" Er hätte nie gedacht, dass er damit je angeben würde, aber genau das tat er im Moment. „Ich habe Zauberkräfte. Ich kann auf einem Windhauch durch dein Fenster schlüpfen, mit der Kraft meiner Gedanken meine Hände auf dich legen, dich mit einem Zauberspruch an mich fesseln ..."

Sie schmolz dahin, ihre Augen von dem Verlangen, das er in ihr geweckt hatte, bewölkt.

Dann sah er, wie ihr Denkvermögen wiederkehrte. Ihr Mund wurde fest, und ihre Augen schleuderten Blitze. Die glühende Leidenschaft erstarb und wurde durch Vernunft ersetzt. „Wenn du der Wind bist, dann brauche ich die Tür für dich nicht unversperrt zu lassen, oder?"

Er lächelte, langsam und selbstsicher. Er *war* der Wind, und er *würde* zu ihr kommen. Behutsam legte er ihr seinen Daumen auf die Stirn, genau zwischen ihren Brauen. Er sah ihr tief in die Augen und befahl ihr mit eindringlicher Stimme: „Träum von mir."

Wenn sich Selkies aus den Wellen erheben, um an Land zu gehen, dann verzaubern sie jene, die nicht achtsam sind. Denn Selkies sind, wenn sie Menschengestalt annehmen, so schön wie eine laue Sommernacht, mit dunklen Augen, in denen silberne Lichter glänzen, und schwarzem Haar, das wie Zobel schimmert. Wenn ein Menschenmann eine Selkiefrau sieht, dann erliegt er ihrem Zauber und würde alles dafür tun, sie auf immer zu besitzen.

Und wenn ein Selkiemann eine Menschenfrau zu besitzen wünscht, dann setzt er alles daran, sie für sich gewinnen, nimmt sie mit sich auf eine Reise zu solchen Wonnen, dass es sie nie wieder nach einem anderen verlangt.

Manche Menschen, neidisch auf das Glück anderer, nennen die Zuhilfenahme von Selkie-Zauber unlauter.

Selkies sagen etwas ganz anderes. Es entspricht dem geflügelten Wort: „Im Krieg und in der Liebe ist alles erlaubt.“

15. KAPITEL

Ian kam zu ihr wie Nebel, nahm aus dem Dunkel heraus Gestalt an wie ein Phantom der Lust. „Alanna.“ Sein leidenschaftlicher Ton klang tadelnd. „Ich habe dir aufgetragen, deine Tür unversperrt zu lassen. Jede Nacht der vergangenen Woche habe ich dir das aufgetragen, und du gehorchst mir noch immer nicht. Wie soll ich dich strafen?“

Alanna hielt ihre Bettdecke mit verkrampften Händen vor der Brust und trotzte ihm, wie sie es jede der vergangenen sieben Nächte getan hatte. „Du hast kein Recht, mir etwas aufzutragen oder mich zu bestrafen.“

Von seiner Gestalt schien ein Glühen auszugehen, als er sich auf der Matratze niederließ. Mit der Behutsamkeit eines Liebhabers löste er ihre Finger von der Decke und warf das dünne Baumwolltuch ans Fußende. „Ich nehme mir das Recht. Erinnerst du dich nicht an die Nacht in der Hütte der Hexe?“

„Nein. Ich schwöre es, nein.“

„Dann lass dich von mir daran erinnern.“ Seine Hände glitten in ihr Haar, und er hielt ihren Kopf fest, während er ihr einen Kuss auf die Wange gab.

Die Süße dieser Liebkosung trieb ihr Tränen der Freude in die Augen. Der Kuss war ein Gedicht, ein Meisterwerk, eine der edelsten Blüten der Natur. Bei jeder leichten Berührung von Ians Lippen schoss ihr das Blut an die Stelle, die er liebkost hatte, und sie fragte sich, wenn das ihre Strafe dafür war, ihm den Zutritt zu ihrem Zimmer verwehrt zu haben, wie sähe wohl ihre Belohnung aus, wenn sie ihn einließe?

Er küsste ihre Stirn, ihre Ohrmuscheln, ihr Kinn, ihren Hals ... „Ian." Irgendwie hatten sich ihre Hände auf seine Schultern gelegt, und sie drehte den Kopf, um ihm ihre Lippen zu bieten. „Bitte küss mich."

„Das tue ich doch."

Seine Lippen glitten zu ihrem Ohrläppchen, in das er zart biss.

Alle ihre Sinne waren in Aufruhr. „Warum hast du das getan?"

„Damit ich das hier tun kann." Besänftigend begann er die Stelle zu küssen, dann sog er das empfindliche Fleisch vorsichtig in seinen Mund.

Erschrocken schnappte sie nach Luft. Seine Zunge, seine Lippen, seine Zähne fuhren von ihrem Ohrläppchen zur Muschel, knabberten daran, als wäre ihr Ohr eine köstliche Delikatesse, die es zu genießen galt. Gänsehaut begann sich von ihrem Rückgrat her auszubreiten, in dem Versuch, ihren überhitzten Körper abzukühlen.

Ein nutzloses Unterfangen. Er gewährte keine Gnade. „Ein wunderschönes Ohr", murmelte er. „Rosig und zart ... und so empfindsam." Seine Worte brachten einen kühlenden Lufthauch über ihre feuchte Haut. „Nicht wahr?"

Sie hatte ihre Augen geschlossen, um in den Gefühlen zu schwelgen, die er in ihr erzeugte. „Was?"

„Dein Ohr. Es ist empfindsam."

Dumme Frage. Mit ihm war alles empfindsam. Ihre Kopfhaut prickelte, wenn seine Finger durch ihre Haare glitten, sanft massierten, bis sie sich entspannte, jeder Muskel in ihr erschlaffte, jedes Gelenk locker wurde. Dann wandte er sich ihrer Schulter zu. Sie neigte den Kopf, damit er sie besser streicheln konnte und sich kleine wohltuende Schauer von dort aus kreisförmig über ihren Körper, verspannt von Arbeit und Sorgen, ausbreiteten. Seine Berührung war so tröstend, dass sie sich wünschte, sie hätte sie auch in all den einsamen Jahren als Hexe gehabt. Sie wünschte, sie könnte sie während all der einsamen Jahre, die vor ihr lagen, haben.

„Das kannst du", flüsterte er.

Und die Entspannung verflog.

Seine Hand massierte nicht mehr ihre Schulter, sondern streichelte zärtlich die Haut, die ihr Nachthemd eigentlich bedecken sollte. Wann und wie hatte er sie ausgezogen?

Sie wollte nach der Decke greifen, aber sie kam nicht heran.

„Verlegen, Süße?" Seine dunkle, volle Stimme linderte ihr Unbehagen. „Wie dumm, sich eines so herrlichen Körpers wie deinem zu schämen. Sieh her." Er umfasste eine ihrer Brüste und hob sie an. „Die vornehmsten Damen der Welt sehnen sich nach so weicher, makelloser Haut, so entzückender Fülle, Brustspitzen von der Farbe des Morgenrotes." Seine Stimme klang plötzlich belegt, als hätte er sich selbst in Versuchung geführt.

Sie beobachtete, wie er seinen dunklen Schopf senkte und ihre Brust küsste. Die leichte Berührung seiner Lippen an der äußeren Rundung verbannten jeden Gedanken an Schicklichkeit, Daumen und Zeigefinger schlossen sich um eine zarte Spitze. Er kniff sanft zu, und Alanna stöhnte auf.

Seine Augen, weich und dunkel wie Zobel in dem schwachen Licht, waren auf sie gerichtet, und immer wieder rieb er seinen Daumen sanft über sie. „Empfindsam auch hier. Sieh nur, wie sie sich zusammengezogen hat, so hart und voller Erwartung. Was meinst du, warum das so ist?"

„Oh, bitte." Sie bog sich ihm entgegen.

„Sprich zu mir, Alanna. Sag mir mit deiner süßen Stimme, warum dein Körper mich mit seinen Erwiderungen neckt."

„Weil ... ich ... einen Kuss will." Sie biss die Zähne zusammen, als eine Woge solchen Verlangens sie erfasste, dass sie alles getan hätte, es zu befriedigen. Alles ... außer den echten Mann in ihr Zimmer zu lassen.

„Du bist so halsstarrig", schalt er. „Aber dein Wort ist mir Befehl. Siehst du?" Er hob den Kopf, spitzte die Lippen und küsste die Luft. „Ein Kuss."

„Einen echten Kuss."

„Himmel, Alanna. Du willst doch nicht etwa, dass ich meinen Mund über dir öffne?" Es gelang ihm, ehrlich entsetzt zu klingen und gleichzeitig überaus zufrieden. „Du willst, dass ich an dir sauge. Warum willst du das?"

Weil das vielleicht den sinnlichen Hunger, den sie an jeder empfindlichen Stelle ihres Körpers verspürte, zu stillen vermochte. Den Hunger an der empfindlichsten Stelle in ihrem Körper.

„Sag mir, Alanna, wie würde es sich anfühlen, wenn ich dich mit meiner Zunge lecke, deine Brustspitze zwischen meine Lippen ziehe und daran sauge? Vielleicht sogar ... hineinbeiße?"

Seine halben Versprechungen machten sie verrückt, und sie begann sich unruhig hin und her zu bewegen.

„Nicht fest!" versicherte er ihr. „Nein, nur ganz sanft und zärtlich, mehr ein Kratzen meiner Zähne, um dich vor der Gefahr zu warnen. Ich bin nämlich gefährlich, Alanna. Weißt du das?"

Sie zog ihr Knie an und rieb ihren Fuß über das Leinenlaken, als könnte ihr die Berührung des kühlen Stoffes helfen, einen Bezug zur Wirklichkeit zu finden. „Ich bin auch gefährlich."

Die neckende Note war aus seiner Stimme verschwunden. „Das weiß ich. Du hast die Macht, mich mit einem bloßen Fingerschnippen in die Hölle zu schicken."

Verdammt sollte er sein! Warum tat er nicht, was sie verlangte? „Das sollte ich."

„Ja." Er schlang seine Hand um ihre Hals. Er übte keinen Druck aus, aber die Drohung war da. „Doch du fragst dich – würdest du dann nie von diesen Träumen frei sein? Würde die Enttäuschung und das Gefühl, unausgefüllt und unbefriedigt zu sein, dich auf ewig verfolgen?"

Sie bedeckte seine Hand mit ihrer. „Und was ist mit dir? Wirst du dann auch enttäuscht und unbefriedigt sein?"

Seine Lippen, seine erotischen Lippen, nach denen sie sich verzehrte, verzogen sich zu einem bitteren Lächeln. „Ich werde in der Hölle an den gleichen Felsen gekettet sein wie du."

Wie ihr das gefiel! Sie war immer die Herrin von Fionnaway gewesen, stolz, vornehm und ehrenwert, aber nie hätte sie gedacht, dass sie einen Mann in ihren Bann schlagen könnte. Besonders keinen, der selbst einen so dunklen Zauber ausübte. „Küss mich", forderte sie. „Auf die Lippen!" Sie wusste nicht, warum ihr das so wichtig war, aber sie wollte ihn schmecken, wollte, dass er sie schmeckte. Dann erst würde sie glauben, dass dies hier wirklich geschah. Dann erst würde sie ihre Macht begreifen.

Aber er antwortete nicht. Und er tat nicht wie befohlen.

Stattdessen glitten seine Finger liebkosend an ihr hinab. Sie vergaß den Kuss. Sie vergaß ihren Stolz. Allein seine unausgesprochenen, folternden Versprechen zählten noch. „Ian." Sie wand sich auf dem Bett, sehnte sich verzweifelt danach, dass er seine Hand an die Stelle presste, die im Rhythmus ihres Herzens pochte. „Bitte."

„Noch einen Kuss?" Er wandte sich ihrer anderen Brust zu.

„Nicht so." Sie streichelte seine Brust, entdeckte die weichen Haare dort. Seine Brustwarzen waren flach und weich, bis sie ihre Fingerspitzen befeuchtete. Sie berührte sie, und sie zogen sich zusammen wie bei ihr; sie hörte ihn scharf einatmen.

„Du bist ausgesprochen erfinderisch.“ Herausfordernd leckte er die Haut auf der Innenseite ihres Ellbogens. „Oder verzweifelt.“

Verzweifelt. Aye, sie war verzweifelt. Kühn ließ sie ihre Hände tiefer gleiten. Über seine schmalen, kräftigen Hüften. Über seinen muskulösen Bauch. Wenn sie ihn so anfasste, wie sie von ihm angefasst werden wollte, würde ihn das Verlangen vielleicht auch wahnsinnig machen.

Aber er hielt ihre Hände fest. „Das Spiel ist nur für Liebende.“

„Wir sind Liebende.“

Er drängte sein Knie zwischen ihre Beine, spreizte sie und ließ sich langsam auf sie sinken. Langsam schob er sich höher, bis sie ihn mit ihren Schenkeln umschloss. Seine Hüften waren zwar nur ein unzureichender Ersatz für seine geschickte Hand, doch sie begann sich dennoch dagegen zu bewegen, zuerst vorsichtig, dann immer eifriger. Das Gefühl war wundervoll, es befriedigte sie und weckte gleichzeitig die Sehnsucht nach mehr. Er ließ sich von ihr benutzen, bis sie aufwimmerte, bis sie kurz vor der Erfüllung stand.

Dann zwang er sie still zu halten. Sie sah seine Augen im Dunkel über sich glitzern. Er sagte, was er immer sagte. „Wir werden Liebende, wenn du mir deine Tür öffnest.“

Er bewegte sich so lautlos und gewandt, dass sie erst merkte, als sie aufwachte, ihr Kissen an sich gedrückt, dass er fort war.

Ein dünner Schweißfilm bedeckte ihre Haut. Ihr Atem ging in kurzen abgehackten Atemzügen. Ihr Blut pulsierte durch ihre Adern, und verzweifelt versuchte sie, sich selbst zu berühren, um die Spannung zu lösen, obwohl sie aus Erfahrung wusste, dass nichts, was sie tat, die schmerzhafte Leere zu lindern vermochte.

Dieses Mal fügte er noch hinzu: „Es ist an der Zeit, dass du dich erinnerst, Alanna.“

Sie hörte ihn so klar und deutlich, dass sie herumfuhr, in der Erwartung, ihn in ihrem Zimmer zu sehen.

Die Tür war zu. Abgeschlossen und seit drei Nächten außerdem zusätzlich mit einem Eisenriegel versperrt.

Ihre Vorsichtsmaßnahmen hatten sich als nutzlos erwiesen. Wieder einmal hatte Ian bewiesen, dass er keine leeren Versprechungen machte. Er war auf einem Windhauch durch ihr Fenster zu ihr gekommen, hatte sie mit einem Zauberspruch an sich gefesselt, und sie hatte heute von ihm geträumt, wie sie es jede verdammte Nacht getan hatte. *Jede* verdammte Nacht.

Wütend und vor unerfülltem Verlangen zitternd, rollte sie sich vom Bett, landete auf dem Boden – und wäre fast gestolpert, als ihr Nachthemd zu Boden glitt. Sie fing es mit ihren Zehen auf und trat es so weit wie nur möglich von sich. Aber es flatterte eben nur wie ein Stück weiße Baumwolle, anstatt dass es gegen die Wand gekracht wäre, wie sie eigentlich gehofft hatte.

Dummes Nachthemd. Sie knöpfte es jeden Abend bis zum Hals zu – nur um es jeden Morgen, wenn sie erwachte, bis zur Taille aufgeknöpft und bis zu ihren Hüften hochgeschlagen vorzufinden ... Wie schaffte er das bloß?

Sie sah sich finster in ihrem leeren Schlafzimmer um. Das Zimmer, das MacLeod-Töchter seit Erbauung der Burg bewohnt hatten. Es war an keiner Bequemlichkeit gespart worden. Alanna hätte damit, hier untergebracht zu sein, ebenso zufrieden sein müssen wie die Steine mit ihrem Versteck in der Kaminumrandung.

Aber Zufriedenheit war ganz und gar nicht das, was Alanna verspürte.

Sie war unbefriedigt. Das war das richtige Wort. Jede Nacht kam Ian zu ihr in ihren Träumen und liebkoste sie, bis sie um Erfüllung flehte. Jede Nacht verweigerte er sie ihr. Er brachte sie immer nur bis kurz davor. Bis die Anspannung in ihrem Körper kurz vor ihrem Höhepunkt stand. Dann ... wachte sie auf. Und den ganzen Tag lang würde alles, das sie streifte, sie an Ian erinnern. Alles schmeckte und roch nur nach Ian, erinnerte sie an das verführerische Necken der Nacht zuvor ... in der nichts von alledem wirklich vorgefallen war.

„Zum Kuckuck mit ihm!" Sie nahm ihre Kleider von dem Stuhl und zog sich so rasch an, wie sie konnte. Sie musste von hier fort, bevor sie ihn sah.

Nein – bevor er *sie* sah. Er war der Jäger, sie die Gejagte. Er folgte ihr überallhin, während sie ihren Pflichten als Herrin von Fionnaway nachging. Das tat er, so behauptete er es wenigstens, um ihr zu helfen, bis ihr Knöchel verheilt war. Dann, als der sich erholt hatte, sagte er, er täte das, weil sie einen Begleiter bräuchte, wenn sie über die Felder zum Dorf und zu den Bauernhöfen ritt.

Er log. Er kam, damit er sie anlächeln konnte. Sie lächelnd am Ellbogen berühren, wenn er ihr über felsigen Boden half. Ihr lächelnd in den Sattel helfen, die Hände um ihre Taille legen. Lächelnd ihre Schultern massieren, während sie mit den Pächtern sprach.

Und dabei war er der Grund dafür, dass sie so verspannt war! Er hatte sie nicht ein einziges Mal wieder so berührt wie in dem Vorzimmer am Tag ihrer Ankunft. Sie wusste, seine Hände waren kühn, begierig, wissend, aber zeigte er ihr das? Nein. Er sah sie nur an, sie, die ganz fahrig war von all ihren erotischen Träumen, und ohne ein Wort zu sagen, ließ er sie wissen, dass er Bescheid wusste. Verflucht sollte er sein, er wusste Bescheid, und sie fürchtete, wenn ihr keine Atempause von seiner gnadenlosen Verfolgung gewährt wurde, würde sie nachgeben. Sie würde zustimmen, Ian zu heiraten, damit er ihr zeigte, was auf der anderen Seite dieses verlockenden Berges des Verlangens lag.

Sie nahm ihre leichten Lederschuhe in ihre schweißfeuchte Hand, schob den Riegel zurück und schloss die Tür auf. Langsam, lautlos zog sie sie auf und steckte ihren Kopf in den Flur. Sie sah erst zur einen Seite, dann zur anderen, und als sie keinen Ian irgendwo in den Schatten herumlungern sah, schlüpfte sie auf Zehenspitzen aus ihrem Zimmer. In Richtung Freiheit.

16. KAPITEL

Ohne jemandem zu begegnen, ging sie den Korridor hinab. Sie durchquerte, vorsichtig nach allen Seiten spähend, so als wäre sie ein Eindringling in ihrem eigenen Haus, die riesige Weite der Großen Halle. Der Gang zu der Tür nach draußen lockte in fast greifbarer Nähe, sie hatte sie fast erreicht da ...

„Alanna, gehen Sie wieder nach draußen?"

Sie zuckte schuldbewusst zusammen und fuhr zum Kamin herum.

Dort saß eine zusammengekauerte, einsame Gestalt vor dem lodernden Feuer. „Wilda", flüsterte Alanna.

„Sie gehen früher als gewöhnlich", sagte Wilda.

Eine Hand auf ihr von dem Schreck heftig pochendes Herz legend, hätte sie die junge Frau am liebsten angeherrscht: *Natürlich tue ich das früher als gewöhnlich. Ich versuche mich hinauszuschleichen, ohne dass dein Cousin mich begleitet.* Aber das brachte sie nicht fertig. Wenn sie das täte, würde sie Wildas Gefühle verletzen.

Alanna mochte sie. Sie wollte das eigentlich nicht – na ja, welche Frau wollte schon eine andere mögen, die sie in jeder Beziehung, was Charme oder Schönheit betraf, in den Schatten stellte? – aber Wilda hatte ihr einmal mit ernster Miene anvertraut: „Ich weiß, ich bin schöner als alle anderen, aber Mama sagt, ich sei so dumm und weichherzig, dass ich nie einen reichen Mann bekomme, wenn ich immer mit jedem armen Mitleid habe."

Gerade jetzt wäre das Edwin. Ein jüngerer Sohn, der über kein eigenes Vermögen verfügte. Er hatte keine besonderen Aussichten, weil sein Bruder nur ein Landgut besaß und dieses selbst verwaltete. Brice unterstützte Edwin, ohne zu klagen – schließlich war Edwin von freundlichem Wesen – aber Alanna wusste, Brice wünschte sich, sie würde wieder verschwinden, so dass er seinen Bruder auf Fionnaway als Verwalter unterbringen konnte und ihn von seinem Schürzenzipfel befreien würde.

Es war wirklich zu schade, dass auch Wilda keinerlei Aussichten hatte, denn Alanna fand, dass Edwin und Wilda ein reizendes junges Paar abgaben.

Brice und Wilda ... Nun, das war etwas ganz anderes. Brice war rücksichtsloser als Edwin, mit einer Veranlagung, andere zu schikanieren, und hatte außerdem verkündet, dass er vorhabe, eine reiche Frau zu heiraten, denn er wünschte sich vor allem anderen, die Herrin von Fionnaway auszustechen. Es bedürfte starker Gefühle, um Brice von seinem gewählten Kurs abzubringen, allerdings in der vergangenen Woche ... Alanna musterte Wilda. In der vergangenen Woche war klar geworden, dass, wenn es jemandem gelänge, Brice dazu zu bringen, Liebe über Geld und Ansehen zu stellen, dann wäre das Wilda.

Sich in den morgendlichen Schwatz schickend, ging Alanna zu Wilda hinüber. „Was tun Sie zu dieser frühen Stunde hier? Himmel, es ist gerade erst kurz nach Sonnenaufgang."

„Mein Bett war kalt." Wilda saß mit angezogenen Knien in mehrere Decken gehüllt da.

„Ich gehe nach draußen." Alanna setzte sich auf den Boden und zog sich ihre Schuhe an. „Hätten Sie Lust, mit mir zu kommen?"

Wilda zitterte. „Nein. Es ist *eiskalt* da draußen."

„Heute ist der einundzwanzigste Juli!" Und Alannas Geburtstag. Wenn sie könnte, würde sie sich zur unumstrittenen Herrin über Fionnaway erklären und alle anderen hinauswerfen. Außer Wilda natürlich. Doch sie konnte einen Mann in Leslies Zustand unmöglich auf die lange Reise nach England schicken. Und wenn sie versuchte Brice und Edwin fortzuschicken, würde sie nur Widerspruch ernten. Und Ian – wenn sie versuchen sollte, Ian hinauszuwerfen, würde er sie einfach nur auslachen und vielleicht sogar wieder einen Versuch machen, sie für sich zu fordern, und sie würde nachgeben wie eine armselige Närrin.

Alanna rieb sich müde die Augen. Was für ein Durcheinander sie aus allem gemacht hatte!

„Sie haben ihre Schuhe falsch geschnürt", bemerkte Wilda. „Sie fangen besser noch einmal von vorne an."

Alanna sah an sich herab. Es stimmte. Ungeduldig band sie sie wieder auf und machte sich noch einmal ans Werk.

„In Schottland ist es kälter als im Süden." Wilda besah sich Alannas Aufmachung missbilligend, ihre klare Stirn in Sorgenfalten gelegt. „Sie sollten eine Pelisse anziehen."

„Ja." Das würde sie nicht tun, aber eine so kleine Lüge war nicht schlimm. Mehr und mehr erinnerte Wilda Alanna an ihre Mutter. Voller Sorge, ob sie warm genug angezogen war, wenn ihr schon warm war. Erkundigte sich immer wieder nach einem Knöchel, der längst verheilt war. Warnte sie davor, dass rittlings zu reiten ihre Jungfräulichkeit gefährden könnte. Es war süß – und es war zum Verrücktwerden.

„Tragen Sie wollene Unterröcke?" fragte Wilda.

„Keine aus Wolle, aber immerhin Unterröcke." Wilda trug wollene, das wusste Alanna. Wilda hatte eine Näherin beauftragt, die Nähte ihrer Kleider auszulassen, damit sie so viele Unterröcke wie möglich darunter tragen konnte. Sie sah gestopft wie eine Wurst aus, aber das schien weder Brice noch Edwin zu stören.

„Mrs. Armstrong hat mir Wollunterröcke gemacht, so dass ich mich nicht verkühle. Und Pantalettes." Wilda streckte ihren Fuß aus und zeigte den weißen Spitzensaum ihrer seltsamen Unterwäsche.

„Sie hat auch Ihnen welche gemacht, aber ich nehme an, Sie sind zu sturköpfig, sie zu tragen."

„Wir tragen so etwas hier in Schottland nicht", entgegnete Alanna fest, während sie ihre Schnürsenkel zuband. Sie glaubte nicht, dass sie je solche albernen Dinger gutheißen würde. Sie sahen wie Männerhosen aus weißer Baumwolle aus, und sie war sicher, dass die Mode, der Wilda heute folgte, morgen bereits vergessen sein würde.

„In England tragen Männer keine Röcke."

„Kilts", erwiderte Alanna geduldig. „Sie heißen Kilts."

„Egal. Die Pantalettes halten meine Beine warm." Wilda bemühte sich, die Decke um ihre Füße zu schlingen. „Nur meine Zehen werden einfach nicht warm."

Da sie ein schlechtes Gewissen hatte, weil sie sich über Wilda und ihre Hosen lustig gemacht hatte, kniete sich Alanna vor sie. Sie nahm die Decke, rieb damit Wildas Füße und versuchte ihr noch einmal zu danken.

„Es war so nett von Ihnen, mir eines von Ihren Kleidern ändern zu lassen." Sie berührte die Knopfreihe, die an ihrem neuen dunkelblauen Seidenkleid mit der hoch angesetzten Taille vom Saum bis zum Hals lief.

„Aber Sie sind doch die Herrin!" antwortete Wilda. „Die lang verschwundene Hausherrin, die aus den Nebeln zurückgekehrt ist, um meinen Cousin zu heiraten."

Alanna sah auf und fragte: „Warum sagen Sie das?"

„Weil Sie so lange fort waren." Wildas Antworten passten nie so recht zu den Fragen.

Alanna holte, um sich zu beruhigen, tief Luft und verpackte Wilda fester in der Decke. „Nein. Ich meine, dass ich Ihren Cousin heirate."

„Er hat mir gesagt, er sei entschlossen, sie zu bekommen." Wilda strahlte sie an. „Er bekommt immer, was er will, deshalb freue ich mich für Sie beide."

Wilda täte das. Wilda sah immer nur das Gute. Darum mochte Alanna sie. Was Wilda aber nicht sah, nicht kannte, war die machtbewusste Seite ihres geliebten Ian.

Träum von mir. Er befahl, und Alanna gehorchte. Er verfolgte sie und Alanna floh. Er forderte und Alanna ... Nein, sie würde nicht nachgeben. Als sie nach Fionnaway zurückkam, hatte sie einen Plan. Sie würde ihn nicht heiraten, bevor er sich nicht als würdig erwiesen hätte. Sie würde nicht im Fieber heiraten wie ihre Mutter, und später den Preis dafür bezahlen.

„Er verdient etwas Besseres als ein Quäker-Mädchen, das zittert, wenn er sie nur anschaut."

Wildas Äußerung erregte Alannas Aufmerksamkeit. „Ein Quäker-Mädchen?"

„Ich habe ihm gesagt, sie wäre nicht die richtige Frau für ihn ..."

Entsetzt fragte Alanna: „Er war verheiratet?"

„Nein!" Wilda blies sich ungeduldig eine Haarsträhne aus der Stirn. „Er bestand darauf, dass sie seine Frau würde, weil sie bereit war, die Schande auf sich zu nehmen."

Alanna versuchte erneut, sie zu unterbrechen.

Wilda sprudelte weiter wie ein Bergbach nach der Schneeschmelze. „Sie hätte dankbar sein sollen, ein kümmerliches kleines Ding ohne Titel oder Vermögen wie sie. Oh, sie tat so, als würde sie ihn aus Liebe heiraten, aber ich weiß es besser. Es ging ihr nur um das Geld."

In dem Versuch, die Flut der Informationen zu deuten, erkundigte sich Alanna: „Welches Geld?"

„Er hat es kistenweise. Hat er Ihnen das nicht gesagt?"

„Ja, ich glaube schon." Und Alanna dachte, das könnte eine Erklärung dafür sein, dass er ein halb verfallenes altes Schloss in

Schottland haben wollte. Jeder unbedeutende Kaufmann in England wollte Land besitzen, und wenn möglich einen Titel oder eine Frau mit Titel. Solche Ehren verliehen ihnen Ansehen. Aber sie hatte Neuigkeiten für Ian. Selbst hundert Schlösser könnten einem Mann wie ihm nicht zu Achtung und Ansehen verhelfen.

„Dann hat dieser erbärmliche Feigling ihm einen Brief geschrieben und gesagt, sie könnte es nicht durchstehen, weil er ein Zauberer wäre“, sagte Wilda. „Ein Zauberer! Haben Sie schon jemals so etwas gehört? Natürlich behauptet Onkel Leslie immer, dass Ian zur Hälfte Selkie sei, aber Onkel Leslie würde alles sagen, nur um Aufmerksamkeit zu erregen. Er ist der Zweitälteste, wissen Sie, der Bruder meines Großvaters und eigentlich mein Großonkel.“

An die mürrische Miene, die grausamen Scherze, das gedankenlose Geldverschwenden denkend, fragte Alanna: „War er schon immer so bitter?“

„Oh, ja. Er ist ein Fairchild. Wir sind alle auf die eine oder andere Art und Weise böse, aber Mama sagt immer, Onkel Leslie ist am schlimmsten. Mama sagt, Onkel Leslie hat immer gedacht, dass Titel und Vermögen eigentlich ihm zustünden, aber Papa hat es stattdessen bekommen. Wir wissen wirklich nicht, wer Ians Mutter ist. Ian tauchte einfach eines Tages auf Fairchild auf.“

„Wie alt war er da?“

„Elf. Ich war erst sechs und nur seine Cousine, aber ich konnte meine Augen nicht von ihm nehmen. Wir Fairchilds sind schön, natürlich, aber Ian ist einfach *faszinierend*, meinen Sie nicht auch? Onkel Leslie hasste das auch, und dass er alt und kraftlos wurde, und dass die Dienstmädchen, die Onkel Leslie hassten, sich immer wieder in Ians Schlafzimmer schlichen.“

Wildas Worte weckten in Alanna eine Erinnerung. Die Dienstmädchen hier verfolgten Ian auch mit den Blicken, und sie fragte sich, ob er seine Nächte auf Fionnaway allein verbrachte. Sie fragte sich, ob sie jede Magd, die ihn anlächelte, würde entlassen müssen, bevor ihr einfiel, dass sie das nicht stören sollte.

„Mama sagt, Onkel Leslie wäre der unnatürlichste Vater, den sie je gesehen hat, schlechter noch als jeder andere Fairchild vor ihm, und das ist auch der Grund dafür, dass er versucht, Sie zu vertreiben, indem er herumerzählt, Ian wäre ein Selkie, wo doch jeder weiß, dass die Hexe das einzige Zauberwesen hier ist."

Alanna verharrte reglos vor Erstaunen. „Die Hexe?"

„Oh, Alanna." Wilda beugte sich mit leuchtenden Augen vor. „Sie ist fortgegangen, bevor Sie hier ankamen, aber sie war eine so wundervolle Frau. Sie hat versprochen, mir zu helfen, und ich habe nach ihr Ausschau gehalten, immer wieder, aber sie ist nicht zurückgekommen. Glauben Sie, sie kommt wieder?"

„Die Hexe." Alanna sah ihr in das lebhafte Gesicht und wünschte sich, sie müsste ihre Seifenblase nicht platzen lassen. „Wilda, vielleicht haben Sie nicht gehört, was an dem Tag geschehen ist, als ich nach Fionnaway zurückkehrte. Ich kam her, gekleidet wie die Hexe, wusch mein Gesicht und zog die schmutzigen Lumpen aus, so dass jeder sehen konnte, dass ich mich als Hexe ausgegeben hatte."

Mit einem Schmollmund erklärte Wilda: „Natürlich haben Sie das."

„Wirklich, Wilda. So habe ich mich vor Mr. Fairchild versteckt. Ich habe mich verkleidet."

„Und niemand ist je dahinter gekommen, dass Sie die Hexe waren." Wilda warf ihren Kopf nach hinten. „Ich weiß, ich habe manchmal Stroh im Kopf, aber Sie können mich nicht an der Nase herumführen. Die Hexe war alt und hässlich. Sie sind jung und hübsch. Sie könnten nie die Hexe sein."

„Ich habe mein Gesicht mit Kohle geschwärzt und Stofffetzen in meine Kleider gestopft, damit ich einen Buckel bekam ..." Alanna drang gar nicht zu Wilda vor, das konnte sie sehen. Es würde nichts ändern, Wilda würde weiter nach der Hexe Ausschau halten, damit sie ihr einen Zauberspruch machte. „Wofür brauchten Sie denn die Hexe?"

„Sie ziehen mich auf und behaupten, eine Hexe zu sein", sagte Wilda leicht gekränkt, „und wollen, dass ich mich Ihnen anvertraue?"

„Ich dachte, vielleicht, wenn ich die Hexe träfe, könnte ich ihr sagen ..."

Mit einem entschiedenen Kopfschütteln erwiderte Wilda: „Die Hexe wird wiederkommen, um mir zu helfen. Das weiß ich."

Alanna wusste, dass Wilda eine herbe Enttäuschung bevorstand, deshalb versuchte sie es noch einmal. „Was glauben Sie, wo ich die ganze Zeit gewesen bin?"

„Sie haben sich vor Onkel Leslie versteckt.."

Was konnte Alanna darauf antworten? In dem Punkt hatte Wilda eindeutig Recht.

„Weil Onkel Leslie ein grässlicher alter ...", Wilda hielt inne und sah sich verstohlen um, dann flüsterte sie: „Mistkerl ist."

Wilda sah so eingeschüchtert angesichts dieser ihrer gewagten Bemerkung aus, dass Alanna mit Nachdruck zurückflüsterte: „Genau!" Und schlimmer als vor vier Jahren. Es schien, als ernährte sich Leslie von dem Hass, mit dem die Dienstboten, Alanna und sogar sein eigener Sohn ihm tagtäglich begegneten. Mit jedem Tag schien sich Leslies Zustand zu bessern. Mit jedem Tag schien es ihm mehr Freude zu bereiten, seine Umgebung zu schikanieren.

Er hatte Ian nicht vergeben, dass er Alanna zu seiner Verlobten erklärt hatte.

„Sie sind wegen Ian zurückgekommen." Wilda stürzte sich wieder mit Begeisterung in ihre Rede – offensichtlich eine ihrer Lieblingsbeschäftigungen. „Weil Sie nicht wie das Quäker-Mädchen sind. Sie sind mutig und stark und unabhängig, genau wie Ian es braucht. Er muss Sie nie verhätscheln, auch wenn er es vermutlich versuchen wird, weil er einfach zu der Sorte Mann gehört. Und Sie haben ihm ein Heim zu bieten, und er kann Ihnen helfen, es wieder in Stand zu setzen, und Sie beide können dann gemütlich am Kaminfeuer beieinander sitzen, in den langen Nächten – sogar im Sommer sind die Nächte hier in Schottland kalt; haltet ihr hier eigentlich nichts von Wärme? – und Sie müssen ihm noch nicht einmal sagen, was Sie denken, er wird es einfach wissen."

Alanna sah Wilda erschreckt an. „Wie bitte?"

Wilda schien zu merken, dass sie zu viel gesagt hatte, denn sie begann sich unter ihren Decken unbehaglich zu winden. „Vielleicht wäre es bei Ihnen anders. Es ist nur, dass er immer weiß, was ich denke."

Alanna lächelte besänftigend, während ihr durch den Kopf ging: *Er weiß auch immer, was ich denke.*

Sie musste endlich von hier verschwinden, bevor er sie weiter quälen konnte. Es war ihr Geburtstag; sie hatte das Recht, ihn so zu verbringen, wie sie wollte. Sie stand auf und trat zurück. „Sie zeigen Ihre Gefühle ziemlich offen."

„Ja? Das erklärt es dann." In einem dieser blitzschnellen Gedankensprünge, die Alanna immer schwindlig machten, sagte Wilda: „Ian hat Sie vergangene Woche überallhin begleitet. Er ist zu allen nett gewesen, und jeder mag ihn. Er wird der perfekte Lord für Fionnaway sein, ein echter Highlandlord."

„Sein Verhalten hat meine Bedenken beschwichtigt", gab Alanna zu. „Das, was er tagsüber getan hat."

„Er ist auch ein guter Tänzer." Wilda schien nicht zu bemerken, dass Alanna Anstalten machte zu gehen. „Machen Sie sich deswegen keine Sorgen. Ian kann bei Abendgesellschaften alle Pflichten eines Gentleman erfüllen."

Alanna öffnete den Mund, um sie zu berichtigen, schloss ihn

aber wieder. Es gab keine Möglichkeit, Wilda zu erklären, *was* sie gemeint hatte.

Seelenruhig fuhr Wilda fort: „Ich kann mir vorstellen, dass er sich ausgezeichnet im Ehebett machen wird. Das wird Sie glücklicher machen, da bin ich sicher."

Alanna sah sie einen Augenblick entsetzt an; dann gelang es ihr zu krächzen: „Glücklicher?"

Mit geschürzten Lippen warf Wilda ihr einen Blick von der Seite zu. „Sie waren die letzten Tage ein wenig launisch."

„Und dabei dachte ich, ich hätte es so gut verborgen", sagte Alanna leicht benommen.

„Oh, das haben Sie!" In Wildas Gesicht, das gewöhnlich nicht gerade eine gewitzte Miene zeigte, glühte mit einem Mal Lebensweisheit. „Da waren diese Momente, wenn Sie Ian angesehen haben, als würden sie ihm am liebsten eins überziehen, und er sie nur mit diesem leichten Kopfschütteln ansieht, dann werden Sie immer ... ein bisschen schnippisch."

Alanna griff hinter sich, fand einen Stuhl und ließ sich darauf nieder. „Es wissen also alle?"

„Nein, Dummchen." Wilda kicherte. „Männer nehmen doch außer sich selbst und ihren Wünschen gar nichts wahr. Glücklicherweise wünscht sich Ian *Sie*."

„Und Fionnaway."

Das wollte er wirklich. Alanna hatte es gemerkt, als sie zusammen das Bauerndorf besucht hatten. Während er mit den Männern die Schwierigkeiten besprach, die es bereitete, in der steinigen Erde den Ernteertrag zu steigern, hatten die Frauen ihr von seinen vorherigen Besuchen erzählt und ihn in höchsten Tönen gelobt. Sie waren zu den abgelegeneren Gehöften geritten. Er war bei jedem schon zuvor gewesen. Und am Vortag hatten sie das Fischerdorf aufgesucht.

Dort hatte Ian sich seltsam benommen. Sie standen direkt am Strand inmitten der Fischer und unterhielten sich über die Strömungen, die Fischsaison und die letzten Fänge. Und doch hätte Alanna schwören könne, dass Ian nicht ein einziges Mal auf den Ozean hinaussah, und einmal, als sich eine besonders große Welle an den Felsen brach, war er zusammengezuckt.

Er hatte sich auf dem Absatz umgedreht und war zu ihren Pferden gegangen. Der älteste Fischer hatte ihre Hand in seine eigene knotige genommen und getätschelt. „Kümmern Sie sich um ihn, Mylady. Er hat Meerwasser in seinen Adern, und die meisten von ihnen nehmen ein schlimmes Ende. Aber er wird Fionnaway und Sie beschützen, und leben, davon zu erzählen, wenn sie ihn nur genug lieben."

Sie hatte das von sich gewiesen, aber sie konnte die Botschaft, die man ihr hatte zukommen lassen, nicht so einfach von sich weisen. Unverhohlen hatte jeder Bauer, jeder Pächter, jeder Fischer deutlich gemacht, dass sie ihn als Herrn wollten. Ebenso offen gab er zu verstehen, dass er diese Stellung einnehmen wollte.

In Wahrheit bereitete Alanna Ians Erbe keine Sorgen. Was sie beunruhigte, war ihre Vorahnung, dass Ian nicht mit der vernünftigen Ehe einverstanden wäre, die sie sich immer vorgestellt hatte. Er wollte ihr Herz; sie war entschlossen, es zu hüten.

Wilda unterbrach ihre Gedanken. „Mir wird ganz warm ums Herz, wenn ich daran denke, dass eine Frau ihn endlich so lieben wird, wie er es verdient."

„Das tue ich doch gar nicht." Ihn lieben? Ian lieben?

Möge Gott verhüten, dass sie einen Mann liebte. Sie war oft genug verraten worden: von ihrem gleichgültigen Vater, von Leslie, sogar von ihren beiden Cousins, die es begrüßen würden, wenn sie aus dem Weg wäre. Alanna brauchte keinen Mann, den sie liebte. Noch nicht einmal einen Mann, der wilde Hunde zu zähmen vermochte.

Ganz besonders keinen Mann, der die Macht besaß, ihr, indem er ihre Stirn berührte, Träume zu senden, die sie wünschen ließen, mit ihm zu liegen und ihren Hunger nach ihm zu stillen.

„Nun, natürlich wollen Sie das nicht. Welche Frau will sich schon so wahnsinnig in ihren Ehemann verlieben, dass sie barfuß mit ihm bis ans Ende der Welt ginge?“ Wilda klang verträumt, als ob sie an jemand anderen dachte als Alanna. „Aber es geschieht, und wenn das geschieht, erwartet beide großes Glück.“

„Oder Elend.“ Alanna wiederholte im Stillen ihren Schwur. „Der Mann ist noch von keiner Frau geboren worden, der mich bezirzen könnte, dieses Wagnis einzugehen.“ Dann erst fiel ihr auf, dass – wenn Leslies Behauptung der Wahrheit entsprach – Ian ja gar nicht von einer Frau geboren worden war.

Wilda brach in perlendes Gelächter aus. „Wie auch immer, Alanna MacLeod, ich glaube, Sie sind ernsthaft in Schwierigkeiten.“

War sie das? Alanna stand auf. „Ich muss jetzt gehen.“ Sie ging zur Tür, erst langsam, dann immer schneller, bis sie lief.

Der Lakai in der Eingangshalle beeilte sich, ihr das Portal zu öffnen. Die Milchmädchen mit ihren Eimern traten ihr aus dem Weg, und der Gärtner, der die Sträucher beschnitt, starrte sie an.

Aber sie eilte durch das Eingangstor, bevor irgendjemand – irgendein *Ian* – sie aufhalten konnte.

In Schottland sagt man bei Menschen, die eine besondere Ausstrahlung haben, dass „ein Tropfen Selkie-Blut in ihren Adern fließt“. Solche Pferdeknechte können das wildeste Pferd zähmen, ohne seinen Willen zu brechen. Solche Milchmädchen können Kühen die süßeste Sahne entlocken. Solche Hebammen vermögen den Schmerz der Geburt auf eine Art und Weise zu lindern, die nichts mit Kräutern zu tun hat.

Tatsächlich kann ein Selkie jedes Geschöpf auf der Erde betören.

17. KAPITEL

Bienen umschwärmten Quigleys Hand, als er die Königin und ihren Schwarm von dem Ast pflückte, an dem sie hingen. „Seh'n Se die vollen Honigbeutel, die se tragen? Das machts ihnen schwer, den Stachel da hinten einzusetzen. Drum können se auch nich stechen, wenn se schwärmen."

Alanna schüttelte verwundert den Kopf. „Mich stechen sie immer."

„Se sin' zu unruhig mit ihnen. Das können se spüren, wissen Se." Der Bauer schenkte ihr ein zahnloses Grinsen, während er die Königin zu dem aus Weide geflochtenen Bienenkorb trug, den er vorbereitet hatte. „Die Kundschafterbienen ham den Platz hier schon entdeckt. Hab wieder die Kräuter reingetan, die se so mögen." Er setzte die Königin auf der Platte genau vor dem Flugloch ab und beobachtete, wie sie hineinkrabbelte. „Jetzt passen Se auf. Die anderen folgen ihr immer. 'S is ganz einfach."

Aus sicherer Entfernung sah sie zu, wie die Bienen in einem quirligen braunen Strom folgten. „Jetzt beziehen sie alle ihr neues Heim?"

„Aye, und machen den Honig für Ihr Weihnachtsfestmahl." Quigley richtete sich auf und wandte seine Aufmerksamkeit ihr zu. „'S gut, dass Se wieder zurück sin, auf Ihr'm rechtmäßigen Platz. Und es is gut, dass ich's erleben werd, wie Se Mr. Ian heiraten."

Ihr Lächeln erstarb. Warum ging nur alle Welt davon aus, dass sie Ian heiraten würde? „Sie kennen ihn auch?"

„Aye, der Mann is hergekommen un hat mit mir gesprochen, fast gleich nachdem er hier angekommen war. Der Laird des Schwarms, das isser."

Jeder! Ian hatte einfach jeden für sich gewonnen! Jeder auf ihrem Land, wirklich jeder, mit Ausnahme seines eigenen Vaters mochte Ian.

„Ein Laird?"

„Aye. Hat mit mir gesprochen un von meiner Imkerei erfahren. Hat Armstrong vorgeschlagen, mir die Verantwortung für die Bienen und den Honig zu geben. Wusste meine Fähigkeiten richtig zu schätzen, das können Se glauben. Wenn Se verheiratet sin, bringt er Ihnen vielleicht bei, wie man mit Bienen umgeht." Quigley nickte wissend.

Ihr schwoll der Kamm. Als ob Ian ihr irgendetwas beibringen könnte. „Ach was."

„Er hat es raus, mit den Bienen. Hat mir geholfen, den Bienenkorb von einer windigen Stelle wegzutragen. Gibt nich viele Männer, die das täten! Un hat nich einen Stich abgekriegt!"

Voller Bewunderung schüttelte er den Kopf, und Alanna fragte sich, ob sie irgendwo der Erinnerung und Erwähnung Ians entgehen könnte. Als Quigley davon sprach, wie geschickt Ian im Umgang mit den Bienen war, erinnerte sie sich daran, wie er den Hund gezähmt hatte. Damon war nicht mehr länger eine Gefahr für den Frieden auf Fionnaway; jetzt wachte er über Fionnaway.

„Er is'n guter Mann, M'lady. Se haben das Richtige getan."

Gleichgültig wie sehr sie es sich wünschte, sie konnte Quigley nicht einfach scharf zurechtweisen, bloß weil er Ian mochte. Deshalb machte sie sich mit einem unwilligen Winken wieder auf den Weg. Auf Fionnaway verliefen alle Wege parallel zum Meer. Jetzt zog das Rauschen der Brandung sie auf ihren Hügel. Von dort konnte sie es sehen, das Salz in der Luft schmecken; dort konnte sie nachdenken oder auch nicht, ganz wie sie wollte.

Sie blinzelte in die Sonne, die am wolkenlosen Himmel stand und in deren strahlendem Licht das Gras wogte. Entgegen Wildas Befürchtungen war ihr warm, während sie beschwingt dem Wiesenweg folgte. Ohne ihre hinderliche Verkleidung fühlte sie sich frei. Obwohl – sie sah hinter sich – dieses zermürbende Gefühl, verfolgt zu werden, konnte sie nicht ganz abschütteln.

Ian war nicht da. Sie hatte ihn den ganzen Morgen über nicht gesehen.

In der Ferne konnte sie Lämmer hören, die Stimmen von Männern und das Blöken von Schafen; rasch lenkte sie ihre Schritte dorthin. Bald schon sah sie die ersten Schäfer, die damit beschäftigt waren, im Fluss einen Damm aus Steinen zu errichten. Sie ging zu dem künstlich angelegten Teich, in dem jeden Sommer die Schafe gewaschen und für die Schur vorbereitet wurden. Die Tiere standen in Gruppen dicht beieinander, während sie grasend darauf warteten, bis sie an der Reihe waren, in den Fluss gestoßen zu werden. Die Männer standen im hüfthohen Wasser, packten die Schafe und schrubbten sie mit Seifenlauge, bis der Schmutz des Winters weggespült war und bis hinab ins Meer floss.

Sie blieb stehen und sah zu, freute sich an der Gelassenheit, mit der einige der älteren Mutterschafe die Prozedur über sich ergehen ließen. Einige schienen es sogar zu genießen, eingeseift und untergetaucht zu werden, dann schwammen sie ans andere Ufer, schüttelten das Wasser aus dem Fell und begannen sofort wieder zu grasen. Einige der jüngeren Tiere waren bei weitem nicht so geduldig, so dass es einer festen Hand bedurfte, sie ins Wasser zu bekommen. Als ein angriffslustiger Widder in den Teich kam, mussten die Männer zu zweit arbeiten, was sie mit dem Geschick jahrelanger Übung taten.

„M'lady!“ Einer der Schäfer im Teich hatte sie entdeckt, und sie kam näher, um ihn zu begrüßen. Der Mann grinste und rief ihr zu: „M'lady, sind Sie gekommen, Ihr Sommerbad zu nehmen?“

Wie als Antwort auf seine Frage bekam der schwimmende Widder Boden unter seine Hufe, stieg in die Luft und traf den Schäfer mit seinen Vorderhufen. Der vorlaute Kerl fiel rückwärts laut platschend und mit rudernden Armen ins Wasser, und Alanna musste sich vor Lachen die Seiten halten. Als er prustend wieder auftauchte, rief sie: „Nein, aber ich sehe, du nimmst gerade deines."

Die anderen grinsten, während er erst rot wurde, dann aber in ihr Lachen einstimmte, zu froh, an diesem heißen Sommertag nass und kühl zu sein, um lange verlegen zu sein. „Tut gut zu sehen, dass Sie von den Toten wieder auferstanden sind", sagte er, während er sich Seifenschaum aus den Augen rieb. „Wir alle sind froh, dass Sie zurückgekommen sind und einen so feinen Mann wie Mr. Ian heiraten wollen."

Ihr Lächeln erstarb, und sie erkundigte sich mit zuckersüßer Stimme: „Ihr kennt ihn auch?"

„Hat uns beim Lammen geholfen, jawoll. War geschickt im Umgang mit den Mutterschafen. Ist keiner, der zu stolz ist, sich seine Hände schmutzig zu machen."

Einstimmig nickten alle, und der älteste Schäfer bekräftigte: „Is'n guter Mann."

Eine scharfe Erwiderung unterdrückend, brachte Alanna ein höfliches Lächeln zu Stande, wandte sich ab und überquerte den Fluss unterhalb des Dammes, wo ein paar große Steine es ermöglichten, trockenen Fußes an das andere Ufer zu gelangen. Sie spürte die erstaunten Blicke der Schäfer in ihrem Rücken, während sie auf der anderen Seite vom Weg abwich und quer über die Wiese ging. Sie wusste, wo sie hin wollte, und sie wusste, sie wollte dort allein sein.

Der Boden unter ihren Füßen stieg steil an, während sie sich Mühe gab, nicht auf die Gelbsternchen zu treten, die überall im Grasteppich verstreut wuchsen. Die kleinen geruchlosen Blumen, die mit der Sonne um die Wette leuchteten, verkörperten für Alanna den Sommer. Sie schimmerten warm, blühten nur kurz und hinterließen eine schöne Erinnerung.

Als sie die Hügelkuppe erreichte, blieb sie stehen, um sich an dem wunderschönsten Platz auf der ganzen Erde umzusehen. Hinter ihr erhoben sich die baumbestandenen Anhöhen, die in ihrer Sommerpracht vor dem Meer zurückwichen. Vor ihr fiel der grasbewachsene Abhang einem grünen Wasserfall gleich zur See hin ab.

Es sah so aus, als senkte sich der Hügel bis zum Strand, aber sie wusste, dass dem nicht so war. Zwar war das Gefälle fast überall ungefähr gleich, aber nur, bis das Land die Klippen erreichte, danach fiel es steil zum Meer hin ab. An diesem Küstenabschnitt gab es keinen Sandstrand. Wenn man dumm genug war, sich bis an den Rand vorzuwagen und über die Klippen hinabzuspähen – und als sie jünger war, war sie so dumm gewesen – dann würde man nur schwarze Felsblöcke sehen, die verfaulten Zähnen gleich aus dem Wasser ragten. Man würde sehen, wie sich die Wellen an ihnen brachen, sie umspülten und die Felsen dazu nutzten, alles, was sie mit sich trugen, unbarmherzig zu zermahlen, bevor sie es wieder mit sich nahmen.

Alanna liebte den Ozean. Sie ging an ihm spazieren, schwamm in ihm, freute sich an ihm, ohne je seine zerstörerische Kraft zu unterschätzen.

Beschwingt schritt sie zu den Klippen, aber sie war unachtsam und schaute nicht, wohin sie trat, so dass sie plötzlich ausrutschte, hinfiel und den Hang hinabzurollen begann. Das weiche Gras dämpfte ihren Fall; als sie wieder zu Luft gekommen war, grinste sie. Es war ein langer Weg bis zu der Stelle, wo die Klippen steil abfielen. Es war sicher, und es machte ihr Spaß.

Sie hob die Arme über den Kopf, streckte ihre Beine und begann mit wachsender Begeisterung den Hügel hinabzukullern. Vor ihren Augen wechselte sich das strahlende Blau des Himmels in rasender Geschwindigkeit mit dem Braun und Grün der Wiese ab. Sie begann übermütig zu lachen, und ein Grashalm geriet ihr in den Mund. Sie fing sich ab, setzte sich auf und spuckte ihn aus, dann vergewisserte sie sich, dass sie keinen Käfer oder anderes Getier verschluckt hatte. Wieder lachte sie – über sich selbst – und löste ihre Haare, um mit den Fingern Samen und Gras, die sich in ihren Zöpfen verfangen hatten, herauszukämmen.

Sie saß inmitten der Pflanzen, deren Spitzen auf gleicher Höhe mit ihrem Kinn waren. Die See glitzerte tiefblau, und sie konnte die Wellen auf die Felsen zurollen sehen. Mit einem glücklichen Seufzen ließ sie sich rückwärts ins Gras fallen.

Die Stängel der Gräser und Blumen waren hoch genug, ihr die Sicht auf ihre Umgebung zu versperren. Alles, was sie sehen konnte, war blauer Himmel, weiße Wolken, die sich über dem Meer bildeten und von der leichten Brise zum Land getrieben wurden, und grüne Halme, schwer von den reifenden Samen. Ein schwacher Wind trug den Duft des Sommers zu ihr, und von unter ihrem Rücken stieg der Geruch nach zerdrücktem Gras auf. Sie konnte Quigleys Bienen summen hören, während sie nach Nektar suchten, und aus der Ferne unten das schwache, rhythmische Rauschen der See. Alle Muskeln in ihrem Körper entspannten sich zum ersten Mal in mehreren Tagen.

Ein wunderschöner Geburtstag, dachte sie, während sie einschlummerte. *Ians Zauberei kann mich hier nicht finden.*

Doch als ein Schatten über sie fiel, war sie nicht überrascht, Ian zu entdecken, als sie die Augen aufschlug. Seine Zauberei konnte sie vielleicht nicht finden, aber Ian selbst sehr wohl.

Sie konnte seine Züge nicht genau erkennen, da er mit dem Rücken zur Sonne stand, sie sah jedoch, dass er hoch gewachsen, breitschultrig und ganz Mann war. Sie blinzelte in dem Versuch, die Wahrheit herauszufinden. Besaß er Zauberkräfte? Es war möglich. Sie war mit Geschichten darüber aufgewachsen, und manchmal, wenn die Stürme die See aufwühlten, glaubte sie, Stimmen aus den Wellen zu hören.

Närrische Phantastereien, bestimmt.

Und doch konnte sie ihn nicht beschuldigen, in ihre Gedanken eingedrungen und ihr Träume gesandt zu haben. Sie vermutete, dass sie, selbst wenn er ein einfacher, erdverbundener Bauer wäre, von ihm geträumt hätte. Er besaß eine solche Ausstrahlung.

„Du wirst dir noch deine helle Haut verbrennen", schalt er und ließ ihren Strohhut auf ihr Gesicht fallen.

„Aye, und wir wollen die Ware doch nicht verderben." Kaum hatte sie die Worte ausgesprochen, bereute sie sie schon; sie nahm den Hut auf und winkte ihm damit zu. „Danke. Ich werde ihn auf dem Rückweg nach Fionnaway aufsetzen."

Sie klang höflich und sanftmütig, und ihre guten Manieren ärgerten sie, aber sie wollte ihn heute nicht unnötig reizen. Während die Tage verstrichen, hatte er nach und nach seine formelle Kleidung abgelegt. Sein Krawattentuch war am ersten Tag verschwunden, sein Überrock am zweiten. Das glänzende Leder seiner Stiefel war auf seinem Weg durch Schlamm und über Wiesen zerkratzt worden, und jetzt trug er ein weißes Batisthemd und dunkle Breeches. Er war lässig gekleidet, fast ein bisschen zu lässig – und sie waren hier draußen allein.

Seit dem Kuss vor der Schlafzimmertür seines Vaters hatte er sich derart zurückgehalten, dass sie hätte glauben können, er hätte jegliches Interesse an ihr verloren.

Aber manchmal spürte sie seine Entschlossenheit bröckeln. Schon bald, so befürchtete sie, würde sie ihr Bett nicht mit dem Traum, sondern dem wirklichen Mann teilen, und auch wenn ihr Blut sich bei dem Gedanken daran erhitzte und ihre Haut prickelte, riet ihr Verstand ihr zur Vorsicht. Wenn sie ihm nachgäbe, würde er sie am Ende ganz verschlucken.

Die Art und Weise, wie er ihre im Gras ausgestreckte Gestalt betrachtete, bereitete ihr Unbehagen. Alanna setzte sich auf und strich ihre Röcke glatt. Als sie wieder einigermaßen gesittet aussah, fragte sie „Was haben Sie da?"

„Was?" Er wirkte ein wenig verblüfft. Dann folgte er ihrem Blick und schien zu merken, dass sie von dem Korb sprach, den er in der Hand hielt. „Ach das." Er lachte leise. „Bald wirst du Antworten auf all deine Fragen erhalten, auch auf die, die du gar nicht gestellt hast."

„Ich verstehe nicht."

„Oh, doch." Aus dem Korb holte er eine Decke, schüttelte sie aus und breitete sie neben ihr aus, das hohe Gras durch das Gewicht der Wolle niederdrückend. „Da ist Essen drin", erklärte er. „Die Köchin machte sich Sorgen, dass du Hunger bekommen könntest."

Widersinnigerweise ärgerte sie das. „Die Köchin hat sich Sorgen gemacht? Und dabei dachte ich immer, Sie wären derjenige, der mich wegen des Essens schimpft."

„Du isst nicht genug und arbeitest zu viel." Er ließ sich auf der Decke nieder und streifte seine Stiefel ab. „Ah", seufzte er. „Das fühlt sich schon viel besser an." Er wackelte mit seinen Zehen, was etwas Anrührendes hatte, aber seine folgenden Worte hatten nichts Anrührendes mehr. „Jemand muss auf dich aufpassen."

„Und Sie denken, derjenige sollten Sie sein."

„Mit gutem Recht."

Wie er das sagte, wie er sie ansah, ließ sie wissen, dass er mit ihr darüber streiten würde, wenn sie es wollte. Und sie würde aus dem Streit nicht als Sieger hervorgehen, das wusste sie.

Vorsichtig, um seinen Argwohn nicht zu wecken, legte sie den Hut neben sich ab.

Er nickte. „Intelligenz ist ein attraktiver Zug an einer Frau. Nun komm auf die Decke und leg dich zu mir."

Hitze breitete sich rasend schnell in ihr aus und stieg ihr in die Wangen. Den Hang hinabzurollen musste ihre Sinne verwirrt haben. Der Traum letzte Nacht hatte genauso begonnen. Er hatte ihr aufgetragen, sich neben ihn zu legen. Sie hatte ihm willig gehorcht, weil sie in ihren Träumen immer willig war.

„Alanna." Sein Tonfall klang fordernd.

„Es ist mir bequem, so wie es ist."

Er lehnte sich zu ihr hinüber, hob sie mit einer geschmeidigen Bewegung hoch und legte sie neben sich auf die Decke. Sie versteifte sich, als er sich über sie beugte.

Genauso wie er es im Traum getan hatte, verzog er seine Lippen zu einem verführerischen Lächeln. „Sehr gut. Du lernst dazu." Mit einem behaglichen Stöhnen streckte er sich neben ihr aus, seine Hüfte an ihrer, seine Schulter an ihrer, aber ohne sie wirklich zu berühren, und blickte in den Himmel.

Sie hielt den Atem an, während sie überlegte, warum er so still lag, aber sie brauchte nicht lange zu überlegen.

„Da ist ein Drache", sagte er.

Wovon sprach er? Dann sah sie seinen Finger in die Luft zeigen, die Umrisse einer Wolke nachfahren.

„Meinst du nicht, dass sie wie ein Drache aussieht?" fragte er.

„Ich ... äh ... es könnte sein. Aber", sie sah genauer hin, „genauso gut könnte es eine Katze sein."

Er klang ganz entspannt. „Zu lang für eine Katze."

Nach und nach wich die Spannung aus ihrem Körper. „Zu wuschelig für einen Drachen."

„Das ist es erst jetzt! Sieh nur, wie schnell es sich bewegt! Das ist ein Drache, der sich verwandelt."

Sie seufzte. „Eine typisch männliche Art und Weise, eine Auseinandersetzung zu gewinnen."

„Eine typisch weibliche Weigerung, die Logik zu sehen." Er klang so sanftmütig wie ein Lamm, und sie wandte ihren Kopf und sah ihn an.

Ein Fehler. *Sanftmütig* war nicht die passende Beschreibung für den Mann an ihrer Seite. *Atemberaubend, unerträglich gut aussehend* würde ihm eher gerecht. Sein Profil war klar, seine Haut schimmerte warm im Sonnenschein, seine Augenbrauen betonten die vorspringende Stirn. Seine Wimpern bogen sich, von der Seite betrachtet, fast schon lächerlich stark. Sein Bart war wie ein dunkler Schatten auf seinem Kinn, und in einem vergeblichen Versuch, ihrer Anspannung Luft zu machen, fuhr sie ihn an: „Was verstecken Sie unter Ihrem Bart? Sagen Sie Ihrem Kammerdiener, er soll ihn abrasieren."

Neugierig drehte er den Kopf, und sie bemerkte zu ihrem Erstaunen, dass tief in seinen braunen Augen silberne Funken sprühten. „Mein Kammerdiener hat mich nicht begleitet."

Seine schön geschwungenen Lippen bewegten sich unter seinem Schnurrbart. Er sah so gelassen und zufrieden aus, und sie musste daran denken, wie gut dieser Mann sich in der Landschaft ihrer Heimat ausnahm. Zuvor hatte sie ihn mit der Dunkelheit und den Stürmen verglichen, aber vielleicht sollte sie ihn besser mit den Elementen gleichsetzen, aus denen die Stürme bestanden – Luft und Wasser, Feuer und Erde.

„Ich werde Ihnen einen Kammerdiener besorgen." Sie machte eine Pause, in die Betrachtung seines Gesichtes versunken, und sprach geistesabwesend.

Seine Lippen bogen sich nach oben, auf eine seltsam einnehmende Weise reuig. „Sollte ich es einem deiner Diener gestatten, sich meiner Kehle mit einem Rasiermesser zu nähern?"

Als sie begriff, was er damit andeuten wollte, setzte sie sich gekränkt auf. „Sie würden Ihnen nie ohne meine Erlaubnis die Kehle aufschlitzen!"

„Das meinte ich ja."

Sie erwiderte nichts, reckte ihr Kinn, presste die Lippen zusammen und hielt den Blick starr auf die See gerichtet. Als er an ihren Haaren zupfte, weigerte sie sich, sich zu ihm umzudrehen.

„Deine Diener würden alles für dich tun. Sie sprechen von dir, erzählen, wie du als sorgloses junges Ding warst, ungezügelt und flink wie die Vögel, die sich in die Lüfte schwingen. Wie unbedacht du warst, doch nie grausam. Wie du es irgendwie fertig gebracht hast, genug Geld aufzutreiben, Fionnaway durchzubringen, auch wenn die Ernten schlecht waren."

Sie bemühte sich, nicht an das Kästchen mit den Steinen in seinem Versteck in der Kamineinfassung zu denken. Ian schien ihr die Gedanken von der Stirn ablesen zu können, vielleicht sogar zu spüren, was sie dachte, und Armstrong hatte gesagt, jemand hätte an ihrer Tür gelauscht.

Ian? Unwahrscheinlich. Herumzuschleichen und andere zu belauschen war nicht Ians Art. Das änderte jedoch nichts an der Tatsache, dass Armstrong nach Edinburgh aufgebrochen war, und dass sie, bis er wiederkehrte, sich Sorgen machen würde. Um ihn und um seine Tochter Ellie und um die Steine.

Sie blickte ihn an und drängte: „Weiter."

„Wie du willst."

Aber immer noch musterte er sie so eindringlich, als versuche er alle ihre Geheimnisse zu entdecken, und sie musste die blinde Furcht, die in ihr aufstieg, bekämpfen. „Die Diener", erinnerte sie ihn.

„Die Diener", wiederholte er gehorsam. „Solltest du nach unserer Hochzeit den Wunsch verspüren, mich loszuwerden, werden deine Diener mir nur zu bereitwillig die Schlinge um den Hals legen."

Ihre Angst verging – um die Steine, wenigstens.

„Solltest du dich während der Hochzeitsfeier meiner zu entledigen wünschen, würden sie mir giftige Pilze vorsetzen. Sollte ich dich später schlecht behandeln, würden sie mich kalt lächelnd von den Klippen dort stürzen – mindestens."

Die Hochzeit. Immer wieder die Hochzeit. Immer wieder seine Drohung, mit ihr anzustellen, was Männer mit Frauen anstellten. Ian jagte ihr Angst ein, denn Ian, das wusste sie, würde sich nicht zufrieden geben, bis sie ihm alles gegeben hatte. „Sie sind ein Opportunist", sagte sie. „Sie würden alles tun, mein Land zu bekommen."

Er stimmte ihr ohne Zögern zu. „Ja. Landhunger ist ein gewichtiges Motiv für jeden Mann."

„Sie würden eine bucklige, schielende Großmutter zur Frau nehmen, wenn Sie dadurch an das Land kämen."

„Oder eine Hexe."

Er klang so ernst, dass sie sich wieder umwandte und ihm in die Augen sah, in denen die Einladung, mit ihm zu lachen, stand. Eine Versuchung, der sie widerstand – aber nur mit Mühe. In ihm vereinten sich Charme, Verantwortungsbewusstsein und Anziehungskraft. Musste er jetzt auch noch amüsant sein?

Seine Hand fand ihre. Er verschränkte seine Finger mit ihren und drückte sie sachte. „Ich habe an der Hexe ihren Witz geliebt. Vielleicht kannst du ihn wieder finden."

Kurz musste sie daran denken, dass ihre ersten Unterhaltungen eher Wortgefechte gewesen waren. Sie erinnerte sich an das, was darauf gefolgt war, die Träume, die sie nicht mehr losließen, und sie spürte das Streicheln seines Daumens auf ihrem Handrücken. „Wahrscheinlich war aller Witz der Hexe in ihrem Buckel", antwortete sie schließlich.

„Dann werde ich in nächster Zeit wohl losgehen müssen", er hob ihre Hand und küsste ihre Fingerspitzen, „und den Buckel wiederholen, damit wir beide wieder miteinander lachen können." Er ließ ihre Finger los, um ihre Hand umzudrehen und die Innenseite mit seinen Lippen zu liebkosen. „Hier auf Fionnaway bist du umgeben von deinen Leuten, und sie fühlen sich schuldig wegen dem, was dir mein Vater fast angetan hätte. Sie würden es nie wieder zulassen, dass dir jemand etwas antut."

„Dessen kann ich mir nicht so sicher sein, wenn es um Sie geht." Sie war unwirsch, was sie wusste, so wenig ihr das auch gefiel, aber ihr Ärger machte sich Luft. „Sie haben alles daran gesetzt, sie seit Ihrer Ankunft für sich zu gewinnen. Ich höre, wohin ich mich auch wende, alle nur Mr. Ians Loblied singen."

„Wirklich?" Er klang so von sich selbst überzeugt und grinste so arrogant, dass sie ihm am liebsten eine Ohrfeige gegeben hätte, wenn sie sich nur trauen würde.

Sie traute sich nicht. „Von den Dorfbewohnen. Von den Mägden. Heute von dem Imker und den Schäfern. Sie würden Sie vielleicht von den Klippen stürzen, aber sie täten es nur ungerne."

Er lachte leise. „Soll das ein Trost für mich sein?"

Sie beging den Fehler, ihm in die Augen zu sehen, und fand sich gefangen. Von seinem Blick und von dem schieren Vergnügen, das es ihr bereitete, ihn anzusehen. Ihr Wunsch, so schön wie Wilda zu sein, war nur zu verständlich, der Wunsch, ihr Aussehen wäre auch nur in einem geringen Maße ähnlich großartig wie seines.

Immer noch lächelnd sagte er: „Du machst mir meine Werbung um dich unnötig schwer."

„Mir fällt kein anderer Weg ein."

Er setzte sich auf und sah auf sie hinab. Sie musste unwillkürlich daran denken, dass er jede ihrer Sommersprossen sehen musste, wenn er sie so eindringlich betrachtete, aber er erwiderte bloß: „Mir schon." Damit legte er ihr seine Hände auf die Schultern und drückte sie auf die Decke zurück.

„Was tun Sie da?" Als ob sie das nicht wüsste.

„Mit dir kann man nicht vernünftig reden." Er ragte bedrohlich über ihr auf, verdeckte die Sonne. „Mir reicht es jetzt."

18. KAPITEL

Ian sah weder verärgert noch aufgebracht aus, nur ... entschlossen. Und, fiel ihr ein, so hatte er eigentlich die ganze Zeit ausgesehen, seit dem Augenblick, als er sie hier aufgespürt und ihr den Hut angeboten hatte. Die Träume, vor denen sie an diesem Morgen geflohen war, hatten sie ganz offensichtlich mit der Absicht eingeholt, Wirklichkeit zu werden. Und sie befürchtete, dass die Belagerung der vergangenen Woche das, was sie an Widerstandskraft besessen haben mochte, geschwächt hatte.

Leise, in dem Versuch, das wilde Tier in ihm nicht unnötig zu reizen, flüsterte sie: „Ian."

„Alanna." Aus seinem Munde klag ihr Name exotisch. „Kleine Hexe. Ich habe dir Zeit gegeben. Weißt du nicht, dass du mein bist?"

„Nein." Ihre Lippen formten das Wort mehr, als dass sie es tatsächlich sprach. Es stimmte doch, oder? Diese Träume waren bloß Träume gewesen, ihr mit Hilfe seiner Zauberkräfte geschickt. Sie konnten nicht Erinnerungsfetzen sein, die in ihrem Kopf herumspukten ...

Er beugte sich über sie und streichelte das Wort mit seinen Lippen fort. „Sag mir nicht ‚Nein'. Das erlaube ich nicht."

„Bitte küss mich."

„Ich küsse dich doch."

Der Widerhall ihrer Stimmen, die dieselben Worte sprachen, weckte eine Erinnerung ... bis er mit seinen weichen Lippen über ihre Haut strich. Sein Atem, warm und betörend, lockte sie, und als sie ihre Lippen öffnete, berührte seine Zunge sie. Kurz, fast züchtig, aber voller Versprechungen.

„Mehr", hauchte sie.

Er kam ihrer Bitte nach. In kleinen, neckenden Portionen verlockte er sie, ihren Mund weiter zu öffnen, um ihm in einem feinwürzigen Festmahl der Sinne beizuwohnen, das ihr so vertraut vorkam, als hätte sie es schon einmal genossen. Sie schloss die Augen, und sofort hörte sie ein Donnergrollen und sah Blitze hinter ihren Lidern zucken.

Sie schlug die Augen auf und versuchte Ian von sich zu schieben. Als er den Kopf hob, blickte sie sich verwirrt um.

Die Wiese leuchtete immer noch so sattgrün im Sonnenschein wie schon den ganzen Nachmittag, und der Himmel war immer noch so strahlend blau wie zuvor, und die Wolken trieben immer noch duftig weiß über ihnen ...

Sie starrte die Wolke genau über ihnen an, wie sie die Form eines Drachens annahm, in allen Einzelheiten, ja sogar mit Schuppen. Sie blinzelte, da sie dachte, er würde dann verschwinden, aber stattdessen öffnete der Wolkendrache sein riesiges Maul und stieß eine Rauchfahne aus.

Ihr Blick flog zu Ian. „Warst du das?"

„Der dich geküsst hat?" Seine Lippen verzogen sich zu einem langsamen, sinnlichen Lächeln. „Ja, das war ich ganz bestimmt."

Zauberei. Nicht dass sie daran erinnert werden musste, aber der Mann konnte zaubern. Er hielt sie in seinen Klauen, so wie ein Drache seine Beute, und wie der Drache verschlang er sie mit begehrlichen und verheißungsvollen Blicken.

Kurz musste Alanna an das Quäker-Mädchen denken und empfand Mitleid mit ihr. Nirgendwo auf der Welt konnte dieses Mädchen einen anderen Mann finden, der so zu küssen verstand wie Ian, und sie würde immer alle anderen mit ihm vergleichen. Immer. Keine Frau konnte Ian küssen und sich später daran nicht mehr erinnern.

Erinnern ...

„Nein." Sie wandte ihren Kopf ab. Sie würde sich nicht erinnern.

Sonnenwärme drang durch ihr Unterhemd, und ihr wurde klar, dass er ihr das Kleid von den Schultern gestreift hatte.

Wie gelang ihm das nur immer wieder? Erst letzte Nacht hatte er ihr das Nachtgewand ausgezogen, bevor sie überhaupt gemerkt hatte, was er tat. Aber das war ein Traum gewesen. Ein Traum, der so echt erschienen war ... Sie umfing seine Handgelenke. „Das schickt sich nicht."

„Schickt sich nicht?" Er warf seinen Kopf in den Nacken und lachte, lachte aus vollem Hals, so dass ihr Einwand in ihren eigenen Ohren lächerlich klang. „Schicklichkeit ist das Letzte, woran ich jetzt denke. Was ich will, ist vollkommen unschicklich, ursprünglich, heiß und schweißtreibend – und so gut, dass einem die Tränen in die Augen treten." Er beugte sich näher vor und flüsterte: „Lass mich dafür sorgen, dass du es auch willst."

Er bot ihr ein Geheimnis an. Ein echtes Geheimnis, eines von dem niemand anders wüsste und das ihr Leben verändern würde. Ein Geheimnis, das keine wohlerzogene junge Dame kennen sollte, nach dem sie sich aber verzehrte. Seine Züge füllten ihr Gesichtsfeld aus; der Ausdruck in seinen Augen nahm sie gefangen.

„Alanna." Aus seinem Mund glich ihr Name allein schon einer Beschwörung.

Die auf sie wirkte. Unter ihrem Hemd prickelten ihre Brüste, sehnten sich nach seinem Mund. Seinem wunderschönen, sinnlichen Mund.

Seine Lippen verzogen sich langsam zu einem Lächeln. Mit seinen großen, warmen Händen hob er ihr Halsband und sah sie fragend an. Sie nickte und half ihm, es abzustreifen und in den Korb zu legen. Dann zog er ihr Hemd nach unten, so dass sie entblößt dalag, im sanften Luftzug, dem warmen Sonnenschein und unter dem blauen Himmel. Seinen bewundernden Blicken preisgegeben, die ihre Sinne verwirrten.

Dann senkte er den Kopf und küsste ihre Brust. Die leichte Berührung seiner Lippen an der sanften Rundung vertrieb jeden Gedanken an Schicklichkeit, den sie noch gehabt haben mochte.

„Oh, bitte." Sie bog sich ihm entgegen, wünschte sich, dass er seinen Mund über ihr öffnete, an ihr sog, das seltsame Sehnen irgendwie linderte, das sie an jeder empfindsamen Stelle ihres Körpers verspürte. An der empfindsamsten Stelle ihres Körpers.

„Alanna."

Sie erwachte aus der Wiederholung eines Traumes, der sich schon so oft wiederholt hatte, und fand ihn neben sich, wirklich und kräftig, ihre Brüste mit den Fingerspitzen streichelnd.

„Du bist wunderschön", murmelte er. „Genau die richtige Größe." Er umfing sie sanft. „Deine Haut hat die Farbe von Sahne, mit bezaubernden, winzigen dunkleren Flecken ..."

„Sommersprossen", sagte sie atemlos, in dem Versuch, den Bezug zur Wirklichkeit nicht gänzlich zu verlieren.

„Ich werde jede einzelne küssen." Während er sie in seinen Armen hielt, beugte er sich über sie und widmete sich der Aufgabe. „Versprich mir, dass sie mich in den Himmel führen."

Tief in ihrem Unterleib entstand wieder der vertraute Schmerz. Wegen seiner verführerischen Worte? Oder seiner erfahrenen Berührung? Sie konnte es nicht sagen. Sie wusste es nicht. Mit jeder Zärtlichkeit zog er sie tiefer in ihre Traumwelt. Eine Traumwelt, die er aus Gewitter und Sturm erschaffen hatte. Hatte er sie verzaubert, oder hatte sie das ihrer eigenen lebhaften Fantasie zu verdanken?

Sie sah auf seinen Kopf hinab, auf das glänzende Haar, das über ihre Haut strich. Sie berührte es, fühlte die seidigen Strähnen zwischen ihren Fingern. Sie glitt tiefer, rieb seine Kopfhaut und zog die Linien seines Ohres nach.

Das war echt. Er war echt.

Er rieb seine Wange an ihrer Brust. „Du bist sehr erfinderisch."

Ihre Finger verharrten. „Was hast du gesagt?“ *Er hatte das schon einmal gesagt.*

Er hob den Kopf und lächelte sie an. „Ich habe dir doch schon gesagt – es ist an der Zeit, dass du dich erinnerst.“

Bevor sie eine Erklärung dafür verlangen konnte, warum er alles, was sie im Traum gesprochen hatten, wiederholen konnte, drehte er sie auf den Bauch.

„Ian, bitte erklär mir …“

„Du weißt es doch schon.“ Er band ihre Unterröcke auf und streifte sie ihr ab.

Sie wusste es, ja, aber sie wagte es nicht zu glauben. Wenn sie könnte, würde sie ihn anschauen und ihn zur Rede stellen, aber … sie war so gut wie nackt. Ihr kurzes Hemd reichte nicht weiter als bis zu ihren Knien. Ihre Strumpfbänder hielten ihre Strümpfe auf der Mitte ihrer Oberschenkel. Und wenn ihre Schuhe ihre Füße auch gut schützten, bezweifelte sie doch, dass es für Ian einen Unterschied machen würde, ob er einen verbotenen Blick auf ihre Zehen werfen konnte oder nicht. Flüchtig dachte sie an Wilda und ihre Pantalettes, und sandte im Geiste eine Entschuldigung nach Fionnaway. Die Pantalettes, die sie heute früh noch geschmäht hatte, hätten wenigstens einen kleinen Schutz vor seinen Blicken bedeutet.

„Lieg still“, flüsterte er dicht an ihrem Ohr. „Hör mal.“

Sie versteifte sich. Sie wollte nicht halb bekleidet und zerzaust in seinen Armen von irgendwelchen Schäfern erwischt werden. Erstarrt lauschte sie auf Stimmen, konnte aber nur das Rauschen der Wellen, die Rufe der Seemöwen und das schwache Säuseln des Windes hören.

„Was siehst du?“

„Die Decke, das Gras“, sie blickte sich suchend um. „Sonst gibt es hier nichts.“

Seine Hände strichen über ihre Beine nach oben, nahmen ihr Unterhemd mit sich. „Genau. Es gibt keine Rettung. Nur die Vögel können uns sehen, und sie heißen es gut, das kannst du mir glauben."

„Der Teufel möge dich holen", entfuhr es ihr wütend.

„Der Teufel hat mich schon gehabt. Ist es dann ein Wunder, dass ich in den Armen eines Engels schlafen will?" Seine Finger streichelten ihr Kinn so zart, wie er die Federn eines dieser Vögel streicheln würde. Sie spürte seinen Bart unten an ihrem Rücken. „Du kannst mich geradewegs in den Himmel fliegen."

Etwas berührte sie. Seine Lippen. Lieber Himmel, er küsste sie dort, und sie ertrug es nicht. Ihre Hände in der Decke zu Fäusten ballend, verlangte sie von ihm zu wissen: „Was tust du da?"

Ihre Stimme klang unnatürlich hoch, und er murmelte besänftigend: „Schsch! Ich tu dir nicht weh." Sein Atem mischte sich auf ihrer Haut mit dem Wind. „Kennst du den Geruch?" fragte er.

„Welchen Geruch? Da ist nur das zerdrückte Gras." Sie schloss die Augen, um sowohl die Verlegenheit als auch die Lust auszuschließen, und mit einem Mal konnte sie die anderen Gerüche um sich herum deutlicher wahrnehmen. „Die Wolldecke. Die Salzluft vom Meer."

„Und du. Du bist wie ein betörendes Parfüm, verführst mich, dich zu kosten." Mit seinen Handflächen fuhr er über den unteren Teil ihres Rückens, das Rückgrat entlang, bis er ihr Gesäß umfassen konnte. Dann verharrte er einen Augenblick, bevor er mit der Fingerspitze weiter nach oben glitt. Sie schrak zusammen und riss die Augen auf.

„Nicht! Das ist nicht nett."

„Nett?" Er lachte leise. „Ich kann mir nichts Netteres vorstellen. Außer ..."

Der Finger wanderte weiter und erweckte dabei Nerven zum

Leben, von denen sie gar nicht gewusst hatte, dass sie sie besaß. Sie versuchte ihre Beine gegen sein Vordringen zusammenzupressen, aber irgendwie war es ihm gelungen, sein Knie zwischen ihre Schenkel zu zwängen.

Sie gab den letzten, verzweifelten Versuch, Würde zu bewahren, auf und versuchte wegzukriechen.

Er drückte sie mit seinem Gewicht auf die Decke, drehte ihr Gesicht zur Seite und legte dann seines dicht an ihres. Sie ahnte, was er vorhatte, als er befahl: „Koste dies."

Er presste seine Lippen auf ihre, und sie schmeckte *ihn*. Rauchige Wärme und salzige Leidenschaft. Ein Geschmack, der die Sinne blendete, so dass sie nichts mehr sah, hörte oder roch außer ihm, nach mehr verlangte. Nach ihm.

Sich kurz auf seine Arme stützend, drehte er sie auf den Rücken, bevor er sich wieder auf sie sinken ließ. Das Hemd war von ihren Schultern gerutscht, bedeckte jedoch ihren Oberkörper noch. Diesmal aber schob er es nicht vorsichtig zur Seite, diesmal packte er es und zerrte daran, als könnte er es nicht erwarten, sie zu sehen, und als es endlich so weit war, stöhnte er: „Du bist vollkommen." Er verschlang sie mit seinen Blicken. „Lass mich ..." Er drängte sie, die Arme zu heben. „Ich möchte alles sehen."

Er warf die Leibwäsche achtlos zur Seite, während er Alanna ansah, als wäre sie ein Traum, der wahr wurde. Unter der Hitze seiner Augen verging ihre Verlegenheit, und an ihrer Stelle verspürte sie leisen Stolz und zartes Verlangen.

Verlangen. Wie konnte sie das nur wissen?

„Ich nehme mir mein Recht wie jeder gute Mann es muss. Erinnerst du dich nicht an die Nacht in dem Hexenhaus?"

„Nein. Ich schwöre, das tue ich nicht."

„Lass mich dafür sorgen, dass du dich erinnerst."

Sie wandte sich ab, in der Weigerung, sich zu erinnern, aber er gestattete ihr nicht, sich ihm zu entziehen, sich auch nur einem einzigen Moment des Tages zu entziehen.

Seine Hand bewegte sich, und er berührte eine Knospe nur mit einer Fingerspitze. Ihre Brüste schmerzten, als hätte er ihr wehgetan.

Dabei war es nur eine Fingerspitze gewesen. Eine unglaublich behutsame Fingerspitze.

Seine Berührung fühlte sich nicht fremd an. Sie schien vielmehr vertraut, als hätte sie sie schon häufiger erfahren. In Wirklichkeit gespürt, nicht nur des Nachts davon geträumt. Nicht sich nur am Tag eingebildet.

„Erinnerst du dich nicht an die Nacht in dem Hexenhaus?"

Er malte mit seinem Finger Kreise um ihre Brustspitze, beobachtete dabei sein Tun gefesselt. Es war närrisch. Närrisch. Sie hob den Kopf und sah ebenfalls hin, und der Anblick seiner dunklen Finger auf ihrer hellen Haut fesselte auch sie. Vorsichtig, voller Sorge, er könnte aufhören, wenn sie sich zu plötzlich bewegte, schob sie sich einen angewinkelten Arm unter den Kopf.

Er hörte nicht auf. Er sah ihr unter gesenkten Lidern ins Gesicht. „Wie fühlt sich das an?" Langsam wurden die Kreise, die er zog, größer. Nach und nach kamen seine anderen Finger dazu, bis seine ganze Hand sie streichelte. „Erzähl mir, wie sich das anfühlt."

„Ich kann nicht." Er wollte, dass sie redete, obwohl sie ihre Aufmerksamkeit kaum von dem wachsenden Schmerz tief in ihr abwenden konnte.

Das hier war genauso wie in ihren Träumen.

Das hier war besser als in ihren Träumen.

Er hob seine Hand. „Hilft das?"

Genau wie in ihren Träumen. Er würde sie bis an den Rand treiben, dann aufhören. „Nein!" Sie griff seine Hand und legte sie wieder dorthin zurück, wo sie hingehörte.

Er lächelte, langsam, selbstsicher und sinnlich. „Das hier ist, was du willst?“ Er umschloss ihre Brust und drückte sie.

Das linderte den Druck in ihr. Nicht genug, aber es half. „Ja.“

Er hielt sie weiter fest, hob seine andere Hand. Er streckte sie aus, nach ihrer anderen Brust, zog sie dann wieder fort. „Würde es dir gefallen, wenn ich dich da berühre?“

Freudige Erwartung machte es ihr beinahe unmöglich zu sprechen. „Oh ja!“ keuchte sie.

„Erst sagst du es mir. Sag mir, wie es sich anfühlt.“

Verstand er denn gar nichts? Sie konnte kaum reden und noch viel weniger beschreiben ...

Er zog beide Hände fort.

„Es fühlt sich gut an.“ Sie sprach schnell.

„Gut?“ Seine Hände schwebten dicht über ihr. „Wie?“

Sie suchte nach passenden Worten. Sie versuchte es wirklich, aber alles, was sie sagen konnte war: „Gut.“

Seine Fingerspitze streifte ihre andere Brustspitze, und Alanna hob sich fast von der Decke. „Beschreib es“, forderte er sie auf.

„Es brennt.“ Die Verzweiflung ließ die Worte nur so aus ihr hervorsprudeln. „Wie ein eiskalter Regentropfen oder eine Winterwelle.“

„Es ist kalt?“

„Nein, nicht kalt. Erschütternd. Aber ...“, sie suchte fieberhaft nach dem passenden Wort, „irgendwie richtig.“

„Richtig?“ Er zeigte ein Haifischlächeln. Dann nahm er seine Hand fort und ersetzte sie durch seinen Mund.

Sie schnappte nach Luft, als seine Zunge sie sachte zu lecken begann.

„Sag es mir.“ Seine Atem strich kühl über die feuchte Haut. „Wie fühlt sich das an?“

„Meine ganze Haut ist heiß, und ich will ... so viel.“

Ihre Brustspitze in seinen Mund nehmend, begann er zu saugen und richtete damit eine derartige Verheerung an, dass sie aufstöhnte. Entsetzt von dem Verlangen, das sie dadurch verriet, legte Alanna sich die Hand auf den Mund.

Er streckte seine aus und zog ihre Hand fort. „Das ist ein Laut, den *ich* hören will."

Seine Billigung linderte ihre Verlegenheit nicht, als er aber ihre Brust umfing und die Spitze sanft zwischen Daumen und Zeigefinger nahm, stöhnte sie erneut auf.

„Sag mir, wie du dich fühlst."

„Unbeherrscht." Sie versuchte, sein Haar zu fassen.

Er schob ihre Arme wieder über ihren Kopf. „*Sag* es mir."

„Du bist richtig für mich", entfuhr es ihr atemlos. „Das hier ist richtig ..."

„Weil du mein bist."

Sie antwortete nicht. Er verlangte zu viel.

„Sag es." Er schüttelte sie leicht an den Schultern. „Du bist mein."

Sie versuchte sich daran zu erinnern, dass sie die MacLeod war. Dass alles und jeder in Fionnaway von ihr abhängig war. Dass ihre Mutter übereilt geheiratet hatte, und sie alle es hatten büßen müssen. Dass sie wirklich nicht viel über Ian wusste.

„Das werde ich nicht sagen. Ich kann es nicht."

Er lehnte sich zurück, umrahmt von blauem Himmel und vorüberziehenden Wolken. Der Wind zauste seine dunklen Haare, spielte wie zärtliche Finger in den Locken. Die Sonne schien den Schatten aus dem puren Vergnügen heraus zu bekämpfen, Ians Züge zu liebkosen. Eine Biene kam summend näher, wie um von seinem Nektar zu trinken.

Und Alanna war eifersüchtig auf den Wind, die Sonne und die dumme Biene.

„Weil du meinem Vater glaubst? Willst du mich nicht haben, weil ich ein ...", er stolperte über das Wort, „Mischling bin?"

„Nein!" Ohne den wärmenden Schutzschild seines Körpers wurde ihr kalt. Ohne seine Zärtlichkeiten litt ihr Körper.

Er blickte fort. Die Sonne schien ihm ins Gesicht und tauchte seine Züge in ihr blendendes Licht. Er war zuvor schon auf Ablehnung getroffen. Er glaubte Alanna nicht.

Ihn so zu sehen, bedrückt, enttäuscht, ließ sie Pflichtgefühl und Ehre in den Wind schlagen, ihr einziges Ziel war nur noch, ihn glücklich zu machen. Deshalb sagte sie ihm die Wahrheit, jene Wahrheit, die sie gehofft hatte, als Waffe behalten zu können. „Ich habe mein ganzes Leben hier zugebracht, bin im Meer geschwommen und habe nie einen Selkie gesehen. Aber ich habe die Geschichten gehört, ich habe die Beweise gesehen, und wenn wir auch nicht darüber reden, sind von allen Clans die MacLeod die letzten, die ihre Existenz leugnen würden. Dein Vater lügt nicht, oder?"

Seine Brust hob und senkte sich schmerzvoll, als er Luft holte, um sich gegen den Schlag zu wappnen. „Dieses eine Mal in seinem Leben sagt er die Wahrheit."

Ein Selkie. Ihr ganzes Leben lang hatte sie sich danach gesehnt, einen zu sehen, nach der Gelegenheit, glauben zu können, dass ihr Erbe wirklich war. Jetzt lag sie hier mit einem Mann, der sein Gesicht abwandte, der erwartete, seiner Abstammung wegen abgelehnt zu werden. Es stimmte und erklärte so vieles an ihm. Ihre Hand auszustrecken und sein Gesicht zu berühren, war das Tapferste, was sie je getan hatte.

Er zuckte zusammen, als rechnete er mit einem Schlag.

Stattdessen streichelte sie seine Wange mit ihren Fingerspitzen, während sie halb erwartete, er würde sich verwandeln und wie die Wolken über ihnen verschwinden.

Aber er biss nur die Zähne zusammen.

Sie griff in seinen Bart und drehte sein Gesicht sanft zu sich. Er sah sie mit seinen Augen, in denen Silberfunken glitzerten, an. Er sah zu viel, und sie hörte sich sagen: „Du bist nicht der Erste, der sich rühmt, ein Selkie-Elternteil zu haben. Darum ...“ Aber nein, sie konnte es ihm nicht sagen. Nicht jetzt. Dieses Wissen war ihrem Ehemann vorbehalten.

Mehr noch, gerade jetzt war es bedeutungslos. Jetzt musste sie ihm geben, was er verlangte. Sie musste ihn glücklich machen. „Ian, ich bin dein.“

Seine braunen Augen musterten sie wachsam, und die harten Linien um seinen Mund verrieten Argwohn. „Wirklich mein?“

„Ja.“ Sie zog ihn näher.

Er löste ihre Finger aus seinem Bart und betrachtete sie. Die kurzen Fingernägel, die sommersprossige Haut, die leichten Schwielen von dem Zerstoßen der Kräuter. Dann musterte er ihr Gesicht, misstrauisch und hoffnungsvoll zugleich. Leise sagte er: „Wenn du das glaubst – wenn du mich so nimmst, wie ich bin – dann, mein Liebling Alanna, gibt es für dich kein Entkommen. Du bist wahrhaft mein, jetzt und für immer.“

Und damit nahm er ihre Hand und legte sie auf seinen Ring.

19. KAPITEL

Der Stein fühlte sich kühl und glatt an, fast lebendig. Ian umschloss Alannas Hand mit seinen Händen und sah ihr tief in die Augen. „Du schenkst dich mir wirklich aus freien Stücken?“

Ihr wurde leicht schwindlig, und die Welt um sie herum veränderte sich. Die Farben wurden leuchtender, ihre Sinne schärfer; sie hatte Ian gesagt, dass sie ihm glaubte, und nun nahm er sie mit sich in eine andere Welt. Eine, die sie nicht zu benennen wagte.

Sein bezwingender Blick hielt ihren, während sie wiederholte: „Ich schenke mich dir."

„Hör zu." Seine warme, tiefe Stimme wob einen Zauber um sie. „Du wirst dich an diesen Tag erinnern."

„Natürlich." Der Stein wurde wärmer.

„An alles, was heute geschehen ist. Zwischen uns wird es kein Vergessen mehr geben. Wann immer der Geruch von zerdrücktem Gras dir in die Nase steigt, wann immer raue Wolle über deine Haut kratzt, wann immer du weiße Wolken über einen blauen Himmel hinziehen siehst, wann immer du den Ruf von Seevögeln hörst, wirst du an mich denken."

Er forderte zu viel, und sie versuchte es ihm zu verweigern. *Nein.* Aber das Wort wollte ihr nicht über die Lippen kommen.

„Wann immer die Lust in dir so groß ist, dass es beinahe schmerzt, wann immer du dich nach mehr sehnst, als du auf dieser Erde erhalten kannst, wirst du an mich denken. Ich werde immer bei dir sein, immer. Es wird keinen Augenblick mehr geben, in dem du nicht weißt, dass ich da bin. Ich werde ein Teil von dir sein, für immer."

War das eine Beschwörung oder eine Verwünschung?

„Verstehst du?" flüsterte er.

Wenn es eine Verwünschung war, dann kam sie zu spät, denn sie wusste, dass er Recht hatte. Selbst wenn in diesem Augenblick eine Sturmböe käme und sie forttrüge und am anderen Ende der Welt wieder absetzte, so würde sie sich an ihn erinnern. An ihn, an diesen Tag und ihre Einwilligung. „Ja."

Er ließ ihre Hand langsam los, so als zögerte er, das magische Band zwischen ihnen zu durchtrennen.

Nach und nach nahm sie ihre Umgebung wieder wahr, den Hügel, das Rascheln der Gräser, den Wind auf ihrer Haut und den strahlend blauen Himmel über Ians Schulter.

Er streifte seine Hosen ab und warf sie auf ihr Hemd, in einer Art symbolischen Zeichens ihrer Unterwerfung. Sein Hemd bedeckte diejenigen seiner Körperteile, die sie eigentlich gar nicht sehen wollte, und doch betrachtete sie ihn genau, von oben bis unten, als ob es ihre Furcht mindern würde, wenn sie wüsste, mit was sie es zu tun bekäme.

Er ragte über ihr auf. Sie wusste, dass er groß war, dass seine Schultern seine Hemden ausfüllten und seine Hände zupacken konnten. Ihr war aber bislang nicht klar gewesen, dass seine Schenkel unter der braun gebrannten Haut so muskulös waren. Damit konnte er ein Pferd lenken ... oder eine Frau reiten.

Er kniete sich neben sie und hielt ihr seine Arme in den Hemdsärmeln hin. „Du übernimmst die Manschetten."

Er hatte nichts davon gesagt, dass sie seinen Duft wieder erkennen würde. Was sie tat. Der männliche Geruch nach Sattelleder und frischer Luft gemischt mit seinem eigenen Duft. Die Mischung drängte sie sich aufzusetzen und zu tun, was er ihr aufgetragen hatte, es zu tun, bevor die Hitze unerfüllter Sehnsucht sie zu Asche verbrannte. Solange sie noch einen kleinen Teil ihrer Seele vor ihm zurückhalten konnte.

Sie zerrte an den Verschlüssen, bis sie aufgingen. Er kümmerte sich nicht darum, hielt seinen Blick auf ihr Gesicht gerichtet, während sie sein Hemd aufknöpfte und andächtig zur Seite schlug.

Weiches schwarzes Haar bedeckte seine Brust, das zu seinem Unterleib hin in einer Linie auslief, bevor es sich wieder ausbreitete, als gälte es den Körperteil zu bedecken, der sich ihr entgegenreckte. Sein Körper schrie förmlich: „Schau mich an!" und er zog ihre Blicke unwiderstehlich an.

Als er aus seinem Hemd schlüpfte, dachte sie flüchtig daran zu fliehen. Dann sah sie ihn zum ersten Mal, gebadet im Sonnenschein, und ihr Mund wurde trocken. Er war schön. Schön und bedrohlich und ...

Er umfing ihr Kinn in seiner Hand und hob ihr Gesicht zu seinem. „Mein“, erinnerte er sie. „Du bist mein, und ich werde dir nicht wehtun. Du wirst mir glauben.“

Sie starrte ihn an.

„Ich habe dir schon beim ersten Mal fast gar nicht wehgetan. Du erinnerst dich daran, wie behutsam ich war.“

Sie hörte wieder seine Stimme. *Erinnerst du dich nicht mehr an die Nacht in der Hütte der Hexe?*

Seine Hand glitt über ihren Hals, über ihre Brust, hinter ihren Rücken und dann drückte er sie zurück auf die Decke. „Ich werde dir bestimmt nicht wehtun.“

Sie war hin und her gerissen zwischen dem Wunsch, ihre Augen zu schließen und sie aufzulassen. Dem Wunsch, ihn anzufassen und es zu unterlassen. Und doch drängte sie etwas, eine vergessene Erinnerung oder etwas anderes, ihre Hände um seinen Nacken zu schlingen, als er sich auf sie senkte.

Das gefällt ihm, dachte sie, denn er verharrte einen Augenblick lang reglos über ihr, sein Gesicht zeigte einen Ausdruck schmerzhaften Verlangens. Sie verstand schmerzhaftes Verlangen. Sie hatte dieses Gefühl selbst schon erlebt und jetzt, als er sie an seine Brust presste, wallte es wieder in ihr auf.

Sanft küsste er sie auf den Mund. Sanft, bis sie sich der Wonnen seiner Küsse erinnerte. Dann verstärkte er den Druck seiner Lippen, öffnete sie weiter. Ihr Atem ging schneller, und sie griff nach ihm.

Aber er trug kein Hemd, überhaupt keine Kleidung mehr, so dass ihre Finger über seine nackte Haut glitten, auf der verzweifelten Suche nach etwas, an dem sie sich festhalten konnte, etwas, das ihr half, mit der Erde verbunden zu bleiben.

„So ist es richtig", flüsterte er heiser. „Berühr mich. Berühr mich, so viel du willst."

Sie wollte es. Sie wollte es sogar sehr. Seine Muskeln zogen sich zusammen, wenn sie über sie hinwegstrich. Sie fand sein Schlüsselbein, erforschte seine sehnigen Arme und ließ ihre Hände dann zögernd zu seiner Brust wandern. Er verharrte reglos, atmete noch nicht einmal, als ihre Finger in die dunklen Haare auf seiner Brust glitten und nach seinen Brustwarzen tasteten. Sie streichelte sie vorsichtig, versuchte nachzuahmen, was er zuvor mit ihren Brustspitzen angestellt hatte, während sie sich insgeheim fragte – gefiel ihm das auch so gut wie ihr?

„Du bringst mich um", beantwortete er ihre unausgesprochene Frage durch zusammengebissene Zähne. „Ich werde vor unerfülltem Verlangen noch sterben."

Also gefiel es ihm tatsächlich. Davon ermutigt, bewegten ihre Hände sich weiter über seine Rippen, aber er hielt sie fest.

„Mehr halte ich nicht aus." Er zwang ihre Hände behutsam neben ihrem Hals auf die Decke. „Ein andermal, wenn ich nicht so ausgehungert nach dir bin ... obwohl ich mir kaum vorstellen kann, dass dieser Fall jemals eintritt."

Sie wollte ihm widersprechen. Dann drückte er seine Lippen auf die empfindsame Stelle an ihrem Hals und zog von da aus eine Spur nach unten, sog erst an der einen, dann an der anderen rosigen Knospe, und Alanna war überzeugt, dass nichts sich so gut anfühlen könnte und dabei doch so frustrierend war.

Bis er sie berührte. Dort.

Eine Erinnerung erwachte in ihr zu neuem Leben. Ein hartes, pochendes Vorstoßen. Er hatte das schon einmal getan. *Sie* hatte dies schon einmal getan.

Sie blickte ihm in die Augen und keuchte auf, als sie heiße Flammen darin lodern sah. Hier würde es kein sanftes Überreden geben, sondern nur heißes Fordern. Wenn er sie jetzt nahm, würden ihre schlimmsten Befürchtungen wahr werden. Er würde ihr Land, ihr Leben unter seine Kontrolle bringen. Sie wäre nicht mehr Alanna allein, sondern ein Teil von ihm.

In der Hütte der Hexe. Blitz und Donner. Die Stimme ihres Liebhabers. Lust – und Schmerz.

Erinnerst du dich an die Nacht in der Hütte der Hexe?

„Was?" rief sie, als könnte die Luft ihr antworten.

Ihr Schrei schien ihn nicht zu überraschen. Er schien zu wissen, was sie entdeckte, und seine dunklen Züge leuchteten triumphierend auf. „Mein", erklärte er. „Erinnere dich."

„Nein!" Voller Angst versetzte sie ihm einen Stoß, der ihn unvorbereitet traf, so dass er nach hinten fiel. Sie rappelte sich auf die Füße und floh. Grashalme streiften ihre nackten Beine, sie atmete so schwer, als wäre sie schon viele Meilen gerannt. Aber es war nicht Erschöpfung, die sie antrieb, sondern Verzweiflung. Nicht die Bedürfnisse ihres Körper, sondern ihrer Gefühle.

Sie kam nicht weit. Wieder holte er sie ein und warf sie zu Boden, doch dieses Mal sparte er sich die Mühe, ihren Sturz mit seinem Körper abzufangen. Dieses Mal ließ er sie flach auf das Gesicht fallen und hielt sie fest, als sie sich zu winden begann.

„Du hast es versprochen", sagte er vorwurfsvoll, und seine Stimme bebte. Er rollte sie auf den Rücken, und als sie seine wutverzerrte Miene erblickte, schrie sie leise auf. „Du hast selbst gesagt, du wärst mein."

„Ja, aber ..." Aber was? Sie wusste ja nicht einmal etwas darüber. Sie wusste nur, dass, wenn sie diese Erinnerungen zuließe, wenn sie ihn einließe, sich alles ändern würde. Etwas wartete zwischen diesen Erinnerungen, etwas, das ihr Angst einjagte.

„Nein." Mit einer Handbewegung fegte er alle ihre Einwände beiseite. „Kein *Aber*. Du bist mein. Du kannst dich dagegen wehren, so viel du willst, aber du bist und bleibst mein.“ Er zog sie durch das Gras zu sich, bis sie mit gespreizten Beinen unter ihm lag. Mit einer Hand hob er sie an, während er sich in die richtige Stellung schob. „Wag es ja nicht, die Augen zu schließen“, warnte er sie. Sie konnte deutlich spüren, wie er sich gegen sie drängte.

Sie lag am Boden, er ragte über ihr auf. Ihre Stellung war unterwürfig und seine herrisch. Sie starrte ihn unverwandt an, während sie versuchte ihn abzuwerfen.

Er lächelte, aber in keiner Weise liebenswürdig. Sein Lächeln zeigte, dass er ihre Herausforderung annahm, und warnte sie gleichzeitig vor seiner Entschlossenheit. „So ist es richtig. Mach es mir nicht leicht. Mach es zum Kampf, damit ich dich besiegen kann.“

Dann schrie sie ihn an, bedachte ihn mit jedem Schimpfwort, das sie je gehört hatte. Alles schien von ihm abzuprallen. Er lächelte einfach immer weiter, hielt sie fest, gestattete es ihr, sich zu bewegen – allerdings nicht von ihm fort.

Zum Schluss hörte sie nach Luft ringend auf. Sie hatte nichts erreicht; er berührte sie immer noch, rieb sich an ihr, bis er von ihrer ungewollten Erregung feucht war.

Sie wandte ihr Gesicht ab.

„Nein.“ Er hielt inne, umfing ihr Kinn in seiner Hand und drehte ihren Kopf zurück, bis sie ihn wieder ansah. „Schau zu mir. Ich will nicht, dass du dies hier je vergisst.“ Damit kniete er sich hin und hob ihre Hüften an. Dann suchte er ihre empfindsamste Stelle und drang ein.

„Erinnere dich.“

Und als sie sein langsames, zielsicheres Eindringen spürte, kamen die Erinnerungen. Sie wusste wieder alles.

Blitze zuckten so grell, dass sie sie noch hinter ihren geschlossenen Augenlidern sah. Krachender Donner zerriss die Nacht. Ihr ver-

letzter Fuß pochte, aber nur dumpf, betäubt von dem Trunk gegen die Schmerzen. Das Gewicht eines Mannes neben ihr auf der Matratze, der sie mit seinem Körper wärmte, während er neben ihr schlief. Dann seine Verführung. Küsse, so süß, dass sie ihre alten Ängste besänftigten. Zärtlichkeiten, die ihr Lust schenkten, so intim, dass sie jenseits ihrer Vorstellungskraft lagen.

Und die sie erst an diesem Morgen wiederentdeckte.

Sie verstaute die Erinnerungen in ihrem Gedächtnis, doch der Rausch der Betäubungsmittel, die sie genommen hatte, verblasste vor Ians überwältigender Gegenwart.

„Ah." Er lächelte zufrieden. „Jetzt weißt du wieder alles, nicht wahr?"

Wenn sie es leugnete, könnte sie sich retten.

„Du tust es." Und während er sich tiefer in sie schob, lachte er laut auf. Ein Windhauch kam und trug sein Lachen mit sich fort.

Sie wollte ihm sagen, still zu sein, aber er bewegte sich wieder in ihr, und ihre Muskeln spannten sich um ihn.

„Lieber Gott." Seine Augen schlossen sich halb. „Du bist wundervoll." Er schlang ihre Beine um seine Hüften und bettete Alanna auf den Boden, legte sich auf sie und drang erneut in sie ein. „Du erinnerst dich." Er wiederholte die Bewegung. „Du erinnerst dich." Noch einmal. „Erinnerst dich."

Seine Brust an ihrer, sein Atem auf ihrem Gesicht, das Reiben seines Bartes auf ihrer Haut, er in ihr – all das war ihr vertraut. Es war gut. Wie im Zwang umschlang sie ihn, nahm ihn, beanspruchte ihn für sich auf ihre eigene Art und Weise.

Getrieben von seinem Verlangen, bewegte er sich schneller und schneller, drückte sie ins Gras, erfuhr durch sie solche Erfüllung, dass er erbebte, keuchte und sein Körper sich anspannte.

Und als er sie so fieberhaft nahm, erschauerte sie. Dies war nicht dasselbe. Dies war keine Erinnerung. Dies war besser als alles zuvor, großartiger, als sie es sich erträumt hatte. Sie schrie ihre Lust hinaus, und er lachte, während er erschöpft auf ihr zusammensank.

Mit beiden Händen umfing er ihr Gesicht. „Mein." Er wiederholte das, als ob er nicht genug davon bekommen könnte. „Alles mein." Benommen und überwältigt lag sie da, und er küsste sie wie ein Eroberer und lächelte überlegen, als wäre er ihr Herr und Meister. „Alles Gute zu deinem Geburtstag, Alanna. Du hast heute deine Volljährigkeit erlangt."

Jetzt erinnerte sie sich an alles und wusste wieder, warum sie sich so gewehrt hatte.

Sie erinnerte sich ... sie hatte ihm ihre Seele geschenkt, als sie sich zum ersten Mal geliebt hatten. Dieses Mal hatte sie ihm ihr Herz geschenkt.

Sie liebte ihn. Liebte einen Mann, der sie wollte, damit er von ihrem Heim Besitz ergreifen konnte. Damit er ihren Platz auf Fionnaway einnehmen konnte.

Wenn ein Selkie mit einem Menschen zusammenkommt, heiraten sie oder auch nicht, und wenn aus ihrer Vereinigung ein Kind hervorgeht, muss es zuerst von den Ältesten gemustert und seine Natur bestimmt werden. Mensch oder Selkie? Sie untersuchen es gründlich, und wenn das Neugeborene menschlich ist, muss der Selkie-Elternteil an Land bleiben. Zwölf Jahre sind einem Selkie gegeben, bevor er ins Meer zurückkehren muss. Zwölf Jahre der austrocknenden Luft und dem erbarmungslosen Sonnenlicht ausgesetzt sein, zwölf Jahre des Lebens unter fremden Wesen. Und doch ist der Preis das langsame Verdorren von Körper und Seele wert, denn die Kinder, die solchen Verbindungen entspringen, sind immer etwas Besonderes. Immer anders. Immer mit übersinnlichen Kräften gesegnet.

20. KAPITEL

„Habe ich dir wehgetan?" Ian betrachtete Alanna eindringlich, während er sie mit Bissen von kaltem Kaninchenbraten fütterte.

„Nein", flüsterte sie.

Er hatte ihr sein weißes Hemd übergestreift, um ihre blasse Haut vor der Sonne zu schützen, und weil es sie zu trösten schien, legte er ihr auch wieder ihre Kette um den Hals.

Sie wirkte so zerbrechlich, wie sie da auf der Wolldecke saß. Unter dem Hut, den er ihr mitgebracht hatte, lugten Grashalme aus ihren kupferfarbenen Locken hervor. Ihre Lippen waren rot und geschwollen von seinen Küssen, und ein würdigerer Mann würde sich schuldig dafür fühlen, dass er die zarte Haut an ihrem Kinn mit seinem Bart zerkratzt hatte.

Aber Ian nicht. Er fühlte sich verdammt gut. Tatsächlich konnte er sich nicht entsinnen, sich je besser gefühlt zu haben. „Mehr Brot?"

„Nein."

Sie hatte von sich aus kein Wort gesprochen, seit er sie mit seinem Körper zu Boden gedrückt und ihr Lust aufgezwungen hatte. Sie saß einfach da, die Arme über ihrem Bauch verschränkt, gab einsilbige Antworten auf seine Fragen, aß von den Speisen, die er ihr anbot, und machte die ganze Zeit einen eher verlorenen Eindruck.

Sie konnte es nicht wissen, aber jene Träume, mit denen er sie gequält hatte, hatten auch ihn selbst gequält. Er hatte keine Befriedigung aus dem nächtlichen Zusammenkommen im Geiste bezogen, und auch sein Körper hatte geschmerzt, schwer und voller Verlangen nach Erfüllung. Jetzt, wo der größte Druck etwas nachgelassen hatte, konnte er sie sanft überreden und umwerben und so tun, als sehnte er sich nicht danach, sie jetzt und gleich noch einmal zu lieben. Wonach er sich sehnte.

Mit seinem Daumen strich er einen Krümel von ihrer Unterlippe. Und dann, ohne dass er es verhindern konnte, streichelte er ihren ernsten Mund. „Willst du sagen, es hast dir nicht gefallen?"

„Wirst du verlangen, dass ich darüber rede?"

„Nein. Vermutlich nicht. Dieses Zugeständnis werde ich deiner Sittsamkeit machen können." Er sah an ihr hinab. Sie saß mit überkreuzten Beinen da, und alles an ihr bis auf ihre Knie wurde von seinem Hemd züchtig verhüllt. Er konnte nicht erkennen, was sich unter dem Stoff verbarg, aber er konnte es sich vorstellen. „Es ist Sittsamkeit, die dich daran hindert?"

„Das weißt du doch."

„Ich weiß nichts von dem, was in Frauen vorgeht." *Nicht mehr als jeder andere Mann.* „Ich weiß nur, ich habe jedes noch so kleine Zusammenziehen gespürt."

Erschreckt griff sie sich ans Hemd und sah ihn aus großen Augen an. „Zusammenziehen?"

„In dir."

Sie schob ihr Kinn vor und starrte ihn finster an, aber alles, worauf es ankam, war ihr Erröten.

„Dachtest du, ich würde es nicht merken?" erkundigte er sich.

„Ich weiß nicht, was du merkst. Ich weiß überhaupt nur sehr wenig darüber, wie das hier geht, was dabei geschieht." Sie fuhr ihn so giftig an wie eine Terrier-Hündin ihren ersten Rüden, und es erleichterte ihn, das zu hören. Sie war so niedergeschlagen gewesen, dass er sich schon Sorgen zu machen begonnen hatte. Er war zu rau mit ihr gewesen, und doch ... und doch war auch sie beinahe grausam zu ihm gewesen. Sie hatte sich so heftig gegen ihre Erinnerungen gewehrt, hatte versucht, ihn zu abzuweisen, und dabei konnte er ihr einfach nicht mehr Zeit geben.

Heute war ihr Geburtstag. Zeit war genau das, was er nicht besaß.

Er lächelte sie an. „Jungfrau."

„Diesmal nicht."

Sie hatte leise gesprochen, aber er hatte sie dennoch gehört. Und erinnerte sich. Die Nacht in der Hütte der Hexe. Ihr tiefer, betäubter Schlaf, die Verführung, die er für unabdingbar gehalten hatte. Ihre erschreckte Reaktion und sein eigenes fieberhaftes Verlangen.

Litt er unter Schuldgefühlen? Nein, gewiss nicht. Er hatte seine Möglichkeiten gründlich gegeneinander abgewogen, bevor er in jener Nacht zu ihr in die Hütte gekommen war, und die folgenden Ereignisse hatten die Weisheit seines Vorgehens bewiesen. Wie auch immer, er musste zu seiner Überraschung entdecken, dass ein Mann auf der einen Seite sehr wohl von der Richtigkeit seiner Entscheidungen überzeugt sein und sich doch auf der anderen Seite verpflichtet fühlen konnte, die Frau, die er manipuliert hatte, mit Samthandschuhen anzufassen.

Alanna schaute zur Seite, als ob es dort etwas gäbe, das sie sich unbedingt ansehen müsste, aber als er auch dorthin sah, konnte er nur Gräser entdecken, die im Wind wogten. Sie wich seinem Blick aus, deshalb ließ er seine Hand sinken und unter den Saum ihres Hemdes wandern. *Seines* Hemdes. Sie zuckte unter seiner Berührung zusammen, doch er fuhr unbeeindruckt fort, ihren Knöchel zu streicheln, während er sich ausmalte, wie offen sie war, wie zugänglich für ihn, wenn er es wünschte.

Natürlich würde er dafür sorgen, dass sie es auch wünschte. „Ich werde dir alles beibringen, was du darüber wissen musst."

„Ich dachte, das hättest du schon."

Er lachte, leise und heiser. „Wir haben kaum begonnen. Wir werden uns ein Bett suchen und den ganzen Tag und die ganze

Nacht darin verbringen, und das wird erst der Anfang für uns sein ... wenn wir verheiratet sind."

Sie zuckte zusammen.

Er spürte die Bewegung an ihrem Knöchel und zuckte fast ebenso zusammen. Er fürchtete ihre Antwort, wusste aber, dass er danach fragen musste: „Findest du mich abstoßend?"

„Abstoßend? Machst du Witze?" Sie wedelte mit den Händen, merkte dann jedoch, dass sie dabei die schützende Hand von ihrer Brust genommen hatte, und legte sie hastig wieder zurück. „Ich denke, es ist offensichtlich genug gewesen, dass ich dich in keiner Weise abstoßend finde."

„Weil du auf mich eingehst, wenn wir ..."

„Pst!" Sie starrte ihn finster an.

Er unterdrückte ein Grinsen und versuchte zu erklären: „Es gibt Dinge, die man bei einer Frau tun kann, die sie für einen Mann empfänglich machen."

Sie musterte ihn fragend.

„Man sagt, ich sei darin überaus bewandert ..." Vermutlich sollte er sich damit nicht brüsten, doch dann ließ er alle Geduld und Feinfühligkeit fahren. „Wie zum Beispiel dies." Er ließ seine Hand zur Innenseite ihres Oberschenkels gleiten.

Einen Aufschrei erstickend, griff sie durch die Baumwolle nach seiner Hand, aber seine Berührung blieb zärtlich und zurückhaltend. Sie hielt sein Handgelenk umfasst und drückte seine Hand nach unten, als könnte ihn das von seinem Tun abhalten, doch er malte mit seinen Fingern weiter kleine Kreise auf die weiche Haut.

Aus aufgerissenen Augen sah sie ihn an, wartete darauf, dass er sich auf sie stürzte.

Selbstverständlich hatte er nichts Derartiges vor. Sie mochte abstreiten, dass er ihr wehgetan hatte, aber er war zu grob mit einer Fast-noch-Jungfrau umgegangen und konnte sie nicht schon wieder nehmen. Obwohl ... er hatte als Zugeständnis ihrer Schamhaftigkeit seine Hosen angezogen, und jetzt wurden sie ihm wieder zu eng.

Ungeachtet der Forderungen des Tyrannen zwischen seinen Beinen konnte er Alanna nicht so selbstsüchtig benutzen. Er hatte sie wahrhaft zur Seinen gemacht, und jetzt war die Zeit des Werbens gekommen.

Seufzend zog er seine Finger zurück und ließ sie dabei über ihre Schenkel gleiten, weiter über ihr Knie und ihre schlanken Waden, geformt durch das jahrelange Umherstreifen in der rauen schottischen Landschaft. Sie verfolgte jede seiner Bewegungen argwöhnisch, ohne sein charmantes Lächeln zu erwidern.

Er hatte eine Aufgabe zu erledigen. Schwungvoll setzte er sich neben sie, legte ihr einen Arm um die Schultern. *Gereckte* Schultern. Sie hielt ihren Blick starr nach vorne gerichtet, aber er hob sein Knie dennoch vorsichtshalber, für den Fall, dass sie nach unten sah. Er glaubte nicht, dass der Anblick seiner unübersehbaren Erregung zu ihrer Beruhigung beitragen würde. „Es geht um mehr als um dich und mich. Da ist dein Besitz und die Leute darauf. Mein Vater ist noch hier. Dein Cousin ist immer noch dein Erbe. Ich bin anders als sie. Du weißt, wenn wir heiraten, werde ich dir helfen, dich um Fionnaway zu kümmern. Du kannst mir vertrauen."

„Warum?" fragte sie streitlustig. „Ich weiß nichts über dich."

Seine Finger gruben sich in ihren Arm. „Du kennst mein tiefstes Geheimnis." Dann fiel ihm wieder ein, dass er sie sanft überreden wollte, weshalb er seinen Griff lockerte und seine Stimme senkte. „Mein Vater konnte es nicht abwarten, das überall zu verbreiten. Du hast ihm geglaubt und kein Wort gesagt. Warum?"

„Alle haben ihre Geheimnisse, Ian." Sie warf ihm einen Blick von der Seite zu.

Hatte sie auch Geheimnisse? Natürlich. Er konnte sehen, wie sie sie in gedämpften, sanften Farben umgaben.

Würde sie ihm ihre Geheimnisse anvertrauen? Noch nicht, aber er könnte sie dazu verleiten. Er könnte sie lieben. Er konnte hinter ihren Schutzwall schlüpfen und sie irgendwann so gut kennen wie sie sich selbst.

„Erzähl mir von dir", bat sie ihn. „Überzeuge mich, dass ich mich darauf verlassen kann, dass du bei mir bleibst."

Zögernd lehnte er sich auf der Decke nach hinten und stützte sich auf seine Ellbogen. „Was willst du wissen?"

Sie entspannte sich ein wenig. „Wie hat dein Vater deine Mutter getroffen?"

„Ich glaube, er und dein Vater waren befreundet. Aus diesem Grund *ist* er ja auch dein Vormund."

Sie winkelte die Knie an, zog das Hemd darüber und beugte sich vor, als bereite ihr die bloße Erwähnung ihres Vaters Bauchschmerzen. „Ja, Mr. Fairchild gehört zu genau der Sorte Mann, die mein Vater gerne zu seinen Freunden zählte."

„Leslie kam zu einem Besuch her – zum Schmarotzen, um genau zu sein – und traf irgendwie meine Mutter. Das ist natürlich nur das, was ich sicher weiß, doch ich glaube, er hat Versprechen gemacht, die er nie vorhatte einzuhalten, schwängerte sie und floh zurück nach England." Er wartete angespannt darauf, ob sie etwas zu der fehlenden Heirat sagen würde.

Sie schien es noch nicht einmal gemerkt zu haben, und es überraschte ihn keineswegs. Warum sollte eine Frau, die seine Herkunft nicht schreckte, sich daran stören, dass er ein Bastard war? Vermutlich könnte er zugeben, heimlich Frauenkleider zu tragen – das schlecht gehütete Geheimnis seines Vaters – ohne dass sie mit der Wimper zuckte.

Sie bohrte ein wenig tiefer. „Erinnerst du dich an deine Mutter?"

Er wollte darauf nicht antworten. Er hatte es nie jemandem gesagt. Aber Alanna hatte ihn gefragt – praktisch seine Ehefrau. Sie umklammerte immer noch ihre angezogenen Knie wie ein Kind mit Bauchschmerzen, und wenn er sie davon überzeugen wollte, ihn zu heiraten, würde er wenigstens ein wenig von der Wahrheit eingestehen, um ihr Vertrauen zu gewinnen.

Außerdem würde sie nicht lachen oder sich über ihn lustig machen. Das wusste er. Also holte er tief Luft, wie ein Mann, der sich daran machte, eine lang verschlossene, rostige Tür zu öffnen, und rief sich seine Mutter ins Gedächtnis. „Ja."

„Wie sah sie aus?"

„Wie ein Mensch." Er blinzelte, versuchte seine Mutter durch den langen, dunklen Tunnel der Zeit wieder vor sich zu sehen. „Wunderschön, mit dunklen Haaren und einem süßen Lächeln. Ich war ihr Sohn, deshalb habe ich natürlich so gedacht, aber ich erinnere mich an die Männer, die herumlungerten. Sie wollten sie, jeder von ihnen, bis sie ... sie ansah. Sie hatte eine Art, einem direkt in die Seele zu blicken. Ihre Augen umwölkten sich dann, wurden fast silbern ...

„Wie deine."

Er hielt inne und versteifte sich, wobei er sich fragte, welche anderen Eigenschaften der Halbwesen er aufwies. „Ja? Das wusste ich nicht. Ich vermute, das ist der Grund dafür, warum die Leute zurückweichen, wenn ich sie anstarre."

„Einer der Gründe. Kannst du auch in die Seelen der Menschen sehen?"

Er berührte seinen Ring. Er hatte diesen Ring an seinem Finger getragen, seit seine Mutter ihn auf Fairchild Manor zurückgelassen hatte. Sie hatte ihn von der Kette um seinen Hals genommen und ihm gesagt, es wäre an der Zeit. Dann hatte sie ihn ihm an den Finger gesteckt und gesagt, er würde ihm helfen, sich im Durcheinander menschlicher Gefühle zurechtzufinden. Was er getan hatte; mit Hilfe des Ringes hatte er Auren sehen können, und mithilfe des Steines hatte er die Charaktere anderer einschätzen können. Ohne dass es ihm gesagt worden war, wusste er, der Stein würde an der Hand eines anderen nicht dieselbe Wirkung haben, deshalb antwortete er: „Nein, aber ich bin auch nur zur Hälfte Selkie."

Sie streckte ihre Beine aus und wackelte mit den Zehen. „Die Leute starren dich an wegen deiner Größe, denke ich, und weil du ihnen den Eindruck von ... ich weiß nicht ... von Überlegenheit vermittelst."

„Also wäre ich ein guter Ehemann für die Herrin von Fionnaway", witzelte er.

„Du bist hartnäckig."

„Eine weitere gute Eigenschaft."

„Du gehörst nicht hierher."

Der Schmerz traf ihn unvorbereitet, bohrte sich heiß in sein Herz. Er setzte sich auf, packte ihre Arme und zwang Alanna, ihn anzusehen. „Doch, das tue ich! Es gibt keinen anderen Ort, an den ich gehöre, als hierher."

„Ian, du tust mir weh."

Ihre Augen waren weit aufgerissen, und er blickte hinab auf seine Finger, die sich in ihr Fleisch gruben.

Nichts, was sie je zu ihm gesagt hatte, ihr Widerspruch nicht und nicht ihr Leugnen, hatten ihn so erschüttert wie ihre Weigerung, Fionnaway mit ihm zu teilen. Sorgsam lockerte er seinen Griff. „Tut mir Leid." Er strich sanft über die roten Male, die seine Finger auf ihrer Haut hinterlassen hatten. Mit gesenktem Kopf, um die Qual zu verbergen, die, wie er fürchtete, in seinen Augen zu erkennen sein musste, versuchte er es ihr auf eine Art und Weise zu erklären, die sie verstand. „Aber ich gehöre hierher. Ich bin wie ein streunender Köter gewesen, auf der Suche nach einem Ort, der meine Seele mit Frieden erfüllt. Ich habe ihn hier gefunden. Fionnaway ist für mich wie der Geruch von frisch gebackenem Brot für einen

Hungernden oder wie die Hand einer Mutter für ein neugeborenes Kind. Ich gehöre hierher, Alanna. Wirklich.“

Sie erwiderte nichts darauf, und er begriff, dass er zu eindringlich gesprochen hatte, seine Worte zu dramatisch gewesen waren und seine Verletzlichkeit offenbart hatten. Jetzt lag es in Alannas Hand, ihn so, wie sein Vater, das Quäker-Mädchen und die ganze Gesellschaft es getan hatten, am Boden zu zerstören, wenn sie es wollte.

Wollte sie das?

Vorsichtig entzog sie ihren Arm seinem erschlafften Griff. „Ich besitze ein Temperament, das bisweilen mit mir durchgeht und mich zu unbedachten Äußerungen verleitet, wie eben gerade. Entschuldige bitte. Natürlich ist Fionnaway dein Heim, solange du es wünschst.“

Ihre Hände ruhten unter seinen, die Innenflächen berührten sich. Die zarten Knochen, die Sehnen, der Handballen und die Linien in der Haut lagen offen unter seinen, verletzlich und reglos abwartend. Sie vertraute ihm, dass er sie nicht missbrauchen würde, obwohl sein heftiges Verlangen stets dicht unter der Oberfläche schlummerte und kaum zu zähmen war, wenn sie in der Nähe war. Jetzt stieg es in ihm auf, machte seinen Entschluss, ihr Zeit zu geben, ihn zu akzeptieren, lächerlich.

Er wollte nur ein Heim besitzen. Er wollte nur *sie* besitzen. Sie hatten noch keine Schwüre vor einem Priester ausgetauscht; er musste verrückt sein, ihren guten Willen durch unerwünschte Leidenschaft aufs Spiel zu setzen.

Und doch hob sich wie mit eigenem Willen eine seiner Hände und umfasste ihr Kinn, die andere legte sich auf ihre Brust. „Alanna.“ Es sollte verführerisch klingen. Es klang gebieterisch. „Ich muss dich jetzt wieder haben, ob du willst oder nicht.“

Ohne den geringsten Anflug von Schüchternheit sah sie ihm in die Augen. „Dann sollte ich besser zustimmen, oder?“

21. KAPITEL

Alanna stand auf und legte ihren Hut ab. „Komm mit. Ich will dir etwas zeigen."

Ian saß starr vor Überraschung da, während sie den Hügel hinaufging, und als er sich immer noch nicht rührte, sah sie über ihre Schulter zu ihm. „Kommst du jetzt oder nicht?"

Ihre Frage mochte ungewollt aufreizend sein, aber die Art und Weise, wie sie ihren Kopf neigte und ihn unter gesenkten Lidern betrachtete, war es bestimmt nicht. Wie hatte das junge Ding nur so schnell solche Tricks gelernt? Sie war noch vor einem Monat vollkommen unschuldig gewesen, und jetzt hatte Mutter Natur sie gelehrt, wie sie einen Mann vor Lust keuchend an ihre Seite holte.

Als er bemerkte, dass er aufgestanden war, beschloss er, dass es ihm nicht zustand, Mutter Natur in Frage zu stellen. Alanna verschwand über der Hügelkuppe, und er beeilte sich, sie einzuholen. Dann, als er auf der anderen Seite des Hügels angekommen war, verlangsamten sich seine Schritte. Was für einen erregenden Anblick sie bot, wie sie vor ihm durch das hohe Gras ging. Ihre zarten Füße berührten kaum den Boden. Ihre bloßen Beine zerteilten die Halme, deren reifende Rispen unter den Rand des Hemdes, das sie immer noch trug, glitten und sie dort neckten, wo er sie berühren wollte.

Sie stieg weiter den Abhang hinab zu einem kleinen Wäldchen, ohne sich auch nur ein Mal umzusehen, ob er ihr folgte. Wahrscheinlich kann sie meinen verräterisch schweren Atem hören, gestand er sich trocken ein, denn mit jedem Schritt wurde sein Verlangen drängender.

Eine Reihe Bäume erhob sich vor ihr, und als sie näher kam, beugte sie sich vor und gönnte ihm dabei einen flüchtigen Blick auf ihre blassen Beinen und den sanften Schwung ihres Gesäßes.

Dann, als ob der Erdboden sie verschluckt hätte, verschwand sie.

Hin und hergerissen zwischen Lust und Sorge, rannte er den Abhang hinunter. Sie konnte sich nicht verletzt haben; sie kannte die Gegend hier zu gut. Und doch ... ohne Vorwarnung öffnete sich vor seinen Füßen ein Spalt. Nicht weit unterhalb von ihm konnte er Wasser über Felsen plätschern hören und weiter bachaufwärts das tiefere Rauschen eines Wasserfalles. Er schwankte, dann stürzte er. Im Fallen versuchte er sich abzustützen, rollte sich ab, und als er seine Augen wieder aufschlug, erblickte er Alanna, die stirnrunzelnd neben seinem Kopf stand.

„Ich habe immer gedacht, du bewegtest dich so geschmeidig", sagte sie.

Er konnte unter ihr Hemd sehen. Sein Hemd. Das Hemd. Er konnte ... alles sehen. Ihre Beine und dazwischen ...

„Hast du dir wehgetan?" Sie betrachtete ihn immer noch stirnrunzelnd, ohne im geringsten zu merken, wohin seine Gedanken wanderten.

Sprachlos vor überwältigender, nie gekannter Lust, schüttelte er den Kopf. Er hatte bei seinem Sturz keinen Schaden genommen, aber bei Gott, wenn er sich jetzt auf den Bauch drehte, würde er sich ernsthaft verletzen. Sie war nackt, splitterfasernackt, vollkommen ... Er starrte sie an. Es würde ihr auffallen, sie würde sich abwenden. Er würde sterben.

„Ich dachte, dir würde dieser Platz hier gefallen. Es ist der Oberlauf des Schafbaches, und das Wasser ist ganz sauber ..." Sie betrachtete ihn prüfend. „Du siehst so seltsam aus. Hast du dir den Kopf angeschlagen?"

Er hob die Hand, um seine Stirn zu betasten, nur um festzustellen, dass seine Hand sich stattdessen um ihren Knöchel gelegt hatte.

„Ian, was tust du …?" Ihre Stimme erstarb; sie legte den Kopf auf die Seite und musterte ihn erneut. Dann sprach sie mit sinnlicher Stimme, wie er sie noch nie bei ihr gehört hatte. „Ian, starrst du mich an?"

Wie konnte er das zugeben? Wie konnte er es ableugnen?

Sie stellte ihren freien Fuß dichter neben seinen Kopf, der andere blieb, wo er war, und er konnte … mehr sehen. Sie öffnete sich ihm, und seine Hand begann den langen Anstieg zur Seligkeit.

„Nein." Sie machte einen Schritt zur Seite, aus seiner Reichweite; in ihrer Stimme konnte man ein amüsiertes Glucksen vernehmen. „Ich habe dich hergebracht, damit du dir den Wasserfall ansiehst und nicht mich."

Als sie herumwirbelte, griff er nach ihr und bekam ihr Bein zu fassen. Kichernd ließ sie sich auf alle viere fallen. Seine Hand rutschte ab, und Alanna krabbelte fort, bevor er sie wieder festhalten konnte. Mit einem lauten Freudenschrei sprang sie zum Bach, und er machte sich mit frischer Kraft an ihre Verfolgung. Im Sonnenlicht glitzernde Wassertropfen spritzten in hohem Bogen auf, als sie von einem Felsen in den Teich unter dem Wasserfall sprang.

Er blieb abrupt dicht vor dem Rand stehen. „Alanna."

Sie räkelte sich im tiefen Wasser und tauchte unter, und zum zweiten Mal in weniger als einer Minute konnte er einen flüchtigen Blick auf ihre sanft gerundeten Pobacken erhaschen, bevor sie im Wasser verschwand.

Nie zuvor hatte er begreifen können, wie Wassernixen ihre Opfer ins Verderben lockten, doch nun verstand er es. Er konnte sie in der Tiefe sehen, ihre kräftigen Arme, ihre Füße, sein Hemd, das sich an ihren Körper schmiegte. Ihr Haar schwamm auf dem Wasser, ein Banner aus Seide, das in der Strömung trieb. Er wollte zu ihr, aber …

Sie kam am anderen Ufer an die Oberfläche. „Ich wette, du kannst mich nicht fangen", spottete sie.

„Ich wette, ich kann es doch", murmelte er. Wenn der Anblick ihrer Nacktheit ihn so fesselte, wäre sie dann nicht andersherum von ihm fasziniert? Andere Frauen waren es gewesen, obwohl es ihn bei ihnen gestört hatte, wie ein Pferd begutachtet zu werden. Jetzt aber, wo er über ihr auf dem Felsen stand, legte er seine Hosen ab und bot seinen nackten, im Sonnenlicht gebadeten Körper ihren Blicken dar.

Alanna öffnete ihren Mund, biss sich auf die Lippe und starrte ihn schamlos an.

Das konnte er ihr nicht verdenken; er wusste nicht, wann er das letzte Mal so erregt gewesen war.

Mit der geschmeidigen Eleganz, derer er sich rühmte, stieg er zum Ufer hinab, genau an die Stelle, wo das Wasser sich vor einem schmalen Kanal sammelte, bevor es den Hügel hinabfloss. Hier war das Wasser nur knietief und, wie er entdeckte, als er hineinging, erstaunlich kalt. Er schickte kurz ein Dankgebet gen Himmel, dass er auf den irrsinnigen Sprung von ihr verzichtet hatte.

Unbekümmert watete er zum anderen Ufer und ließ sich auf einem sonnenbeschienenen großen Stein nieder.

Alanna schwamm zu ihm. „Was tust du da?"

Sich zu seiner vollen Länge ausstreckend rollte er sich auf die Seite. „Ich sonne mich." Er stütze sich auf einen Ellbogen. „Geh du so lange nur schwimmen."

Schulterzuckend gehorchte sie, wand und drehte sich genüsslich im Wasser. Seine Erregung nahm zu, wurde drängender, gerade so, als verlockte sie ihn mit jedem Beinschlag, zu ihr zu kommen. Aber das würde er nicht, und so schloss er seine Augen und sank auf den Felsen zurück. In der Sonne nickte er immer wieder ein, während er auf seine Braut wartete und sich ausmalte, wie er sie dieses Mal nehmen würde.

Plötzlich spritzte kaltes Wasser auf seine sonnenwarme Haut

und riss ihn jäh aus seinen Träumen. Sich zur Seite drehend, sah er sie Wasser treten und ihn anlachen.

„Habe ich dich aufgeweckt?" rief sie, schöpfte mit ihren Händen Wasser und spritzte ihn erneut nass.

Ian lächelte, langsam und gefährlich. Sie machte es ihm fast zu einfach.

Er setzte sich auf, legte sich die Hände flach auf die Brust und ließ sie bedächtig durch die dort glitzernden Wassertropfen gleiten und verteilte sie auf seiner Haut, erst auf dem einen, dann auf dem anderen Arm und leckte den Tropfen auf, der über seine Lippen rann.

Ihre ganze Ausgelassenheit war wie weggefegt, während sie jede seiner Bewegungen mit den Augen verfolgte, wie gebannt von dem Anblick seiner schimmernden Haut.

„Alanna, spritz mich noch einmal nass." Sein Tonfall war verführerisch.

Sie sah ihn an, die Augen weit aufgerissen, der Mund leicht offen.

„Mir ist warm, Alanna." Er schüttelte seine Haare, und Tropfen flogen in alle Richtungen. „Spritz mich noch einmal nass."

Anscheinend allein von seiner männlichen Schönheit betört, schwamm sie zu ihm. Als sie Grund unter ihren Füßen spürte, ging sie weiter, kam langsam aus dem Wasser, und mit jedem ihrer Schritte bot sie Zoll um Zoll mehr von ihrem Körper seinen Blicken dar, während er im Stillen seinen Vorfahren dankte. Sie hatten ihm zu dieser Gestalt verholfen, und er würde sie wiederum an seine Kinder weitergeben.

Die Kinder, die er mit Alanna haben würde.

Sie stieg auf den Felsen, auf dem er lag; das nasse Hemd schmiegte sich an ihre Brüste, klebte an ihrer Taille und strich sacht über ihre Hüften.

Er war eifersüchtig auf sein eigenes Hemd.

„Warum siehst du mich so an?“ Ihre Stimme klang ein wenig heiser, Wassertropfen rannen über ihre Schenkel, einem erotischen Muster folgend, zu Boden.

„Du siehst ... kühl aus. Wie eine Erfrischung an einem heißen Sommertag.“ Sich auf seine Ellbogen zurücklehnend, hielt er ihr seine Hand hin. „Komm, lass mich von dir trinken.“

Sie legte ihre Hand in seine und kniete sich neben ihn. Sie küsste ihn mit solcher Ungezwungenheit, als wären sie schon seit Jahren zusammen, und ihre Lippen schmeckten nach frischem Bergwasser und Neugier.

Er wollte ihren Kopf zwischen seine Hände nehmen, sie anleiten, ihr zeigen, was ihnen beiden Vergnügen bereiten würde. Aber er wartete, wollte sehen, wo ihre Fantasie sie hinführen würde.

Als sie sich auf ihre Fersen zurücksetzte, dachte er, ihr Wagemut oder ihre Vorstellungskraft hätten sie im Stich gelassen. Aber nein, sie hob die Arme, nahm ihr Haar im Nacken zusammen, beugte sich über ihn und wrang die schweren, nassen Strähnen aus.

Er zuckte bei jedem Tropfen, der auf seine heiße Haut fiel, zusammen. Sie spritzte ihn von Kopf bis Fuß nass, und als sie fertig war, ahmte sie ihn nach. Sie legte ihre Handflächen auf seine Brust und verteilte das Wasser, bis es seine Haut wie ein dünner Film bedeckte, der in der Sonne glitzerte, bevor er verdunstete.

Es hätte ihn abkühlen sollen; was es nicht tat. Sie begann an seinen Schultern, strich über die glatte Haut, streichelte seine Brustmuskeln und malte mit den Fingern Kreise um seine Brustwarzen. Wenn sie mehr Erfahrung besessen hätte, würde er annehmen, sie versuchte ihn absichtlich zu reizen. Aber ihr Gesichtsausdruck, während sie versunken die Bewegungen ihrer Hände verfolgte, verriet sie.

Er mochte es. Mehr als das. Sein Herz schlug heftig, sein Atem ging abgehackt und schwer. Wenn jemand hier jemanden verzauberte, dann Alanna. Unfähig, still liegen zu bleiben, winkelte er sein Bein an.

Seine Bewegung schien sie aus ihrer Versunkenheit zu reißen. Sie blickte auf seine Beine hinab, auf die Muskelstränge an seinem Oberschenkel, und fuhr sie mit ihrem Zeigefinger nach.

Er schnappte hörbar nach Luft. Sie sah ihm ins Gesicht und lächelte.

Dieses Lächeln! Ganz weiblich, ganz wissend. Wie hatte sie das nur so schnell gelernt?

Sich seinen Füßen zuwendend, besprenkelte sie sie mit Wasser, umfasste sie mit ihren kräftigen Händen, mit denen sie ihre Form nachfuhr, dann weiter zu seinen Knöcheln und hoch zu seinen Knien. Sie rieb seine Schenkel, und als er sich unter ihren Finger verspannte und leise vor Wohlgefühl aufstöhnte, verstärkte sie den Druck und knetete jeden einzelnen sich deutlich abzeichnenden Muskel.

Sein Köder hatte sich als nur zu wirkungsvoll erwiesen. Sein Körper faszinierte sie, und im Gegenzug wurde er von ihr verzaubert.

Er hielt den Atem an, als sie an den Beweis seiner Erregung kam, und fragte sich, ob sie ihn in mädchenhafter Schamhaftigkeit übersehen würde.

Er hätte es besser wissen müssen. Nicht Alanna. Nicht dieses ungehemmte Geschöpf. Sie benetzte ihre Finger in der Wasserpfütze auf seinem Bauch und begann ihn ganz zart zu liebkosen. Gequält ballte er seine Hände zu Fäusten, als sie ihn mit ihrer feuchten Fingerspitze intim erforschte. Dann hob sie ihren Finger nachdenklich an die Lippen und berührte ihn mit der Zungenspitze.

„Alanna!“ Erregter, als er es ertrug, griff er nach ihr.

Sie entwischte ihm. „Nein. Ich werde es tun.“ Sie schubste ihn zurück, und er ließ sie gewähren, es war ihm gleichgültig, wie sie nahm, solange sie ihn nur nahm.

Sie schwang sich auf ihn, schlang ihre Beine um ihn und umklammerte ihn gierig fordernd. Dann umfasste sie ihn mit beiden Händen und legte ihn genau dorthin, wo er sein wollte. „Hier?" fragte sie.

„Genau da."

Sie war für ihn bereit, weich und feucht, ihre Leidenschaft durch den bloßen Anblick seines nackten Körpers, durch ihre Hände auf seinem Fleisch geweckt. Sie war sein, auf sein Verlangen so genau eingestimmt, dass die Lust zwischen ihnen ständig dicht unter der Oberfläche schlummerte und bei der kleinsten Ermutigung wuchs.

Das Verlangen, in ihr zu sein, wurde übermächtig, und er legte seine Hände auf ihr Gesäß, half ihr, und ihre Muskeln zogen sich zusammen, als sie ihn in sich aufnahm. Während sie ihn umschloss, war es, als wäre er die Jungfrau, der Anweisungen von seiner ersten Frau erhielt ... seiner einzigen Frau. Himmel, ihre Hitze versengte ihn, setzte ihn in Brand und weckte in ihm den Wunsch, sie jetzt zu nehmen, später zu nehmen und ihr klar zu machen, dass sie sein war, sein allein.

Ihre Augen waren geschlossen, ihr Gesichtausdruck war verzückt, während sie das Gefühl kennen lernte, einen Mann in sich zu haben. Langsam hob sie sich an, und während er sich in ihr bewegte, geriet er an den Rand der Ekstase. Das Hemd schmiegte sich immer noch an ihren Körper, sein Saum kitzelte ihn an Oberschenkeln und Bauch. Sie verhielt in der Bewegung, dicht über ihm schwebend. Sie öffnete die Augen und sah an ihm hinab – und hob die Arme, schlang sie um ihren Kopf. Ihre Brüste hoben und senkten sich dabei, die Brustspitzen fest und zart wie Himbeeren.

Sie nahm ihr Haar und schüttelte es über ihm aus. Es wunderte ihn bloß, dass die Wassertropfen nicht zischend auf seiner Haut verdampften.

„Ich versuche dich abzukühlen." Es war eine glatte Lüge, denn sie senkte sich wieder auf ihn hinab, hob sich erneut, nur um wieder auf ihn herabzugleiten. Mit ihren Handballen rieb sie über seinen Bauch und verteilte das Wasser über seinen Muskeln. „Ist dir jetzt kälter?"

Sein Körper war ein brennender Schmerz. Er sollte eigentlich nichts spüren, außer dass sie ihn umschloss, aber ihre Hände vergrößerten seine Qual. Die Wassertropfen, die sie noch nicht aufgefangen hatte, rannen über seine Rippen, und jeder Blutstropfen in ihm kämpfte darum, in den Teil von ihm zu gelangen, der tief in ihr war.

„Du bist eine Hexe."

„Ich weiß." Sie lächelte selbstzufrieden.

Zu selbstzufrieden. Doch auch er besaß Waffen, die er in diesem Kampf des Fleisches einzusetzen verstand. Aufreizend begann er, die Perle ihrer Lust zu liebkosen.

Ihr Lächeln erstarb. Sie versuchte ihre Beine zu schließen, aber sein Finger verstärkte den Druck. Sie wimmerte und hob sich, jede Bewegung weniger beherrscht, drängender, ihre Unrast immer größere Unrast nach sich ziehend. Er stieß nun in sie, hielt sie fest und wurde fest gehalten, wollte es hinauszögern und gleichzeitig beenden, jetzt, jetzt ...

„Jetzt", keuchte sie, drängte sich ihm unersättlich entgegen, während ihre inneren Muskeln sich um ihn zusammenzogen.

Seine Füße flach auf den Boden stellend, hob er seine Hüften und senkte sich in sie, forderte ihre Erwiderung und entlockte ihr einen hohen Schrei. Sie umklammerte seine Arme, warf ihren Kopf in den Nacken, ihr Körper straff vor Verlangen. Er verströmte sich in ihr, versank in unendlichem Entzücken.

Keuchend ließ sie sich auf seine Brust sinken, und er schlang einen Arm um ihre Schultern und einen um die weichen Rundungen ihres Gesäßes. Sie war sein. Was für ein Gott auch immer im Himmel herrschte, sie war sein, und das Leben konnte nicht besser werden, als es gerade jetzt war.

Bis sie sich regte und an seiner Brust murmelte: „Erzähl mir von deiner ersten Erinnerung."

Sie hatte wahrhaft jeden Trick der Frauen gelernt. Mache den Mann mit körperlicher Liebe gefügig und entlocke ihm dann Informationen, solange er noch willig ist. Er knurrte missmutig und schob sich ihre mittlerweile trockenen Haarsträhnen aus dem Gesicht. „Warum?"

„Weil ich es wissen will." Sie streichelte zart seinen Arm.

„Ich dachte, weil du mir nicht wieder ins Gesicht sehen kannst."

„Nein." Aber ihr Tonfall war unsicher und fragend.

Man konnte sie zur Leidenschaft verführen, aber nicht ohne Folgen. Die Erinnerung an ihre Ungezügeltheit machte sie schüchtern, und ihre Schüchternheit weckte seine Zärtlichkeit, wo er zuvor ungeduldig gewesen war. Er konnte ihre Frage beantworten. So viele Jahre waren vergangen; sicherlich konnte die Erinnerung ihm nichts mehr anhaben. „Wir waren schwimmen in der schwarzen See."

„Schwarz?"

Einen Augenblick lang sah er alles wieder durch die Augen des Kindes, das er gewesen war. „Nachts, vermutlich. Ich war noch klein – drei oder vier, ich weiß nicht. Ich weiß nur, dass es dunkel war. Ich hielt mich an Mutters Rücken fest, und sie lachte und ich auch." Schweiß bildete sich auf seinem Gesicht und in seinen Handflächen.

Sie setzte sich auf, die Stirn besorgt gerunzelt.

„Diese große Welle kam und riss mich fort." Er drehte seinen Kopf, so dass er eine besonders interessant geformte Wolke betrachten konnte – und damit sie nicht sehen konnte, dass sein Gesicht sich schmerzlich verzogen hatte.

Sein Herz schlug heftig, und er musste nach Luft schnappen – warmer, süßer Luft – bevor er weitersprechen konnte. „Ich versank in der Schwärze, und ich konnte nicht atmen. Nicht, dass ich nicht daran gewöhnt war. Ich bin schwimmen gewesen, solange ich denken konnte, deshalb wusste ich, ich würde irgendwann wieder nach oben kommen.“ Er musste eine Pause machen. Er bekam nicht genug Luft, und er atmete mehrmals tief ein.

Was für eine dumme Idee, sich absichtlich an etwas zu erinnern, das so lange her war. Es war nicht wichtig. Er wollte nicht weiter darüber reden, und er hätte ihr das auch gesagt, aber ... er musste sich darauf konzentrieren, genug Luft in seine Lungen zu bekommen.

Sie glitt von ihm herunter, doch er rührte sich nicht. Himmel, er konnte es nicht.

Sie streichelte ihn sanft mit ihren Fingerspitzen. „Diesmal kamst du nicht wieder nach oben?“

„Nein.“ Unter ihrer Berührung wich etwas von dem Druck, der seine Brust umspannte. „Die See war zu rau. Ein paar Mal kam ich an die Oberfläche, glaube ich, aber ich konnte nicht genug Luft schnappen.“

„Deine Mutter hat dich gefunden. Sie rettete dich.“

„Nein.“

Sich dicht über ihn beugend, so dass ihre Nasen sich fast berührten, verlangte Alanna zu wissen: „Was meinst du mit *nein*?“

„Der Sturm war heftiger, als ihr klar gewesen war, und sie war geschwächt, denke ich.“

Er zwang sich zu lächeln, um etwas zu beweisen – dass seine ungewöhnliche Erziehung nicht umsonst gewesen war oder dass die Erinnerungen ihn nicht länger aufwühlten. „Später hat sie mir erklärt, dass menschliche Gliedmaßen nicht besonders geeignet sind fürs Schwimmen."

„Vermutlich gibt es Besseres."

„Der Seegang war auch zu hoch für sie in jener Nacht. Jemand anders hat mich an Land gebracht." Warum hatte er entschieden, Alanna das anzuvertrauen? Vorher hatte sie vielleicht seine Abstammung gar nicht in ihrer vollen Bedeutung begriffen. Jetzt würde sie sich weigern, ihn zu heiraten. „Ich wusste nicht, wer. Ich war damals ohnehin halb tot. Es schubste mich auf den Strand ..."

„Es?"

Ian hasste es, so ein Schwächling zu sein, dass er sich bei der bloßen Erinnerung daran innerlich krümmte, und fuhr sie an: „Ich glaube wirklich nicht, dass es menschlich war. Du etwa?"

Sie schüttelte den Kopf.

„Ich konnte nichts sehen. Die ganze Zeit über habe ich gehustet und Wasser gespuckt. Dann war meine Mutter da und hielt mich fest, als wollte sie mich nie wieder loslassen. Mein Retter schimpfte mit ihr. Er bellte. Und sie verstand ihn." Er erbebte.

Mit Bedacht schlang Alanna ihre Arme um seinen Nacken.

Drachen und Kätzchen bildeten sich aus Wolken und lösten sich wieder auf. „Wir sind danach nie wieder im Meer schwimmen gegangen."

Ihre Wange an seiner Brust reibend, murmelte Alanna besänftigend: „Armer kleiner Junge." Sie hauchte Küsse auf sein Kinn. „Aber es gab auch Gutes, oder?"

„Als ich noch sehr klein war, sang sie oft." Die Wolken ballten sich neu zusammen, formten ein Abbild des Gesichtes seiner Mutter, und er ertappte sich dabei, wie er ihr zulächelte. „Aber später ... es war, als alterte sie zu rasch, trocknete aus. Dann sah sie hinaus aufs Meer mit solcher Sehnsucht. Und wenn sie sich dann umdrehte und mich ansah, hatte sie denselben Ausdruck in ihrem Gesicht. Darum hatte ich nicht damit gerechnet, dass sie mich verlassen würde." Er hob seine Hand und fuhr damit sanft durch Alannas Haar.

„Deine Mutter blieb so lange bei dir, wie sie nur konnte."

Er verstand nicht, wovon Alanna sprach, und er begriff auch nicht, warum es so klang, als hieße sie das Tun seiner Mutter gut, die ihn verlassen hatte. Sein Griff festigte sich. „Erklär mir das."

„Wusstest du es nicht?" Sie wand sich erneut in seinen Armen, so dass sie ihn ansehen konnte. „Die Gesetze, die uns auf Fionnaway regieren, erlaubten ihr nicht, länger an Land zu bleiben. Sie hätte es dir sagen sollen."

„Das hat sie vielleicht." Er hatte nicht zugehört. Sie war seine Mutter, und in seinen Augen war sie allmächtig. Er hatte geglaubt, dass sie ihn nie verlassen würde, egal wie hoch der Preis wäre, den sie dafür zu zahlen hätte.

„Sie ging zurück ins Meer", sagte Alanna sanft. „Vielleicht ist sie jetzt dort. Wir werden eines Tages schwimmen gehen, und vielleicht wird sie ..."

„Nein!" Diese große schwarze Welle erhob sich wieder in seinem Kopf, und er entsann sich wieder des würgenden Gefühls, Salzwasser einzuatmen. Er erinnerte sich noch an den bitteren Geschmack, das Brennen in seinen Lungen und das Kratzen von getrocknetem Salz auf seiner Haut.

Und gleichgültig welche Erklärungen Alanna ihm gab, er konnte seinen Groll auf die Frau nicht vergessen, die dumm genug gewesen war, sich mit Leslie einzulassen und einen Sohn von ihm zu empfangen, nur um diesen Sohn ohne einen Blick zurück aufzugeben.

Sie war still, und er bemerkte, dass Schauder ihn überliefen. Er nahm alle Selbstbeherrschung zusammen, die er sich mühsam erworben hatte, und erlangte seine Fassung wieder.

„Dein Vater ist dumm." Alanna, immer geradeheraus, äußerte

unverblümt ihre Meinung. „Er hat all seine Gaben verschleudert. Erziehung, Charme, gutes Aussehen. Er verließ aus Angst seine Selkie-Braut und entfremdete sich seinem wunderbaren Sohn aus Neid."

„Ich verstehe nicht."

„Du bist etwas Besonders. Er ist es nicht. Sein ganzes Leben lang hat er sich eingeredet, seine Unzulänglichkeiten wären nicht seine Schuld. Dann kamst du, und trotz der widrigsten Umstände, die er dir nur schaffen konnte, bist du zu einem Mann herangewachsen, den andere bewundern und achten."

Er hatte nie unter diesen Gesichtspunkten über seinen Vater nachgedacht. Innerlich war er immer der Junge geblieben, den seine Mutter verlassen hatte und dessen Vater ihn ablehnte. Aber irgendwie gelang es Alanna, die Wirklichkeit durcheinander zu wirbeln und neu zusammenzusetzen wie eine Fee – oder eine Hexe. „Es gibt Leute, die Wettermachen nicht besonders bewundernswert oder achtbar finden."

„Mr. Fairchild könnte niemals Macht ausüben." Ihr Mund war ernst. „Du, Ian, bist ein mächtiger Mann."

Er starrte auf die Frau in seinen Armen. Eine widerspenstige kleine Locke fiel ihr in die Stirn, wehte leise im Wind, während sie seinen Blick kühn erwiderte.

Wo andere vor der Dunkelheit, die ihn umgab, zurückschraken, verschmolz sie mit ihm. Ohne lange darüber nachzudenken, senkte er den Kopf, seine Lippen berührten sachte die ihren. Er zögerte, aber sie versuchte nicht, ihm auszuweichen, und so drückte er seinen Mund fester auf ihren. Ihre Lippen waren weich und voll. Er sollte den Kuss vertiefen, aber er zog seinen Kopf zurück.

Zu seiner eigenen Rettung zog er sich zurück. Er hatte immer schon gewusst, dass er dieses Täubchen bezirzen konnte, ihre Furcht zu vergessen, aber zum ersten Mal fragte er sich, welchen Preis er dafür würde bezahlen müssen.

Ihre Lider senkten sich. „Warum bist du mir gefolgt?“

Er stand auf, hielt ihr seine Hand hin, und als sie sie nahm, zog er sie auf die Füße. „Heute ist dein Geburtstag, und es war an der Zeit, dass du dich erinnertest. Es ist an der Zeit, dass du mich heiratest.“

Sie musterte ihn eindringlich, so als sähe sie in ihm den Schmerz all der Jahre. Das würde sie verschrecken, befürchtete er, mehr als alles andere, denn wenn ein Mann nicht stark genug war, den Schmerz zu ertragen, dann war er auch nicht stark genug, Achtung zu erringen.

Stattdessen verzog sich ihr Mund zu einem breiten, zufriedenen Lächeln. „Ja“, sagte sie. „Ich werde dich heiraten.“

Zuerst glaubte er, sich verhört zu haben. Dann erwachte Hoffnung, breitete sich aus und wuchs. Schließlich verspürte er überwältigenden Triumph, golden und purpurn und scharlachrot. Unvorstellbaren, blendenden Triumph.

Er sollte jetzt etwas sagen, seine Freude ausdrücken und sie seiner besten Absichten versichern, aber das einzige Wort, das er über seine Lippen bringen konnte, war: „Heute.“

22. KAPITEL

„Wurde aber auch Zeit, dass ihr beide kommt. Wenn ihr noch länger gebraucht hättet, wäre ich euch mit dem Gewehr holen gegangen.“

Alanna schien nicht sonderlich überrascht, dass Mr. Lewis sie bereits vor der Kirchentür erwartete.

Ian schon. Der Geistliche mit seinen Vorahnungen war ihm nicht ganz geheuer.

Der frische Nachmittagswind zerrte so heftig an Mr. Lewis’

Kleidung, dass Ian fürchtete, der gebrechliche alte Mann könnte weggeweht werden. Aber an dem Blick, mit dem er ihn bedachte, war nichts Gebrechliches. Er rügte ihn damit, doch Ian erwiderte ihn ungerührt. Alanna war sein, er hatte sie für sich gewonnen, also durfte der alte Mann ihn ruhig finster anstarren, wenn es ihn glücklich machte.

Alanna, der der wortlose Austausch entgangen war, fragte: „Wie geht es meiner Katze?"

Mr. Lewis wandte seine Aufmerksamkeit Alanna zu, legte seine leberfleckenübersäte Hand wie einen Trichter um seinen Mund und rief: „Whisky! Hier ist jemand, der dich sehen will."

Man hörte ein flehendes Miauen; dann kam Whisky zwischen den Bäumen hervor und lief direkt zu Alanna. Er maunzte, während er näher kam, und Mr. Lewis erklärte: „Er schimpft mit dir. Will wissen, wo du gewesen bist."

Alanna nahm die Katze auf. „Ich wollte ihn nicht zurücklassen, aber so lange Damon auf Fionnaway war, wusste ich, dass es nicht anders ging."

„Ich würde in jedem Kampf auf Whisky setzen", erwiderte Mr. Lewis.

„Und Damon wird kein Problem mehr sein." Ian musterte besitzergreifend die zierliche Frau mit der großen gescheckten Katze auf dem Arm. „Nimm ihn mit heim."

Sie lächelte Ian an, als könnte er den Lauf des Mondes ändern. Er mochte es, wenn sie so lächelte, auch wenn sie ihm widersprach: „Niemand nimmt Whisky mit. Er kommt, wenn er es wünscht."

Mr. Lewis ergriff wieder das Wort. „Sie wollen also Lady Alanna hier heiraten?"

„Ja."

Der Geistliche würde es ihm besser gestatten, die Worte in dieser Kirche zu sagen, denn anderenfalls ... nun, wenn nicht ... es würde Alanna das Herz brechen, und sie würde es ablehnen irgendwo anders heiraten zu müssen.

Mr. Lewis ließ sich in der Mitte der Bank vor seiner Kirche nieder. Whisky kämpfte sich aus Alannas Armen frei und gesellte sich zu ihm. Beide, Kirchenmann und Katze betrachteten sie, ohne zu blinzeln, und als der Geistliche ihnen mit einer Geste bedeutete, sich zu ihm zu setzen, erwartete Ian halb, Whisky dasselbe tun zu sehen. Stattdessen schmiegte sich der Kater an Mr. Lewis' Kilt und rollte sich langsam zu einem weichen Fellknäuel zusammen, blinzelte zwei Mal und schloss dann seine Augen.

Ian drängte Alanna, die Hand an ihrer Taille, nach vorne, und als sie vor Mr. Lewis standen, lächelte er den Geistlichen herausfordernd an. „Trauen Sie uns."

Mr. Lewis musterte ihn unbeeindruckt. „Hat Lady Alanna Sie in die Opfer eingeweiht, die von Ihnen verlangt werden, wenn Sie der Ehemann einer MacLeod sind?"

„Ja, ja, ich weiß von den Verpflichtungen, die ein großer Besitz mit sich bringt, und ich weiß, dass Geld benötigt wird ..."

Alanna unterbrach ihn rücksichtslos. „Ich hielt es für besser, wenn wir es ihm gemeinsam erzählen, Mr. Lewis."

Ian drehte sich zu ihr herum und starrte sie an. „Du hast mir alles gesagt."

„Oh, nein." Sie sah ihn geradeheraus an, ohne ihren früheren Zorn oder ihre jüngst entdeckte Leidenschaft. Ihre Miene verriet nichts, als sie sagte: „Es wäre dumm, jemandem von dem Pakt zu erzählen, dem ich nicht voll und ganz vertraue."

Er konnte kaum glauben, dass sie Geheimnisse vor ihm gehabt hatte. Vor dem Mann, bei dem sie gelegen hatte. Und doch bedeutete das gleichzeitig, dass sie ihm *jetzt* vertraute, ganz und gar. Das wurde aber auch verdammt noch einmal Zeit. „Dann bist du dir jetzt meiner sicher."

„Ja."

Das war sie. Er konnte es an ihrem ernsten Blick ablesen.

Seiner sicher. Nicht mehr furchtsam oder misstrauisch ihm gegenüber, sondern seiner sicher. Jetzt und in diesem Augenblick lag der Sieg so nahe, fast zum Greifen nahe.

Sieg. Was für ein wundervolles Wort.

Ihre Wange mit seiner Hand streichelnd, sah er ihr tief in die Augen. „Dann brauche ich keine anderen Eheschwüre."

„Sie werden sie trotzdem sagen", erklärte Mr. Lewis kämpferisch.

Alanna nahm Ians Hand, küsste seine Finger und wandte sich dann an Mr. Lewis. „Er ist nicht gebunden. Nicht, solange er nicht alles weiß. Bis zum letzten Augenblick hat er das Recht, einen Rückzieher zu machen."

Ärgerlich erwiderte Mr. Lewis: „Aye, aye, aber das sollte er besser nicht. Ich habe genug gebrochene Schwüre von der Familie Fairchild gesehen."

„Ich bin nicht mein Vater", fuhr ihn Ian an. „Ich breche meine Schwüre nicht."

Mr. Lewis' Mundwinkel zuckten. „Dann sagen wir Ihnen besser alles, damit wir die Sache hier hinter uns bringen, bevor die Sonne untergeht."

Ian hat die Bedingungen erstaunlich gut aufgenommen, dachte Alanna. Er hatte geschworen, was er gehört hatte, unter allen Umständen geheim zu halten. Er hatte den Kater auf seinen Arm genommen, sich auf der Bank niedergelassen, und die Hand, die Whisky über das Fell strich, hatte ihre Tätigkeit nicht ein einziges Mal unterbrochen, während Mr. Lewis ihn mit leiser, ruhiger Stimme in die Geschichte des Paktes eingeweiht hatte.

Sicherlich war es hilfreich, dass Ian zur Hälfte selbst ein Selkie war und sich noch gut an seine Kindheit und seine Mutter erinnern konnte. Und gewiss war es noch hilfreicher, dass er selbst übernatürliche Kräfte besaß. Wie die Fähigkeit, Stürme herbeizurufen und wilde Tiere zu zähmen. Und – sie betrachtete seinen Ring und dann ihre Handfläche – einen Ring zu besitzen, auf den man Treue schwören konnte und der ein Zeichen hinterließ.

Sie berührte vorsichtig den gewellten, ovalen Abdruck. Ein Zeichen, das wie ein Brandzeichen aussah, aber nicht schmerzte.

Doch sie war ja von mehr als dem Stein gezeichnet. Ian hatte sie mit seiner unbeirrten Verfolgung gezeichnet, mit seinem Verlangen und mehr als alles andere mit seiner Verzweiflung. Er brauchte Fionnaway so dringend, dass es ihn innerlich verbrannte, und er würde alles tun, in den Besitz ihres Land zu kommen. Er verzehrte sich nach einem Ort, den er sein Eigen nennen konnte, und Fionnaway war dieser Ort.

Aber wie Männer nun einmal waren, begriff er nicht, wie dringend er sie brauchte. Mr. Lewis streichelte geistesabwesend die Katze auf Ians Schoß. „Die Menschen bieten den Selkies einen Rückzugsort an der Küste und im Wasser, und die Selkies sichern im Gegenzug den Fortbestand der MacLeod und schenken ihnen besondere Steine als Zeichen ihrer Anerkennung." Er zeigte auf Ians Ring. „Edelsteine wie dieser."

Ungläubig betrachtete der den silbergefassten Stein. „Ich habe noch nie einen anderen Stein wie diesen gesehen."

„Sie sind selten", erklärte Mr. Lewis, „man findet sie nur in tiefem Wasser. Die Selkies bringen ab und zu ein paar, und die MacLeods verkaufen sie im Geheimen. Wir dürfen es nicht riskieren, dass jemand dahinter kommt, woher sie stammen. Wenn jemand, der habgierig ist, davon wüsste, würden Schatzsucher über uns hereinbrechen und die Küste zerstören."

Ian sah zu Alanna, als bräuchte er ihre Bestätigung der verrückten Geschichte, und sie nickte. Sie wollte, dass er zuhörte, dass er begriff, worauf er sich einließ und was ihn erwartete ... und dass er ihr half, die Bürde zu tragen.

Denn auch wenn er glaubte, er habe sie verführt, sie genommen und derart mit seiner Leidenschaft überwältigt, dass sie keine Chance mehr gegen ihn hatte, so wusste sie genau, dass bloße Leidenschaft sie nicht dazu bewegen konnte, in eine Heirat einzuwilligen. Nur Liebe vermochte das.

Liebe. Was wusste Ian schon von Liebe? Er hatte über Jahre seines Lebens hinweg keine erfahren und nicht gewusst, dass es anders sein sollte. Er verstand es nicht; ihm ging es gar nicht um das Land, sondern um die Zuneigung und Anerkennung, die ihre Leute ihm entgegenbrachten. Wenn sie ihn heiratete, dann würden sie ihn endgültig als zu ihnen gehörig ansehen, und er wäre glücklich.

Sie konnte ihm das geben, und sie würde es ihm geben, doch über ihre Liebe zu ihm würde sie Stillschweigen bewahren. Dieser Mann, der so lange einsam gewesen war, würde erst zugänglicher werden müssen, sich in seinem neuen Leben sicherer fühlen, bevor er daran glauben konnte, dass sie ihn liebte, so wie er war, seine Selkie-Seite und seine menschliche Seite, seine tatkräftige und seine ruhige Seite, seine freundliche und seine mürrische Seite ... wobei seine mürrische Seite – wie bei allen Männern – bei weitem überwog.

Sie liebte ihn, und auf Fionnaway wäre sein leeres Leben nicht länger leer.

Alanna blickte auf und entdeckte, dass Mr. Lewis, der wie immer ihre Gedanken lesen konnte, sie anlächelte. Gelassen erwiderte sie sein Lächeln.

Er wandte sich Ian zu. „Haben Sie noch Fragen?"

Ian schluckte, dann fragte er: „Mr. Lewis, Sie sind hier schon seit Jahren, nicht wahr?"

Der Geistliche zögerte kurz, bevor er zugab: „Aye, so ist es."

Ian klang eindringlich. „Kennen Sie irgendwelche Selkies?"

„Ich habe sie gesehen."

Alanna starrte Mr. Lewis verwundert an. Das hatte er ihr nie anvertraut. Er hatte geduldig zugehört, wenn sie ihm als Kind von ihren Plänen erzählt hatte, wie sie einen Selkie einfangen wollte, und hatte sie zu ihrem Vorhaben geduldig und belustigt ermutigt. Aber er hatte ihr stets den Eindruck vermittelt, dass die Geschöpfe, die sie in den Wellen sehen konnte, nichts weiter als Robben wären. „Mr. Lewis, Sie haben mir immer gesagt, Selkies wären nichts für die Augen von Sterblichen."

„Tatsächlich?" entgegnete Mr. Lewis unbestimmt.

Mit einer Mischung aus Zurückhaltung und Eindringlichkeit, erkundigte sich Ian: „Wussten Sie ... von mir?"

„Ah." Mr. Lewis rieb sich sein Kinn. „Ihr Vater hat es öffentlich verkündet."

„Aber daher wissen Sie es nicht. Sie wissen es, weil Sie sich erinnern."

Mr. Lewis nickte zögernd.

„Kannten Sie meine Mutter?" verlangte Ian zu wissen. „Als sie an Land lebte, kannten Sie sie da?"

„Ja."

Ian sprang auf, als ertrüge er es nicht länger, still zu sitzen, und ein gekränkter Whisky purzelte zu Boden.

„Kannten Sie mich?"

„Ich habe Sie in der Wiege gesehen – und später", räumte Mr. Lewis ein.

Verblüfft flüsterte Alanna: „Warum haben Sie mir nichts davon erzählt?"

Mr. Lewis hörte sie – trotz des Windes, der Wellen und ihrer leisen Stimme. Den Kater aufnehmend und sich wieder auf die Bank setzend, erwiderte Mr. Lewis: „Ach, Kindchen, glauben Sie, ich erzähle alles, was ich weiß? Ich wäre ein schöner Seelsorger, wenn ich die Geheimnisse anderer verriete."

„Lebt sie noch?" Der Ring an Ians Hand änderte seine Farbe von Olivgrün zu einem leuchtenden Blau. „Lebt meine Mutter noch?"

„Damit würde ich *ihr* Geheimnis verraten", entgegnete Mr. Lewis. „Trotzdem wissen Sie, denke ich, die Antwort schon."

Ian schritt zum Rand der Klippen und blickte aufs Meer. Die im Westen stehende Sonne brachte das Blau in seinem mitternachtsschwarzen Haar zum Leuchten, und der Wind zerzauste es, so wie Alanna es sich zu tun sehnte. Er hatte nie großartiger ausgesehen – und nie einsamer.

Sie stand auf, um zu ihm zu gehen.

„Nicht." Mr. Lewis Stimme wies einen Befehlston auf, den sie nicht zu missachten wagte. „Sie werden ihn heilen, glaube ich, aber so gut Sie auch für ihn sind, dürfen Sie ihn doch nicht drängen."

Ian drehte sich um, als hätte er sie gehört, und kam mit entschlossenen Schritten wieder zurück. Er nahm Alannas Hand, umschloss sie mit seiner und erklärte ernst: „Nichts von dem, was ich bis jetzt gehört habe, hat meinen Sinn zu ändern vermocht. Ich bezweifle, dass irgendetwas das vermag."

Ich glaube ihm, merkte sie und lächelte ihn so besitzergreifend an wie eine Frau, die schon lange verheiratet ist.

Mr. Lewis verschränkte seine Hände und schaukelte im Rhythmus der Wellen, die unter ihnen an die Felsen schlugen, vor und zurück. Sein schottischer Akzent war ausgeprägter geworden. „Es gab schon lange vor Ihnen einen MacLeod auf Fionnaway, und wenn Sie wollen, Ian, dann wird es auch nach Ihnen einen MacLeod geben."

„Keinen MacLeod", verbesserte Ian ihn. „Wenn Alanna mich heiratet, werden unsere Kinder Fairchilds sein."

Böse Vorahnung ließ Alanna erschauern. „Nicht ... ganz."

In Ians Augen erschienen wieder diese Silberfunken, die sie immer mit heftigen Gefühlen verband. „Entweder sind sie es oder nicht."

„Von Beginn an ist es bei den MacLeod Sitte, dass der Mann den Namen MacLeod annimmt."

„Also war der ... die erste MacLeod ..."

„Eine Frau." Sie nickte bestätigend. „Genauso wie das Selkie-Oberhaupt."

„Ein weiblicher Laird." Er schien lediglich milde erstaunt. Vielleicht hatte sich angesichts all dessen, was er heute gehört hatte, seine Fähigkeit, erstaunt zu sein, erschöpft.

„Selkies wissen, dass Frauen die Häuser hüten und deswegen wichtiger sind. Und schließlich ist es das, was Fionnaway für Selkies wie für Menschen ist, unser Zuhause."

Ein Grinsen breitete sich auf Ians Zügen aus. „Um dich zu heiraten, müsste ich also den Namen Fairchild ablegen? Den Namen, der Schande über mich bringt und den ich verabscheue?" Er lachte laut auf. „Ich nehme den Namen MacLeod an, und das frohen Herzens." Seine Arme um sie schlingend, hob er sie hoch. „Dachtest du ehrlich, das fiele mir schwer?"

Sie lachte, während er sie im Kreis herumschwang, und als er sie abstellte, sagte sie: „Das ist häufig der Stein des Anstoßes für angehende MacLeod-Ehemänner. Sie fürchten, es würde heißen, dass sie dann nicht mehr der Herr im Hause wären. Aber ich kann dir versichern, alle MacLeod-Ehen sind ganz gewöhnliche Ehen nach schottischem Gesetz. Der Ehemann hat das Sagen, die Frau ist sein Eigentum. Er kann tun, was er will, und seine Frau kann es nicht verhindern." *Unsere Ehe wird genauso sein wie die meiner Eltern.*

Der Gedanke ging ihr durch den Kopf, und er musste es gemerkt haben, denn er sagte sanft: „Dann muss ich mich bemühen, in jeder Beziehung ehrenhaft zu handeln."

Sie war froh, dass sie eingewilligt hatte, ihn zu heiraten. Wegen der Sicherheit ihrer Leute, wegen dem Fortbestand der MacLeod, und doch konnte sie nicht leugnen, dass sie auch um ihrer selbst willen froh war.

„Schöne Worte", warf Mr. Lewis ein. „Aber bevor ein Mann seinen Schwur nicht auf etwas leistet, was ihm heilig ist, schätze ich diesen Schwur nicht sonderlich hoch." Er blickte Ian herausfordernd an. „Was ist dir heilig, Junge?"

„Ich selbst." Ian lachte bitter auf. „Meine Ziele."

Alanna zuckte entsetzt zurück. Meinte er das ernst? Sie sah zum Gotteshaus, das schon seit ewigen Zeiten an dieser Stelle stand, und zu dem Geistlichen, der, solange sie sich erinnern konnte, Gottes Werk getan hatte. „Es gibt eine gewaltigere Macht, die unser Leben lenkt. Betest du nie?"

Ian log nicht. „Nie."

„Glaubst du denn nicht an Gott, unseren Herrn?"

Behutsam entließ Ian sie aus seinem Griff. „Ich glaube an den Gott, den es für dich gibt. *Du* bist ein Mensch. Für Kreaturen wie mich gibt es keinen Gott."

„Es gibt nur einen Gott, und Er ist unser aller Herr." Mr. Lewis lächelte und ließ dabei seine weißen Zähen aufblitzen.

„Nicht für Missgeburten."

„Besonders für Missgeburten", widersprach Mr. Lewis.

Wie konnte Ian es wagen, von sich selbst so zu sprechen? Und wie konnte Mr. Lewis es wagen, so zu tun, als wüsste Ian, wovon er sprach? Plötzlich wütend, zupfte sie an Ians Rock, bis er sie anschaute. „Du bist keine Missgeburt!"

Ian hob seine Hand, zögerte und streichelte dann zärtlich ihre Wange. „Du bist die Einzige, die das glaubt, und dafür danke ich dir."

Sie hielt den Atem an, als sie den Ausdruck in seinen Augen sah;

er betrachtete sie beinahe anbetend. Der Wind fuhr zwischen sie, trieb sie jedoch nicht auseinander. Die Sonne schien auf sie herab, aber das war nicht der Grund, warum ihr warm wurde. Hoffnung stieg in ihr auf, eine Hoffnung, die nichts mit Fionnaway zu tun hatte.

„Gut." Der Geistliche räusperte sich und stand auf. „Ich glaube nicht, Ian, dass Sie nicht an Gott glauben, trotz Ihrer zynischen Beteuerungen."

Alannas Blick verweilte einen Augenblick auf Ian, dann sah sie zu Mr. Lewis.

Er zog sein Gebetbuch aus der Tasche. „Also lasst uns euch verheiraten, gleich hier und jetzt."

Der Kater erhob sich ebenfalls und stellte sich neben Mr. Lewis, als wäre sein Segen genauso wichtig.

Und so wurde die Ehe auf den Kirchenstufen in den schräg einfallenden Strahlen der Nachmittagssonne geschlossen, in einer so heiligen wie schlichten Zeremonie, die, wie Alanna wusste, vollkommen und absolut bindend war. Sie ging das größte Wagnis ihres Lebens ein, doch wenn sie Ian ansah, wenn sie daran dachte, wie bereitwillig er auf die Bedingungen für ihre Ehe eingegangen war, verstummten ihre Zweifel. Sie sprach ihren Schwur, ohne zu zögern, und Mr. Lewis erklärte sie zu Mann und Frau. Als Ian bei der Nennung seines neuen Namens beifällig nickte, regte sich etwas in ihrem Herzen. Eine süße Verheißung. Der Beginn eines Wandels, der nicht mehr aufzuhalten war.

Während Mr. Lewis sein Buch schloss, gab Ian ihr einen züchtigen Kuss, nur ein leichtes Berühren ihrer Lippen, aber Alanna spürte, dass er ein Versprechen auf mehr enthielt. Und sie sandte ein verzweifeltes Gebet gen Himmel, das Segen von dort für sie beide erflehte.

Mr. Lewis brachte aus der Kirche das dünne Pfarrregister, das jedes Jahr erneuert wurde, und ließ sie beide unterschreiben. Dann setzte er seine Unterschrift darunter, um den Eintrag gültig zu machen. Sie waren verheiratet.

„An Ihrem Geburtstag zu heiraten, Mylady, bedeutet Glück für die Verbindung“, sagte der Geistliche. „Wollen Sie einen Runenstein für das kommende Jahr auswählen?“ Er holte das abgenutzte Ledersäckchen, schwer von Steinen, hervor.

Alanna schloss die Augen und griff mit einer Hand hinein. Sie zog einen ockerfarbenen Stein heraus und hielt ihn Mr. Lewis hin.

Er betrachtete die Linien, die in den Granit geritzt waren, und sein Lächeln erstarb. Dann nahm er ihn ihr ab. „Ach, Mylady, da haben Sie einen Fehler gemacht. Das ist mein Stein.“

Alanna stand mit offenem Mund da und schaute mit aufgerissenen Augen zu, wie er den Stein selbst einsteckte. „Aber Mr. Lewis!“

„Das Vorrecht des Alters.“ Er schloss den Ledersack. „Die Hochzeit und dein Geburtstag werden aufgezeichnet und mit dem Pakt verwahrt werden.“

Alanna berührte die Kette, die schwer um ihren Hals lag. Er wollte nicht von dem Stein sprechen oder Mr. Lewis’ seltsamen Benehmen, und sie verstand nicht, warum. Doch sie wollte auch keine Szene machen. Nicht heute. Nicht an ihrem Geburtstag.

Augenscheinlich wollte das auch Ian nicht, denn er nahm ihre Hand und fragte ruhig: „Wo wird der Pakt verwahrt?“

„In einer Höhle am Strand.“

Er hob die Augenbrauen und wich einen Schritt zurück. „Du hast ihn gesehen?“

„Ich bin die Herrin von Fionnaway.“ Sie dachte, er hätte begriffen, was das hieß, aber offensichtlich hatten sie es ihm nicht deutlich genug erklärt. „Ich bin einer der beiden Wächter über den Pakt. Natürlich habe ich ihn gesehen.“

„Wer ist der andere Wächter?“ Er fragte nicht, er forderte eine Antwort.

„Die Selkie-Laird.“

„Wie kommt sie in eine Höhle am Strand? Nimmt sie ihre menschliche Gestalt an?“

„Ich habe sie nie gesehen, aber nein, das denke ich nicht. Sie kann hineinschwimmen ...“

„*Hineinschwimmen?*“

Alanna war es nicht gewohnt, dass man ihr ins Wort fiel, und ganz gewiss nicht in diesem Ton. „Wenn du mich bitte aussprechen lässt“, erwiderte sie gelassen, „werde ich dir alles erklären.“

Seine Lippen bewegten sich kaum. „Dann tu es bitte.“

„Der Höhleneingang liegt knapp unterhalb des Meeresspiegels.“

„Unterhalb!“

„Diese Höhle wurde ausgesucht wegen ihrer für beide Seiten vorteilhaften Lage und der Sicherheit, die sie bietet. Innen hebt sich der Höhlenboden und wird trockenes Land. Sandig, schwer für Selkies zu erklimmen. Und doch bleibt der Eingang unter Wasser, sogar noch bei Ebbe. Ich schwimme während der Ebbe hinein und schaffe es, wenn ich Glück habe, auch wieder zur selben Ebbe hinaus.“

„Und wenn du kein Glück hast?“

Sie schnitt eine Grimasse. „Es ist mir nur einmal passiert. Ich habe nicht auf die Zeit geachtet und musste dort bleiben. Es ist dort dunkel.“ Sie erinnerte sich mit Schaudern an ihren lang zurückliegenden Fehler. „Und kalt.“

„Du hast eine Nacht in einer Unterwasserhöhle und noch dazu in nassen Kleidern verbracht. Du bist alleine hinausgeschwommen ...“ Er packte sie an den Schultern, als wollte er sie schütteln.

Zu spät fiel ihr ein, welche Erinnerungen er an das nächtliche Meer hatte, und strich ihm besänftigend über den Arm. „Es war doch nur ein einziges Mal. Ich war damals noch jung und dumm. Seitdem ist es nicht wieder vorgekommen."

„Du schwimmst immer noch in diesem ...", er sah flüchtig auf das Meer, das im ersterbenden Tageslicht rötlich glitzerte, „diesem Ozean." Aus seinem Mund klang das Wort *Ozean* wie ein Fluch. „Und du tust das, damit du dir ein altes Stück Pergament anschauen kannst?"

„Nein." Sie bemühte sich immer noch, ihn zu besänftigen. „Der Pakt ist dort. Wie schon seit ewigen Zeiten. Darum kümmere ich mich nicht. Aber einmal im Jahr schlage ich die wichtigen Dokumente des Dorfes in Öltuch ein und bringe sie dorthin. Schon bald, noch vor dem ersten Wintersturm, werde ich mit den Unterlagen von diesem Jahr hinausschwimmen."

„Warum?"

Er bohrte immer weiter nach, so dass ihr fast der Geduldsfaden riss, aber sie versuchte, ihre aufkeimende Verärgerung zu unterdrücken. Schließlich hatte er allen anderen Bedingungen, die mit ihrer Heirat zusammenhingen, so bereitwillig zugestimmt. „Weil es schon immer so gehalten wurde. Vermutlich, weil sie dort vor plündernden Horden sicher waren."

„Was für plündernde Horden?"

„Wikinger", erwiderte sie knapp.

Mr. Lewis beobachtete sie mit leuchtenden Augen. „Wikinger haben die Dorfkirche mehr als einmal niedergebrannt."

„Vor langer Zeit", bemerkte Ian. „Du wirst nicht wieder dorthin gehen." Alanna wollte ihm widersprechen, aber er legte ihr die Hand über den Mund und schaute ihr fest in die Augen. „Du könntest einen Krampf bekommen. Eine große Welle könnte dich unter Wasser drücken."

Sie schob seine Hand fort. „Ich habe noch nie ..."

„Keine Einwände. Wenn ich bloß daran denke, dass du ..." Er

holte tief Luft, so wie er es getan hatte, als er ihr von seinem Beinahe-Ertrinken erzählt hatte. „Ich kann nicht mehr schwimmen", sagte er überdeutlich. „Niemand könnte dich retten."

„Ich brauche niemanden, der mich rettet." Sie legte ihm ihre Hand auf die Brust und fühlte, wie sein Herz raste. Er war ehrlich beunruhigt, aber er musste es begreifen. „Ian, ich bin eine erfahrene Schwimmerin. Ich schwimme hinaus, kurz bevor die Ebbe kommt, und kehre so bald wie möglich zurück. Du brauchst dir keine Sorgen zu machen."

Er hörte ihr gar nicht zu; sie konnte das an seinen fest aufeinander gepressten Lippen und seinem verärgert vorgeschobenen Kinn sehen. „Du hast selbst gesagt, dass unsere Ehe eine ganz normale ist", hielt er ihr vor. „Dass ich das Sagen haben werde. Gut. Dann ist das Erste, was ich sage, dass du an Land bleibst."

Alte Schwüre und neue Schwüre trafen aufeinander. Sie wusste, Ian wollte sie. Wollte sie um seinetwillen – und um ihretwillen.

Und fast noch schlimmer war, dass sie ihn ebenso wollte. Er war wie eine Droge in ihrem Blut. Nicht wie die Kräuter, aus denen sie in jener verhängnisvollen Nacht des Gewitters einen Trank zusammengebraut hatte, denn deren Wirkung war am nächsten Morgen vergangen.

Nein, Ian veränderte sie auf längere Sicht, ihre Stimmung, ihre Sehnsüchte, ihre Ziele und wandelte sie von Alanna MacLeod, der Herrin von Fionnaway, die alles tun würde, ihre Leute und ihren Besitz zu schützen, in eine Frau, die mehr vom Leben wollte als Pflichterfüllung und Wohlstand.

Sie wandte sich heftig von ihm ab. Hatte er sie mit einem Zauber belegt? Schließlich konnte er auch über das Wetter gebieten.

Aber wenn es ein Zauber war, warum konnte sie dann so klar denken? Warum hatte sie Zweifel und Befürchtungen? Nein, Ian konnte sie nicht verändern. Sie mochte ihn lieben, und das aus ganzem Herzen, aber Fionnaway kam immer zuerst. Das musste so sein. Sie hatte es geschworen.

Ihn fest anblickend, erklärte sie: „Ian, die Steine. Die Selkies bringen die Steine in die Höhle."

„Ich habe genug Geld – ich *verdiene* genug Geld – die Verbesserungen auf Fionnaway durchzuführen. Geld zu verdienen mag unter deiner Würde sein und deine vornehme Herkunft beleidigen, Mylady ..."

Hitzig fiel sie ihm ins Wort: „Echte Schotten verachten ehrlich verdientes Geld nicht so wie deine englischen Adeligen."

„... doch alles, was getan werden muss, kann ich mir leisten. Wir brauchen diese verdammten Steine nicht."

Sie musste unwillkürlich an Armstrong denken, der auf dem Weg nach Edinburgh war. Oder vielleicht war er mit Ellie schon auf der Rückreise. „Aber das ist ein Teil des Paktes und ein wichtiges Geheimnis, eines, das du nie enthüllen darfst. Die Selkies geben uns die Steine."

Wenn Ian das kümmerte, dann ließ er es sich nicht anmerken. „Wer hat dir das Schwimmen beigebracht? Wer hat dir gezeigt, wie man in die Höhle gelangt?"

„Meine Mutter, vor langer Zeit."

„Ist das ebenfalls eine Tradition der MacLeod? Denn eines Tages werden wir eine Tochter haben, und sie wird genauso wenig wie du ihr Leben aufs Spiel setzen für irgendwelche vergammelten Dokumente." Er hielt ihr seinen Ring unter die Nase. „Oder für Steine." Er zog seinen Ring vom Finger.

Alanna schrie entsetzt auf, und sie glaubte, auch Mr. Lewis und vielleicht sogar den Kater schreien gehört zu haben.

„Es ist nur ein Stein. Ein hübscher Stein." Zorn und ein anderes Gefühl brannten in Ians Augen, während er den Stein in die Luft warf und wieder auffing. „Er ist nicht dein Leben wert."

Damit schritt er zum Rand der Klippen und warf den Ring in hohem Bogen so weit er konnte in das Meer, das er hasste.

Kinder aus einer Verbindung zwischen Mensch und Selkie sind mit vielen übersinnlichen Gaben beschenkt. Sie sind gut aussehend, von kräftigem Wuchs und schöner Gestalt und mit so viel Zauberkraft gesegnet, wie es dem lieben Gott gefällt, und dazu mit einem Vermögen in Silber und Edelsteinen.

Und doch überwältigt sie oft tiefe Trauer. Sie sind Mischlinge, hin und hergerissen zwischen See und Land, zwischen Selkie und Mensch. Sie gehören nirgendwohin. Die Furcht, verlacht oder abgelehnt zu werden, verfolgt sie auf Schritt und Tritt. Manchmal sieht es so aus, als hielte Verzauberung und nicht Liebe ihre Ehegatten an ihrer Seite, und manchmal ist selbst Verzauberung nicht genug.

Die Halbwesen, die an Land leben, versuchen ab und zu ihrem Selkie-Erbe zu entsagen, aber das ist unmöglich. Es ist untrennbar mit ihnen verbunden.

Unter Menschen und Selkies sagt man, dass jene Halbwesen, die nicht in ihrem Herzen Frieden mit sich schließen können, dazu verurteilt sind, elend zugrunde zu gehen, während die, die sie lieben, hilflos zuschauen müssen.

23. KAPITEL

Als Ian mit Alanna an seiner Seite über die Türschwelle von Fionnaway Manor trat, hätte er eigentlich Genugtuung empfinden sollen. Er war Eigentümer dieses Hauses und des dazugehörenden Landes. Seine Braut war wunderschön und von adeliger Herkunft. Sie sah ihn an, ohne zurückzuschrecken, und sie vertraute ihm. Jedes Ziel in seinem Leben hatte er erreicht, und doch

... Alanna war nicht glücklich. Sie grübelte darüber nach, warum Mr. Lewis ihr nicht gestattet hatte, den Runenstein zu behalten. Sie wollte in dieses höllische Meer hinausschwimmen, wobei ihn allein der Gedanke an sie, irgendwelchen heimtückischen Strömungen ausgeliefert, wütend machte. Wütend auf ihre Mutter, die ihr das Schwimmen beigebracht hatte. Wütend auf die Bräuche, die von ihr verlangten, dass sie ihr Leben für so wenig aufs Spiel setzte. Wütend auf Alanna, die darauf beharrte, dass sie die Herrin von Fionnaway sei und deswegen gehen müsse.

Es tat ihm Leid, dass sie unglücklich war, aber sie hatte geschworen, ihm zu gehorchen, und Alanna gehörte zu der Sorte Frauen, die ihre Schwüre nicht brachen.

„Ist die Familie beim Dinner?“ fragte Alanna Mrs. Armstrong, als sie der Frau ihren Hut reichte.

„Sie sind gerade fertig“, erwiderte die Haushälterin.

Er konnte keine Aura erkennen, bei keiner von beiden. Er wusste, die Auren waren noch dort; er hatte lediglich seine Fähigkeit verloren, sie zu sehen. Als er seinen Ring fortwarf, hatte er seinem Selkie-Erbe entsagt.

Mrs. Armstrong nahm ihm den Korb ab. „War der Lunch in Ordnung, Sir?“

„Ausgezeichnet.“ Die ganze Welt schien irgendwie unvollständig, beschränkt auf Körper und Formen.

Aber Mrs. Armstrong schien das nicht aufzufallen. „Mr. Fairchild und der Rest der Gesellschaft ist in der Großen Halle.“

„Sie sind alle noch hier“, sagte Alanna. „Es wäre wohl auch zu schön gewesen, wenn wenigstens meine Cousins mittlerweile abgereist wären.“

Machte sie sich Sorgen? Ja. Das erkannte er an dem leichten Beben ihrer Finger. Er bemühte sich, ihre Aura wieder hinaufzubeschwören, aber alles, was er wahrnehmen konnte, waren das Kommen und Gehen von Ebbe und Flut und die Luftströmungen. Diesen Teil seines Erbes würde er nie verlieren, das wusste er, denn diese Fähigkeiten bedurften keiner Hilfsmittel. Sie waren verwoben mit jeder Faser seines Seins.

Er nahm Alannas Hand, drückte sie behutsam. „Du bist die Herrin, und ich bin dein Ehemann, und niemand kann daran etwas ändern."

Sie schenkte ihm ein unsicheres Lächeln. „Ich weiß. Es ist vollbracht, und wir sind verheiratet, aber es war nicht die Hochzeit, die ich mir immer erträumt habe. Ich hatte mir vorgestellt, meine Freunde und meine Leute würden dabei sein, und es gäbe ein großes Fest, und jetzt fühlt es sich einfach so ... seltsam an."

Selbstsüchtig wie er war, hatte er nur daran gedacht, sie so schnell wie möglich zu heiraten, bevor irgendjemand sie ihm doch noch wegschnappen konnte. Er hatte keinen Gedanken an ihre Wünsche verschwendet. „Wenn die Ernte eingebracht ist, werden wir Einladungen an alle senden, die wir kennen. Wir werden unsere Heirat bekannt geben und eine große Gesellschaft veranstalten. Du bekommst ein Hochzeitskleid aus London, und ich engagiere einen Kammerdiener, der mich rasiert. Wir werden einen Ochsen braten und die Whiskyfässer aus dem Keller rollen."

Während er sprach, breitete sich langsam ein Lächeln auf ihrem Gesicht aus. „Wir sollten den König einladen."

„Nun, es geht ihm nicht sonderlich gut, soweit ich gehört habe."

Sie ließ die Schultern hängen.

Obwohl er wusste, dass sie ihn aufzog, kramte er immer neue Gäste wie Bonbons aus seiner Tasche hervor, nur um sie wieder zum Lächeln zu bringen. „Wir können Lady Valéry einladen und Lord und Lady Whitfield und ihre Kinder. Drei Jungen mit nichts als Unsinn im Kopf ..." Alannas Augen glänzten, und Ian fragte sich, ob sie an die Kinder dachte, die sie vermutlich einmal miteinander haben würden. „Wir laden auch meinen anderen Cousin ein. Wir erwähnen einfach, dass es hier Selkies im Meer gibt, und Hadden wird augenblicklich da sein, bis zu den Knien im Wasser stehen und darauf warten, dass er sie zu sehen bekommt. Er hat ein so liebenswürdiges Wesen, dass sie wahrscheinlich sogar wirklich kommen werden."

„Ich würde liebend gerne deine Freunde kennen lernen", bemerkte Alanna.

Ian war überrascht. Er hatte Lady Valéry nie als Freundin angesehen. Eine Zeit lang war sie eher seine Gegnerin gewesen. Aber er mochte sie; auf jeden Fall bewunderte er ihre Fähigkeiten im Ränkeschmieden.

Seit er Lady Whitfield zum ersten Mal getroffen hatte, nannte er sie „Cousine Mary", und schon jahrelang war Lord Whitfield für ihn „Sebastian". Aber Freunde? Sebastian hatte ihn an seinen Geschäften nur auf Marys Drängen hin beteiligt, das wusste er. Aber seitdem hatte er an ruhigen Dinners im Kreis der Familie teilgenommen, war den richtigen Leuten und passenden jungen Damen vorgestellt worden ... Ja, vielleicht waren Sebastian und Mary seine Freunde.

Und Hadden. Auch wenn Hadden ihn einmal zusammengeschlagen hatte, war er doch ganz bestimmt sein Freund.

Vielleicht war er doch nicht so ein Ausgestoßener ... auch wenn Alanna es ihm erst hatte zeigen müssen. „Ich möchte, dass du meine Freunde kennen lernst", sagte er. „Aber zuerst stellen wir uns meinem Vater."

Zusammen gingen sie zur Großen Halle und fanden dort Leslie und Edwin, Brice und Wilda in der Nähe des Kamins sitzen, während Damon ausgestreckt auf einem Läufer lag. Trotz der Weingläser, die alle in der Hand hielten, schien der Hund als einziger zufrieden.

Leslies Wangen waren gerötet, in seinen Augen stand ein wachsamer Ausdruck. Er lehnte schwer in seinem Stuhl, aber es wirkte eher, als beruhe seine Haltung auf Nachlässigkeit als auf Schwäche. Gar nicht schlecht für jemanden, der noch vor vierzehn Tagen auf dem Sterbebett gelegen hatte.

Der Hund erhob und streckte sich, schüttelte sich, trottete zu Ian und drückte ihm seinen Kopf in die Hand. Ian tätschelte ihn, Alanna tat es ihm nach, und Leslie sagte ungnädig: „Du hast schon wieder einen Hund verdorben, Ian."

Ian kraulte Damon zu dessen offensichtlichem Entzücken unter dem Kinn, während er seinen Vater musterte. Alanna hatte gesagt, Leslie griffe ihn an, weil er ihn insgeheim beneidete – in Ians Augen ein reichlich erbärmlicher Grund, zwei Leben zu zerstören. Leslie fest ansehend, erwiderte er: „Alle Geschöpfe müssen wissen, dass sie geschätzt werden, Vater. Ich habe Damon ganz einfach zu verstehen gegeben, dass er mir wichtig ist." Dabei versuchte er verzweifelt, Leslie zu vermitteln, dass auch er ein wertvolles Geschöpf war. Dass er ihm selbst jetzt noch vergeben konnte.

Einen Augenblick erwiderte Leslie seinen Blick und verstand die Botschaft. Aber anders als Damon entschied er sich, diesen Trost zurückzuweisen. Er schaute weg und schnaubte abfällig. „Du warst schon immer weich. Wie die Missgeburt, die deine Mutter ist."

Es half nicht viel, stellte Ian fest, zu verstehen, warum sein Vater ihn hasste. Nicht, wenn Leslie sich weigerte, die Vergangenheit hinter sich zu lassen.

Schweigen breitete sich aus, bis Wilda auf die Füße sprang. Sie schwebte zu Ian und Alanna. „Ihr seid zurück. Ich habe zu erreichen versucht, dass man mit dem Dinner auf euch wartet, aber dein Vater wollte nichts davon wissen, Ian. Er sagte, ihr würdet schon nicht verhungern, obwohl, wenn du lange genug fortbliebest, würdest du es schon. Ich meine, Leute können nicht tagelang ohne Essen auskommen. Sie werden hungrig, und dann werden sie ganz dünn und ihre Kleider sitzen zu locker."

„Was es unbedingt zu vermeiden gilt." Ian ergriff Wildas Hand und zog sie näher zum Kamin. Ihr Lächeln wirkte heute Abend zittrig; er fragte sich warum.

„Genau! Das habe ich ja gesagt. Mama sagt immer, perfekt sitzende Kleidung ist unablässig, wenn du einen guten Eindruck machen möchtest. Wenn Gäste überraschend hereinschauen und sie feststellen, dass bei deinen Kleidern Abnäher gemacht werden müssten, wären sie abgestoßen und würden sich weigern, länger als nur eine ganz kurze Zeit zu bleiben." Wilda hielt inne und runzelte die Stirn, als hätte sie vergessen, was sie sagen wollte. Dann fügte sie leise hinzu: „Und die Schneiderrechnungen wären enorm."

„Da haben Sie Recht, wie immer." Edwin stand auf und verbeugte sich ritterlich.

Ihn finster anstarrend, blieb Brice sitzen.

Nach einem flüchtigen Blick zu Brice warf Wilda den Kopf in den Nacken.

Doch Ian hatte keine Zeit, sich über ihr ungewöhnliches Betragen zu wundern, denn Leslie wurde unruhig. „Wilda, ich begreife nicht, warum du von gutem Eindruck schwätzt, wo es offensichtlich ist, dass mein Sohn und mein Mündel gerade von einem Stelldichein zurückkehren. Sie haben überall Grasflecken auf ihren Kleidern und sehen dazu noch widerlich zufrieden aus."

Edwin fuhr herum, wobei er mit seinem Arm gegen das Glas in Wildas Hand stieß. Roter Wein spritzte hinaus, bevor Brice das Glas zu fassen bekam und es auf den Tisch stellte.

„Edwin, versuch dich einmal nicht wie ein Tölpel aufzuführen", sagte Brice durch zusammengebissene Zähne.

Leslie lachte, als Alanna an sich herabsah. Dann wurde er von einem dieser gurgelnden Hustenanfälle geschüttelt. „Du kannst nichts mehr vertuschen, Miss. Als dein Vormund verlange ich von dir eine genaue Schilderung deines Tagesablaufs.“

„Lass mich den wichtigsten Teil gleich vorwegnehmen, Vater.“ Ian zog einen Stuhl herbei und drückte Alanna darauf nieder. Seine Hände auf ihre Schultern legend, sah er alle der Reihe nach an und verkündete: „Ihr dürft uns gratulieren. Wir sind verheiratet.“

Den Bruchteil einer Sekunde lang herrschte Schweigen.

Dann quietschte Wilda auf: „Verheiratet? Ihr habt geheiratet? Nach allem, was du heute Morgen noch gesagt hast, Alanna? Ich meine, Cousine Alanna. Denn schließlich bist du jetzt ja meine Cousine, und ich bin so glücklich, dass ich schreien könnte!“ Das tat sie dann auch, sie stieß kurze, kleine Schreie aus, die einen verschreckten Damon in die Flucht schlugen. Sie hüpfte auf und nieder, umarmte rasch Alanna, umarmte Ian und begann dann wieder aufgeregt zu hüpfen.

Ian versuchte das Lächeln, das seine Lippen umspielte, zu unterdrücken, aber er konnte es nicht. Die anderen Männer mochten wie versteinert dasitzen, aber man konnte sich immer auf Wilda verlassen, dass sie sagte, was ihr gerade durch ihr Spatzenhirn ging. Und jetzt gerade war sie außer sich vor Freude. Alanna lächelte auch und beobachtete vergnügt Wildas Freudentaumel. Er beugte sich vor und erkundigte sich flüsternd: „Was hast du heute Morgen gesagt?“

Ohne ihn anzusehen antwortete sie: „Dass ich entschlossen wäre, Damon zu heiraten.“

„Lügnerin.“

„Geck.“

Er richtete sich auf und musterte die anderen. Brice und Edwin versuchten, etwas zu sagen, aber immer wenn Wilda in ihr Blickfeld gehüpft kam, vergaßen sie, was sie sagen wollten.

Sein Vater ... Ah ja, Leslies Blick wich nicht von seinem Sohn und dessen junger Braut. Schlimmer noch, er lächelte.

Was Ian sich plötzlich sehnlichst wünschte, war, den Ring noch an seinem Finger zu haben. Er wollte die Gefühle sehen, die, wie er wusste, sie umwirbelten.

Seinen Ring wegzuwerfen, war eine unüberlegte Tat gewesen. Und doch konnte er von Alanna nicht verlangen, dass sie ihre Verbindung zu den Selkies aufgab, wenn er selbst nicht dasselbe tat. Und er hätte es auch dann nicht getan, wenn der Stein nicht vor ein paar Tagen schwarz geworden wäre, als Brice ihn berührt hatte. Ian runzelte die Stirn. Oder war Edwin für den Farbwechsel verantwortlich gewesen?

Unerheblich. Als die tödliche Kälte, die sein Ring ausgestrahlt hatte, ihn fast zerrissen hätte, war Ian mit einem Mal klar geworden, dass der Stein die Macht hatte, ihn in jene andere Welt hinüberzuziehen. Die Welt, die er in dem dunklen Meer in jener lang zurückliegenden Nacht gesehen hatte. Den Ring loszuwerden war richtig gewesen, und sicher würde er sich bald an das Gefühl gewöhnen, einen Finger verloren zu haben.

Als Wildas Freudenschreie abebbten, sagte Leslie: „Meinen Glückwunsch, in der Tat, Ian. Du warst erfolgreich, wo ich versagte. Du hast die fetteste Taube von ganz Schottland eingefangen."

Alannas Schultern versteiften sich unter Ians Griff. Er begann sie sanft zu kneten, bis sie sich wieder entspannte. „Sie ist keine Taube. Sie ist eine großartige, wundervolle Frau."

„Pah! Du bist nichts weiter als ein verfluchter Opportunist, und du wirst es immer bleiben. Wenn du die eine Frau nicht haben kannst, nimm dir eine andere, das ist dein Motto."

Ian hatte dieses Spiel schon zuvor mit seinem Vater gespielt, und es war nie schön gewesen. Wenn jedoch er und Alanna zusammenblieben, würde alles gut werden. Ruhig erwiderte er: „Alanna ist die Frau, die ich mir wünsche."

„Mit ihrem Besitz und ihrem Titel, warum nicht? Und du hast

schon immer die Vögel beschwatzen können, von den Bäumen zu kommen. Was für eine Chance hat da ein dummes kleines Mädchen gegen dich und deine Kräfte?" Leslie verlor Farbe in dem Maße, indem er Kraft verlor. Der alte Mann siechte dahin, aber er konnte trotzdem noch anerkennend hinzufügen: „Gute Arbeit, mein Sohn. Gute Arbeit."

Alanna versteifte sich erneut, doch dies war weder der Ort noch die Zeit, sie daran zu erinnern, dass Leslie es wie kein Zweiter verstand, die Wahrheit zu verdrehen, bis man sie nicht wieder erkannte.

„Ich bin jetzt ein verheirateter Mann, Vater, und verantwortlich bin ich allein meiner Frau. Deshalb muss ich, fürchte ich, sagen, dass schließlich doch noch deine Billigung erworben zu haben, mich nicht länger interessiert."

„Aber *ich* billige es nicht!" Brice hatte von seinem Verstand endlich wenigstens genug für diese Äußerung zusammengekratzt. „Ich bin der Laird des Clans der MacLeod. Alanna hätte zu mir kommen und meine Zustimmung einholen müssen."

„Die hättest du uns nie gegeben", hielt Alanna ihm vor.

„Vielleicht doch, aber gewiss nicht zu einer so übereilten Eheschließung. So etwas gehört sich einfach nicht!"

Sie bedachte ihn mit einem aufsässigen Blick. „MacLeod-Frauen haben immer schon rasch geheiratet, Brice, und das weißt du."

„Und es oft bedauert." Brice hob mahnend seinen Zeigefinger. „Schau dir deine Mutter an!"

Musste dieser Mann das immer auf die schlimmste Art und Weise sagen? Er brachte Alanna mit seiner Kritik derart auf, dass Ian sich einmischte, bevor sie etwas erwidern konnte. „Sie haben Recht, Brice."

Bei seinem Eingeständnis fuhr Brice herum, während Alanna zu einem hitzigen Widerspruch anhob. „Ich hätte zu Ihnen kommen und um Alannas Hand anhalten müssen. Aber als ich die Wahl hatte zwischen Alanna und gutem Benehmen, habe ich keinen Gedanken an Letzteres verschwendet."

„Nun ... nun ja, das hätten Sie", stammelte Brice.

„Ich gebe Ihnen Recht." Ian trat vor und hielt ihm seine Hand hin. „Ich möchte mich aufrichtig entschuldigen."

„Er hat überhaupt nicht das Recht, darüber zu entscheiden, wen ich heirate!" warf Alanna hitzig ein.

Ian beachtete ihren Einwurf nicht weiter. Brice war jetzt genauso sein Cousin wie Alannas, und aus bitterer Erfahrung mit den Fairchilds kannte er die Bedeutung guten Willens für das Verhältnis zwischen Verwandten. „Lassen Sie mich Ihnen etwas versprechen, MacLeod. Ich werde für Alanna sorgen und sie beschützen, solange wir leben und darüber hinaus."

„Oh, Ian." Wilda schlug die Hände über ihrem Busen zusammen. „Das ist so romantisch."

„Und ... äh ..." Brice stand auf und schüttelte Ian die Hand. „Aye, ich vermute, es ist in Ordnung. Irgendjemand musste Alanna schließlich heiraten. Es muss jemand sein, der sie kontrollieren kann, deshalb können es genauso gut Sie sein."

Ian unterdrückte gerade noch ein Aufstöhnen. Nicht, dass er nicht schon genau dasselbe gedacht hatte – besonders als sie verkündete, dass sie regelmäßig in eine Unterwasserhöhle schwamm – aber musste dieser Tölpel Brice es ihr ins Gesicht sagen? Wenn er vorhatte, ihre Ehe zu zerstören, dann fasste er die Sache richtig an.

Edwin erhob sich. „Wenn Brice damit einverstanden ist, dann will ich es auch sein."

Er kam herüber, schüttelte Ian die Hand und küsste Alanna auf die Wange. „Herzlichen Glückwunsch, Cousin und Cousine." Damit wandte er sich ab und verließ den Raum.

Wilda starrte ihm nach. „Der arme Mann", murmelte sie.

„Was hat er?" erkundigte sich Ian.

„Nichts." Wilda sah ihn aus aufgerissenen Augen an. „Er ist einfach nur arm."

„Kein Geld", übersetzte Alanna für Ian. „Wilda hat immer Mitleid mit Männern, die arm sind."

„Und dabei könnte sie einen reichen haben", bemerkte Brice bissig.

„Edwin ist so nett. Ich kann seine Gefühle einfach nicht verletzen", entgegnete Wilda.

„Das könnten Sie schon, wenn Sie nur wirklich wollten." Brice fasste sie am Arm.

Sie versuchte sich seinem Griff zu entwinden. „Sie tun mir weh!"

„Dann hören Sie auf, sich zu wehren." Er zog sie mit sich zum Arbeitszimmer. „Ich möchte mit Ihnen reden."

Leslie schlug mit der flachen Hand auf seine Armlehnen. „Ich lebe an einem Ort, an dem die Leute Wilda zuhören, als ergäbe das, was sie von sich gibt, einen Sinn. Ich muss in der Hölle gelandet sein."

„Wenn, dann würdest du es wissen, Vater." Vater und Sohn starrten sich an, wieder hing der alte Hass fast greifbar zwischen ihnen in der Luft.

Sie sollen nicht schon wieder anfangen, sich zu bekämpfen, entschied Alanna. Nicht, wenn Ian vor kurzem noch so deutlich verkündet hatte, dass er von seinem Vater frei wäre, und ihr seine Zuneigung erklärt hatte. Seine Hand tätschelnd, sagte sie leise zu ihm: „Ich denke, Brice muss sich schließlich doch verliebt haben."

„Was?" Ian sah sie an, das Blickduell mit seinem Vater aufgebend.

„Brice", wiederholte sie. „Er hat sich in Wilda verliebt."

Jetzt besaß sie Ians uneingeschränkte Aufmerksamkeit. „Alle lieben Wilda."

„Aber er hat immer geschworen, nur eine reiche Frau zu heiraten, und jetzt kann man ihm ansehen, dass er diesen Entschluss bedenkenlos fallen lässt.“ Ein leises Lächeln umspielte ihre Lippen. „Und noch besser ist, dass Wilda seine Gefühle erwidert.“

„Wirklich?“ Ian sah zum Arbeitszimmer. Wie konnte Alanna das wissen, ohne ihre Auren gesehen zu haben? Wie gelang es ihr, den Menschen ins Herz zu blicken und ihre Gefühle zu erkennen? „Ich hatte auf jemanden gehofft, der Wildas Liebenswürdigkeit mehr verdient.“

„Brice besitzt ein stattliches Schloss und ausgedehnte Ländereien.“ Alanna betrachtete ihn finster. „In den MacLeod-Clan einzuheiraten, ist eine Ehre, die Engländern nicht oft zuteil wird.“

„Er wollte deine Ländereien“, erinnerte Ian sie knapp.

„Damit Edwin sie verwalten kann. Wenigstens bringt er seinem Bruder Liebe entgegen.“

„Liebe ist etwas, das ich nicht mit Familie in Zusammenhang bringe.“ Ian sah flüchtig zu seinem Vater.

„Meine Mutter hat mich gelehrt, dass Liebe ein Zeichen von Schwäche ist“, erwiderte Leslie. „Ich habe mich bemüht, auch dich dies zu lehren, aber du warst schon immer ein aufsässiger Schüler.“

Alanna hatte Ians Versuch, den Riss zwischen sich und seinem Vater zu kitten, bemerkt und Leslies unmissverständliche Weigerung auch. Es war dumm von Leslie, Ian so rüde zurückzuweisen, denn er gehörte jetzt zu ihr, und sie würde ihn so beschützen, wie er Fionnaway beschützen würde. Zwischen Vater und Sohn tretend, verkündete sie. „Wir werden uns jetzt in mein Schlafzimmer zurückziehen und uns ein Tablett hinaufschicken lassen. Sie sollten auch zu Bett gehen, Mr. Fairchild. Sie sehen müde aus.“

Leslie beachtete sie gar nicht, so als wäre sie vollkommen belanglos. Das war schon immer sein Fehler gewesen.

„Ihr habt es wohl eilig, eure Leidenschaft erneut zu entfachen?“

höhnte er. „Oder hast du es nicht viel eiliger, dein neu erworbenes Vermögen zu zählen?“

„Da gibt es kein Vermögen“, entgegnete Ian.

„Natürlich ist da eines“, beharrte Leslie. „Oder hat sie dir nichts erzählt von dem Pakt ... und den Edelsteinen?“

Entsetzt fuhr Alanna herum und starrte den grinsenden alten Mann an. Er wusste etwas und war bösartig genug, sein Wissen zu nutzen, um sie ins Verderben zu stürzen.

Sie ließ Ian stehen und ging zu Leslie zurück. „Wovon sprechen Sie?“

„Es gibt keinen Grund, sich mir gegenüber dumm zu stellen.“ Leslies Grinsen war so selbstzufrieden wie hämisch. „Ich weiß von den Meeresopalen und woher sie stammen.“

Sie stand vor ihm und wünschte sich, sie könnte ihn zerquetschen wie einen Wurm.

„Und woher sollten Sie das wissen?“

„Dein Vater, meine Liebe, war einer meiner engsten Freunde – und manchmal, wenn er trank, berichtete er die fantastischsten Geschichten.“

Ihr Vater. Ihr schwachköpfiger, vertrauensseliger Vater hatte diesem Mann von den Meeresopalen erzählt. Hatte er noch anderen Leuten ihr Geheimnis verraten?

Leslie sah zu Ian. „Also, Sohn, wir fangen sobald wie möglich an, sie abzubauen.“

„Nein!“ rief Alanna.

„Nein?“ Leslie hob gespielt unschuldig seine Augenbrauen. „Aber warum denn nicht?“ Er legte sich einen Finger an die Lippen. „Oh, warte, ich denke, ich entsinne mich. Da war so eine hirnrissige Geschichte, die verlangt, dass die Küste unberührt bleibt für diese lästigen Selkies.“

„Das kümmert dich nicht, oder, Leslie?“ Ian war an ihrer Seite, und sein angespannter Körper verriet seine Wut. „Wenn du sie auf ewig vertreiben könntest, wärest du glücklich."

Leslies heimtückischer Blick glitt zu Ian. „Wen vertreiben?"

„Meine Mutter."

Erst begannen Leslies Hände zu zittern, dann seine Arme, bis er schließlich am ganzen Körper bebte. „Hast du sie gesehen?" fragte er barsch. „Geh sie nicht suchen. Sie hat mich vergiftet. Sie wird auch dich vergiften."

„Wann hat sie dich vergiftet?" Ian beugte sich vor,

„Vor Jahren. Vor vielen, vielen Jahren." Der alte Mann klammerte seine geschwollenen Finger in das Hemd über seiner Brust, während er sich auf jeden seiner gequälten Atemzüge konzentrierte, als wäre es sein letzter.

Alanna wünschte sich fast, das wäre so.

Ian entspannte sich. „Ein langsam wirkendes Gift."

„Die Steine ...", keuchte Leslie. Langsam beruhigte er sich, die hektische Röte wich aus seinen Wangen, und er klang nur noch ein wenig atemlos, als er sprach. „Die Steine müssen einer Ader entstammen. Wir können reich werden. So reich."

„Vater", erwiderte Ian leise, „ich bin schon reich genug."

Leslie musterte seinen Sohn mit solcher Verachtung, dass Alanna erschauerte. „Du bist so dumm. Manchmal frage ich mich, ob du wirklich mein Sohn bist. Man kann *niemals* reich genug sein."

Ian schritt zur Tür und rief die Lakaien. „Mein Vater muss zu Bett gebracht werden."

Die Lakaien eilten herein, offensichtlich immer noch voller Angst vor Mr. Fairchild.

„Nein!" widersprach Leslie mit lauter Stimme. „Das will ich nicht." Die Männer hoben den Stuhl hoch. „Stellt mich ab! Stellt mich ab!" Ohne auf Mr. Fairchilds Gegenwehr zu achten, trugen sie ihn ungerührt auf sein Zimmer.

Kurz bevor sein Vater außer Hörweite war, erklärte Ian laut und vernehmlich: „Keinen Abbau, Leslie. Es wird keinen Abbau geben, und das ist mein letztes Wort."

Alanna wartete, bis alles wieder ruhig war, dann drehte sie sich zu Ian herum und sagte: „Das ging doch ganz gut, denke ich."

„Das ist nicht dein Ernst!"

Sie grinste.

„Es ist nicht dein Ernst." Er klang erleichtert, als er ihr seinen Arm um die Schultern schlang und sie sich zu ihrem Zimmer begaben. Ihrem *gemeinsamen* Schlafzimmer. „Ich habe nie geplant, dich zu heiraten, um dich in die Gewalt meines Vaters zu bringen", bemerkte er.

„Das weiß ich." Sie sah ihn erstaunt an. „Denkst du, ich würde irgendetwas glauben, was dein Vater erzählt?"

Ian drückte sie an sich, und sie spürte seine Erleichterung – und seine wachsende Leidenschaft. „Ich würde es nie zulassen, dass sein Geist heute Nacht zwischen uns steht."

„Das kann er gar nicht."

Sie dachte, sie hätte ihn leise lachen gehört, als er die Tür zum Schlafzimmer öffnete. Sie ging ihm voraus und sah sich zufrieden um. Das riesige Bett bot bequem Platz für sie beide. Da war ein großer Tisch mit Stühlen, an dem sie ihr Essen zu sich nehmen konnten. Ein Feuer brannte im Kamin, und keiner hätte je vermutet, dass dort, hinter einem der Steine ... sie kniff die Augen zusammen ... dass hinter einem der Steine ... sicher spielten ihr ihre Augen einen Streich ...

„Das ist ein sehr schönes Zimmer." Ian lächelte ihr bedeutungsvoll zu. „Und ich habe lange genug auf das Recht warten müssen, es zu betreten."

Sie ging zum Kamin. Mit einem Stein war irgendetwas nicht in Ordnung. Ein Stein ... doch gewiss nicht *der* Stein ...

„Alanna?“

Sie zählte es ab. Zwölf nach unten, vier zur Seite. Mit klammen Fingern zog sie den Stein aus seiner Fassung.

„Was tust du da?“ Ian kam an ihre Seite. „Warum siehst du so entsetzt aus?“

Sie hob ihren verblüfften, ungläubigen Blick zu seinem. „Die Kiste ist fort. Jemand hat die Steine gestohlen.“

24. KAPITEL

„Was meinst du damit, jemand hat die Steine gestohlen?“ Er beugte sich vor und betrachtete die leere Stelle in der Kaminummauerung.

„Hier heben wir sie gewöhnlich auf, und jetzt sind sie fort.“

Er hatte Alanna noch nie so gesehen, außer sich vor Kummer und Wut. Er fasste sie bei den Armen und zog sie an sich, aber sie wehrte sich und befreite sich aus seinem Griff.

Sein ganzes Leben lang war er auf Ablehnung gestoßen, aber dass Alanna jetzt seinen Trost, so gering er auch sein mochte, verschmähte, rieb Salz in alte Wunden. Er stand sehr still und beobachtete, wie sie sich mit einer schlanken, sommersprossigen Hand durchs Haar fuhr, so dass es ihren Kopf wie eine kupferfarbene Sonne umgab.

„Ich werde zu ihm gehen und ihn zur Rede stellen.“ Als ob sie Untätigkeit nicht ertrüge, ging sie durchs Zimmer zur Tür, fort von Ian.

„Ich werde ihn warnen, dass ich die Steine wiederhaben will und dass er besser niemanden sagt, wo sie herstammen, oder ich werde … ich werde …“

„Wer?“

„Was meinst du, wer?" Sie fuhr zu ihm herum und starrte ihn an, als wäre Ian dafür verantwortlich.

Also war er jetzt nicht besser als sein Vater. „Wen willst du zur Rede stellen? Sicherlich nicht Leslie."

„Warum nicht? Er hat sie."

„Wirklich?" Lange Jahre mit seinem Vater hatten ihn ein gewisses Maß an Erfahrung gelehrt, und er erwiderte voller Überzeugung. „Und ich frage mich, wenn dein Vater Leslie von den Steinen erzählt hat, warum er vier Jahre gewartet hat, das dir gegenüber zu erwähnen."

„Weil er nicht wusste, wo sie verborgen waren."

„Hat er nach ihnen gesucht?"

„Nein", gab sie mürrisch zu.

Ihr Eingeständnis freute Ian nicht. Schließlich wäre alles viel einfacher, wenn Leslie der Dieb wäre. Einfacher ... und dabei so schwierig.

„Und überhaupt, womit willst du meinem Vater drohen, damit er schweigt? Er stirbt und ist schon außer sich vor Angst vor dem, was ihn auf der anderen Seite erwarten mag. Es gibt nichts, womit man ihm drohen könnte."

„Er sieht gar nicht mehr so aus, als läge er im Sterben", erwiderte sie. „Er wirkt bloß ein bisschen krank."

„Er stirbt." Ian sagte das voller Überzeugung.

Sie schlang die Arme um ihren Oberkörper. „Woher weißt du das?"

„Ich weiß es."

Das wusste auch sein Vater, und wie eine Krabbe vor einer großen Welle wurden seine Anstrengungen, ihr zu entkommen, immer verzweifelter.

Sich auf die Lippen beißend, schaute Alanna von Ian zum Kamin. „Aber wer hat denn sonst die Steine gestohlen?"

„Das weiß ich nicht. Das musst du mir sagen. Wie viele Menschen wissen von ihnen? Und von ihrem Versteck?"

„Es gibt nur uns zwei." Sie runzelte die Stirn, während sie nachdachte. „Das Kästchen war noch letzte Woche, an dem Tag, als ich heimkehrte, in seinem Versteck. Ich habe die Steine gesehen. Armstrong war bei mir."

„Armstrong?" Ihm fiel auf, dass er den Mann vergangene Woche nicht zu Gesicht bekommen hatte. „Er ist fort. Er könnte die Steine gestohlen haben."

„Nicht Armstrong! Ich habe ihn mit einem Auftrag fortgeschickt." Eilig fügte sie hinzu: „Er hörte ein Geräusch vor der Tür, aber als er nachsah, war niemand auf dem Flur. Er sagte, ich sollte mich vorsehen."

„Ja", sagte Ian, aber er hörte ihr gar nicht richtig zu, in Gedanken mit der Frage beschäftigt, ob sie ihm etwas vorenthielt. Was gäbe er jetzt darum, seinen Ring noch zu haben! Dann wüsste er, ob sie ihn für die Verbrechen seines Vaters verantwortlich machte. Er wüsste, ob sie inzwischen die Heirat mit einem Fairchild bereute. „Sollen wir eine Suche veranlassen?" fragte er.

„Nein! Wir dürfen niemanden wissen lassen, dass es die Steine überhaupt gibt und noch viel weniger, dass welche verschwunden sind."

Sie schwankte, als hätte ein kräftiger Windstoß sie erfasst. „Ich habe das in mich gesetzte Vertrauen verraten. Ich dachte, ich würde es besser machen als meine Mutter, doch stattdessen habe ich uns geradewegs ins Verderben geführt. Das kommt davon, wenn man wegläuft." Die Hände vors Gesicht schlagend, sagte sie: „Ich habe Vernichtung über uns alle gebracht."

Ian rührte sich nicht. Er konnte es nicht. Alanna hatte das schlechte Urteilsvermögen ihrer Mutter bei der Wahl ihres Ehemannes bedauert; jetzt stand sie vor ihrem Bräutigam und beklagte ihr

Unglück. Vielleicht meinte sie gar nicht ihn, aber vielleicht doch, und wenn, dann war das seine Schuld.

Er hatte die Hexe aufgespürt und verlangt, dass sie Leslie zu neuer Lebenskraft verhalf. Er hatte ihr Geheimnis entdeckt und sie gezwungen, ihre Verkleidung aufzugeben. Er hatte sich geweigert, sich geschlagen zu geben, hatte sie geheiratet und sich dabei etwas gesichert, das ein anderer für sich begehrte, um zu Reichtum zu gelangen.

Oh, Leslie hatte die Steine nicht gestohlen, aber Ian wusste von keiner Niedertracht in dessen Umgebung, in der er nicht seine Finger gehabt hätte. Wen also hatte sein Vater in diesem klebrigen Netz aus Bosheit verstrickt? Die Antwort lag auf der Hand. Denjenigen, der ihm die Legende erzählt hatte. Denjenigen, der die Steine gestohlen hatte.

Brice. Edwin. Einer der Diener. Wenn Ian aufgepasst hätte, würde er den Schuldigen kennen. Er hätte die Wahrheit in der Aura um ihre Köpfe gesehen. Aber er war Alanna nachgejagt, hatte ihr Träume aufgenötigt und jeden seiner Sinne auf die Frau gerichtet, die er verfolgte. Er hatte die anderen kaum wahrgenommen, und jetzt, ohne seinen Ring, konnte er nicht das geringste bisschen Bosheit an ihnen wahrnehmen.

Als ein schwaches Klopfen an der Tür ertönte, fuhr Alanna zusammen und erschauerte, sie ließ ihre Hand sinken und starrte gequält über ihre Schulter.

„Erwartest du den Teufel?“ erkundigte sich Ian freundlich, als er an ihr vorbei zur Tür ging.

„Warte.“ Alanna legte ihm die Hand auf den Arm. „Es könnte unser Dieb sein.“

„Diebe kehren nicht an den Ort ihres Verbrechens zurück.“

„Doch, wenn sie glauben, dort wäre noch mehr zu holen.“ Das Klopfen war erneut zu hören, diesmal lauter.

Ian versuchte sie zu beruhigen. „Wahrscheinlich ist es unser Dinner." Er öffnete die Tür und rechnete damit, Mrs. Armstrong mit einem Tablett zu sehen.

Stattdessen schlug ihm ein Wortschwall von einer zierlichen, in einen Umhang gehüllten Frau, die ihren Kopf unter einer großen Kapuze verbarg, entgegen. „Ich weiß, es ist eure Hochzeitsnacht und nur ein Verrückter würde euch stören – nicht dass ich ein Mann wäre, ich habe nicht den Körper dazu, und meine Stimme ist auch viel zu hoch – aber ich denke, ich bin ein wenig verrückt geworden, und ich *muss* einfach Alanna sprechen. Bitte Ian, kann ich mit Alanna sprechen?"

Ians erste Reaktion war Ärger. Er und Alanna hatten größere Probleme, als Wilda jemals haben konnte. Doch in deren Stimme klang ein leicht atemloser, verzweifelter Ton mit, so dass er die Tür weit aufhielt und zur Seite trat.

Wilda jedoch blieb auf der Türschwelle stehen, ihre schmalen Züge verrieten ihre Verzagtheit.

„Komm doch herein, Wilda." Alanna warf Ian einen verblüfften Blick zu, bevor sie vortrat und Wildas Arm nahm, um sie ins Zimmer zu ziehen. „Wir sind froh, dass du uns besuchst, aber warum bist du so seltsam angezogen?"

Wilda schritt zum Kamin und blieb davor stehen, unruhig von einem Fuß auf den anderen tretend. Sie sah zu Ian, dann zur Tür und wieder zurück zu Ian. „Willst du nicht die Tür schließen?" fragte sie schließlich bittend.

Er tat es.

„Es ist meine Verkleidung. Ich wollte nicht, dass ich erkannt werde, falls mich jemand sieht."

„Wir haben ja schließlich auch so viele zierliche, blonde Frauen hier auf Fionnaway", bemerkte Ian.

Während sie ihre Kapuze zurückschob, warf Wilda ihm einen

trotzigen Blick zu. „Ich weiß, dass es dir nicht gefallen wird, aber das kümmert mich nicht, also lass mich in Ruhe."

Er sah fragend zu Alanna, aber die zuckte nur bestürzt die Schultern. „Wilda", sagte er, „du bist meine Lieblingscousine. Ich möchte doch nur, dass du glücklich bist."

Sie lächelte nicht, wie er es eigentlich erwartet hätte; sie runzelte die Stirn und sagte: „Ich tue es, ob du es nun magst oder nicht. Ich kann nicht glücklich sein, bevor nicht ..." Sie biss sich auf ihre volle Unterlippe. „Oh, Alanna, erinnerst du dich noch daran, dass du mir heute Morgen gesagt hast, du wärest die Hexe? Ich habe dir natürlich nicht geglaubt, so was Dummes, zu denken, dass eine Frau, die so aussieht wie du, eine Hexe sein könnte. Aber ich habe dir doch gesagt, ich bräuchte einen Zauberspruch, und du hast gesagt, du wärest die Hexe, und ich wusste ja, dass es nicht stimmt, aber dann hast du gesagt, du würdest vielleicht die Hexe sehen und ihr sagen, dass ich sie suche. Hast du sie getroffen? Ich weiß ja, dass du damit beschäftigt warst zu heiraten, aber ich brauche sie wirklich, wirklich dringend, gerade jetzt. Hast du es ihr gesagt?"

Ian glaubte, sich verhört zu haben. Wilda suchte die Hexe und war so entschlossen, sie zu sehen, wie es gar nicht zu seiner ein wenig einfältigen, leicht abzulenkenden Cousine passte. „Wofür brauchst du die Hexe?" fragte er.

Wilda fuhr so ungestüm zu ihm herum, als wollte sie ihn schlagen, und ihre leise Stimme wurde lauter. „Für einen Zauberspruch. Das habe ich dir doch schon gesagt. Ich will einen Zauberspruch."

Alanna schien genauso ratlos wie Ian. „Wenn ich dich davon überzeugen könnte, dass wirklich ich die Hexe ..."

„Dann könntest du mir auch nicht helfen, oder?" Wilda hob anmutig-störrisch ihr Kinn. „Ich brauche eine echte Hexe."

Vor Ians geistigem Auge entfaltete sich ein wahres Horrorszenario. Wilda, wie sie mit den Dienstboten sprach, mit Besuchern und sich nach einer Hexe erkundigte. Irgendjemand würde natürlich eine kennen und Wilda quer durch Schottland buchstäblich auf Hexenjagd schicken. Dabei würde sie unweigerlich verletzt werden, und er könnte es einfach nicht ertragen, diese strahlende, treuherzige Offenheit verletzt zu sehen. Sie hatte schon genug gelitten, bloß weil sie eine Fairchild war; sie verdiente es nicht, auch noch zu leiden, weil sie seine Cousine war.

Ian begann zu sprechen, bevor er merkte, was er tat. „Die Hexe ist immer noch im Schloss."

„Ja?" fragte Wilda.

„Ja?" fragte auch Alanna, fing sich aber rasch wieder. „Ach ja, sie kommt gelegentlich her."

Ian packte Wilda an den Schultern und schob sie bestimmt zur Tür. „Geh in dein Schlafzimmer. Warte da auf mich. Ich werde sie finden und dich dann holen kommen."

„Das würdest du tun?" Wilda rang ihre Hände.

„Für dich, Wilda. Nur für dich." Er lächelte ihr zu, bevor er die Tür hinter ihr schloss und sich zu Alanna umdrehte.

Nur um zu entdecken, dass er nichts zu erklären brauchte. Sie kniete bereits vor dem Kamin und holte kalte Asche aus dem Eimer mit der Kamingarnitur. „Da sind ein paar Stückchen Holzkohle, um das Gesicht zu schwärzen, aber du musst mir ein paar alte Lumpen holen", sagte sie. „Frag Mrs. Armstrong. Sie weiß, wo welche zu bekommen sind."

Ein heftiges Gefühl schnürte ihm den Hals zu, als er sie beobachtete. Der Lichtschein des Feuers flackerte über ihre Züge, berührte sie, wie er es sich zu tun wünschte. Ihre hohen Wangenknochen betonten ihre leicht schräg stehenden Augen, die er so bewunderte. Ein paar widerspenstige Löckchen wehten sacht in den Hitzewellen, die von den Flammen ausgingen. Ihre Lippen bewegten sich unaufhörlich, doch kein Wort war zu hören.

Er musste sie fragen. „Was sagst du da?“

„Ich übe eine Beschwörungsformel, mit der ich Wilda beschwichtigen kann.“ Sie sah in die Flammen und biss sich auf die Lippe. „Ich wünschte nur, ich wüsste, wofür der Zauberspruch sein soll, den sie haben möchte. Dann wüsste ich viel eher, was ich zu tun und zu sagen hätte.“

Ian konnte nicht anders. Hinter Alanna tretend, legte er ihr die Hände auf die Schultern. „Danke.“

Seine Stimme klang barsch, so als wäre er verärgert, aber sie sah zu ihm hoch und lächelte, dann schmiegte sie ihre Wange an seine Hand. „Wir werden es für Wilda tun, ja?“

Als er mit einem Bündel grober, aber sauberer Kleidungsstücke aus Wolle zurückkam, hatte Alanna sich ihr Gesicht mit Holzkohle und Asche zurechtgemacht und ihre auffallenden Haare mit einer dicken Ascheschicht bedeckt. Sie war wieder die Hexe, doch während er sie betrachtete, fragte er sich, wie sie ihn jemals hatte hinters Licht führen können – ihn, der immer stolz darauf gewesen war, mehr als andere zu sehen – und fragte sich weiter, ob Männer vielleicht grundsätzlich nur das sahen, was sie zu sehen erwarteten.

Sie drehte sich vor ihm einmal im Kreis. „Was meinst du, werde ich sie täuschen können?“

„Du siehst zum Fürchten aus; trotzdem werden wir sicherheitshalber die Kerzen löschen.“ Er streifte ihr das alte Kleid über und half ihr, ein Stück Stoff zu einem beeindruckenden Buckel zusammenzurollen.

„Ich habe den Kessel aufgesetzt und etwas Piment und ein paar Nelken hineingetan. Kannst du es schon riechen?“

„Ja. Für welchen Zauber ist das gut?“

Sie grinste, und etwas von der Holzkohle-Asche-Schicht blätterte um ihren Mund herum ab. „Es riecht gut.“ Sie befestigte mit einer einfachen Kordel mehrere Beutel und ein Messer an ihrer Taille.

„Das Blubbern und der Dampf gehören zu der Vorstellung. Die alte Mab hat mich das gelehrt."

„Sie hat dich eine Menge gelehrt, nicht wahr?"

„Wie ich für mich selber sorge, nachdem meine Mutter gestorben war." Alanna lächelte immer noch, aber ein wenig schief. „Du hast mich einmal dafür verspottet, als ich sagte, dass Lady Alanna reichlich Zeit in der Hütte der Hexe verbracht hat, Ian, doch es stimmt. Mab hat mir beigebracht, wie ich mich um meine Leute kümmern muss. Später, als es nötig wurde, hat sie mich bei sich aufgenommen und mir gezeigt, wie ich mich verkleiden muss. Man hätte uns erwischen können, und sie wäre dann bestraft worden, dennoch hat sie es getan." Eine Träne lief über ihre Wange und hinterließ eine helle Spur in der Asche. „Ich vermisse sie."

Er trat zu ihr und fing die Träne mit seinem Daumen auf, dann half er ihr, die Asche wieder gleichmäßig zu verteilen. „Du tust, was sie von dir erwartet hätte. Leute heilen. Wilda helfen. Mab wäre stolz auf dich, Alanna MacLeod."

„Das hoffe ich."

Sie sagte das so leise, dass er wusste, sie dachte wieder an die Steine. Vermutlich galten all ihre Gedanken ihrem Verschwinden. Und doch konnten sie heute Nacht nichts unternehmen, deshalb machte sie sich hässlich, um Wilda zu einem Zauberspruch zu verhelfen. Er war froh darüber. Froh, seine Cousine als Ablenkung bieten zu können. „Ich werde jetzt Wilda holen."

Wilda öffnete sofort ihre Tür. „Alanna hat die Hexe in der Nähe der Küche gefunden", sagte er. „Die Köchin wollte sie eigentlich hinauswerfen, weil sie den Eintopf verdorben hat – er schmeckte zu gut. Darum lenkt Alanna die Köchin ab, während die Hexe dir hilft."

Als Ian sich abwandte, folgte Wilda ihm voller Eifer. „Erinnert sie sich noch an mich?"

„Die Hexe? Natürlich. Sie ist überhaupt nur auf Fionnaway geblieben, um dir zu helfen. Danach will sie in ihre Hütte zurück."

„Ich hoffe, der Zauberspruch ist nicht zu schwierig." Wilda kam einem Grübeln so nahe, wie das bei ihr möglich war. „Ich hoffe, sie kann es schaffen."

„Sie ist eine ausgezeichnete Hexe", versicherte er ihr zu seiner eigenen Überraschung.

„Das ist aber nicht das, was du zuvor von ihr gesagt hast." Wilda sah ihn finster an, als er die Tür zum Schlafzimmer öffnete. „Du hast gesagt, die Hexe hätte gar keine Zauberkräfte."

„Der Schmied Kennie hat mich vom Gegenteil überzeugt", entgegnete er glatt.

Wilda nickte wissend und betrat vor ihm den Raum, blieb dann abrupt stehen.

Ian, der ihr folgte, erkannte gleich, warum. Alanna hatte die Kerzen gelöscht und das Zimmer der Dunkelheit der Nacht überlassen. Nur das knisternde Feuer im Kamin erhellte den Raum mit seinem flackernden Schein, aus dem Kessel stieg zischend Dampf auf und ein paar dünne Rauchschwaden hingen in der Luft. Alanna selbst thronte in ihrem hässlichen Hexenstaat auf einem Stuhl am Tisch, auf dem eine einzelne Kerze brannte.

„Komm herein, Kind." Sie winkte ihr mit ihrer aschebedeckten Hand.

Wilda kam langsam zu ihr, den Blick starr auf die Hexe gerichtet.

„Komm und setz dich."

Gegenüber von Alanna war ein freier Stuhl, und Wilda zog ihn heraus. Die Stuhlbeine scharrten mit einem unangenehmen Geräusch über die Dielen, und Wilda warf Ian einen ängstlichen Blick zu.

Ihm fiel wieder ein, dass Wilda zuvor davon überzeugt gewesen war, der Zauber würde nicht wirken, wenn er davon wusste, deshalb fragte er: „Willst du, dass ich gehe?"

„Nein." Wildas Stimme kippte.

Er blieb an der Tür stehen und beobachtete, wie Alanna ihre Hand mit der Handfläche nach oben in die Mitte des Tisches legte. „Gib mir deine Hand, Liebes. Lass mich aus deiner Hand lesen."

Wilda gehorchte, aber ihre Hände zitterten neben Alannas auf dem Tisch.

Alanna schob die Kerze näher, um besser sehen zu können. „Die Linien deiner rechten und deiner linken Hand sind sehr verschieden. Das heißt, die Umstände haben es dir nicht erlaubt, deine Talente zu nutzen."

„Ich habe keine Talente", sagte Wilda.

„Deine Hände sagen etwas anderes. Dieser Hügel", Alanna deutete auf den Handballen, „ist erhöht. Das heißt, dass du warmherzig bist. Deine Lebenslinie verläuft in einem weiten Bogen. Du bist voller Lebenskraft. Du hast viel zu geben, aber niemanden, dem du es geben könntest."

Wilda nickte, und Ian sah zu seinem Entsetzen eine Träne von Wildas Kinn auf den Tisch fallen. Würden am Ende alle Frauen seiner Familie heute Nacht weinen?

„Indes, die Dinge ändern sich." Alanna fuhr mit ihrem Finger die Lebenslinie nach. „Sieh her. Da. Eine Veränderung bahnt sich an, weil du entschlossen warst und darauf beharrt hast, die gute alte Hexe zu sehen. Sag mir, was du möchtest."

„Ich möchte ...", Wilda holte zitternd Luft, „einen Zauberspruch. Ich möchte ... gut sein."

Alanna rührte sich nicht. Sie sah Wilda nur abwartend an.

Wilda schwieg, offensichtlich der Ansicht, sie hätte alles Nötige gesagt.

„Du bist gut."

„Nein. Nein, das bin ich nicht. Lange konnte ich nicht verstehen, warum niemand mich liebt." Wildas Stimme bebte. „Dann begriff ich – ich bin eine Fairchild. Ich bin schlecht, genauso wie die anderen, und ich brauche jemanden, der mich gut macht."

Alannas Mund stand ein wenig offen, und ihre Augen wurden leicht glasig.

Ian sprach aus seiner Ecke. „Wilda, möchtest du, dass die Hexe mit einen Zauberspruch dafür sorgt, dass du gut wirst?"

„Das habe ich doch gesagt." Wilda klang leicht verärgert.

Ian lehnte an der Wand und grinste reumütig. Auf Wilda war Verlass, Alannas Vorbereitungen zu unterlaufen. Er würde wetten, dass sie keine einzige Zauberformel kannte, in der das Wort „gut" vorkam.

„Nun", krächzte Alanna schließlich. „Darum wird die gute alte Hexe gewöhnlich nicht gebeten."

„Aber Sie könnten es, nicht wahr?" erkundigte sich Wilda besorgt.

„Freilich." Alanna tätschelte Wildas Hand. „Nur für dich. Ich hoffe indes, mich trifft dabei nicht der Blitz."

„Oh nein." Wilda erhob sich halb von ihrem Stuhl. „Ich möchte nicht, dass Ihnen etwas geschieht!"

„Und du bist nicht gut, ja?" Alanna legte ihren Kopf schief, dann nickte sie langsam. „Mir wird nichts geschehen, und es wird einfacher sein, als du denkst." Sie stand auf und nahm den Deckel vom Kessel. Eine Dampfwolke stieg daraus auf und trug den Geruch von Nelken und Piment in den Raum. Alanna begann heftig mit einem Holzlöffel umzurühren, und Ian konnte fast sehen, wie sie fieberhaft nachdachte. Dann nahm sie einen Löffel Flüssigkeit aus dem Kessel, ließ sie abkühlen und schlurfte, eine Hand unter dem Löffel, um etwaige Tropfen aufzufangen, zu Wilda. Vor ihr blieb sie stehen und verspritzte das gewürzte Wasser über Wildas Kopf, während sie auf Gälisch Beschwörungsformeln murmelte.

Ian dachte bei sich, dass es sich verdächtig nach dem Gebet anhörte, das die Pächter immer bei Tisch sprachen.

Wilda saß andächtig da und hielt ihren Kopf so, dass ihr die Tropfen ins Gesicht fielen.

Mit einer Hand zog Alanna Wilda sanft auf die Füße und drehte sie drei Mal im Kreis. Wieder sprach sie eine Zauberformel, und diesmal erkannte Ian deutlich ein altes schottisches Erntegebet wieder. Dann drückte sie Wilda zurück auf ihren Stuhl und gab ihr einen Kuss auf die Stirn.

Einen Schritt zurückweichend, erklärte Alanna: „Da hast du sie. *Güte.*"

Wilda starrte Alanna erstaunt an. „Das ist alles?"

Alanna schwankte sichtlich. „Das ist der ganze *Zauberspruch*. Aber du brauchst noch etwas, das dich daran erinnert, dass du gut bist, etwas, das du dir immer dann ansehen kannst, wenn du an heute Nacht denkst und dich fragst, ob du dies hier nicht nur geträumt hast."

Unter ihrem Gewand holte Alanna ihre Kette mit den Runensteinen vor.

„Meine neue Cousine hat auch so eine", entfuhr es Wilda überrascht. „Ist das eine Art schottischer Brauch?"

Ian presste bei Alannas bestürzter Miene sein Gesicht an seinen Jackenärmel, um ein Lachen zu ersticken.

Doch sie erholte sich. „Genau, ein Brauch. Die gute alte Hexe wird dir jetzt einen von ihren Steinen geben." Sie öffnete den Verschluss und ließ die Steine auf den Tisch fallen. Sie trat hinter Wilda und hielt ihr die Augen zu. „Suche dir einen aus."

Wilda tastete auf dem Tisch herum, bis sie die Steine fand. Sie befühlte jeden Stein sorgfältig, denn jeder der rechteckigen Kiesel besaß eine andere Einkerbung. Sie zögerte.

„Such dir einfach einen aus", ermunterte Alanna sie.

Hörbar Luft holend griff Wilda zu.

Alanna zog ihre Hände fort. „Lass sehen."

Wilda gab ihr den Stein und wartete dann gespannt, während Alanna den Stein genau betrachtete. Langsam breitete sich ein Lächeln auf deren Zügen aus. „Es ist der Herdstein." Sie nahm ihn zwischen ihre Hände und wärmte ihn. „Er steht für das Heim, für Liebe und Güte. Das bedeutet, dass der Zauber schon in dir wirkt, Wilda, und niemals aufgehoben werden kann."

Wildas Augen wurden vor Aufregung groß. „Ich bin schon gut?"

„Aye." Alanna räusperte sich. „Das bist du."

Wilda streckte ihr die Hand hin.

Alanna legte den Stein hinein. „Ziehe ihn auf eine Kette und trag sie um deinen Hals."

„Und wenn ich ihn verliere?"

„Nichts, was du tun könntest, vermag den Zauber zu brechen", versicherte Alanna ihr.

„Oh Ian!" Wilda stürzte zu ihm. „Hast du gesehen?"

„Ja." Er stieß sich von der Wand ab und umarmte sie, dann sah er sich mit ihr zusammen den Stein genauer an. „Aber ich habe nie bezweifelt, dass du gut bist."

„Das liegt daran, dass du auch ein Fairchild bist und den Unterschied nicht kennst", erklärte Wilda ernst.

„Zur einen Hälfte bin ich Teufel, zur anderen Bestie", bemerkte er trocken.

Sie drückte den Stein an ihr Herz. „Ich muss jetzt gehen."

„Ich bringe dich zu deinem Zimmer zurück", erwiderte Ian.

„Ich gehe nicht zu meinem ... ich meine ... ich kann alleine gehen." Wilda trat mit freudestrahlendem Gesicht zur Tür. „Suche Alanna, und genieße deine Hochzeitsnacht. Und Ihnen, Madam Hexe ...", Wilda warf ihr eine Kusshand zu, „Danke!"

Sobald sich die Tür hinter ihr geschlossen hatte, drehte Ian sich zu Alanna um. „Gut gemacht, Madam Hexe. Was bedeutet der Runenstein wirklich?"

Alanna kicherte vergnügt. „Genau was ich gesagt habe."

Ian hob die Brauen.

„Heim und Herd." Alanna schlüpfte aus ihrer Verkleidung. „Und in Wildas Fall bedeutet er auf jeden Fall Güte. Wenn man den alten Sagen Glauben schenkt, dann hat sie dadurch, dass sie diesen Stein gewählt hat, dafür gesorgt, dass sie, bevor das Jahr um ist, heiraten wird."

„Dann muss ich wohl den alten Sagen glauben." Er lehnte am Kamin und beobachtete, wie sie eine Bürste nahm und ihr Haar damit zu bearbeiten begann.

„Mrs. Armstrong wird gleich kommen mit einem Bad und etwas zu Essen für uns beide."

Asche wirbelte auf, und Alanna musste husten. „Danke, mein Gemahl."

Ihre Stimme zitterte leicht, und er presste die Lippen aufeinander. Zweifellos dachte sie, er würde sie nicht in Ruhe baden lassen, aber nur ein Schuft würde sich an eine so sorgengeplagte Frau heranmachen wie Alanna.

Doch noch bevor er sie beruhigen konnte, legte sie die Bürste weg und kam zu ihm. „Wilda wollte gut sein. Die liebe, süße Wilda fürchtete sich, ihren Geliebten zu heiraten, weil sie dachte, in ihr schlummere Bosheit, von der nur ein Zauberspruch sie befreien könnte." Sie schlang ihre Arme um seine Taille und sah zu ihm auf. „Kannst du dir vorstellen, dass Wilda glaubt, beschmutzt zu sein, bloß weil sie eine Fairchild ist?"

Er drückte Alanna fest an sich und musterte ihre reinen, arglosen Züge und dachte: Ja, das kann ich mir vorstellen. Das kann ich mir sogar gut vorstellen.

25. KAPITEL

Edwin zog noch ein letztes Mal an seinem Krawattentuch und lächelte seinem Spiegelbild zu, während er sich mit der Hand über sein perfekt frisiertes rotes Haar strich.

Endlich begann das Glück sich zu seinen Gunsten zu wenden. Er war immer schon der hübschere der beiden Brüder gewesen. Er hatte modische Kleidung schon immer mit mehr Pfiff getragen. Auf jeden Fall aber war er immer schon klüger gewesen, auch wenn das nicht sonderlich schwer war. Aber seine Besitzlosigkeit und seine Stellung als zweitgeborener Sohn hatten ihn behindert. Jetzt, dank seiner Gewitztheit, des Vertrauensbruchs seines verstorbenen Onkels und Mr. Fairchilds Hinweisen, besaß er Reichtum und die Aussicht auf mehr.

Was war daran schlimm, dass er Fionnaway nicht bekommen hatte? Als Verwalter des Gutes hätten seiner bloß harte Arbeit und endlose Pflichten geharrt. Alannas Heimkehr hatte ihn davor bewahrt und ihm gleichzeitig einen Weg aufgezeigt, den Besitz ohne große Anstrengungen auszubluten. Er wusste, wie ernst Alanna ihre Pflichten in Bezug auf jenen alten Pakt nahm, und er würde dieses Wissen rücksichtslos ausnutzen. Sie würde sich unter der Bürde der Erpressung krümmen.

Natürlich war er nur ein zweitgeborener Sohn, aber er war zu sehr ein MacLeod, um zu tun, was ein bloßer Mr. Fairchild wollte. Niemand würde an der Küste die kostbaren Meeresopale abbauen. Edwin würde ganz einfach seine Forderungen stellen, und wie er

Alanna kannte, würde sie es nicht wagen, ihnen nicht nachzukommen. Er genoss seine Macht. Himmel, wie genoss er die Macht.

Heute Morgen würde er vor ihrer Tür warten und Wilda anbieten, sie zum Frühstück zu begleiten. Jetzt war er ein ebenso guter Fang wie Brice. Oder sogar ein besserer, denn Brice hatte immer gelobt, sich nur eine reiche Frau von hohem Ansehen zu nehmen, wohingegen er selbst nie einen solchen Schwur getan hatte.

Edwin berührte kurz seine Westentasche. Wilda hatte nur Augen für Brice gehabt, hatte mit ihm geflirtet, sicher, aber mit den zwei Meeresopalen, die er gestohlen hatte, würde eine Frau wie sie keinen Blick mehr für seinen Bruder übrig haben und stattdessen seinen Antrag in Erwägung ziehen. Und ihm selbst würde es sehr gefallen, eine so schöne Frau zu haben, um die ihn ganz Schottland beneidete.

Er öffnete die Tür und trat in den Flur hinaus. Er vernahm leises Stimmengemurmel und blieb vor Brice' Zimmer gegenüber von seinem stehen. Brice' Stimme ertönte, und es hörte sich so an, als antwortete ihm eine Frau.

Die Tür schwang auf, und Edwin wich rasch zurück und verbarg sich hinter einer Statue. Er hielt die Luft an, als eine in einen Umhang gehüllte Frau den Flur betrat. Er konnte ihr Gesicht nicht sehen, aber nur eine zierliche junge Dame mit wehenden blonden Haaren wohnte derzeit in Fionnaway Manor. Und nur eine Frau sprach auf diese atemlose, geschwätzige Art.

Brice ließ sie nicht zu Wort kommen. Er verschloss ihr immer wieder mit Küssen den Mund und unterbrach sie mit leisem Lachen, bevor er sie mit einem sanften Schubs an Edwin vorbei den Flur hinabschickte.

Sie war so versonnen, dass sie ihn noch nicht einmal bemerkte.

Brice dagegen, ein unordentlich aussehender, verliebter Brice, tat es. Er stützte sich mit einer Hand gegen die Wand und strahlte

Edwin an. „Du kannst mir Glück wünschen, Bruder", sagte er. „Sie hat schließlich doch noch zugestimmt, meine Frau zu werden."

„Herzlichen Glückwunsch", zischte Edwin. Und er begriff – Mr. Fairchild hatte Recht. Es gab mehr als Reichtum und Macht. Es gab auch noch Rache.

Ians Hand lag auf Alannas Taille, als sie nebeneinander zum Speisezimmer gingen.

Die ganze letzte Nacht war ein Akt der Zurückhaltung gewesen. Zurückhaltung, während Alanna badete. Zurückhaltung, als sie zu Bett gegangen waren und sie sich in seine Arme geschmiegt hatte. Sie hatte Trost gesucht, sonst nichts, und er hatte ihn ihr gegeben. Er hatte sie die ganze Nacht gehalten und immer wiederholt – *sein* Bett, *sein* Haus, *seine* Braut. Es würde noch mehr Nächte geben. Tausende von Nächten. Ein Leben voller Nächte für ihn und für sie.

Jetzt atmete er den Duft von Rosenseife und Alanna ein. Keine Frau, die er kannte, würde sich trauen, eine Runensteinkette zu einem modischen Seidenkleid zu tragen. Aber Alanna konnte es und tat es. Ihr Gesicht, ihr Gang, ihr Stil waren unvergleichlich, und sogar vor all diesen Wochen, als sie sich noch als Hexe verkleidete, hatte er ihr Selbstvertrauen erkannt und sich daran erfreut.

Jetzt wankte ihr Selbstvertrauen, doch er würde es wieder herstellen, denn Demut passte nicht zu seiner Alanna.

Sie blieb vor der Tür stehen. „Ian."

„Aye?" Er lebte jetzt in Schottland; er würde wie die Leute hier sprechen.

„Glaubst du wirklich, du kannst den Dieb überführen?"

„Wenn wir den richtigen Ansatzpunkt finden, dann schon." Er berührte unwillkürlich die Stelle, an der sein Ring sein sollte. Was für einen Zeitpunkt hatte er da nur gewählt, ihn fortzuwerfen! „Mach dir keine Sorgen, Alanna. Wer auch immer die Steine genommen hat, wird mehr wollen und sich schon bald zu erkennen geben."

Sie drückte seine Hand und nickte. „Aye. Du hast natürlich Recht." Sie betrat vor ihm das Speisezimmer, lächelte und sagte: „Guten Morgen." Dann blieb sie abrupt stehen.

Er stieß gegen sie und umfasste ihre Arme, um sie vor einem Sturz zu bewahren. „Was ...?"

Dann sah er, was sie gesehen hatte. Ihrer beider Familien saßen am Esstisch, ihr halb gegessenes Frühstück vor sich. Brice starrte sie voller Abscheu an. Edwin sah auf seinen Teller und weigerte sich, den Blick zu heben.

Leslie beobachtete sie voller Schadenfreude.

Und Wilda erklärte in so feindseligem Ton, wie er ihn noch nie bei ihr gehört hatte: „Was ist daran schlimm? Viele Leute werden auf der falschen Seite des Bettes geboren. Ich meine, es ist doch nicht Ians Schuld, dass Onkel Leslie Ians Mutter verführt hat und dann nicht den Anstand besaß, sie zu heiraten."

Alanna stolperte ins Zimmer, als hätte eine riesige Hand ihr einen Stoß gegeben, und als Ian zu ihr eilte, um ihr aufzuhelfen, schlug sie seine Hände fort. „Sag mir, dass das nicht stimmt", krächzte sie.

„Dass ich unehelich geboren bin?" Er sprach langsam, während er noch zu verstehen versuchte, warum sie so verstört war. „Aber es stimmt doch."

Ihre Stimme wurde schrill. „Und das hast du mir nicht gesagt?"

Im Hintergrund konnte man Wilda hören. „Er hat vermutlich alles Mögliche versprochen. Mama sagt, Männer würden alles sagen, um eine Frau in ihr Bett zu bekommen."

Ian versuchte sich zu erinnern. „Ich habe dir doch schon gesagt, dass mein Vater meiner Mutter Versprechen gegeben hat, die er nicht gehalten hat."

„Ich dachte nicht, dass du damit andeuten wolltest, er habe sie nicht geheiratet!“

Ian starrte sie an. War diese Furie dieselbe Alanna, die ihn, obwohl er sie, wie sie glaubte, nur wegen ihres Landes begehrte, geheiratet hatte? Die willens gewesen war, sich mit Leslie als Schwiegervater abzufinden? „Welche anderen Versprechen gibt ein Mann einer Frau? Ich dachte, du hättest es verstanden und es machte dir nichts aus.“

„Nichts ausmachen?“ Sie ging im Zimmer auf und ab, von ihm weg, dann wieder zu ihm zurück. „Warum sollte mir das nichts ausmachen?“

„Du hast meine ... ziemlich abartige Herkunft so gleichmütig aufgenommen. Meine Unehelichkeit schien nicht wichtig.“

„Nicht wichtig?“ Alanna zitterte, als wäre ein kalter Windstoß zum Fenster hereingefegt. „Es war das *einzig* Wichtige.“

„Onkel Leslie hat ihr vermutlich versprochen, sie zu heiraten, und sich dann geweigert. Es ist schließlich nicht so, als hätte Onkel Leslie noch nie ein Versprechen gebrochen.“ Wildas Stimme klang immer verzweifelter, während sie es wagte, Leslie zu beschuldigen. „Und er lügt die ganze Zeit. Er ist ein *großer* Lügner.“

„Ich verstehe nicht.“ Ian versuchte, Alannas Hände zu nehmen, versuchte ein Band zwischen ihnen zu knüpfen, wie er es schon oft hatte tun können. „Sag mir, was ich getan habe.“

Sie riss sich los und fuhr sich mit ihren Fingern durchs Haar, dass die Haarnadeln in alle Richtungen flogen. Es musste wehtun; sie verzog keine Miene. „Du hast mich ruiniert. Du hast alles ruiniert.“

„Warum schaut ihr alle so?“ jammerte Wilda.

Ian sah sich um. Brice und Edwin waren aufgesprungen, und Ian begriff immer noch nicht, was geschah.

„Was werden wir tun?“ frage Brice.

„Was wir tun müssen", antwortete Edwin.

„Um Himmels willen, Edwin." Brice hätte nicht angewiderter aussehen können.

„Sie ist die Herrin von Fionnaway. Du kennst das Gesetz." Edwin brachte das mit einer Ernsthaftigkeit vor, die Ian noch nie zuvor an ihm gesehen hatte.

„Es ist kein Gesetz." An seinem Krawattentuch zerrend, sagte Brice: „Es ist mehr ein ... eine Art Brauch."

Alanna fiel ihm ins Wort. „Es ist ein Bestandteil des Paktes. Des heiligen Paktes."

Ian beobachtete seine Frau und ihre Cousins. Was sie und wie sie es sagten, gefiel ihm nicht.

„Alanna, warum sagst du das?" verlangte Brice zu wissen. „Schließlich bist du diejenige, die dadurch etwas zu verlieren hat."

„Ich bin die Herrin von Fionnaway." Sie sah Brice entschlossen ins Gesicht. „Es ist meine Pflicht, für die Einhaltung der Bestimmungen des Paktes zu sorgen."

„Es ist eine längst überholte Vereinbarung, noch dazu mit Wesen, die es gar nicht gibt", erklärte Brice gereizt. „Bestehst du darauf, dass wir es beachten und dich aus deinem Heim vertreiben?"

„Was?" Ian war mit einem Schritt bei ihnen. „Wovon reden Sie da?"

Leslie meldete sich letztlich doch zu Wort. „Von dem Vertrag. Dem, den die MacLeod mit den Selkies geschlossen haben. In ihm wird nur eines von dem Mann verlangt, der die Herrin von Fionnaway heiratet. Weißt du, was das ist, Ian?"

Selbstverständlich wusste Ian das. Wie konnte er auch nicht angesichts von Alannas Verzweiflung und Leslies blendender Laune? Aber sein Vater würde es ihm ohnehin sagen.

„Es wird verlangt, dass er von ehelicher Geburt ist." Leslie warf seinen Kopf in den Nacken und brach in Gelächter aus. Er lachte aus vollem Halse und mit seinem ganzen Körper.

Ian würde wetten, dass alle, die es hörten, vor diesem Gelächter zurückschraken. Es war, als lachte der Teufel selbst.

„Er hat Recht." Edwin trat unruhig von einem Fuß auf den anderen. „Ian muss gehen."

„Warum?" wollte Ian wissen. „Warum ist es so wichtig, dass der Bräutigam von ehelicher Geburt ist?"

„Fionnaway geht von der Mutter auf die Tochter über, und weil es in England wie in Schottland Gesetz ist, dass der Besitz immer an den ältesten Sohn geht, stand zu befürchten, dass gewissenlose Opportunisten versuchen könnten, Fionnaway irgendwie an sich zu bringen." Alanna gelang es, das Zittern in ihrer Stimme zu unterdrücken. „Deshalb muss der Mann, den die Herrin von Fionnaway heiratet, über allen Zweifel erhaben sein, so dass niemand von niederer Abstammung einen Anspruch auf den Besitz geltend machen kann."

„Das hier ist deine Schuld. Du hättest fragen sollen", bemerkte Edwin.

„Ich weiß, aber ich bin nie auf den Gedanken gekommen, weil ...", sie starrte Leslie böse an, „es so offensichtlich schien ..." Leslie wich ihrem Blick aus, und sie sagte: „Irgendetwas ist hier merkwürdig ..."

Edwin unterbrach sie. „Vielleicht können wir die Ehe annullieren lassen."

Alannas Kopf fuhr herum, und sie sah ihn so entgeistert an wie Ian, als er seine uneheliche Abstammung bestätigt hatte. „Annullieren?"

„Sie hat gerade die Nacht mit ihm verbracht, du *Narr*." Brice musterte seinen Bruder wütend, dann wandte er sich hoffnungsvoll an Alanna. „Es sei denn, du könntest beschwören, dass letzte Nacht nichts geschehen ist."

„Versuch nicht so dumm zu sein, Brice, wenn es dir möglich ist." Alanna sah sich sehnsüchtig im Raum um. Dann sah sie genauso sehnsüchtig zu Ian.

Sie wollte Fionnaway mehr als alles andere. Ian verstand das. Verflucht! Natürlich verstand er. *Er* hatte gerade seinen Besitz verloren, den einzigen Ort auf der ganzen Welt, der ihm etwas bedeutete. Er hielt seine Träume in der Hand, aber nun rieselten sie ihm wie Sand durch die Finger, und er würde einmal mehr in der Verbannung leben.

Und doch vermutete er ... Nein, sein Verlust ließ sich in keiner Weise mit ihrem vergleichen.

Jetzt ... jetzt würde er seine Braut verlieren.

Nein, das stimmte nicht. Jetzt würde er etwas tun, von dem ihm schon beim bloßen Gedanken daran übel wurde. Er würde seine Braut *aufgeben*. „Gestern Nacht ist nichts geschehen."

Edwin grinste hämisch. „Erwarten Sie wirklich, dass wir das glauben?"

Ian schenkte ihnen keine Beachtung. Er konnte Alanna bloß anstarren, seine wunderschöne Frau mit dem glänzenden Haar, das ihr lose auf die Schultern fiel, und sich über sich selbst wundern. Er hatte die Wahrheit über die letzte Nacht enthüllt und damit in Kauf genommen, dass seine Manneskraft in Zweifel gezogen wurde vor allen, denen es je zu Ohren kommen würde. Er hatte auf Fionnaway verzichtet wie der edelmütigste Schwachkopf überhaupt. Und was bereitete ihm am meisten Kummer? Die Frau. Seine Frau. Alanna.

Ihre Blicke trafen sich, und langsam verzogen sich ihre Lippen zu einem zärtlichen Lächeln.

Und Ian hatte Bedenken. Jede Menge Bedenken.

Bis Leslie lachte, ein haltloses, dröhnendes Lachen, das Ian eine Gänsehaut verursachte. „Ich wusste, dass du ihr noch vor der Hochzeit unter den Rock kriechen würdest! Du gerätst nach mir, wenigstens ein wenig."

Alannas Lächeln verschwand. Sie wappnete sich, stellte sich dem Tribunal am Tisch und erklärte entschieden: „Ich habe meinen Schwur aus freiem Willen getan. Im Auge des Gesetzes ist es bedeutungslos angesichts der Schwüre, ob wir die Ehe vollzogen haben oder nicht. Ich halte immer – immer! – mein Wort, und Ian ist mein Gatte. Es gibt keine andere Lösung, als dass ich mit ihm gehe."

„Ihr seid schrecklich." Wilda schob so heftig ihren Stuhl zurück, dass er polternd umfiel. „Ihr seid alle schrecklich. Und du ...", sie zeigte mit dem Finger auf Brice, „du bist genauso schlimm wie der Rest. Ian und Alanna sind *verheiratet.* Sie *lieben* sich. Sie sind die nettesten Menschen auf der Welt, und ihr macht, dass sie schmutzig erscheinen. Ihr seid nichts weiter als ein Haufen ... alter ... Fieslinge!"

Mit einem lauten Aufschluchzen rannte sie aus dem Zimmer, während Brice die Lehne seines Stuhles so fest umklammerte, als würde er ohne dessen Stütze nicht aufrecht stehen. Edwin trat zurück, als wollte er sich von dem Geschehen absichtlich distanzieren.

Alanna seufzte, und alle Farbe wich aus ihrem Gesicht. Sie wankte, wie vor Erschöpfung, und sagte zu Ian: „Komm. Wir müssen Fionnaway jetzt verlassen."

26. KAPITEL

Ian stand vor der ehemaligen Hexenhütte, den Blick in Richtung Fionnaway Manor, von solch quälendem Hass beherrscht, dass er kaum atmen konnte. Seine Erbitterung wuchs, erfüllte die Luft, bleiern, schwarz, Furcht einflößend. Bald schon würde sie mit solcher Wucht losbrechen, dass die ganze Welt erfuhr, Ian MacLeod *hasste*. Seinen Vater und seine beiden wieselgleichen angeheirateten Cousins.

Sie hatten ihm alles genommen. Seinen Stolz. Sein Land. Seinen Traum.

Er sah in das dämmrige Innere der Hütte. Seinen Traum. Alanna.

Genauso wie von ihm angekündigt, hatte sie von ihm geträumt, und er hatte es genossen. Es hatte ihm gefallen, in ihre Gedanken einzudringen und sie mit Bildern von heißen Nächten und süßer, erwachender Leidenschaft zu quälen. Es hatte ihm Vergnügen bereitet, sie am nächsten Tag zu sehen, ausgelaugt, gezeichnet von unerfüllter Leidenschaft und über ihre lustvollen Fantasien errötend.

Jetzt quälte *ihn* die Erinnerung an *seine* Träume. Er hatte jahrelang von einem Ort geträumt, den er sein Zuhause nennen durfte, an dem ihn niemand Bastard oder Missgeburt schimpfte.

Und unter diesem Traum lag noch tiefer ein anderer Traum. Einer, den er für so unerfüllbar hielt, dass er noch nicht einmal versucht hatte, ihn zu verwirklichen. Den Traum von einer Frau, die zu ihm hielt. Die wollte, was er wollte. Die seine Liebe mit Freuden annahm. Die ihm frohen Herzens Kinder gebar.

In letzter Zeit hatte die Frau in jenen Träumen Alannas Züge getragen.

Alanna. Seine uneheliche Geburt hatte sie zerstört, sie ihrer Rechte beraubt und sie in den Schmutz gezogen, wo er sie am liebsten zu den Sternen gehoben hätte.

Alles, *alles*, was er berührte, vernichtete er. Und wie ein antiker Gott würde er nun seinen Rachedurst austoben.

Dieses Mal musste er sich noch nicht einmal konzentrieren. Das Fehlen seines Ringes machte keinen Unterschied. Seine Selkie-Gabe nährte sich von seinem Zorn, und zusammen riefen sie den Sturm herbei. Der Wind fuhr ihm in die Haare. Riesige Wolken zogen über

Fionnaway auf und ballten sich über der Burg zusammen. Sie türmten sich höher und höher, färbten sich erst grün-grau, dann schwarz und verdrängten das warme Sonnenlicht und damit alle Hoffnung. Ian musste sich anstrengen, den Rand der Lichtung sehen zu können.

Aber diese Dunkelheit war nicht genug. Er wollte den Schrecken düsterer Vorahnung.

Der Wind erstarb. Alle Geräusche verstummten. Die Vögel duckten sich in ihre Nester, und die Tiere verkrochen sich. Wie ein riesiger Mantel erstickten die Wolken jeden Ruf nach Trost, jeden Schrei der Angst. Die Dunstschleier zogen lautlos über alles hinweg, türmten sich auf, bis sie umkippten, nur um sich erneut zu noch größerer Gewalt zusammenzuballen. Ian konnte sie in seinem Kopf sehen, in seinem Herzen, und er wartete. Wartete, bis die Fischer an Land zurückgekehrt waren. Wartete, bis die Bauern über die Felder nach Hause gehastet waren.

Wartete, bis Leslie bemerkt hatte, was in der Macht seines Sohnes lag und diese Macht zu fürchten gelernt hatte.

Dann hob Ian seine Arme und entfesselte den Sturm.

Seine Wut entlud sich über Fionnaway wie von einer rächenden Hand geführt. Blitze schlugen brennend ein, weiß glühende Pfeile und gewaltiges Wetterleuchten tauchten alles in grelles Licht. Donner grollte, krachte, ein wahres Höllengetöse brach los. Wind stob in die braunen Blätter auf der Erde und wirbelte sie in die Höhe. Und Regenmassen strömten hernieder.

Ian trat in die Hütte und stemmte sich mit seinem ganzen Gewicht gegen die Tür, um sie zu schließen. Er lehnte sein Selkie-Erbe nicht länger ab, denn das hatte ihn nicht an diesen Punkt gebracht. Das waren sein Vater gewesen und seine Mutter, die ihre Freiheit missbraucht hatten.

Mit seinem Rücken gegen die rauen Holzbretter gelehnt, beobachtete er, wie Alanna zu ihm kam, eine brennende Kerze in der Hand. Die Flamme tauchte sie in Gold. Die Blitze überhauchten sie mit Silber. Jede in Schatten gehüllte Rundung sprach von ungelösten Geheimnissen. Und in ihrem Haar loderte eigenes Leben.

„Ian, hast du das getan?"

In seinen Ohren klangen ihre Worte tadelnd, aber es machte ihm kaum etwas aus, dass es ihm und seinen übernatürlichen Kräften schließlich doch noch gelungen war, in ihr Abscheu zu wecken. Mit lauter Stimme, um den Regen zu übertönen, sagte er: „Ja."

„Gut."

Sein Herz schlug schneller, als er das rätselhafte kleine Lächeln sah, das um ihre Lippen spielte.

Sorgfältig stellte sie die Kerze auf der Fensterbank ab und trat dicht vor ihn. Sie ließ ihre Hände zärtlich von seinen Hüften zu seiner Brust gleiten und wiederholte: „Gut."

Das Blut pochte wild in seinen Adern, als er auf sie hinabstarrte. Was meinte sie damit: *gut*?

Blitze zuckten im Rhythmus seines Herzschlags, und bei jedem Blitz war ihr Gesicht näher an seinem. Ihre Finger gruben sich in sein Haar. Sie zog ihn zu sich und stellte sich auf die Zehenspitzen – und küsste ihn.

Mit geöffnetem Mund. Sie sog an seiner Unterlippe und stöhnte auf, als sein Geschmack sie erregte. Sie stieß mit ihrer Zunge gegen seine Zähne, erbebte leise vor Lust, und ihr Atem wärmte ihn von innen nach außen.

Abrupt den Kopf hebend, fasste er sie an den Schultern und hielt sie fest. „Alanna, weißt du, was du tust?"

Sie öffnete langsam ihre Augen und fuhr sich mit der Zunge über die Unterlippe, bevor sie antwortete. „Ich werde Teil des Sturmes."

Er wollte sie. Er wollte sie immer. Und jetzt, hier, schien sie sein

Verlangen zu erwidern. Sein Griff wurde fester, und er musterte ihr Gesicht eindringlich, als wollte er versuchen, sie zu begreifen. Alanna, die Frau, die er gerne sein restliches Leben lang zu enträtseln versuchen würde. „Du solltest dir besser sehr sicher sein."

Sie presste sich an ihn, verstärkte den Druck ihrer Hüften an seinen. „Ian. Jetzt."

Seine Selbstbeherrschung zersplitterte so unausweichlich, wie die Blitze draußen den Himmel zerrissen. Er hob sie in seine Arme, war mit einem langen Schritt am Tisch. Er setzte sie darauf ab, schob ihr den Rock über die Hüften, spreizte ihre Beine und trat dazwischen.

Sie sah ihn aus warmen, strahlenden Augen an, voller Bewunderung, gerade so, als wäre er für sie ein mächtiger Herr.

„Auf dem Weg hierher", sagte sie, „habe ich mir gewünscht, dass ich wirklich eine Hexe wäre, so dass ich an deinem Vater Rache nehmen könnte."

Ihre Stimme wurde atemloser, während er mit seinem Daumen über die zarte Haut zwischen ihren Schenkeln rieb.

„An ihnen allen Rache nehmen."

Mit äußerster Zartheit liebkoste er die weiche Haut, dort wo sie feucht und heiß war.

Sie versteifte sich. „Ah, Ian, das fühlt sich so ..." Sie versuchte, seine Hand zu fassen zu bekommen. „Nicht. Ich versuche dir zu sagen ..."

„Ich höre." Sie verzehrte sich nach ihm, und sie würde ihn auch bekommen. Aber sie war noch nicht bereit genug für eine Beinahe-Jungfrau. „Erzähl mir von Rache."

Sich auf die Ellbogen stützend, blickte sie dorthin, wo seine Finger sie streichelten, dann hoch zu ihm. Sie streckte die Hand aus und berührte ihn durch seine Hose. „Rache", sie knetete ihn sachte, „kann in beide Richtungen gehen."

Er wollte den Stoff fortreißen, sich in ihr versenken, bis er Vergessen fand. Aber er würde es ihr nicht so einfach machen. Wenigstens in einer Sache würde Ian MacLeod heute die Oberhand behalten.

Als seine Hände zum Verschluss seiner Hose glitten, teilten sich ihre Lippen. Er konnte ihre weiß schimmernden Zähne sehen, während er ihn öffnete, ohne sie aus den Augen zu lassen.

Draußen gewann der Sturm an Kraft; der Wind brauste, der Donner krachte, und die Blitze folgten immer rascher aufeinander. In der Hütte bestürmte er seine Frau. Er würde sie an den Rand des Höhepunktes bringen – und darüber hinaus.

Er streifte seine Hose ab, und Alanna legte sich zurück und streckte ihm die Arme entgegen. „Schnell."

Schnell? Nein, bestimmt nicht. Sein Verlangen war unübersehbar, seine Entschlossenheit jedoch war an nichts abzulesen. „So schön." Er umschloss mit jeder Hand ein Knie. „Erinnerst du dich", mit einem Fuß holte er die Bank zu sich, „daran, wie ich gesagt habe", er setzte sich und zog sie an die Tischkante, „ich würde dich gerne überall küssen?"

Alannas Augen wurden groß. Für jemanden, der so unschuldig war, verstand sie ihn sehr gut. „Ian." Sie bemühte sich, sich aufzusetzen.

„Ian."

Sie wollte es ihm ausreden. Ihm ausreden, sie zu schmecken. „Schau zu, wenn du willst", sagte er. „Das macht es nur umso verlockender."

Sie ließ sich mit einem Stöhnen zurückfallen. „Ian ..."

„Schau zu."

Sie schaute zu. Sie schaute zu, wie er an ihrem Knöchel beginnend an der Innenseite ihrer Schenkel entlang eine Spur aus Küssen bis ganz nach oben zog. Sie wimmerte, als er plötzlich aufhörte, und er grinste. Ihr Atem ging abgehackt, ihre Beine zitterten. „Ich will nicht, dass du das tust“, sagte sie.

„Wirklich?“ Er legte sich das gründlich geküsste Bein über seine Schulter, bevor er die lange Reise nach oben an dem anderen Fuß begann. „Ich hätte schwören können, dass du es dir verzweifelt wünschst.“ Er sah sie an. „So verzweifelt, wie ich es mir wünsche. Vorfreude kann die Hölle sein, nicht wahr?“

Mit seinen Fingern öffnete er sie: wunderschön, weiblich, einladend.

Sie fuhr ihm mit den Fingern durch die Haare und versuchte, seinen Kopf wegzuziehen. „Das schickt sich nicht.“

Er grinste. „Mit wem hast du denn *darüber* gesprochen?“ Dann wurde er ernst. „Lass mich, Liebste. Es wird mir viel Lust bereiten.“

Ihre Finger lockerten ihren Griff. Zärtlich fuhr sie die Umrisse seines Ohres nach und flüsterte: „Gut. Wenn ich dir damit eine Freude bereiten kann.“

Er lachte leise. Lachte ehrlich erfreut über ihre Schlagfertigkeit und ihre Unbefangenheit, was die körperliche Liebe betraf. „Es wird mir übergroße Freude bereitet haben, bevor ich fertig mit dir bin.“

Blitze zuckten und Donner grollte, als er sie zart mit seiner Zunge berührte. Ihre Muskeln zogen sich zusammen; er wusste nicht, ob aus Widerwillen oder aus Entzücken. Er hob seinen Kopf und sah sie an – und sah eine Frau, die sich in den Fängen der Lust wand. Den Kopf zurückgeworfen, die Hände um den Rand der Tischplatte geklammert, die vollen Brüste mit den festen Spitzen stolz gereckt.

Dies war, wofür er in den Boudoirs in Indien, Tahiti und London geübt hatte. Um Alanna MacLeod zum Höhepunkt zu bringen. Er leckte sie, saugte an ihr, schmeckte ihre Lust. Seine Zunge glitt in sie hinein; er labte sich an ihrem Wimmern und genoss das unwillkürliche wellenartige Zusammenziehen ihrer Muskeln.

Sie wehrte sich gegen den Höhepunkt. Sie schrie dagegen an, zerkratzte den Tisch mit ihren Fingernägeln, bevor sie sich ihm schließlich doch ergab und unter der verzweifelten Gewalt ihrer Gefühle erbebte. Er drang mit seinem Finger in sie ein und spürte die wilden Zuckungen.

Himmel, war sie eng, süß, heiß, und das alles allein für ihn.

„Ian“, rief sie heiser. „Bitte, Ian.“

„Ja.“ Er stand auf und stieß dabei die Bank um. Mit einem Stoß war er in ihr. Sie schrie auf, und ihre Muskeln schlossen sich um ihn, hielten ihn fest, als wollte sie ihn nie wieder gehen lassen. Und er dachte, so könnte es ewig bleiben.

Stattdessen verloren sie sich in einem Rausch der Sinne. Im Rhythmus mit den Blitzen draußen kam er zu ihr, immer wieder, und jede Bewegung seiner Hüften brachte ihn tiefer, jeder Bewegung folgte ein grellerer Blitz, und wie der Donner auf die Blitze antwortete, erwiderte sie sein Verlangen, hob ihm ihre Hüften entgegen, um ihn tiefer aufnehmen zu können, und konzentrierte ihr ganzes Sein ganz auf die in greifbarer Nähe liegende Erfüllung.

Seine. Ihre.

Dieses Mal war er in ihr, als sie kam. Ihre Beine hielten ihn umschlungen, während sie sich verzweifelt unter ihm wand. Er hielt sich zurück, hielt sich zurück, bis ihre Bewegungen langsamer wurden, dann stützte er sich mit beiden Händen rechts und links von ihr auf den Tisch. Er beugte sich über sie und hielt sie fest, als er so tief in sie eindrang, dass ihr keine andere Wahl blieb, als seinen Samen zu empfangen.

Und sie tat es mit einem Freudenschrei.

Er ließ sich auf sie sinken, sein Atem ging schwer, seine Arme zitterten von der Anstrengung. Er wollte sie küssen, ihr anvertrauen, mit welcher Ehrfurcht ihr Zusammenkommen ihn erfüllte, sie streicheln, während sie wieder zu Atem kam.

Aber durfte er das wagen? Er fragte sich, ob er ihr wehgetan hatte, ihr zu viel zugemutet hatte, Erfahrung erwartet hatte, wo, wie er wusste, keine war. Für sie war das alles neu, und sie verstand gewiss kaum, was sie ausgelöst hatte. Er, der es hätte besser wissen müssen, hatte so heiß gebrannt, dass er fast in einem sengenden Blitz explodiert wäre.

Er versteifte sich, als sie zu sprechen begann.

„Ian?“ Ihre leise Stimme bebte. „Ich hoffe, es macht dir nichts aus ... aber ich liebe dich.“

27. KAPITEL

Alanna hatte nicht vorgehabt, es ihm zu sagen. Sie hatte gewusst, dass es besser wäre, wenn Ian erst die Gelegenheit gehabt hätte, sich in Fionnaway einzuleben, bevor sie ihm ihre Liebe gestand. Jetzt war sie sich gar nicht mehr sicher, ob er diese Gelegenheit je erhalten würde, und irgendwie hatte sie ihn für den Verlust entschädigen wollen – und so war ihr der Satz einfach entschlüpft.

Ich liebe dich. Die Worte hingen bedeutungsschwanger in der Luft.

Für sie war alles klar geworden, als sie ihre Körper vereinten – aber nicht für Ian. Er hatte nicht versucht, ihr auszureden, ihn zu lieben. Genau genommen hatte er gar nichts gesagt. Er hatte sie einfach zum Bett getragen. Er hatte sie ausgezogen, beinahe ehrfürchtig ein Kleidungsstück nach dem anderen entfernt, bis sie nackt vor ihm lag. Er hatte ihr die Kette abgenommen und dann ihren Hals mit Küssen bedeckt, für jeden Stein einen Kuss. Anschließend hatte er sie langsam und zärtlich geliebt und dabei solche Leidenschaft in ihr entfesselt, dass sie nicht mehr sprechen konnte.

Jetzt schmiegte sie sich an seinen Rücken, die Arme um seine Taille geschlungen. Der arme Mann war verblüfft, aber sie konnte die Worte nicht zurücknehmen, darum sollte er sich besser an sie gewöhnen. Denn in ihr wallte leise Freude auf, die durch nichts jetzt noch zerstört werden könnte. „Mein Gemahl, möchtest du etwas essen? Wir haben schließlich noch kein Frühstück gehabt, weißt du?“

Schweigend betrachtete er das Innere der Hütte, ohne bei den Blitzen, die immer wieder die Dunkelheit zerrissen, zusammenzuzucken. Dann sei es eben so. Sie konnte seine Schweigsamkeit deuten, wie sie wollte. „Nicht hungrig?“ Sie drückte ihm einen zarten Kuss auf die Schulter. „Gut. Ich habe ohnehin andere, bessere Pläne.“

Er sagte immer noch nichts. Bestimmt grübelte er. Sie hatte noch nie zuvor einen so großartigen Grübler gesehen, aber sie würde ihn davon heilen. „Willst du denn gar nicht wissen, wie sie aussehen?“

„Wie ... wie was aussieht?“ Seine Stimme klang belegt, und er hörte sich mehr als ein bisschen verwirrt an.

„Meine Pläne.“ Sie rieb mit ihrem Daumen sein Rückgrat entlang, jeden Wirbel einzeln umkreisend, in dem Versuch, ihn zu entspannen.

Als sie am Ende ankam, stöhnte er und reckte sich. „Pläne?“

Sie lächelte, während sie die wellenartigen Bewegungen der Muskeln unter seiner Haut spürte. Dann setzte sie sich auf und schüttelte ihr Haar. „*Ich* werde dich rasieren.“ Damit erhob sie sich, stieg über ihn und aus dem Bett. Sie ging zu dem großen Koffer, den sie mitgebracht hatte, und wühlte darin herum, zog schließlich einen Morgenmantel heraus.

Er beobachtete sie mit einem Verlangen, das die Luft förmlich zum Vibrieren brachte. Ein Verlangen, das sich in dem unaufhörlichen Aufzucken von Blitzen, dem Grollen von Donner offenbarte.

Trotzdem klang er, als wäre er mit seinen Gedanken woanders. „Mich rasieren."

Sie empfand beinahe Mitleid für ihn, dass er mit Gefühlen zu kämpfen hatte, von denen er nie zu hoffen gewagt hatte, sie kennen zu lernen. Dennoch konnte sie es nicht zulassen, dass er sich von ihr zurückzog. Er gehörte ihr. Je eher er das begriff, desto besser. „Oh ja." Sie lächelte ihn an. „Ein bisschen warmes Wasser, eine scharfe Klinge, und schon kann ich das Gesicht meines mir frisch angetrauten Gatten ganz sehen."

„Natürlich. Mich rasieren." Jetzt klang er schon viel weniger durcheinander, während er sich weit genug aufsetzte, um sich auf seinen Ellbogen zu stützen. „Du hast einen viel besseren Weg entdeckt, dich deines ungewollten Ehemannes zu entledigen als mit Hilfe einer Annullierung."

Sein feindseliger Tonfall erschreckte sie, und sie zwinkerte. „Was meinst du?"

„Warum sagst du nicht einfach, dass du mir die Kehle aufschlitzen willst?"

Wut packte sie bei seinen zynischen Worten, und während sie um Fassung rang, wünschte sie sich, *sie* könnte ihren Gefühlen mit Blitz und Donner Ausdruck verleihen. Stattdessen musste sie mit bloßen Worten auskommen; wie unbequem menschlich. Mit in die Hüfte gestemmten Händen starrte sie den von Schatten umhüllten Mann böse an. „Warum sollte ich dir die Kehle aufschlitzen wollen?"

„Weil ich dich Fionnaway gekostet habe."

„Fionnaway." Die Hoffnung in ihr erstarb. „Fionnaway." Wie dumm von ihr. Sie hatte an verklärte Gefühle gedacht. Er hatte an sehr reales Land gedacht.

Sie beugte sich vor und zog einen Samtmorgenrock aus ihrer Tasche. Der jadefarbene Stoff schmeichelte ihren Haaren und ihrem

Teint; es war kein Zufall, dass dieses Kleidungsstück sie in ihr Exil begleitet hatte. Aber jetzt wollte sie sich nur so schnell wie möglich bedecken und schlüpfte hastig hinein. „Ich war also voreilig, als ich Edwins Angebot, die Ehe annullieren zu lassen, ausgeschlagen habe."

Er war gerade dabei, die Decke zurückzuschlagen, und erstarrte.

Sie tastete nach dem Gürtel, fand ihn und knotete ihn um ihre Taille. „*Du* wünschst dir eine Annullierung."

Ihre Anklage hing in der Luft. Langsam erhob er sich, und durch seine Größe schien der niedrige Raum zusammenzuschrumpfen. Sein mitternachtsschwarzes Haar schimmerte bei jedem Blitz silbrig. Sein Körper glänzte: geschmolzener Stahl und polierte Bronze. Und seine rätselhaften Augen fingen das flackernde Licht der Kerzen ein und warfen es zurück. „Niemals. Ich weiß nicht, wovon du sprichst, aber *ich* will auf keinen Fall eine Annullierung."

Die Enden des Samtgürtels immer noch in den Händen haltend, fragte sie: „Auch wenn ich nicht länger habe, was du begehrst?"

„Was begehre ich denn?"

„Fionnaway."

Ein Muskel zuckte in seiner Wange, und Ian machte einen Schritt auf sie zu. „Es wird dir nicht gelingen, es so aussehen zu lassen, als ob du mir, indem du mich verlässt, einen Gefallen tust."

Sie schluckte und machte einen weiteren Knoten in den Gürtel. „Du hast mich nie belogen. Ich habe immer gewusst, dass du Fionnaway wolltest."

„Nein, Mylady." Er machte sich über sie lustig, das hörte sie. „Du beschuldigst mich, dich zurückzuweisen, wo ich doch der Grund für deinen tiefen Fall bin."

Diesmal trat sie zu ihm, bis sie nur noch ein Hauch trennte. Sie musterte ihn eindringlich. Seine Augen sahen nicht länger rätselhaft aus, sondern wütend, verletzt. Er war vom Schicksal geschlagen worden und hatte keinen Grund anzunehmen, dass sie sich anders verhalten würde als all die anderen, die ihm so übel mitgespielt hatten.

Sie spürte seinen Schmerz, und trotzdem erwachte der schwache Hoffnungsfunke in ihr zu neuem Leben und gewann an Kraft. „Ich will, dass du glücklich bist, und ich weiß, dass du nicht glücklich sein kannst ohne ... Du wünscht dir so sehr Land, ein Zuhause. Wenn du eine Annullierung willst, werde ich dir keine Steine in den Weg legen."

„Als Schauspielerin bist du unübertroffen." Er wandte ihr den Rücken zu. „Du hast sogar beinahe mich überzeugt." Er hob verärgert seine Hosen auf, zog sie an und sah zum Fenster.

Er wollte gehen, das merkte sie. Wie ein wildes Tier wollte er fortrennen, fort von ihr, fort von allem hier. Doch der Wind heulte noch immer, und der Regen prasselte auf das Dach. Unruhig ging Ian in der Hütte auf und ab. Blitze zuckten über den Himmel, und Donner ließ die Fensterläden erzittern.

Sein eigener Sturm hielt ihn hier gefangen. Mit ihr. Und vielleicht war es nicht nur der Verlust des Landes, der ihn auf und ab gehen und sie anfahren ließ. Sie musste es wohl oder übel herausfinden.

„Setz dich", sagte sie bestimmt und deutete auf die Bank.

Er starrte sie an.

„Stell dich nicht so an", schalt sie ihn, und bemerkte, dass er vor Zorn rot anlief. Sie stellte den halb vollen Eimer auf den Tisch, tauchte ein Leinentuch hinein und wrang es aus. Schmeichelnd sagte sie: „Wenn ich verspreche, dir nicht die Kehle aufzuschlitzen, setzt du dich dann hin?"

„Verdammt, du wandelst auf ganz schön gefährlichem Grund." Er ließ sich so heftig auf die Bank fallen, dass sie kippte und er sich festhalten musste. Dann lehnte er sich auf seine Ellbogen gestützt auf den Tisch, gewollt entspannt aussehend.

„Ich habe doch keinen Meisterbrief darin, andere gegen sich aufzubringen." Sie erhitzte das Tuch über der Kerzenflamme, bis es so heiß war, dass sie es kaum noch in den Händen halten konnte, dann bog sie seinen Kopf nach hinten und legte ihm das Tuch über das Gesicht. Er zuckte zurück und fluchte wüst, aber sie hielt das Tuch fest. „Aber, aber." Mit ihrem Knie über seinen Beinen hielt sie ihn ruhig. „Bist du immer so griesgrämig, wenn dir deine Frauen ihre Liebe gestehen?"

Er schob ihre Hand weg. „Meine Frauen?" Sein Gelächter ähnelte dem Donner draußen. „Ich habe keine Frauen."

„Dann eben deine Mätressen", verbesserte sie. „Wenn sie sagen, dass sie dich lieben, läufst du dann immer fort?"

„Ich werde das nicht mit dir diskutieren." Das Tuch begann zu rutschen, und er hielt es fest. Dann, als ertrüge er es nicht länger, richtete er sich auf. „Warum glaubst du, ich wolle fortlaufen?"

Sie verkniff sich ein Lächeln. „Weibliches Einfühlungsvermögen."

Er ließ sich wieder gegen den Tisch sinken und drückte das Tuch fester auf sein Gesicht. Mit durch den Stoff gedämpfter Stimme sagte er: „Das hat mir noch niemand vor dir gesagt."

„Natürlich nicht." Jetzt machte sie sich über ihn lustig, während sie ein sauberes Handtuch ausschüttelte und ihm um den Hals band. Ihre Reisetasche nach Rasiermesser und Streichriemen durchforstend, erwiderte sie: „Mit einem Gesicht, das wie Gottes Gnade an die Menschen aussieht, und so viel Charme, dass dir jedes meiner Dienstmädchen wehmütige Seufzer hinterherschickt, behauptest du allen Ernstes, dass dir noch nie eine Frau gesagt hat, dass sie dich liebt? Versuch das ruhig noch einmal."

„Hölle, ja, die Dienstmädchen mögen mich. Dafür habe ich gesorgt. Ich sorge dafür, dass mich alle Leute mögen.“ Mit glitzernden Augen beobachtete er, wie sie das Rasiermessers energisch schärfte. „Schließlich war ich entschlossen, mich als Schlossherr richtig zu verhalten. Aber Frauen ... nein, Frauen lieben mich nicht.“

Sie prüfte mit ihrem Daumen die Schärfe der Klinge und legte das Messer dann, mit dem Ergebnis zufrieden, auf den Tisch. „Dann warst du also bis vor kurzem unberührt?“

„Frauen haben mich begehrt. Wegen des Geldes. Oder weil sie denken, ich sei gefährlich, und sie den zusätzlichen Reiz des Verbotenen suchen.“ Als sie das immer noch warme Tuch fortzog, grinste er breit. „Beschwerst du dich etwa, mein Können ließe zu wünschen übrig?“

„In Fragen der körperlichen Liebe brauchst du, wie du sehr gut weißt, keinen Vergleich zu scheuen.“ Sie beugte sich über ihn und küsste ihn rasch auf die Lippen. „Aber wenn du die Wahrheit sagst und ich die Erste bin, die dich liebt ... nun, dann weiß ich, warum du so verstimmt bist.“

Er legte ihr seine Hand auf den Rücken, um sie festzuhalten. Sie richtete sich auf, und er spürte die Bewegung ihrer Muskeln unter seiner Hand. Er genoss das Gefühl so sehr, wie er ihr Kreuzverhör verabscheute. „Warum bin ich verstimmt?“

„Weil du es nicht magst, wenn dir Leute zu nahe kommen.“

Er riss seine Hand fort. Seit seiner Kindheit war es keinem mehr gelungen, hinter seine Maske zu sehen. Und jetzt „fühlte“ dieses Mädchen seine Furcht, seine Verwirrung, und musste dazu noch nicht einmal sein Gesicht sehen.

„In deinen Adern muss auch Selkie-Blut fließen.“ Ein Donnerschlag ließ die Hütte erzittern, und er wartete, bis das letzte Grollen verstummt war. „Du siehst Gefühle.“

„Das Selkie-Blut in mir ist inzwischen so verdünnt, dass es höchstens nur noch ein paar Tropfen sind.“ Sie schlug Seife in einer kleinen Schüssel zu Schaum und verteilte ihn auf seinem Hals. „Leg deinen Kopf in den Nacken."

Er tat es, und sie hielt das Rasiermesser an seine Kehle, neben seinem Adamsapfel. „Bereit?"

Bereit? Wenn sie sich nur noch ein kleines bisschen weiter vorlehnte, würde er ihr in den Ausschnitt sehen können. Dann wäre er bereit.

Geduldig sagte sie: „Ian, ich habe wirklich nicht vor, dir die Kehle aufzuschlitzen."

Natürlich tat sie das nicht. Alanna würde nie den leichten Weg wählen – oder ihm erlauben, das zu tun. Sie würde diese Unterhaltung in die Länge ziehen, bis er fortlief oder verrückt wurde – oder bis er glaubte, dass sie ihn liebte.

Himmel, konnte er es wagen, ihr zu glauben? „Rasier mich", erwiderte er schließlich schroff.

Mit einem langen Strich entfernte sie die ersten seiner Barthaare – und zu seiner Überraschung nichts von seiner Haut. Sorgfältig wischte sie die Klinge ab und machte dann weiter. Nach den ersten gespannten Augenblicken wurde ihm klar, dass sie wirklich gut war. Sehr gut. „Du bist besser als mein Kammerdiener."

„Ich habe oft meinen Vater rasiert. Er traute niemandem sonst – auf Fionnaway gab es mehr als genug Leute, die ihm den Tod wünschten – und er sagte immer, mein Pflichtbewusstsein würde mich daran hindern, ihm etwas anzutun." Mit einem sauberen Tuch wischte sie sein Gesicht ab und beugte sich dann wieder vor. „Unglücklicherweise hatte er Recht."

Er hielt es nicht länger aus. Er musste es wissen. „Warum bist du mir nicht böse wegen des Verlustes von Fionnaway?"

„Es war meine Schuld. Ich habe meine Pflicht vernachlässigt, als ich nicht nach deiner ehelichen Geburt gefragt habe."

„Und warum hast du das nicht getan, wenn du doch sonst bei allem so pflichtbewusst bist?" Er wartete mit angehaltenem Atem auf ihre Antwort.

„Vielleicht weil mir die Antwort egal war." Mit zarter Hand rasierte sie ihn am Hals zu Ende und schärfte dann das Rasiermesser erneut. „Als ich noch die Hexe war, hast du dich so wunderbar um Fionnaway gekümmert. Und als du dann herausfandest, wer ich war, hast du nicht versucht, mich zu töten. Stattdessen wolltest du mich heiraten. Du hast nicht deine unsterbliche Liebe erklärt, sondern schlicht und ergreifend die Wahrheit gesagt. Du willst Fionnaway, und das nicht wegen des Reichtums, den die Meeresopale darstellen, sondern weil es für dich ein Zuhause bedeutet." Wieder schlug sie Seife zu Schaum, verteilte ihn jedoch diesmal auf seinen Wangen. „Du bist ein guter Mann, Ian MacLeod."

„Du musst es nicht leicht gehabt haben in deinem Leben, Alanna, wenn du meinen Entschluss, dich lieber zu heiraten statt umzubringen, als Beweis für Edelmut ansiehst."

Ihr Grübchen blitzte auf, als sie lächelte. „Es gibt Leute, die nicht gezögert hätten, wenn sie nur meinen Aufenthaltsort gekannt hätten."

Wenn ihr seine Absichten verdächtig vorgekommen wären, hätte er es verstehen können. Er hätte ihren Ärger über die Ehe begreifen können, über seine Unehelichkeit und die Zerstörung, die er über ihr Leben gebracht hatte. Was er nicht begriff, war ihr Vertrauen.

Sie schien seine Gedanken lesen zu können, denn sie lehnte sich an seine Schulter und sagte noch einmal: „Ich liebe dich."

Ich liebe dich. Sie sagte die Worte; sie schnitten in sein Fleisch wie ihre Klinge es nicht getan hatte. Und er blutete noch nicht einmal. „Du kannst keinen narbenübersäten, verkrüppelten Mann lieben."

Mit ihrer freien Hand strich sie ihm das Haar aus der Stirn und sah ihm in die Augen. „Du bist nichts von alledem. Wenn ich eine eingebildete Frau wäre, würde ich mich vor aller Welt damit brüsten, dass ich den bestaussehenden Mann von ganz Schottland geheiratet habe."

Er legte seinen Kopf zurück und fuhr mit den Blicken ihre Züge nach. Die Sommersprossen verschmolzen über ihrer Nase, und ihre vollen Lippen lächelten oder waren missbilligend verzogen, oder wie jetzt entschlossen zu einer dünnen Linie zusammengepresst. Für Alanna waren Gefühle keine Feinde, sondern einfach das Beste am Leben, und er beneidete sie um ihre Ahnungslosigkeit. Und während er wusste, dass er es nicht ertrüge, wenn sie all die dunklen Ecken in seiner Seele fand, so wusste er doch, dass er sie wenigstens warnen musste. „Du kannst die Narben nicht sehen. Du kannst den angerichteten Schaden nicht sehen. Du liebst nicht mich, du liebst ein Trugbild."

Sie lachte. Lachte über seine düstere Warnung. „Oh, Ian, glaubst du wirklich, ich könnte nicht erkennen, wen ich liebe?"

Mit einer Fingerspitze drehte sie seinen Kopf zur Seite. Er hörte das Kratzen des Rasiermessers, als sie immer mehr von seinem Gesicht freischabte. Die Sonne würde die frisch entblößte Haut versengen. Der Wind würde auf ihr beißend scharf sein. Doch seine Haut würde sich daran gewöhnen und abhärten – sein Geist würde die Bloßstellung ebenso verkraften müssen.

„Ich weiß, dass ich, verglichen mit dir, unerfahren bin, aber das heißt nicht, dass du alles weißt und ich nichts." Sie beugte sich vor, schmiegte ihre Wange an seine und summte zufrieden. „Tatsächlich", ihr Atem streifte sein Ohr, „weiß ich sogar, wenn es um Liebe geht, mehr als du."

Vielleicht würde er doch noch bluten. „Ach ja? Dann hast du also schon anderen Männern deine Liebe erklärt."

Beleidigt richtete sie sich auf. „Ich kann jetzt verstehen, warum du dir solche Sorgen darum machst, die Kehle aufgeschlitzt zu bekommen." Den Saum ihres Morgenrockes hochschlagend, fuhr sie fort: „Sei nicht dumm. Keine Männer. Bevor ich dich traf, hatte ich keine sonderlich gute Meinung von Männern. Liebe gibt es nicht nur zwischen Mann und Frau."

„Nein?" Gerade jetzt, den Blick auf ihre weiß schimmernden Schenkel unter dem Morgenrock geheftet, hätte er das beschwören können.

Sie kniete sich mit einem Bein auf seinen Oberschenkel. Ihr sauberer Duft verzauberte ihn. Die Bewegungen ihres Körpers erzeugten Strudel der Begierde in ihm. Draußen heulte der Wind, aber in der Hütte war es warm und gemütlich, und ihre Brüste waren verlockend dicht vor seinem Mund. Er wartete gespannt darauf, dass sie ihren Morgenrock aufschlug.

„Press die Lippen zusammen", sagte sie. „Jetzt ist dein Kinn dran."

„Mein Kinn?"

„Dein Kinn *rasieren*", sagte sie betont langsam und deutlich. „Ich möchte dein Kinn rasieren, darum press bitte deine Lippen zusammen." Er tat es und beobachtete verzaubert, wie sie ihn unwillkürlich nachmachte. Sie sprach leicht undeutlich, während sie ihren Mund erst in die eine Richtung, dann in die andere verzog. „Ich liebe Fionnaway. Ich liebe meine Leute. Ich liebe meine Katze." Sie deutete auf Whisky, der auf dem Kaminvorleger schlief. „Vor langer Zeit habe ich meine Mutter geliebt. Sie hat mir immer gesagt, was zu tun war. Sie ermahnte mich und zwang mich, Verantwortung zu übernehmen. Sie hat sich über mich lustig gemacht, wenn ich Wutanfälle bekam." Sie schnitt eine Grimasse. „Aber ich habe sie trotzdem geliebt."

„Warum?"

„Du hast ja ein Grübchen am Kinn", bemerkte sie vollkommen

zusammenhanglos. „Ich denke, du bist vielleicht der hübscheste Mann von ganz Britannien."

„Oh, das bin ich." Das hatten wenigstens alle Frauen behauptet.

„Soll ich alles abrasieren?" Sie hielt das Rasiermesser bereit. „Oder willst du wenigstens einen Schnurrbart behalten?"

„Du kannst genauso gut gleich alles sehen", erwiderte er, wohl wissend, dass, wenn sie seine Oberlippe sauber rasieren konnte, ohne ihn zu schneiden, ein Kammerdiener auch in Zukunft überflüssig wäre. Dann erkundigte er sich, von ungestillter Neugier getrieben: „Wie konntest du deine Mutter lieben, wenn sie so war?"

„Was meinst du damit, wie? Ich habe sie geliebt, weil sie mich genug liebte, um mir zu sagen, was ich tun sollte. Darum erzähl mir nicht, ich wüsste nicht, was Liebe sei. Du bist derjenige, der sie nicht erkennen würde, selbst wenn sie dich beißen würde." Damit beugte sie sich vor und biss ihn sanft in die Schulter.

Er erbebte und griff nach ihr. Sie lachte leise und sah erwartungsvoll auf ihn hinab. Sie war warm in seinen Händen, lebendig und voller Lebenslust, so wie er es nie sein konnte. Und doch hing er an ihr in der vergeblichen Hoffnung, dass irgendwie ihre Körperwärme und die Tiefe ihrer Leidenschaft eines Tages sein Herz schmelzen könnten. „Ich kann deine Liebe nicht erwidern."

„Nun ... nein. Vermutlich nicht. Nicht jetzt." Ihre Brust hob und senkte sich unter einem Seufzer, dann wandte sie sich mit dem Rasiermesser seiner anderen Wange zu. Während sie die Barthaare abschabte, sagte sie: „Aber du kannst mir die Hoffnung nicht nehmen, dass das einmal anders wird."

Sie schien zu glauben, dass er, wenn sie ihn nur genug liebte, ihre Gefühle früher oder später erwidern würde. Er hingegen hatte Jahre allein auf der Wanderschaft verbracht; er hatte diesen Glauben nicht, und wenn er ein guter Mann wäre, würde er ihr die Hoffnung nehmen.

„Ich bin kein guter Mann." Er sagte das genauso zu sich wie zu ihr.

Sie warf ihren Kopf zurück und lachte, ein Ausdruck echter Heiterkeit, während er den Duft ihrer Haut und den sanften Schwung ihres Nackens wahrnahm und sich fragte, wie die Frau aus einer einfachen Rasur ein solches Fest der Sinne hatte machen können.

„Ach, Ian, ich würde sagen, du bist sehr gut."

„Freche Göre!"

Immer noch lächelnd, tupfte sie Seifenschaum auf seine Oberlippe. Mit einer geschmeidigen Bewegung entfernte sie seine letzten Barthaare. Sie wischte den verbliebenen Schaum weg und trat einen Schritt zurück, um ihr Werk zu begutachten. Er wartete derart gespannt auf ihr Urteil, als könnte ihre Meinung sein Aussehen verändern.

„Oh." Der Laut war eindeutig ein Ausdruck der Bewunderung. Als ob sie sich nicht entscheiden konnte, wo sie ihn berühren sollte, schwebte ihre Hand über seinem Gesicht, bevor sie sie an seine Wange legte. Sie fuhr die Konturen nach und glitt dann zu seinem Kinn. „Du hast Recht. Du bist der bestaussehende Mann in ganz Britannien." Sie entfernte das Handtuch von seinem Hals, lehnte sich über ihn, ihr Mund dicht über seinem. „Die Sache ist die – ich fürchte, ich würde dich auf jeden Fall geheiratet haben, egal wie du aussiehst."

„Das hättest du?" Er schlang seine Arme um sie. Das Rasiermesser fiel klappernd auf den Tisch hinter ihnen.

„Oh ja."

Er erwog ihre Worte, erkannte die Aufrichtigkeit hinter ihnen. Sie sagte die Wahrheit. Vielleicht nicht die ganze Wahrheit, aber genug davon, dass er erwiderte: „Ich habe mir immer vorgestellt, dass ich, wenn ich einmal jemanden liebte, zaubern könnte."

„Ich würde sagen, deine Zauberkräfte haben Fionnaway gründlich durchweicht."

Sie küsste ihn leicht, rieb dann ihre Lippen an seinen. „Ich mag dich ohne Bart."

„Gut." Er schlug ihren Morgenrock auf und betrachtete gründlich den Körper darunter. „Weil ich soeben entdeckt habe, dass es mir gefällt, rasiert zu werden."

Abrupt zog sie sich von ihm zurück, und er ließ sie gehen, während er sich fragte, warum sie sich nicht an ihn klammerte. Hatte er sie beleidigt? War sie plötzlich wieder schüchtern? Launisch vielleicht? Aber nein, sie kämpfte damit, den Doppelknoten zu lösen, und ließ den Morgenrock zu Boden gleiten.

Die Blitze zuckten, nicht mehr direkt über ihnen, aber noch grell genug, um ihm ihr zögerndes Lächeln zu zeigen. Er musste nicht nehmen, fordern, verführen. Sie bot sich ihm selbst an.

Ich bin ein Schurke, dachte er, und ein so schlimmer Opportunist wie jedes andere Mitglied der Familie Fairchild. Aber er musste Alanna einfach haben. Er hatte sich ihr in den Weg gestellt, hatte sie gezwungen, ihn so zu nehmen, wie er war, und wie ein Zauberspiegel warf sie sein Bild verzerrt zurück.

Diesmal beschloss er, ihr den Spiegel zu halten. Ihr zu zeigen, wie sie ihn veränderte, und warum. Mit zitternder Hand streichelte er ihre geschwungenen Hüften und sagte: „Wenn ich jemanden liebte, könnte ich mehr tun, als bloß einen Sturm entfesseln. Ich könnte wirklich zaubern."

Blitz und Donner zerrissen die Nacht, als er seine Hände hob. Seine Finger kribbelten, während er zärtlich über ihre Haut strich.

Sie ließ ihren Kopf stöhnend nach hinten sinken. „Zauber."

Von einem inneren Verlangen getrieben, sprach er aus, was er immer in seinem Herzen verborgen hatte. „Wenn ich jemanden liebte, dann ließe ich einen Vollmond von einem Neumondhimmel scheinen. Ich glättete die Wellen in einer stürmischen Nacht. Ich würde das Meer glasklar werden lassen."

„Irgendwie", sie zog seinen Kopf an seinen Haaren nach hinten, „glaube ich sogar, dass du das kannst."

Er nahm ihre Hand und hob sie an seine Lippen, so dass sie seine Worte fühlen konnte. „Wenn ich jemanden liebte, dann wärst du es."

Leslie streckte seine Beine zum Feuer. Sie waren wieder geschwollen. Wenn er seinen Daumen in die Haut über seinen Knöcheln presste, war es, als drückte er in aufgegangenen Brotteig. Seine Finger würden eine Delle hinterlassen, die nur langsam verschwand. Aber es würde ihm bald besser gehen. Er hatte alles vorbereitet und musste nur noch seinen Zug machen – bevor ihm die Zeit davon lief. Fast übermütig sagte er: „Wir fangen sofort an, nach den Meeresopalen zu suchen."

Edwin blickte kaum von den Rechnungsbüchern von Fionnaway auf. „Wir werden Bergleute herholen müssen. Diese Bauern hier würden eine Ader noch nicht einmal erkennen, wenn sie sie in den Hintern bisse."

Leslie zuckte zusammen. Genauso würde er seine Krankheit beschreiben. Als würden ihn alte, gebrochene Versprechen allmählich hinterrücks auffressen. „Das macht nichts. Solange man ihnen eine Spitzhacke in die Hand drückt, werden sie die Küste kurz und klein hacken."

„Vielleicht will ich aber gar nicht, dass sie die Küste zerhacken." Papier raschelte, als Edwin umblätterte. „Vielleicht will ich, dass das hier richtig angegangen wird."

Leslie drehte sich zu ihm um und starrte ihn aus zusammengekniffenen Augen böse an. „Du wirst tun, was ich dir sage."

„Warum?" Edwin erwiderte seinen Blick furchtlos. „Jetzt, wo

Alanna verheiratet und ihres Besitzes beraubt ist, sind Sie nicht mehr ihr Vormund. Sie haben hier nichts mehr zu sagen."

Dieser Dummkopf forderte ihn heraus. Ihn, der all dies ins Rollen gebracht hatte! Leslie atmete tief ein in dem Versuch, genug Luft zu bekommen, um ihm eine angemessene Antwort zu geben, aber seine Lungen waren zu stark verstopft. Er musste sich mit einem wütenden Flüstern zufrieden geben. „So lohnst du mir also all das, was ich für dich getan habe?"

„Sie haben mir gesagt, Ihr Sohn wäre ein Bastard. Das war die Information, die ich brauchte, um Fionnaway in meine Hände zu bekommen, und dafür bin ich Ihnen sehr dankbar." Edwin blätterte wieder um und runzelte die Stirn. „Aber wenn ich mir diese Zahlen anschaue, würde ich sagen, Sie haben Ihren Lohn schon erhalten. Sie haben jeden Penny von Fionnaways Einnahmen verschwendet."

Leslie schnaubte. Als ob Verschwendung zählte. Er war ein englischer Adeliger. „Du hast doch noch die beiden anderen Steine. Verkauf sie!"

„Das habe ich vor." Er schloss das Buch und stand auf. „Ich bin jetzt der Herr von Fionnaway und wenn Sie nur ein bisschen Verstand haben, sollten Sie das nicht vergessen."

Leslie lachte, ohne das Rasseln seiner Lungen zu beachten. Dieser junge Niemand dachte, ihn ausbooten zu können. Nun, das war noch keinem Mann zuvor gelungen, nur ein einziges Mal einer Frau. „Wenn *du* auch nur ein bisschen Verstand hast, tust du besser, was ich dir sage."

Von Leslies Tonfall aufgehalten, drehte sich Edwin herum. „Warum?"

„Weil ich, mein kleiner Dummkopf ...", Himmel, wie genoss Leslie das, „Ians Mutter nach dem Brauch der Handreichung geheiratet habe. Er ist gar kein Bastard."

Wie eine Schlange windet sich das Böse durch den Strom des Lebens, verfälscht die Wahrheit und zerstört jegliche Hoffnung. Das Böse nährt sich von sich selbst, gedeiht unter Furcht und Wahnsinn.

Auch Zauber durchdringt alles Leben. Man kann ihn in dem Regenbogen sehen, in dem Ruf der Raben hören und in einem einfachen Eintopf schmecken. Und doch kann auch Zauber, wie das Böse, Unheil stiften. Jedes Mal, wenn gezaubert wird, hat das die gleiche Wirkung, wie wenn man einen Stein ins Wasser wirft. Es zieht Kreise, erzeugt kleine Wellen, die schließlich ans Ufer schlagen. Es beeinflusst jedes Leben, bringt Veränderungen, die noch nicht einmal die Vorausschauendsten erahnen können.

Das Böse zerstört. Zauberei stiftet Verwirrung.

Welche Macht auf Gottes Erde kann zwischen diesen beiden gewaltigen Kräften ein Gleichgewicht schaffen?

28. KAPITEL

Alanna schlüpfte aus der Hütte. Der Wind wehte immer noch kräftig, aber die meisten Wolken waren weitergezogen und hatten nur ein paar vereinzelte Fetzen zurückgelassen, die vor der sinkenden Sonne über den Himmel trieben. Sie ging so schnell sie nur konnte und hoffte dabei verzweifelt, dass der Sturm kein Unheil herbeigeführt hatte, das Mr. Lewis' Aufmerksamkeit forderte. Sie brauchte ihn vor seiner Kirche.

Wo er war. Er stand dort, als hätte er auf sie gewartet, und beobachtete, wie sie auf ihn zukam. „Ich dachte mir schon, dass Sie heute zu mir kommen würden, Mylady", rief er ihr entgegen, „als ich hörte, dass man Sie aus dem Herrenhaus vertrieben hat."

Sie blieb direkt vor ihm stehen und stemmte ihre Hände in die Hüften. „Dann wissen Sie, warum ich gekommen bin."

Wie gewöhnlich trug der Geistliche seinen breitkrempigen Hut, ein langärmeliges Hemd und seinen wollenen Kilt in den Farben und dem Muster der MacLeod. Wie gewöhnlich war er vorsichtig. „Erzählen Sie."

„Leslie Fairchild behauptet, sein Sohn wäre unehelich geboren. Und dabei zeigt Mr. Fairchild all die Anzeichen eines Mannes, der den Tod derer stirbt, die ein einem Selkie gegebenes Versprechen gebrochen haben." Eindringlich beugte sie sich vor. „Lügt er, Mr. Lewis? Hat er Ians Mutter geheiratet?"

„Kommen Sie." Mr. Lewis winkte ihr. „Wir wollen ein Stück spazieren gehen, und währenddessen erzähle ich Ihnen eine Geschichte."

Er ging los, aber Alanna folgte ihm nicht. „Oh, bitte, Mr. Lewis, ich will keine Geschichte hören. Ich will einfach nur wissen, ob sie verheiratet waren."

„Ihr jungen Leute seid immer so ungeduldig." Er blieb nicht stehen. „Wenn Sie Antworten wollen, müssen Sie warten, bis Sie sie bekommen."

„Na gut." Alanna beeilte sich, ihn einzuholen. „Aber Sie werden es mir sagen, nicht wahr?"

„Selkies, müssen Sie wissen, haben diesen Teil von Schottland schon vor langer, langer Zeit zu ihrer Heimat gewählt, und wie bei den Menschen gibt es unter ihnen gute und böse, ruhige und ungestüme."

Selkies. Er sprach von den Selkies. „Sie *werden* es mir sagen", erklärte Alanna befriedigt, und ihre Schritte wurden beschwingter. Sie hatten den Pfad eingeschlagen, der sich an den Klippen entlang zum Strand schlängelte. Ihren Blicken bot sich abwechselnd das Bild der immer noch unruhigen See und den ruhigeren Hainen aus vom Wind geformten Bäumen.

Sie hörte gespannt zu, während Mr. Lewis fortfuhr: „Ians Mutter, Muirne, war eine der Ungestümen, die immer sehen wollte, was an Land vorgeht. Sie verwandelte sich zum ersten Mal an ihrem sechsten Geburtstag."

„Wie?" erkundigte sich Alanna mit angehaltenem Atem. Das hatte sie schon immer wissen wollen, aber ihre Fragen waren nie beachtet oder gar beantwortet worden.

Mr. Lewis wusste es. Daran herrschte kein Zweifel.

„Sie hat die Felsen erklommen – sehen Sie? Diese dort, dicht am Wasser." Er zeigte sie ihr, und Alanna sah die schwarzen Steine, die von Wind und Wellen glatt geschliffen worden waren. Sie hatte an warmen Tagen dort oft Seerobben erspäht, die sich sonnten. Wie viele davon waren wohl Selkies gewesen?

„Muirne kämpfte sich aus ihrer engen Haut frei. Ihr Kopf kam zuerst, dann ihre Schultern und zum Schluss der Leib. Wie ein Kind aus dem Bauch seiner Mutter glitt sie heraus. Eine kräftezehrende Geburt, gefolgt von einer schwierigen Zeit der Anpassung. Sie reckte sich, wackelte mit den Zehen, probierte ihre Beine aus, zunächst unsicher, wie ein Kind, das seine ersten Schritte macht."

Ein Bild erschien vor Alannas geistigem Auge, von einer dunkeläugigen, dunkelhaarigen Schönheit, die über den Strand wankte, mit jedem Schritt mehr Zuversicht gewann, bis sie sich kräftig genug fühlte, die Klippen hinaufzuklettern und zum Dorf zu gehen. „Hatte sie irgendwelche Kleidung?"

„Welches Kind kommt angezogen auf die Welt?" fragte Mr. Lewis. „Aber sie hatte die Menschen beobachtet und wusste, wie sie ihre Blöße bedeckten. Ohne Gewissensbisse stahl Muirne Kleider von einer Wäscheleine und ging zu den Sterblichen. Die Männer verliebten sich natürlich in sie, denn sie war wunderschön, aber sie verspottete sie."

Alanna zuckte zusammen. Einmal hatte auch sie Mr. Fairchild verspottet und sich dabei die Finger verbrannt.

Mr. Lewis bemerkte ihre Reaktion, denn er sagte: „Aye, Sie wissen welchen Ärger das nach sich zieht. Die Männer mochten es nicht, und eines Tages fingen ein paar sie ein. Sie quälten sie, hießen sie eine Missgeburt und hatten noch Schlimmeres vor, fürchte ich, aber Leslie Fairchild kam dazu."

„Das muss ihr wirklich Angst eingejagt haben", warf Alanna säuerlich ein.

„Nay. Er besuchte damals gerade Fionnaway, zechte mit deinem Vater, sah hübsch wie der Teufel aus und war genauso teuflisch."

„Die Schönheit ist vergangen."

„Wie es aller irdischen Schönheit ergeht." Mr. Lewis tätschelte ihr die Wange. „Darum suchen wir alle jemanden, der uns liebt, Alanna. Wenn Sie einmal so faltig sein werden wie ich, werden Sie für Ian dankbar sein."

„Er liebt mich nicht." Ihre Stimme zitterte kein bisschen, worauf sie überaus stolz war.

„Es ist noch nicht aller Tage Abend." Schlamm machte Teile des Weges tückisch, der Rest war mit Blättern bedeckt. Mr. Lewis glitt aus, fing sich aber wieder und sagte leicht verärgert: „Nun, wollen Sie jetzt das Ende der Geschichte hören oder lieber weiter ein Schwätzchen halten?"

Sie bückte sich und hob einen kräftigen Ast, der von einem der Bäume abgebrochen war, auf und reichte ihn Mr. Lewis. „Ich höre."

Er blieb stehen und untersuchte den Stock, steckte ihn dann in den Boden und stützte sich darauf. „Alle Mädchen liebten Mr. Fairchild. Er fand Lust, ebenso wie er sie schenkte, und ich wusste damals schon, dass er schlecht war. Aber er hat Muirne gerettet, und in ihren Augen war er ein Held. Er liebte sie über alles."

„Oh, Mr. Lewis. Dieser Mann hat niemals jemand anderen als sich selbst geliebt."

„Das würde ich nicht sagen. Er liebte sie so sehr, wie dieser verderbte Mann überhaupt nur lieben konnte." Der Blick des Geistlichen schweifte über das Meer. „Den ganzen Sommer lang ist er immer wieder zum Strand gegangen, hat sie angefleht, ihn zu heiraten, und eine Zeit lang, das muss ich zugeben, glaubte ich, sie würde seine Rettung sein."

„Also haben sie geheiratet?"

Er seufzte tief. „Ja."

„Ich wusste es. Ich wusste es!" Alanna konnte ihre Freude kaum bezähmen. „Haben Sie sie vermählt?"

„Aye. Aber ich habe mich geweigert, sie in etwas anderem als einer Handreichung zu verheiraten, weil ich ihm nicht traute."

Überrascht entfuhr es Alanna: „Er ist Engländer. Hat er den Brauch der Handreichung verstanden?"

Mr. Lewis ging langsam weiter. „Ich habe ihnen sehr deutlich erklärt, dass sie ein Jahr lang als Mann und Frau zusammenleben können, und dass sie, wenn sie nach Ablauf des Jahres immer noch zusammenbleiben wollen oder ihre Verbindung sich als fruchtbar erwiesen hat, auf ewig verheiratet wären."

Sie umklammerte Mr. Lewis' Arm und zwang ihn, stehen zu bleiben. „Haben Sie die Bedingungen erklärt, unter denen man einen Selkie heiratet?"

„Er kannte die Folgen seines Handelns sehr wohl. Muirne hat sie ihm erläutert. Lassen Sie uns dort entlanggehen." Mr. Lewis deutete mit dem Stock auf den Pfad, der vor ihnen abzweigte und sich zum Strand hinabwand. „Sie liebte ihn, aber ich glaube nicht, dass sie ihm traute. Es war eine Verbindung, die zum Scheitern verurteilt war, und ich erkannte das, bevor der erste Winter vorüber war. Er hasste das Hochland, wo die Stürme wüteten, und es war so kalt, dass einem die Ohren abzufrieren drohten. Muirne war auch unglücklich. Sie wollte ihre Familie besuchen, aber sie war für sie verloren, solange sie an Land lebte. Er wollte nach London; sie sagte ihm, das könnte sie nicht. Sie könnte nie irgendwo anders leben."

Alanna sah ihn ungläubig an. „Wusste er das denn nicht?"

„Wir haben es ihm gesagt. Er hat es uns nur nicht geglaubt. Doch bei all ihrem Unglücklichsein konnten sie dennoch nicht die Hände voneinander lassen, und als der Frühling kam, erwartete sie ein Kind."

„Und dadurch war die Bedingung der Handreichung erfüllt. Sie waren rechtskräftig verheiratet."

„Aye, und nachdem er das erfahren hatte, sagte er ihr, er wollte nach Fairchild Manor reisen und noch einmal seine Familie besuchen, bevor er sich hier endgültig am Ende der Welt niederließ."

Mr. Lewis sagte nichts weiter. Das musste er auch nicht. Alanna wusste, dass Mr. Fairchild wie eine Ratte davongelaufen war und seine schwangere Frau im Stich gelassen hatte, in der Hoffnung, dadurch den Bann zu brechen. Während sie sich Muirnes Kummer vorstellte, fragte sie: „Hat sie Ian allein zur Welt gebracht?"

„Ganz allein." Die Sorge war Mr. Lewis' Stimme deutlich anzuhören. „Sie und das Kind lebten nicht weit von hier in einem kleinen Haus auf den Klippen, von wo aus man das Meer sehen konnte, und als für sie die Zeit kam, ins Meer zurückzugehen, brachte sie Ian nach Fairchild Manor. Sie lieferte ihn bei Leslie ab und ermahnte ihn, das Kind gut zu behandeln. Und sie erinnerte Leslie daran, dass er zu ihr kommen müsse, wenn Ian erwachsen war."

Sie kamen an die höchste Stelle des Pfades, von wo aus der felsige Abstieg zum Strand begann. Alanna ging voraus, und die Steigung und die Enge machten eine Unterhaltung unmöglich. Am Ende des Weges, wo er den auf drei Seiten von Felsklippen umgebenen Sandstrand erreichte, wartete sie auf den Geistlichen. Als er bei ihr angekommen war, sagte sie: „Ich kann nicht verstehen, warum

Mr. Fairchild so dumm war, als mein Vormund hierher zu kommen."

„Wegzubleiben hätte ihm genauso wenig geholfen."

Dem konnte sie nicht widersprechen; Mr. Lewis kannte die alten Sagen besser als sie.

„Und die anderen, die Leute, die auf dem Teil der britischen Inseln leben, wo die Magie schon vor ewigen Zeiten gestorben ist ... die glauben sowieso nicht daran. Ich denke, er kam her, weil er sich sagte, dass er vor so vielen Jahren nichts als einen schlimmen Traum hatte. Dass Muirne in Wirklichkeit nur eine ganz normale Frau war und er nie den Preis dafür, dass er sein Wort gebrochen hatte, würde zahlen müssen." Mr. Lewis setzte sich auf einen großen, trockenen Felsblock, der zwischen vielen anderen am Fuße der Klippen lag. „Er hat herausfinden müssen, dass seine Annahme falsch war, und jetzt ist er ein verzweifelter Mann."

Alanna erinnerte sich daran, wie Mr. Fairchild ausgesehen hatte, als er von Ian verlangt hatte, die Küste abtragen zu lassen. „Ich denke, er hofft, dass wenn er dies alles hier", ihre Handbewegung umfasste die Granitklippen, den Strand und das Meer, das sich bis zum Horizont erstreckte, „zerstört, der Zauberspruch, der Fionnaway Reichtum und Frieden sichert, gebrochen wird."

„Vielleicht wird er es." Mr. Lewis betrachtete sie nachdenklich, und sie glaubte, Tränen in seinen Augen glitzern zu sehen. „Das ist die Gefahr, nicht wahr?"

Sie begriff. Dies war das ihr anvertraute heilige Gut, der Ort, den zu beschützen sie erzogen worden war. „Also darf ich keine Zeit verlieren, die Heiratsurkunde zu holen. Ich muss sofort gehen."

Sie musste gehen. Dies war Ians Erbe. Er war kein Bastard, den Leslie mit irgendeiner Selkie, die er zufällig getroffen hatte, auf den Felsen gezeugt hatte. Er war von ehelicher Geburt, die Frucht der Liebe zweier Menschen, so kurz diese Liebe auch gewährt hatte.

Und weil sie Ians Entschlossenheit gehört und die darunter verborgene Furcht erkannt hatte, wusste sie auch, dass er ihr verbieten würde, hinauszuschwimmen. Es war gleichgültig, dass er behauptete, er liebte sie nicht; er würde aus Sorge um sie auf sein Erbe verzichten. Er würde Fionnaway verlieren, seinen Herzenswunsch aufgeben.

„Es ist Ebbe", bemerkte Mr. Lewis leise, „aber bald schon wird die Flut kommen, und der Sturm hat die See aufgewühlt."

Er hatte Recht. Alanna hätte sich, wenn sie die Wahl gehabt hätte, nie diesen Augenblick ausgesucht, zur Höhle zu schwimmen. Nachdenklich starrte sie auf den entfernten Felsvorsprung, unter dem sich die Höhle verbarg. Der Sturm war vorüber, aber das Meer war immer noch unruhig. Die Brandung war so laut, dass Alanna und Mr. Lewis fast schreien mussten. Alle Wellen trugen Schaumkronen, Treibholz und Muschelscherben säumten den Strand. Einige Geschöpfe des Meeres hatten nicht das Glück gehabt, dem Zorn des Sturmes zu entkommen. Wenn sie Pech hatte, würde es ihr genauso ergehen.

Dann, zum ersten Mal in ihrem Leben, sah sie Mr. Lewis seinen Hut abnehmen. Sein Haar war kurz und glatt wie das Fell einer Seerobbe, und die untergehende Sonne ließ die Falten in seinem Gesicht scharf hervortreten. Er ist ein alter Mann, wurde ihr klar, ein Mann, aufgerieben in seinem Dienst an der weit verstreuten Herde seiner Gemeindemitglieder und der Sorge um die Einhaltung des Paktes.

„Ich wünschte, ich könnte mit Ihnen gehen, aber ich wäre für Sie mehr Belastung als Hilfe." Er klang, als versuchte er sich selbst zu überzeugen.

„Ich kann es tun", versicherte Alanna ihm. Sie musste es tun. Rasch zog sie sich Schuhe und Strümpfe aus und legte sie hoch auf den Felsen. Der Sand fühlte sich unter ihren Füßen kalt und klamm an. Sie nahm ihre Kette ab und verstaute sie in einem Schuh. „Ich habe das Öltuch nicht bei mir, um die Heiratsurkunde vor dem Salzwasser zu schützen."

Mr. Lewis stand auf, kramte in seinem Fellbeutel, den er stets bei sich trug, und holte ihre Tasche aus Öltuch hervor. „Ich dachte, wir würden das hier brauchen. Ich habe Ihre Heiratsurkunde hineingetan. Ihre und Ians."

„Sie waren sich ganz schön sicher, dass ich gehen würde, nicht wahr?" Sie nahm sie entgegen, grinste kurz und bedeutete ihm dann, ihr den Rücken zuzukehren.

Er tat es. „Ich habe zu Gott gebetet, dass Sie es täten."

Sie band ihre Schärpe auf und benutzte sie, um sich ihr Kleid zwischen den Beinen hochzubinden. Das war in keiner Weise damenhaft – genauso wenig wie ihre bevorzugte „Kleidung" beim Schwimmen – gar keine.

„Ich bete zu Gott, dass Sie heil wieder zurückkommen", fügte Mr. Lewis hinzu.

„Das Gebet begrüße ich und schließe mich Ihnen an." Sie berührte ihn leicht an der Schulter. „Aber Sie haben mir immer gesagt, ich solle so beten, als hinge alles von Gott ab, und arbeiten, als hinge alles von mir alleine ab. Ich werde zurückkehren, Mr. Lewis. Machen Sie sich keine Sorgen."

Als sie in die Brandung tauchte, flüsterte Mr. Lewis: „Ah, Mädchen, und jetzt werde ich meinem eigenen Rat folgen."

29. KAPITEL

Ian eilte durch den Wald zur Kirche. Der Sturm hatte sich ausgetobt, während er schlief. Die tief im Westen stehende Sonne schien auf die abgerissenen Blätter und abgebrochenen Zweige, die überall auf dem Boden verteilt lagen, und in der Ferne hörte er, wie das Meer ihn rief. *Ian. Ian.*

Er achtete nicht weiter darauf und beschäftigte sich in Gedanken mit Alanna.

Als er aufgewacht war und entdeckt hatte, dass sie fortgegangen war, hatte er sich mit grimmiger Entschlossenheit auf den Weg gemacht, seine Braut aufzuspüren und zurückzuholen. Sie war verärgert, dass er gesagt hatte, er könnte sie nicht lieben, vermutete er, und war fortgerannt, ihre Wunden zu lecken. Oder schlimmer noch, sie war aufgewacht und hatte da erst richtig begriffen, dass sie seinetwegen ihr kostbares Fionnaway verloren hatte. Bei Gott, er selbst wäre fuchsteufelswild gewesen.

Wahrscheinlich war sie zur Kirche gegangen, um mit Mr. Lewis zu sprechen. Wohin sonst konnte sie gehen? Jedenfalls nicht zurück nach Fionnaway. Dort würde man sie alles andere als willkommen heißen.

Sie war jung, und er war bereit, ihr zu verzeihen, doch er musste ihr begreiflich machen, dass alles, was zwischen Eheleuten geschah, nicht nach außen getragen werden durfte, noch nicht einmal zu einem Geistlichen, dem sie vertraute. Er würde es ihr erklären. Alanna würde ihm gehorchen. Sie würden weggehen und ihr Leben irgendwo anders fortführen ... und er würde alles in seiner Macht Stehende tun, sie für den Verlust von Fionnaway zu entschädigen.

Für den Verlust von Fionnaway entschädigen. Er hätte vor Schmerz aufheulen mögen, wenn er nur daran dachte. Wie konnte er je einen so großen Verlust wieder gutmachen? Was konnte er ihr geben, das die Lücke, die Fionnaway hinterlassen hatte, auszufüllen vermochte? Sein Stadtpalais in London war kalt und düster, ein Gebäude, das er mehr bewohnte als darin lebte. Er besaß keine Haustiere, und die Dienstboten kannte er kaum.

Nicht wie Fionnaway, wo die Leute ihn willkommen hießen, als verstünden sie seine Seelenqualen. Nicht wie in Fionnaway, wo sogar die Steine für ihn wie Vertraute waren. Nicht wie in Fionnaway, wo eine Frau nicht davon abzubringen war, ihn zu lieben, und allein mit ihren Worten ein Trugbild von Wärme und Sicherheit für ihn erschuf.

Er achtete nicht darauf, dass Schlamm, in den sein Sturm den Boden verwandelt hatte, an seinen Stiefeln klebte, und die steife Brise sein Haar zerzauste. Er war ganz in Gedanken bei Alanna.

Nein, das Haus in London wäre kein Ersatz für ihr Heim – genauso wie *er* kein Ersatz für den Ehemann war, den sie hätte haben sollen. Einen Ehemann, der die Fähigkeit besaß, sie zu lieben, so wie sie es verdiente.

Aber er durfte sie nicht gehen lassen. Sie war das einzige Licht in der langen, dunklen Zukunft, die vor ihm lag, und irgendwie würde es ihm gelingen, sie glücklich zu machen.

Er zwinkerte und bemerkte, dass er am Rand der Klippen stand. Vor ihm begann der schmale Pfad, der zum Strand hinabführte. Dahinter erstreckte sich die unendliche Weite des Meeres. Und wieder hörte er die wohlklingende Stimme seiner Mutter rufen: „Ian. Mein Sohn."

„Nein!" Er versuchte sich abzuwenden, denn er wollte sich keinem Zauber unterwerfen. Er hatte seine Ehefrau zu finden, zwei Leben in Ordnung zu bringen.

„Ian." Er hörte seinen Namen erneut, aber dieses Mal war die Stimme, die ihn rief, nicht wohlklingend. Sie war noch nicht einmal weiblich, und er sah nach unten.

Dort, am Strand, stand Mr. Lewis und winkte ihm aufgeregt zu. „Ian! Sie sind gerade rechtzeitig hier eingetroffen. Kommen Sie herunter! Kommen Sie sofort herunter!“

Ian wollte nicht gehen. Er wollte so weit wie möglich von dem verfluchten, aufgewühlten Meer wegbleiben.

Wenn Alanna jedoch nicht bei Mr. Lewis war, dann wusste er nicht, wo er sie suchen sollte, und konnte genauso gut gleich zum Strand gehen und den alten Mann um Rat fragen. Alles in ihm drängte ihn, Alanna zu finden.

Der Geruch von Fisch und Salzwasser wurde immer stärker, je weiter Ian nach unten kam. Salz lag auf seinen Lippen, und das Rauschen der Wellen tönte in seinem Kopf wie eine längst vergessene Melodie. Unwillkürlich wusste er, dass die Flut kam, so wie er wusste, dass der Sturm, den er entfesselt hatte, Kreaturen in der Tiefe aufgescheucht hatte, die man besser hätte ruhen lassen, und Sandbänke verformt, die seit Urzeiten unverändert geblieben waren. Dieses Wissen war ein Teil seiner selbst, den er ebenso hasste wie die Selbstsüchtigkeit, die er von seinem Vater geerbt hatte.

Es war gleichgültig, dass er seinen Ring fortgeworfen hatte; die Sinne eines Selkie ließen sich nicht abschütteln. Es war gleichgültig, dass er seinem Vater abgeschworen hatte; die Gefühlskälte eines Fairchild ließ sich nicht ablegen. Er klammerte sich an Alanna wie ein Ertrinkender an ein Floß, in der Hoffnung, ihre menschliche Wärme würde ihn irgendwie retten.

„Ian.“ Mr. Lewis packte ihn am Hemd, sobald er ihn erreicht hatte. Der Hut des Geistlichen war zerknautscht, als hätte er ihn in seinen Händen gewrungen, und auf seinen ausgetrockneten Lippen konnte man blutige Stellen sehen. „Ian, Sie müssen ihr helfen.“

Ian sträubten sich die Nackenhaare. Diesmal packte er den alten Mann. „Was meinen Sie damit, ich muss *ihr* helfen?“ Aber sein Blick suchte schon den Horizont nach Alanna ab. Nach seiner Frau. „Sie ist hinausgeschwommen, nicht wahr? Nachdem ich es ihr ausdrücklich verboten hatte."

„Sie tat es, um Fionnaway zu retten."

„Wie? Hofft sie dort einen bislang verschollenen Teil des Paktes zu finden, der besagt, dass sie einen Bastard heiraten darf?"

„Etwas Ähnliches. Ian ..."

Ian wollte nicht hören, wie Mr. Lewis Entschuldigungen für Alanna zu finden versuchte. Bitterkeit stieg in ihm auf, so unaufhaltsam wie die Flut. „Sie setzt ihr Leben aufs Spiel, damit sie Fionnaway zurückbekommen kann."

„Aye, und für Sie", verteidigte Mr. Lewis sie rasch. „Sie tut es für Sie."

„Natürlich. Sie opfert sich für mich." Er schnaubte ungläubig. „Viel eher für ihr verdammtes Erbe. Verdammt sei sie! Verdammt dafür, dass sie eine Lügnerin und Hexe ist!" Er überflog mit den Blicken die tosende Brandung. In den Wellen war nichts zu sehen. „Sie ist wie jede andere Frau in der Welt. Nur auf das aus, was sie besitzen kann, was sie *haben* kann."

„Nun." Mr. Lewis sah so aus, als wäre er gekränkt. „Was hat sie denn mit Ihnen?"

Darauf wusste Ian auch keine Antwort, weshalb er sich ungestüm erkundigte: „Wie lange ist sie schon fort?"

„Zu lange. Ich habe gesehen, wie sie untergetaucht ist, um in die Höhle zu gelangen, aber die Flut kommt, und sie ist noch nicht wieder herausgekommen." Mr. Lewis zeigte aufs Meer. „Dort. Die Höhle ist hinter dieser Felsenformation." Er fasste Ian am Arm. „Etwas muss geschehen sein, Ian. Sie müssen nach ihr sehen."

„Verdammt." Er studierte Mr. Lewis' verwelkte Züge. „Wie konnten Sie sie nur gehen lassen?"

Der alte Mann lächelte schwach. „Ich habe sie doch geschickt, Junge. Wissen Sie den immer noch nicht, wer ich bin?"

Als ihm die Silberfunken in den Augen seines Gegenübers auffielen, wusste Ian es. Das Wissen stammte aus den Tiefen seiner Seele, von wo es zusammen mit Achtung für dieses Wesen, das sein Leben für das Wohl aller zur Verfügung gestellt hatte, an die Oberfläche stieg. „Sie sind der Wächter der Selkies, derjenige, der dafür sorgt, dass die Menschen den Pakt einhalten."

„Aye, und gerade jetzt sind Ihr Vater und sein Helfershelfer dabei, Pläne zu schmieden, diesen Ort zu zerstören. Unser Zuhause. Deshalb gehen Sie jetzt ins Wasser und bringen Sie Lady Alanna zurück – *lebendig*."

Ian wollte gar nicht mehr hören. Er kämpfte sich aus seinen Schuhen, riss sich sein Hemd vom Leib und stürzte sich in die Fluten.

Kälte übermannte ihn. Die tiefe, alles durchdringende Kälte eines Ozeans so alt wie die Welt und gleichgültig all jenen Geschöpfen gegenüber, die es wagten, ihn herauszufordern. Unbarmherzig trafen ihn die schaumgekrönten Wellen und drückten ihn nach unten wie eine unsichtbare Hand, und als er tiefer untertauchte, gezogen von tückischen Strömungen, schloss sich die Dunkelheit um ihn. Es war nicht nur die Dunkelheit der Tiefe. Es war eine Dunkelheit des Geistes, die alte Furcht, die ihn zu verschlingen drohte.

Lieber Himmel. Er ertrank. Er war kein Selkie, er konnte nicht im Wasser atmen. Er war kein Dreijähriger mehr, der das Meer für einen Spielplatz hielt. Er war nur ein *Mensch*. Er hatte Arme und Beine, und seine Mutter hatte ihm gesagt, seine Glieder wären schlecht zum Schwimmen geeignet. Er trat wild um sich, suchte verzweifelt, an die Wasseroberfläche zu kommen. Endlich gelang es ihm, und er erhob sich aus den Wellen wie ein auftauchender Delfin, sog die Luft in gierigen Zügen in seine Lungen. Dann ging er wieder unter, als eine neue Welle ihn in die Tiefe sog.

Die würgende Furcht kam zurück, aber er kämpfte sich erneut

an die Oberfläche. Er verfiel in einen wütenden Rhythmus, mit den Wellen untertauchend, um sich danach wieder an die Luft zu erheben. Er war nichts weiter als ein Stück Treibgut, das in den Wogen hin und hergeworfen wurde, unfähig, selbst die Richtung zu bestimmen ... und ob Alanna es nun wusste oder nicht, sie brauchte ihn.

Aus dem Wasser aufsteigend, schrie er seine Ohnmacht hinaus. Er war ein *Mensch*, ein Mann, und er würde es der erbarmungslosen See nicht gestatten, sein Schicksal zu bestimmen – und das Leben seiner Frau zu nehmen.

Mit neuer Kraft schwamm er zur Höhle. Die Wellen trieben ihn immer wieder ab, aber er dachte nur *Alanna, Alanna* und kehrte auf seinen ursprünglichen Kurs zurück. Als er sich den Klippen näherte, unter denen die Höhle lag, strengte er sich an, einen Hilferuf oder etwas Ähnliches zu hören, doch die Wellen, die sich mit lautem Getöse an den Felsen brachen, übertönten jedes andere Geräusch.

Aber sie war da. Sie musste einfach. Er rief sich die Beschreibung der Höhle ins Gedächtnis – der überhängende Felsen, unter dem sie hindurchtauchen musste, der trockene, sandige Boden innen – er dachte, sie müsste von der steigenden Flut eingeschlossen sein. Er hoffte, sie war bloß eingeschlossen. Er betete, dass sie nicht versucht hatte, jetzt hinauszuschwimmen, in eine See, die keinen Fehler verzieh.

Er *betete*. Er, der nicht an Hilfe von einem anderen für sich selbst glaubte, würde um Alannas Leben betteln. Sie war ein Mensch. Sicher würde Gott ihn erhören.

Er würde zu ihr in die Höhle schwimmen. Sie tadeln. Und er würde Gott danken, dass sie am Leben war.

Bitte, Gott, lass sie am Leben sein.

Während er näher schwamm, zerrte das Meer an dem Felsen wie ein hungriges Ungeheuer. Er kämpfte gegen die Brandung, während er mit den Augen das Meer absuchte, nach einem kleinen rothaarigen Kopf Ausschau hielt, den Eingang zu der Höhle zu finden versuchte, in die ihr Verlangen nach Fionnaway sie geführt hatte.

Da! Die aufgewühlte See gab den Blick auf eine Stelle frei, wo die Klippen von der Strömung ausgehöhlt worden waren. Da. Tief Luft holend, tauchte er in eine heranrollende Welle, ließ sich von ihr in die Tiefe und unter die Klippen ziehen. Das Tageslicht verschwand gänzlich, als er unter dem Felsvorsprung hindurchschwamm, und das Wasser verwandelte sich in die schwarze Tinte, die er so verabscheute. Sand wirbelte um ihn herum, vom Meeresboden aufgewühlt durch das tosende Wasser. Er spürte den Sog, als Steine zur Seite fortgerissen wurden.

Erschrocken öffnete er die Augen; Salz behinderte seine Sicht. Alles, was er tun konnte, war mit kräftigen Zügen weiterzuschwimmen und zu hoffen, dass er weiteren Felsstürzen ausweichen konnte, den Eingang zu suchen, irgendwo vor und über ihm.

Dann verfing sich seine Hand in etwas. Seetang.

Nein, einen Moment. Er griff erneut danach.

Haare. Lange, im Wasser treibende Haare. Hände griffen nach ihm. Alanna. Sie kam nach oben.

Nicht hier.

Sein übersinnliches Gespür verriet ihm, dass sie hier nie an die Luft kommen konnten. Die Veränderungen am Meeresboden mussten sie in die Irre geführt haben, und wenn sie jetzt an die Oberfläche stiegen, wären sie genau unter den Klippen. Sie wären gefangen, würden an den Felsen zerschmettert werden.

Verzweifelt tauchte er tiefer, stieß sie nach unten.

Verzweifelt wehrte sie sich. Sie hatte keine Luft mehr.

Bitte, Liebste. Bitte, vertrau mir dieses letzte Mal.

Sie wand sich einen Augenblick länger in seinem Griff. Dann, als hätte sie seine Bitte verstanden, wurde sie schlaff. Er zog sie weiter nach unten auf der Suche nach der Unterströmung, die sie nach draußen, fort von den Klippen tragen würde. Sie wurde steif in seinen Armen, erzitterte, und er begriff, dass sie den Kampf um ihr Leben verlor. Wenn er sie hier nicht bald herausbekam und an die Luft brachte, konnte er genauso gut Seewasser schlucken und mit ihr auf den Meeresgrund sinken.

Dann schob ihn etwas. Er umklammerte Alanna, als ihn ein Wesen von hinten anstieß. Fort von den Klippen. Nach oben.

Ian und Alanna kamen im Licht der tief stehenden Sonne an die Oberfläche. Als er gierig Luft in seine Lungen sog, sah er einen Kopf in der Nähe auftauchen. Einen schlanken schwarzen Seerobbenkopf mit Augen, die er wieder erkannte. Ein Gesicht, das er kannte.

Sehnsucht erfasste ihn jäh und so heftig wie ein Schlag, dass er fast wieder unterging. Salz brannte in seinen Augen, nicht das Salz des Meeres, sondern das von lange unterdrückten Tränen.

Dann begann sich Alanna in seinen Händen zu wehren. Sie hustete, halb ertrunken, und kämpfte immer noch. Eine große Welle erhob sich hinter ihnen; mit letzter Kraft hielt er Alannas Kopf über Wasser, während sie über ihn hinwegspülte.

Als die Welle vorüber war, sah er sich erneut um. Das andere Geschöpf war verschwunden.

Er schlang seinen Arm um Alannas Brustkorb und zog sie mit sich. Die Sicht auf das Ufer wurde ihm immer wieder von der bewegten See versperrt. Er verfluchte seinen Zorn, der diesen Sturm entfesselt hatte, malte sich aus, wie er mit Alanna schimpfen würde. Verdammt sei sie, dass sie in ihm so überwältigende, ihn innerlich zerreißende Gefühle weckte.

Die Flut trug sie mit sich zum Strand, und dafür war er dankbar. Auf sich selbst gestellt, hätte er es nicht geschafft. Das Hinausschwimmen, seine Furcht und die Kälte hatten seine Kraftreserven aufgezehrt.

Dann erinnerte er sich wieder an den Stoß, den er von unten erhalten hatte.

Er *hatte* es *nicht* alleine geschafft. Irgendetwas hatte ihm geholfen.

Irgendjemand.

Seine Füße berührten Sand. Er richtete sich auf und stolperte in Richtung Land, Alanna auf seinem Arm; eine Welle warf ihn um. Sie würgte, als sie wieder hochkamen, näher am Strand, und jetzt ließ er sich von der Brandung tragen. Als er wieder Boden unter sich spürte, schleppte er sich, ohne Alanna loszulassen, auf Händen und Füßen an Land.

Fort aus dem nassen Sand, dorthin, wo die Wellen sie nicht mehr erreichen konnten.

Wie Strandgut lagen sie dort auf dem Bauch, keuchten, husteten sich das Seewasser aus den Lungen. Muschelscherben stachen in seine Wange, als er Alanna anstarrte, die mit deutlich sichtbarer Gänsehaut, vor Kälte zitternd dalag, ihre Haare voller Sand und Seetang.

Sie sah gut aus. Sie sah lebendig aus.

Sie wandte den Kopf, fing seinen Blick auf, und ihre blau angelaufenen Lippen verzogen sich zu einem liebevollen Lächeln. Dachte Alanna allen Ernstes, er glaubte noch an ihre angebliche Liebe?

„Warum hast du das getan?“ brach es aus ihm hervor. „Du hast mich belogen.“

Ihr Lächeln erstarb. Sie stützte sich auf ihre Ellbogen, ließ dann schuldbewusst den Kopf hängen. „Ich weiß, dass du mir untersagt hast, hinauszuschwimmen.“ Sie setzte sich mühsam auf, band die Schärpe um Rock und Taille auf und holte sorgsam das in Öltuch gewickelte Päckchen hervor. „Aber wenn ich dir sage, was ich hier habe ...“

„Ich weiß über deine kostbare Urkunde Bescheid! Mr. Lewis hat es mir erzählt.“

Sie verhielt mitten in der Bewegung, die Hand ausgestreckt, während er das Päckchen verächtlich betrachtete. „Dann verstehe ich nicht. Freust du dich denn gar nicht?"

„Freuen?" Er erhob sich auf Hände und Knie und starrte sie so wütend an, wie Damon zu seinen schlimmsten Zeiten. „Freuen? Dass meine Frau ihr Leben aufs Spiel setzt – und meines dazu – für ein Stück Papier und ein Fleckchen Land? Vermutlich kann ich dir daraus noch nicht einmal einen Vorwurf machen. Schließlich habe ich selbst alles, was in meiner Macht stand, getan, um Fionnaway zu bekommen. Aber du hast mich angelogen."

Sie sah ehrlich verwirrt aus. „Womit habe ich gelogen?"

„Du hast behauptet, du liebtest mich."

Ihre Hand sank auf ihre Hüfte. „Ich liebe dich doch."

„Nur wenn du auch Fionnaway haben kannst."

Mit schief gelegtem Kopf musterte sie ihn. Blickte ihn prüfend an, wenn sie eigentlich Erklärungen und Entschuldigungen hätte stammeln sollen. Ihre Ruhe bewirkte, dass er sich unbehaglich zu fühlen begann, wie damals, wenn seine Mutter ihn wegen seines aufbrausenden Temperaments schalt.

Er wandte Alanna den Rücken zu und setzte sich auf den Sand, starrte in die untergehende Sonne, deren glühender Rand gerade den Horizont berührte.

Und hörte, wie sie zu ihm kam. „Ian." Sie schlang so gut es ging ihren Arm um seine Schulter. „Als wir Fionnaway verließen, wusste ich – oder war mir wenigstens einigermaßen sicher – dass dein Vater log."

Er zuckte mit den Schultern, aber ihr Arm blieb liegen. „Wann?"

„Beim letzten Mal. Als er sagte, du wärst ein Bastard."

Ian stockte der Atem. „Bastard?" krächzte er. „Ich bin ein Bastard."

„Nein“, widersprach sie ihm sanft. „Das bist du nicht.“

Er drehte sich zu ihr um und sah ihr in die Augen. Nichts regte sich in seiner Brust. Keine Hoffnung, keine Freude, nur Müdigkeit, aus der Überzeugung geboren, dass sie sich irrte. Sie musste sich irren. Er war sein Leben lang ein Bastard gewesen.

„Mr. Lewis hat es dir nicht gesagt?“ Sie schlug das Öltuch auf, wickelte mehrere Päckchen aus, bis sie das steife Pergament flach ausbreiten konnte. Sie hielt es ihm hin. „Die Heiratsurkunde deiner Eltern.“

Er weigerte sich, Alanna anzusehen. Wenn sie ihn in dieser Angelegenheit anlog, würde er sterben.

„Ian.“ Sie streichelte seine Wange. „Schau hin.“

Langsam bewegte er seine Augen. Nur seine Augen. *Heirat* las er oben auf der Urkunde. Er sah zu Alanna zurück.

„Sie ist echt. Fass sie an.“

Von ihrem zärtlichen Tonfall verlockt, nahm er das Dokument zwischen Daumen und Zeigefinger, holte tief Luft und betrachtete es genauer.

Heirat stand oben. Dann ein Datum. Unterschriften unter der Urkunde. *Leslie Ernest Edwart Hyatt Fairchild. Muirne of the Selkies.* Und *Reverend Mr. Ranger Lewis.*

Ians Hand begann zu zittern. „Alle meine Gebete ...“ Er konnte kaum sprechen. „Alle meine Gebete, all diese Jahre verhallten sie ungehört. Und jetzt ... jetzt ...“

Voller Genugtuung erwiderte Alanna: „Gott erhört auch Geschöpfe wie dich.“

Ihr Gesicht verschwamm vor seinen Augen, und sie nahm die Urkunde aus seinen gefühllosen Händen an sich, bevor sie wegwehen konnte. „Wir wollen sie nicht verlieren, oder?“

„Nein.“ Er überließ sie ihr und wischte sich die Tränen vom Gesicht. „Auf keinen Fall.“

Der Wind wehte immer noch kräftig, aber er schien nicht mehr so schneidend, als sie die Urkunde wieder sorgfältig einwickelte und im Sand vergrub.

„Woher wusstest du es?“ erkundigte er sich mit belegter Stimme

„Leslie hat es mir gesagt.“ Sie stupste Ian an, bis er seinen Arm um sie schlang. Sie kuschelte sich dicht an ihn. „Natürlich nicht mit Worten, aber es ist für alle offensichtlich, die hier aufgewachsen sind. Er konnte deine Mutter nicht verlassen. Eine Heirat zwischen Menschen und Selkies wird vor Gott geschlossen. So wie unsere.“

Ein verdienter Seitenhieb.

„Ihre Ehen gelten ewig. Solange sie leben, sollen sie zusammenbleiben, aber wegen der Kinder ist das nicht immer möglich. Deshalb blieb deine Mutter an Land, um dich aufzuziehen, und brachte dich dann zu deinem Vater. Nachdem du erwachsen geworden warst, hätte er eigentlich hierher zu deiner Mutter zurückkehren und zu ihr ins Wasser kommen müssen.“

Sein Kopf fuhr zu ihr herum. „Wie?“

„Es ist Teil der Zauberkräfte der Selkies.“

„Er wäre ertrunken.“

„Warum? Selkies atmen Luft wie wir. Sie schwimmen nur besser.“ Sie sah auf die wogende See hinaus. „Viel besser.“

Es bedurfte keiner großen Vorstellungskraft, um zu wissen, was zwischen seinem Vater und seiner Mutter schief gegangen war. „Mein Vater hatte Angst.“

„Das hätte er sich überlegen sollen, bevor er deine Mutter geheiratet und dann sie und dich im Stich gelassen hat.“ Sie verurteilte Leslie erbarmungslos. „Aber dein Vater ist nicht der einzige Feigling, der je gelebt hat, deshalb kennen wir die Krankheit, die entsteht, wenn ein Mensch das heilige Versprechen bricht. Ist dir noch nie aufgefallen, wie durchschimmernd die Haut deines Vaters aussieht? Und wie aufgedunsen sein Fleisch ist, gerade so, als wäre er eine an Land gespülte Wasserleiche? Und wenn er atmet, hört es sich an, als wären seine Lungen voller Wasser."

Ian erinnerte sich daran, einmal vor seinem geistigen Auge Leslie ertrunken an den Strand geschwemmt gesehen zu haben.

„Er ertrinkt", bestätigte sie seine Gedanken. „Ertrinkt an der frischen Luft."

Natürlich. Leslie starb wegen des Selkie-Fluches. „Darum ist er auch so verzweifelt darauf aus, Fionnaways Küste zu zerstören. Er denkt, das würde den Fluch brechen."

„Darum habe ich nie danach gefragt, ob du ehelich geboren bist." Sie rieb ihren Kopf an seiner Brust. „Ich habe die Anzeichen der Krankheit deines Vaters erkannt und es als Beweis dafür angesehen. Ich würde dich nie anlügen, Ian. Fionnaway ist mir wichtig. Nicht nur, weil ich vor Gott geschworen habe, es vor jeder Gefahr zu beschützen, sondern weil es mein ist. Mein Zuhause, der Platz, an den ich gehöre und den ich liebe. Aber ich denke, du verstehst das, so wie ich verstehe, warum du ein so dummes Ding wie mich wegen ihres Erbes heiraten wolltest."

Sie *hatte* es verstanden. Sie hatte ihm nie Vorwürfe gemacht oder gefordert, dass sie um ihrer selbst willen geliebt wurde und nicht wegen ihrer Ländereien. Jetzt, wo er darüber nachdachte, war sie vermutlich froh, dass er Fionnaway so begehrt hatte, denn sein Wunsch, es zu besitzen, hatte ein Band zwischen ihnen geknüpft, eine Versicherung, dass er für sie sorgen würde, wie er es tat. „Kein so *dummes* Ding", widersprach er.

„Als Mr. Fairchild abstritt, deine Mutter geheiratet zu haben, und du ihm beipflichtetest, fühlte ich mich, als hättest du mich verraten." Sie zog ihre Knie an und klemmte ihre Hände dazwischen. „Aber mir wurde klar, dass du nichts von der Bedingung wusstest, die uns Fionnaway kosten konnte. Und dann ... dann sagtest du, wir könnten die Ehe annullieren lassen."

Er schnaubte.

„Oh, Ian.“ Sie schlang ihre Arme um seinen Hals und küsste die Stelle unter seinem Ohr. „Du warst bereit, Fionnaway aufzugeben, damit ich es behalten konnte.“

Langsam wurde es ihm unangenehm. Sie tat gerade so, als hätte er edelmütig gehandelt. Er war niemals edelmütig. „Ich hatte es ohnehin schon verloren. Es war kein Opfer.“

„Ich schmeichle mir, dass es für dich ein großes Opfer gewesen wäre, mich aufzugeben.“ Es hörte sich an, als lächelte sie.

Er warf ihr aus den Augenwinkeln einen Blick zu. Sie lächelte wirklich.

„Ich hätte dir erlaubt, mich als Liebhaber zu behalten“, räumte er grollend ein.

Sie brach in Gelächter aus. „Vielen Dank.“ Sie holte das Öltuchpäckchen wieder hervor und verbarg es vorne in seinem Hemd. „Da ist der Beweis für deine Ehelichkeit, wenn du magst.“

Er tastete danach. Selbstverständlich wollte er es. Er hatte sich sein Leben lang danach gesehnt, ehelich geboren zu sein, und jetzt entdeckte er, dass er es war. Und doch hatte er die Nachricht nicht mit uneingeschränkter Freude aufgenommen. Stattdessen war er misstrauisch gewesen und hatte sich genau wie der Bastard aufgeführt, als den ihn alle bezeichnet hatten.

Alanna kniete sich vor ihn, so dass sie sein Gesicht sehen konnte. Hinter ihr rauschte das Meer, der Wind fuhr ihr in die Haare und versuchte, die schweren nassen Strähnen anzuheben. Sie strich sie sich hinter die Ohren und fragte: „Ian, fällt es dir so schwer, zu glauben, dass ich dich liebe? Ich hatte nichts dadurch zu gewinnen, dass ich es dir sage.

Er sah sie an, umrahmt von dem Meer, der Sonne und dem feuerroten Himmel. Sie hatte gesagt, dass sie ihn liebte, und vielleicht tat sie das sogar. Vielleicht ... tat sie es.

„Ich verstehe einfach nicht, warum." Er umfing ihren Hals mit einer Hand. „Warum sollte mich irgendjemand lieben?"

„Aus demselben Grund, aus dem ich Fionnaway liebe." Sie lächelte. „Du bist mein."

Sie beugte sich vor. Er beugte sich vor. Ihre Lippen trafen sich – und eine Welle umspülte schäumend ihre Füße.

Er riss sie hoch. Sie rannten zu den Klippen, sie lachte, und auch seine Lippen verzogen sich zu einem Grinsen.

Er hatte gedacht, er würde nie wieder fröhlich sein.

Während er ihr die Arme rieb, damit ihr warm wurde, bemerkte er: „Es wird dunkel. Wir müssen ins Warme."

„Ja." Sie ließ sich von ihm an den Schultern zu dem Pfad umdrehen und zeigte dann auf einmal nach oben. „Sieh nur. Es ist fast Neumond."

Tatsächlich. Eine dünne, kaum erkennbare Lichtsichel stand am purpurroten östlichen Himmel. Er starrte dorthin und fragte sich, ob das ein Zeichen war. Ein Neumond für ein neues Leben.

„Ian." Alanna wrang das Meerwasser aus ihren Röcken. „Was war das für ein Ding, das uns vor sich hergeschoben hat?"

„Was für ein Ding?" Er wusste genau, was sie meinte, aber er scheute sich, daran zu rühren. Seine Gefühle waren noch zu frisch, zu zerbrechlich.

„Im Wasser." Sie musterte ihn eindringlich. „Das Geschöpf, das uns an die Oberfläche zurückbrachte, als wir kurz davor standen zu ertrinken."

Er sah noch einmal zum Meer zurück und suchte mit den Augen die Wellen nach einem vertrauten Kopf ab. „Ich vermute, es war meine Mutter."

„Du vermutest?"

Während er sich ihr Gesicht ins Gedächtnis rief, bekräftigte er: „Es war meine Mutter."

„Das habe ich mir auch schon gedacht", trumpfte Alanna auf. „Sie konnte dich, als du als kleiner Junge fast ertrunken wärest, nicht retten, weil sie ein Mensch war. Aber sie hat es dieses Mal getan."

„Ja. Ja, das hat sie." Seine Mutter. Jahrelang hatte er gedacht, sie hätte ihn in einem leichtfertigen Abenteuer empfangen und ihn dann gedankenlos im Stich gelassen. Jetzt wusste er es besser. Erleichterung und Freude schwollen in seiner Brust, bis er glaubte, sein Herz werde bersten. Mit unsicherer Stimme sagte er: „Vermutlich hat mich Mr. Lewis beim ersten Mal gerettet."

„Mr. Lewis? Aber ich dachte, du hättest gesagt, es wäre ein ..." Ihre Stimme verlor sich, als ihr die Wahrheit dämmerte.

Ian genoss es, zu sehen, wie ihr vor Erstaunen der Mund offen stand.

„Er ist ein Selkie?"

„Der Wächter-Selkie."

„So wie Armstrong der menschliche Wächter ist. Armstrong ist derjenige, der ...", sie holte tief Luft, „derjenige, der die Meeresopale veräußert."

Ihm fiel wieder ihre Verschwiegenheit über Armstrongs Abwesenheit ein. „Warum hast du das nicht einfach gesagt?"

„Du warst so böse wegen der Steine, dass ich dachte, du würdest dich darüber auch ärgern. Aber er kommt bald zurück." Sie lächelte zufrieden. „Und unsere Geldkassetten werden sich füllen."

Er berührte das Öltuch-Päckchen unter seinem Hemd. „Ich vermute, du hast neue Steine aus der Höhle geholt."

„Die Selkies haben uns dieses Mal keine gebracht. Sie wissen irgendwie, was auf Fionnaway geschieht – nun, offensichtlich unterrichtet sie Mr. Lewis davon –, und bevor wir nicht herausfinden, wer die Meeresopale gestohlen hat, bekommen wir keine neuen mehr."

„Wenn wir also dieses Rätsel gelöst haben, wirst du wieder hinausschwimmen wollen."

Sie trat gegen eine große Muschelscherbe.

„Nicht allein", sagte er, den Blick fest auf den kaum erkennbaren Mond gerichtet. „Ich werde dich begleiten."

Sie zupfte an seinem Arm, bis er sie ansah. „Aber du fürchtest doch das Meer!"

„Und das aus gutem Grund, wie wir gerade erlebt haben. Doch ich würde mich weitaus mehr sorgen, wenn ich am Strand stehen und auf deine sichere Rückkehr warten müsste. Deshalb werde ich mitkommen."

„Oh, Ian."

Sie schaute ihn wieder mit einem so verklärten Ausdruck an, als wäre er edelmütig, und er dachte, dass er jetzt besser etwas sagte, bevor er sich wie eine Katze in der Sonne zu aalen begann. Er blickte sich auf dem Strand um und fragte: „Wo ist der aufdringliche alte Kauz eigentlich?"

„Mr. Lewis? Ich weiß nicht." Alanna runzelte die Stirn. „Das weiß ich auch nicht."

„Verflucht." Er suchte mit seinen Augen die Felsen ab. „Könnte er ins Wasser zurückgegangen sein?"

„Für immer? Nicht ohne sich zu verabschieden. Glaubst du, er hat einen Unfall gehabt?"

„Er *ist* alt. Er sagte, er wäre am liebsten mit mir geschwommen, aber er könnte es nicht. Was, wenn ihn eine Welle mit sich gerissen hat oder er auf den Felsen gestürzt ist?"

Ian begriff nicht, warum, aber sie steckte ihn mit ihrer Besorgnis an. „Du gehst dorthin", er deutete auf den Klippenpfad, „und ich gehe da entlang." Der längere Weg. Er konnte schneller gehen als sie, und angesichts der steigenden Flut hatten sie keine Zeit zu verlieren.

Er beeilte sich und sah sich suchend zwischen den Felsbrocken am Fuße der Klippen nach irgendeinem Zeichen von dem dünnen Mann mit dem breitkrempigen Hut um. Er fand nichts und hatte sich gerade auf den Rückweg gemacht, als er Alannas Schrei vom anderen Ende des Strandes hörte. Sie kletterte über ein paar große Felsbrocken und verschwand in einem Spalt zwischen den Klippen.

Kurz darauf erschien sie wieder und stellte sich auf den Felsen. Ihre Hände trichterförmig um den Mund legend, rief sie ihm zu: „Ich erkenne ihn an seinem Hut und meinem Runenstein auf seiner Brust, aber er ... er ist nicht mehr menschlich."

Ian sah, wie sie ihre Lippen erneut bewegte, doch der Wind und die Brandung übertönten, was sie sagte. „Was sagst du?"

Dieses Mal verstand er sie nur zu gut. „Er wurde erstochen."

Sie drehte sich um und wollte wieder zu Mr. Lewis.

„Nein." Ian beschleunigte seine Schritte. „Nein! Alanna, geh da weg."

Er sah den Mann auf den Felsen über ihr und wusste doch, er würde nicht rechtzeitig bei ihr sein können. Er schrie ihr eine Warnung zu; sie hob schützend die Arme.

In Edwins Hand blitzte sein silberfarbenes Messer in den Strahlen der untergehenden Sonne blutrot auf, als er sich auf sie stürzte.

30. KAPITEL

„Was soll das?" rief Alanna. Sie schlug Edwins Hand nach oben und versetzte ihm einen Faustschlag ins Gesicht. „Hör auf."

Während Edwin rückwärts taumelte, traf sie die Erkenntnis, was seine Anwesenheit hier zu bedeuten hatte, wie ein Schlag.

Edwin hatte ein Messer. Mr. Lewis war tot, erstochen. Und Edwin – der einfältige, unbeholfene Edwin – griff sie an.

Sie versuchte ihm auszuweichen und vermied es nur knapp, auf die graue robbenähnliche Kreatur zu treten, die einmal Mr. Lewis gewesen war. Spitze Felsbrocken bedeckten den Boden. Ihre nassen Röcke verfingen sich, und sie stürzte. Verzweifelt tastete sie nach etwas, das ihr helfen konnte; sie ergriff das Nächstbeste und rollte sich herum.

Edwins zum tödlichen Stoß gehobenes Messer traf den Hut des Priesters. Edwin fluchte und entriss ihr den zerfetzten Filz, bevor er erneut das Messer hob.

In der Ferne hörte sie Ians Schrei.

Er würde es nicht rechtzeitig schaffen. Sie hob die Arme, um ihr Herz zu schützen.

Dann warf sich jemand von der Seite auf Edwin, und er fiel gegen die Felsbrocken. Alanna kämpfte sich auf die Füße, und Brice schrie ihr zu: „Mach, dass du fortkommst, Alanna! Geh weg!"

Sie zögerte. Zu zweit gegen Edwin ...

„Er wird mir nichts tun", sagte Brice.

Auf Händen und Füßen erklomm sie einen Felsen. Ian brüllte etwas, während er über den Strand auf sie zugerannt kam, und sie rief: „Beeil dich! Schnell!"

Und hörte hinter sich einen Schrei. Sie drehte sich herum. Brice wand sich am Boden. Edwin stand über ihm, das bluttropfende Messer in der Hand. Als er es erneut hob, öffnete sich ihr Mund zum Schrei.

Dann ertönte über ihr eine angsterfüllte Stimme: „Edwin, hab Erbarmen. Er ist dein Bruder!"

Wilda stand oben auf dem Pfad, die Hände an den Seiten zu Fäusten geballt. Sie atmete keuchend, doch sie rief trotzdem: „Edwin, hab Erbarmen!"

Edwin hob das Messer noch höher.

„Edwin ...", schluchzte Wilda.

Er ließ seine Hand sinken. Das Messer in seiner Hand drehend, sagte er zu Brice: „Du hast dich mir in den Weg gestellt."

Und ging wieder auf Alanna zu. Renn! trieb sie sich an.

Edwin griff nach ihr und verfehlte sie, griff noch einmal und bekam sie an ihrem Rock zu fassen. Sie landete hart auf der glatten Oberfläche des Felsens. Die Luft wich aus ihren Lungen. Ihre Händen suchten verzweifelt Halt, fanden einen Spalt, an den sie sich klammerte. Er zerrte an ihrem Rock, versuchte sie wieder zu sich herabzuziehen. Sie trat nach ihm. Mit einem Fluch zog er sich neben ihr auf den Felsen.

Sie hörte den Schrei unten vom Strand, und Edwin sah hinab.

„Ian", flüsterte sie.

Edwin stand auf und trat ihr mit aller Kraft in die Rippen. „Später", versprach er. Dann stürzte er sich auf Ian.

Alanna versuchte wieder zu Atem zu kommen, versuchte sich aufzusetzen, aber sie war zu schwach. Schlimmer jedoch war, dass sie genau wusste, Ian hatte sich viel stärker verausgabt, musste noch erschöpfter sein und rang jetzt mit Edwin am Boden.

Mit ihrem sanftmütigen Cousin Edwin, der sie alle umbringen würde, um Fionnaway und dessen wertvolle Steine in seinen Besitz zu bekommen.

Als sie eine Bewegung auf dem Klippenpfad wahrnahm, rief sie: „Wilda. Du musst Hilfe holen."

Stattdessen lief Wilda auf den Strand zu den beiden Männern. Was konnte Wilda schon gegen einen Mörder mit einem Messer ausrichten?

Aber Wilda lief einfach an ihnen vorbei und auch an Alanna, als ob sie gar nicht da wären. Sie kletterte über die Felsen und kniete sich neben Brice. „Stirb nicht, bitte, stirb nicht", flehte sie.

„Verflucht Wilda, pass auf, wenn du mich anfasst", erwiderte Brice gepresst.

Wilda brach in Tränen aus und bettete seinen Kopf auf ihren Schoß.

Unterhalb von Alanna rollten Ian und Edwin in einer makabren Umarmung hin und her. Immer noch war das Rauschen der Brandung so laut, dass jedes andere Geräusch übertönt wurde. Alanna strengte ihre Augen an, in der aufkommenden Dämmerung etwas zu erkennen, aber dann gaben ihre Beine unter ihr nach; sie rutschte den Felsen hinab und blieb nach Luft ringend auf dem Boden liegen. Sie hielt sich die Seite, jeder Atemzug war eine Qual.

Sie nahm alle Kraft zusammen und hob mit beiden Händen einen großen Stein auf. Die Muskeln über ihren Rippen brannten bei jeder Bewegung wie Feuer, dennoch kam sie stolpernd auf die Füße. Undeutlich sah sie Ian flach auf dem Rücken liegen, die ersten Ausläufer der Wellen erreichten ihn schon. Sie sah Edwin, seine dunkle Gestalt wie ein riesiger Blutegel rittlings auf ihm sitzen. Sein Kopf bot ein klar erkennbares Ziel. Glühender Hass durchströmte sie. Edwin bedrohte ihren Ian.

Stolpernd näherte sie sich den beiden Männern.

Rechtzeitig um Zeuge zu werden, wie Edwin mit dem Messer ausholte. Ian umklammerte dessen Handgelenk mit beiden Händen und begann es langsam umzudrehen. Edwin schrie vor Wut auf und schlug ihm mit seiner freien Hand ins Gesicht, aber Ian beachtete die Schläge nicht weiter. Die Adern an Edwins Schläfen traten hervor, als er versuchte, das Messer festzuhalten. Unausweichlich senkte es sich zur Seite.

Edwin gab auf. Wimmernd ließ er das Messer fallen und warf sich zur Seite, versuchte zu entkommen. Ian ließ es zu. Er nahm die weggeworfene Klinge, und als Edwin auf die Füße sprang, bereit fortzulaufen, rief Ian verächtlich: „Elender Feigling."

Zwei Worte. *Elender Feigling.*

„Bastard!“ schrie Edwin und stürzte sich auf den am Boden Liegenden.

In dem schwachen Licht der ersten Sterne blitzte das Messer auf, die Spitze nach oben.

Edwins Körper zuckte, als die Klinge seinen Hals durchbohrte. Alanna hörte ein schmerzerfülltes Aufkeuchen. Unwillkürlich wandte sie den Kopf ab.

„Es ist vorüber“, sagte Ian. „Hilf mir, ihn von mir zu rollen.“

Ihr Stein landete im nassen Sand, und sie eilte zu ihm. Er hatte ihren Cousin schon von sich geschoben, und sie zog achtlos an Edwins Armen und Beinen, bis er mit dem Gesicht nach unten im Sand lag.

Ian blieb ausgestreckt liegen. Etwas war nicht in Ordnung.

„Hat er dir wehgetan?“ fragte er.

„Eine meiner Rippen ist gebrochen.“ Sie kniete sich neben ihm in die Wellen. Ihre Hände tasteten seinen Körper ab, den Kopf, den Hals, die Schultern. Warum richtete Ian sich nicht auf?

Er versuchte zu lachen. Stöhnte gequält auf. „Er hat mich erwischt.“

Sie erstarrte. „Ian?“

„Mit dem Messer, als er sich vom Felsen auf mich stürzte. Der Kampf hat alles noch schlimmer gemacht.“ Er lag reglos da, seine Stimme wurde mit jedem Wort schwächer.

„Ian?“ Sie fand die Wunde. Ein schmaler, tiefer Stich in der Brust, aus dem mit jedem Herzschlag das Blut aus seinem Körper strömte. „Ian?“

Dann hörte das Blut auf zu fließen, sein Herz hörte auf zu schlagen. Hörte einfach auf. Kein Blut mehr. Keine Herzschläge mehr. Keine Atemzüge mehr.

„Ian?“ Sie kauerte sich über ihn, drückte ihn an sich, als könnte sie ihn dadurch am Leben erhalten. „Ian?“

In demselben Augenblick sank auf Fionnaway Manor Leslie Fairchild in seinem Stuhl zusammen. Ein Schwall Salzwasser ergoss sich aus seinem Mund, dann starb er.

Allein.

„Um Himmels willen, M'lady, was ist denn hier geschehen?" Plötzlich stand Armstrong auf dem Strand, seine Gestalt ein dunkler, undeutlicher Schatten.

Sie fragte sich nicht, warum er hier war oder wie er hergekommen war. Sie sagte bloß: „Er atmet nicht mehr, Armstrong. Tun Sie was, dass er wieder anfängt."

Armstrong kam zu ihr, fiel neben ihr auf die Knie und schob ihre Hände fort.

Sie legte sie wieder über die Wunde.

Armstrong fühlte an Ians Hals nach dem Puls, hielt seine Hand an Ians Lippen. Mit einer Stimme voller Mitgefühl sagte er schließlich: „M'lady, ich fürchte, da gibt es nichts, was wir noch tun können. M'lady ..."

Sie konnte ihn nicht hören. „Wir müssen ihn aus dem Wasser ziehen. Er verkühlt sich ja. Es ist nicht gut für einen Verwundeten, sich zu verkühlen."

„Pa?" Ein junges Mädchen stand plötzlich bei ihnen. „Was ist mit ihm los?" Sie deutete auf den anderen reglosen Körper. „Und ihm?"

Alanna konnte einen feuchten Schimmer in Armstrongs Augen sehen, als er zu seiner Tochter aufsah. Mehr Schritte erklangen, und Mrs. Armstrong fragte: „In Gottes Namen, was ist denn hier geschehen?"

Alanna nahm Stimmengemurmel wahr, und ihr wurde klar, dass die Ereignisse des Abends die Dienstboten aus Fionnaway Manor hierher gebracht hatten. Die Fischer und Dörfler waren ihnen gefolgt, und nun war der Strand voll. Voller Menschen. Voller ... nichts.

Sie kauerte sich dichter an Ians Seite, starrte ihn unverwandt an und versuchte seine Züge im schwachen Licht der Sterne zu erkennen. „Ian ...", rief sie leise. „Ian, bitte ..." Sie konnte ihn jetzt besser sehen. Seine ausdrucksvollen Züge wirkten friedlich. Konnte sie wirklich gar nichts mehr für ihn tun?

„Was ist das?" erkundigte sich Mrs. Armstrong barsch. „Armstrong, was ist das?"

Seine bleiche Haut schimmerte hell.

„Es ist der Mond."

Er sah so aus, als wachte er gleich auf, wenn sie ihn nur riefe. „Ian ..."

„Es kann nicht der Mond sein. Heute ist Neumond. Ich habe es genau gesehen, als ich herkam."

„Ian ..." Sie umfing sein Gesicht mit ihren Händen und küsste ihn. Er lag vollkommen still.

Alanna sah auf. „Der Mond ist voll."

Armstrong starrte sie an. Mrs. Armstrong, Ellie und hinter ihnen alle Dörfler und Fischer, alle starrten sie an.

„Er sagte, wenn er mich liebte ...", Alanna löste ihre verkrampften Hände von Ians reglosem Körper, „würde der Vollmond in einer Neumondnacht vom Himmel scheinen."

Wie auf ein Zeichen hin blickten alle nach oben, und sie tat es ihnen gleich. Der Vollmond sandte sein klares weißes Licht zur Erde, erfüllte ihr ihren größten Wunsch. Erfüllte ihn ihr, als es zu spät war.

Alanna stand da, ihr ganzer Körper schmerzte vor Seelenqual und Trauer. „Er sagte, er würde die Wellen in einer stürmischen Nacht glätten." Sie zeigte aufs Meer hinaus, das jetzt so ruhig dalag wie ein Teich an einem windstillen Tag. „Er sagte, wenn er mich liebte, würde er das Meer glasklar werden lassen."

Stimmen wurden laut, als das Mondlicht das Meerwasser um Ians Körper durchdrang. Kreisförmig von ihm ausgehend wurde das Wasser langsam klar, zuerst konnte man den sandigen Boden dicht am Strand erkennen, dann die Sandbank ein Stück weiter draußen, die Felsen auf dem Meeresgrund am Fuße der vorspringenden Klippen und am Rand der Bucht Fischschwärme. Und einen Augenblick lang, noch weiter draußen, an einer tiefen Stelle sah Alanna die Selkies aufgeregt unter Wasser Kreise ziehen.

„Er sagte, er würde all das machen – wenn er mich liebte." Ihre Stimme brach, und sie senkte den Kopf, als sie endlich begriff, dass er für sie verloren war.

Jemand berührte sie sacht an der Schulter. Ein Taschentuch wurde ihr in die Hand gedrückt. Aber sie weinte nicht. Wie sollte sie auch? Der Schmerz war noch zu frisch, zu groß. Sie konnte kaum atmen, es kaum verstehen. Wie konnte jemand glauben, sie könnte jetzt etwas so Banales tun wie weinen? Nicht, wenn Ian starb.

Ian starb.

Als sie das Grollen bemerkte, dachte sie erst, sie bildete es sich nur ein, die Sinnestäuschung eines Verstandes, der betäubt war von Schmerz. Aber der Boden unter ihren Füßen begann zu zittern, immer stärker, als die Sekunden verrannen. Steine fielen von den Klippen, die Leute um sie herum begannen unruhig zu werden, ihre Stimmen wurden lauter.

„Armstrong", sagte Mrs. Armstrong. „Armstrong, was ist das?"

Alanna hob den Kopf und versuchte so angestrengt mit ihren trockenen Augen etwas zu erkennen, dass ihr die Sicht verschwamm.

„Rennt", befahl Armstrong. „Nimm Ellie und renn." Alanna am Ellbogen packend, sagte er noch einmal: „Rennt!" Er blieb nicht stehen, um zu sehen, ob sie ihm gehorchte, er zog sie einfach mit sich zu dem Pfad, während er allen zurief: „Rennt, bevor sie uns einholt."

Das Meer, das gegen den Zwang, den Ian ihm auferlegt hatte, aufbegehrte, erhob sich zu einer gewaltigen Welle. Leute liefen hin und her, schrien, drängten sich dicht an die Klippen. Mrs. Armstrong stand mit Ellie auf einem Felsen, das Kind fest an ihre Brust gedrückt, und starrte mit schreckgeweiteten Augen auf die See hinaus.

„Nein!" Entsetzen erfasste Alanna, als sie Ians reglose Gestalt ungeschützt auf dem Strand liegen sah, und sie versuchte sich aus Armstrongs Griff zu befreien. „Ian. Wir müssen Ian holen!"

Armstrong ließ sie nicht los. Er schlang seine Arme um sie, hielt sie mit grimmiger Entschlossenheit fest, während sie sich sträubte, und zerrte sie immer weiter über den Strand zu den Klippen.

Dann erreichte die Welle das Land, schlug über Ian gegen den Strand, brandete tosend auf die Menge zu, hungrig an allem saugend, was sich ihr in den Weg stellte. Schreckensschreie ertönten, als erst einer, dann ein anderer den Boden unter den Füßen verlor. Sie standen alle wieder auf, von helfenden Händen hochgezogen, oder aus eigener Kraft. Armstrong hielt Alanna an sich gedrückt, während das Wasser ihre Knie umspülte, und stemmte sich gegen den Sog der zurückrollenden Welle.

Als sie sich wieder ins Meer zurückgezogen hatte, waren alle noch auf dem Strand. Alle – außer Ian. Die Stelle, wo er gelegen hatte, war leer.

„Nein." Alanna konnte es nicht glauben. Wie konnten sie nur? Wie konnten sie es nur wagen? „Nein, ich will ihn zurück." Sie riss sich von Armstrong los, und diesmal ließ er sie gehen. Beinahe von Sinnen vor Zorn, rannte sie in die Brandung, bis die Wellen gegen ihre Schenkel schlugen. Die See war nicht mehr durchsichtig, aber sie wusste, die Selkies waren da. Sie wusste, sie konnten sie hören.

„Gebt ihn mir zurück. Er ist mein Mann." Sie schlug mit der flachen Hand aufs Wasser und rief: „Er ist ein Mensch, kein Selkie, und er verdient es, an Land beerdigt zu werden. Neben mir. Gebt mir seinen Körper zurück."

Armstrong watete zu ihr. „M'lady, nicht." In seiner Stimme schwang Schmerz mit.

„Ich will ihn zurück." Sie schlug in Armstrongs Richtung aufs Wasser, damit er wegblieb. Die Wellen trugen wieder Schaumkronen, das Meer war nicht mehr ruhig, sondern erneut aufgewühlt von dem Sturm. Es kümmerte sie nicht. Sie stolperte, richtete sich wieder auf und wiederholte ihre Forderung. „Ich will seinen Körper."

„Vielleicht wird die See ihn wieder hergeben", versuchte Armstrong sie zu trösten. „Manchmal tut sie das."

„Ich will ihn *jetzt*."

„M'lady ..." Die Nacht war nicht mehr vom Vollmond erhellt, sondern wieder in das Dunkel des Neumonds getaucht. Alanna konnte kaum Armstrongs Gesicht sehen, aber sie wusste, er stand da, ein Diener, ein Freund, der nicht noch einmal Hand an sie legen wollte. Der sie nicht allein lassen wollte, aber zitterte und mehr als nur ein bisschen Angst verspürte.

Sie hatte keine Angst. Wovor sollte sie sich jetzt noch fürchten? Ian war tot.

Dennoch hörte sie eine innere Stimme schelten, ganz dünn und schwach, doch verständlich. *Du bist die Herrin*, sagte sie. Sie hatte Verpflichtungen. Verpflichtungen, die mit Armstrong anfingen, ihrem Wächter. *Er* hatte noch seine Frau und ein Kind auf dem Strand stehen, und noch mehr Kinder zu Hause. Seiner Familie war es nicht gleichgültig, was ihm zustieß, und es schien ihr, als ließe sich über Jahre anerzogenes Verhalten nicht einfach beiseite schieben.

Also wandte sich Alanna von der räuberischen See ab und watete aus der Brandung. „Wir müssen Mr. Lewis' Leiche ins Wasser schaffen." Ich klinge schon fast wieder wie sonst, dachte sie, und das Herrinnen-Gewissen in ihr lobte sie.

„Aye, M'lady", erwiderte Armstrong.

„Und ist Brice tot?"

„Nein, M'lady." Armstrong deutete mit einem bebenden Finger auf den Strand.

Sie sah undeutlich zwei Gestalten zu dem Klippenpfad humpeln, und sie blieb stehen, die Füße noch immer im Wasser. So wie Wilda ihn stützte, so wie Brice sich auf sie lehnte, war es offensichtlich, dass sie ihre Probleme gelöst hatten. Sie würden Hochzeit feiern, sobald seine Wunde verheilt war.

Alanna wandte den Kopf ab. Sie war die Herrin von Fionnaway. „Sie suchen sich besser ein paar starke Männer aus, die Brice die Klippen hochtragen. Aus eigener Kraft schafft er das nie." Die Wellen schlugen fast schon wieder an ihre Knie. „Edwin hat ihn mit einem Messerstich verletzt."

„Edwin?" fragte Armstrong ungläubig.

„Er hat auch Ian getötet."

„Die andere Leiche war Edwin?"

Sie ging wieder weiter. „Ist Edwin auch fort?"

Armstrong sah sich suchend um. „Ich kann ihn nicht entdecken."

Sie drehte sich halb dem Meer zu. „Den will ich nicht zurück", ließ sie die Selkies wissen.

Die Leute am Strand liefen durcheinander, sprachen leise miteinander, aber die Ersten, die besonders durchnässten und die mit Kindern, begannen zu gehen. Bald schon, das wusste Alanna, wäre der schmale Pfad voller Menschen, wenn sie die Klippen erklommen, um nach Hause zurückzukehren und in ihre Betten zu gehen.

Zusammen. Sie würden zusammen sein.

Alle wären bei ihren Familien. Bei den Menschen, die sie liebten – bei den Menschen, von denen sie geliebt wurden. Alle – außer ihr.

Sie ging zu einem Felsen und ließ sich erschöpft darauf sinken. Ihre Rippen schmerzten wieder; sie hatte es nicht zuvor bemerkt, aber jetzt war der Schmerz allgegenwärtig – unbedeutend jedoch, verglichen mit der Qual, die ihr das Herz schwer machte.

Das Herz war ihr schwer. Sie lehnte sich gegen den Felsen. Es war ihr nie zuvor aufgefallen, aber der Ausdruck war mehr als eine Redewendung; er war wahr. Ihr Herz fühlte sich an, als zöge es sie zu Boden, als schlüge es langsamer unter der überwältigenden Trauer. Sie wusste mit ihrem Verstand, Ian war tot; bald schon würde es auch ihr Herz begreifen.

„M'lady, es ist kalt und dunkel. Wir sollten nach Fionnaway zurückkehren."

„Gehen Sie schon vor." Sie grub die Füße in den Sand und entließ Armstrong mit einer Handbewegung. „Ich komme bald nach."

„Dann bleibe ich bei Ihnen."

Sie hörte die Verunsicherung aus seiner Stimme. Er war schließlich und endlich der Wächter, genauso verantwortlich für sie wie für die Steine. Aber es gab für ihn keinen Grund zur Sorge. Die Herrin von Fionnaway kannte ihre Pflicht. „Ich möchte allein sein."

„Das halte ich nicht für klug."

„Ich werde einfach bloß eine Weile hier sitzen." Sie sah zu ihm auf, bemüht, sich ihren Kummer nicht anmerken zu lassen. „Gehen Sie nach Hause zu Ihrer Familie, Armstrong. Sie braucht Sie mehr als ich."

Etwas in ihrer Miene musste ihn überzeugt haben, den er verbeugte sich und ließ sie allein. Aber kurz darauf war er wieder zurück, eine Decke in der Hand, die er ihr um die Schultern legte, dann stellte er ihre Schuhe neben ihr ab.

„Danke“, sagte sie leise. Die Decke roch nach nasser Wolle, schützte sie aber gegen den kalten Wind. Sie zog sie fester um sich, während das letzte besorgte Flüstern verstummte. Alle waren gegangen.

31. KAPITEL

Sie war allein. Während sie noch zu begreifen versuchte, starrte Alanna blicklos aufs Meer hinaus. Es hatte ihr so viel gegeben. Fionnaway, die Steine, den Pakt: Alles, was ihr Leben ausmachte, hatte seinen Ursprung im Meer.

Und jetzt hatte es seinen Preis gefordert. Sie hatte noch ihr Erbe, das Land, das ihr so viel bedeutet hatte. Sie war immer noch die Herrin von Fionnaway. Vor ihr erstreckten sich Tage voller Arbeit und Sorgen, Freude und Erfüllung. Doch sie würde ihre Aufgabe allein erledigen müssen.

Sie griff nach ihren Schuhen, schüttelte die Strümpfe aus. Ihre Halskette fiel in den Sand. Sie hob sie auf und schaute sie an, als hätte sie sie nie zuvor gesehen.

Niemand war mehr da, der sie an ihrem Geburtstag einen neuen Stein ziehen lassen würde, und Mr. Lewis hatte den behalten, den sie gestern aus dem Beutel genommen hatte. Sie hatte ihn auf seiner blutigen Brust gesehen und wieder erkannt. Den Stein mit der Todesrune.

Mr. Lewis hatte für sie sein Leben geopfert. Ian hatte für sie sein Leben geopfert.

Sie hob die Hände mit der Kette, legte sie um ihren Hals und spürte die Kälte der Steine.

Konnten diese Männer nicht begreifen, dass Einsamkeit ihre Seele auffraß, bis von ihr nichts mehr übrig war als eine leere Schale?

Sie war schon einsam gewesen, als sie noch in der Hütte der Hexe lebte, aber damals hatte sie noch Hoffnung gehabt.

Jetzt hatte sie nichts.

Sie grub ihre Hände in den Sand, nahm eine Hand voll und formte Klumpen daraus. Manche würden sagen, ihre Pflichten wären leichter zu erledigen ohne Ian. Schließlich war er selbstsüchtig, zynisch und fest entschlossen, seinen Willen durchzusetzen.

Sie unterbrach ihre Tätigkeit und ballte ihre Hände zu Fäusten. Er hatte sie gebraucht. Ihre Wärme, ihr Lachen, ihre Liebe. Das hatte er ihr und allen gezeigt.

Den Kopf in den Nacken legend, schaute sie zum Himmel hinauf.

Und sie hatte ihn gebraucht. Lieber Gott, sie brauchte ihn jetzt.

Der erste Schluchzer stieg aus ihrer Kehle auf, gefolgt von einem zweiten, dann einem dritten. Sie wollte Ian. Tränen rannen ihr über die Wangen, bis ihre Haut wund war. Ihr Magen schmerzte, ihre Lungen brannten. Sie wollte ihren Geliebten zurück, wollte, dass er sie an sich drückte, stattdessen umgab sie die Kälte einer teilnahmslosen, schottischen Nacht. Ihr Kummer brach aus ihr hervor, ungehemmt und maßlos. Niemand hörte sie hier, niemand sorgte sich, während das Leid ihr Inneres wie mit einer stumpfen Klinge aufriss.

Bis sie eine Frauenstimme aus der Ferne rufen hörte.

„Alanna. Alanna."

Sie rieb sich die Tränen aus den Augen und sah sich aufgeregt um. Ihre Mutter. Die Stimme hatte sich wie die ihrer Mutter angehört.

„Alanna. Hier draußen."

Sie starrte angestrengt auf die schwarzen Wellen. War jemand dort draußen?

Sich an dem Felsen hinter ihrem Rücken mit einer Hand abstützend, kam sie auf die Füße. Dort war etwas. Oder jemand? Ja, ein

Kopf war zwischen den Wogen zu sehen, kam langsam näher ans Ufer, und Alanna konnte in dem Gesicht Spuren einstiger Schönheit erkennen.

Aber dann galt ihre ganze Aufmerksamkeit dem großen Gegenstand, den das Geschöpf vor sich herschob.

„Ian!“

Nicht ihre Mutter, sondern seine. Muirne hatte ihn zurückgebracht.

„Ian!“ Alanna schrie seinen Namen, warf die Decke von sich und begann zu rennen. Wasser spritzte zu beiden Seiten auf, als sie in die Brandung lief. Die Wellen schlugen ihr entgegen, behinderten sie. Schwankend kämpfte sie sich weiter zu ihm vor. „Ian.“

Alleine trieb er auf den Wellen zu ihr, und sie zog ihn an sich. War er am Leben? War die Zauberkraft der Selkies stark genug, ihn dem Tod zu entreißen? „Ein Wunder“, flehte sie. „Noch ein Wunder.“

Sie zerrte ihn zum Strand, auf den Sand, kniete sich neben ihn, berührte ihn ...

Er regte sich nicht.

„Bitte.“ Sie streichelte sein Gesicht. „Bitte. Ich brauche dich so sehr.“ Sie umfing seine Hände, betastete seine Brust. Die Wunde war geschlossen, nur noch eine schmale rötliche Linie war zu sehen; das hatten die Selkies tun können. „Ian, bitte komm zu mir zurück.“

Sie hatte seinen Körper von ihnen zurückverlangt, aber was sie wirklich gewollt hatte, war sein Leben. Sie hatte gewollt, dass die Selkies ihn mit sich in die Tiefe nahmen, ihn dort heilten und wieder zu ihr zurückbrachten.

Ihre Tränen fielen auf seine Haut, glitzerten im Licht der Sterne. „Ich liebe dich.“ Sie hörte den Ruf der Seevögel, die oben in den Klippen nisteten, und wie Ian es ihr befohlen hatte, erinnerte sie sich an den Tag auf der Wiese. Sie erinnerte sich an die raue Wolle, den

Geruch des zerdrückten Grases, die Wolken, die über den blauen Himmel zogen. Er hatte sie gezwungen zu lauschen, hinzusehen, mit allen Sinnen aufzunehmen, wie er seinen Anspruch auf sie geltend machte, und jetzt würde sie von der Erinnerung nie mehr frei sein. Er würde immer bei ihr sein – aber nur in ihren Gedanken.

Sie ließ ihren Kopf auf seine Brust sinken und drückte ihre nasse Wange auf sein kaltes Fleisch. „Ich werde dich bis in alle Ewigkeit lieben."

Unter ihrem Ohr vernahm sie ein Geräusch. Das Schluchzen in ihrer Kehle erstarb.

Nichts. Sein Herz blieb still. Da war nichts als die verzweifelte Hoffnung einer Frau.

Aber dann ... ein Flattern. Ein Pochen.

Ein Schlag.

„Ian?" Hoffnung erwachte in ihr. Verzweiflung nährte sie. Sie hielt die Luft an und drückte ihr Ohr so fest sie konnte auf seine Brust.

Nichts.

„Bitte, Gott." Wenn ein aus tiefstem Herzen aufsteigendes Gebet einen Mann ins Leben zurückholen konnte, dann würde Ian leben. „Bitte, Gott." Sie hob ihren Kopf, packte Ian an den Schultern und schüttelte ihn. „Du kannst es. Komm zu mir zurück. Ian!" Sie hielt ihre Hand vor seinen Mund. Kein Atem war zu spüren. „Ian!" In hilfloser Verzweiflung schlug sie ihn mit der Faust auf die Brust.

Und er zuckte zusammen.

„Oh, bitte." Sie weinte, rieb seine Brust und flehte ihn an, flehte zu Gott, flehte die Liebe selbst an.

Er erschauerte unter ihren Händen. War ihr Flehen erhört worden? Er rührte sich. Er lebte!

Außer sich vor Glück und gleichzeitig voller Angst, dass das kostbare Leben wieder aus ihm weichen könnte, kam sie stolpernd auf die Füße. „Kalt? Ist dir kalt?“ Sie lief und holte die Decke, die sie vorhin fallen gelassen hatte, breitete sie über ihn.

Er atmete. Schwach zwar nur, aber er atmete.

„Du musst aus dem Wasser heraus.“ Sie streichelte sein Gesicht, strich ihm übers Haar, hob die Decke an und presste ihre Lippen zusammen, als sie fühlte, wie klamm sie war. „Nein, warte.“ Er war schwach wie ein Neugeborenes, und sie erwartete von ihm, dass er gehen konnte. Wie dumm. „Ich werde dich herausholen. Verausgab dich nicht.“

Seine Augenlider flatterten, und sie packte ihn an den Schultern und versuchte ihn anzuheben. Aber sie ging in die Knie, als ihre Rippen protestierten. Sich ihre Seite mit den Händen haltend, bekämpfte sie den Schmerz.

Als sie ihre Augen wieder aufschlug, entdeckte sie, dass er sie ansah.

Seine Lippen bewegten sich, doch kein Laut war zu hören.

„Versuch es noch einmal“, ermutigte sie ihn, fragte sich, ob sie verrückt geworden war, berührte seine Stirn und wusste, sie war es nicht.

„Ich konnte dich nicht verlassen“, flüsterte er schwach. „Du warst es, die mir die Kraft gegeben hat, weiterzukämpfen.“ Er verschränkte seine Hand mit ihrer. „Deine Tränen auf meinem Gesicht. Deine Liebe.“

Sie weinte, wischte sich die Tränen ab, nur um neuen Platz zu machen. „Kannst du dich bewegen?“

Was für eine dumme, belanglose Frage, wo sie doch so viel zu sagen hatte.

„Natürlich.“ Er stützte sich auf seine Ellbogen. „Siehst du?“

„Du bist noch im Wasser. Die Decke wird nass.“

Mit vor Anstrengung verzerrtem Gesicht schleppte er sich auf den Strand, während sie nicht von seiner Seite wich. Sie wollte ihm helfen, wusste aber nicht wie.

„Entschuldige." Als er wieder flach auf seinem Rücken lag, entschuldigte er sich für seine Atemlosigkeit. „Ich bin schwach."

„Selbstverständlich bist du das." Sie beugte sich über ihn. „Ich helfe dir."

Sie wusste, dass Ian, ihr Ian, wahrhaft wieder zu ihr zurückgekehrt war, als er ihr Gesicht zwischen seine Hände nahm.

„Alanna, hast du den Mond gesehen, den Wind und das Meer? Hast du es verstanden?"

Unfähig zu sprechen, nickte sie.

„Ich liebe dich. Du bist ein Teil von mir, der beste Teil von mir, und ich konnte es einfach nicht ertragen, dich zu verlassen."

„Gott sei Dank", murmelte sie.

„Ja. Gott sei Dank. Meinem Gott." Er zog sie an sich, schlang seine Arme um sie und hielt sie. Hielt sie einfach nur fest.

Es war der einzige Platz auf der Welt, an dem sie sein wollte. Sie genoss es, seine Hitze zu spüren, seinen Atem zu fühlen und seinen Herzschlag zu hören, der genauso beständig war wie ihr eigener. Und langsam wurde sie des Windes, des kalten Sandes, der Brandung an den Klippen gewahr. Eigentlich wollte sie nicht von hier fort, aber sie wusste, er sollte besser vor einem Feuer sitzen und sich wärmen. „Wir sollten gehen", sagte sie.

„Ja. Alanna?"

„Was ist?" Sie half ihm aufzustehen und stützte ihn dann mit ihrem Körper, während er sein Gleichgewicht zu finden versuchte.

„Schau, was ich mitgebracht habe."

Sie sah auf seine ausgestreckte Hand. Da, an seinem Mittelfinger trug er einen Ring. Seinen Ring. Sie nahm seine Hand, hob sie an ihren Mund und küsste den Ring. „Ich habe meinen Eheschwur auf diesen Ring geleistet. Ich bin froh, dass er wieder da ist."

„Und ich bin froh, ihn wiederzuhaben. Und Alanna?“ Er griff in seine Hosentasche und holte das in Öltuch gewickelte Päckchen hervor, öffnete es und forderte sie auf: „Halte deine Hände auf.“

Sie tat es, und glitzernde Meeresopale fielen in ihre Hände. Durch die Wärme ihrer Haut veränderten sie ihre Farbe, wurden hell und glühten mit überschäumender Freude. Ihrer Freude.

Befriedigt sagte er: „Da sind sie.“

Sie sah lächelnd zu ihm auf und bemerkte, dass er aufs Meer hinausschaute.

Sie folgte seinem Blick und begriff, dass er nicht von den Steinen sprach. In der Ferne konnte man in den Wellen Gestalten ausmachen. Selkies. Dutzende von Selkies.

Ian winkte ihnen zu. „Sie sind gekommen, uns Glück zu wünschen.“

Alanna hörte über dem Wind schwach ihre Rufe und darunter eine bekannte Stimme.

Muirnes Stimme.

Ian hörte sie auch, quittierte es mit einem Lächeln. Dann drückte er Alanna an sich und drehte sich zu den Klippen um. „Komm, Liebste“, sagte er. „Lass uns nach Fionnaway zurückkehren. Lass uns heimgehen.“

Unaufhörlich, nimmermüde und kraftvoll schlagen die Wellen des Meeres an die Westküste Schottlands. Landzungen ragen in das Wasser, versuchen, nach der Ewigkeit zu fassen und unterliegen doch dem beständigen Mahlen der Brandung. Der Wind peitscht das Salzwasser und trägt die Gischt in die Lüfte, hinauf ins Hochland, wo Nebelschwaden hoch aufragende Steine umschmeicheln wie zarte Seidenstoffe elegant gekleidete Damen. Dort wo Meer und Land aufeinander treffen, ist ein zauberhafter Ort voller ungewöhnlicher Wesen, Menschen und Selkies.

Manche sterben. Manche leben. Manchen siechen an gebrochenen Versprechen dahin. Manche werden von der Liebe gerettet.

Einer davon ist mein Sohn, Ian mit Namen, und er besitzt, was ich nie zu finden vermochte. Einen Menschen, der ihn liebt. Seine Gefährtin und Geliebte.

Er hat mir gegeben, wonach ich mich immer gesehnt habe. Eine Tochter, die mir teuer ist.

Alanna.

In ihrer Zukunft sehe ich sechs Töchter und den ersten Sohn, der je diesem Zweig der MacLeod geboren wurde. Ich sehe Erfolg und Wohlstand und Glück. Und vor allem sehe ich ein langes Leben und immer währende Liebe.

Was mehr kann sich eine Mutter für ihre Kinder wünschen?

– ENDE –

Band-Nr. 25051
6,95 € (D)
ISBN 3-89941-062-9

Connie Mason

Die Hexe und der Wikinger

Seit der starke Wikinger Thorne in die violetten Augen der fremden Hexe geblickt hat, vermag keine andere Frau mehr sein Begehren zu wecken. Es scheint nur einen Ausweg zu geben: Er muss in ihr Dorf zurückkehren und sie töten! Doch auch bei der zweiten Begegnung wirkt ihr Zauber, und Thorne, der den Beinamen „der Unbarmherzige“ trägt, kann unmöglich die Hand gegen sie erheben! Stattdessen macht er sie zu seiner Sklavin und bringt sie auf sein Drachenboot, das Fiona in eine ungewisse Zukunft an der Seite des Mannes trägt, der noch nicht die Macht seiner Liebe erkannt hat …

ROMAN
NEW YORK TIMES
BESTSELLER AUTOREN
HISTORICAL
LISA
Entführung nach
St. Petersburg
KLEYPAS

ROMAN
NEW YORK TIMES
BESTSELLER AUTOREN
HISTORICAL
Christina Dodd
Flucht nach
Schottland